VOLKMAR BRAUNBEHRENS

Triadenspiel

VOLKMAR BRAUNBEHRENS

Triadenspiel

Kriminalroman

GMEINER SPANNUNG

Bisherige Veröffentlichungen im Gmeiner-Verlag:
Lorettoberg (2013)

Besuchen Sie uns im Internet:
www.gmeiner-verlag.de

Im Ehnried 5, 88605 Meßkirch
Telefon 07575/2095-0
info@gmeiner-verlag.de

1. Auflage 2017

Lektorat: Claudia Senghaas, Kirchardt
Herstellung: Mirjam Hecht
Umschlaggestaltung: U.O.R.G. Lutz Eberle, Stuttgart
unter Verwendung eines Fotos von: © ErnstPieber / Fotolia.com
Druck: GGP Media GmbH, Pößneck
Printed in Germany
ISBN 978-3-8392-2024-5

Personen und Handlung sind frei erfunden.
Ähnlichkeiten mit lebenden oder toten Personen
sind rein zufällig und nicht beabsichtigt.

1. TEIL

SONNTAG, 22. JUNI 2014

VORARLBERG – AU

Mit einigem Abstand waren die Gäste in den Frühstücksraum hereingetröpfelt, hatten sich unaufdringlich zugenickt, einige sich auch mit Wangenküsschen begrüßt und dann mit gebotenem Erstaunen über das üppige Angebot die Teller vollgeladen. Alles war selbstgemacht oder zumindest im Ort hergestellt: die Marmeladen, verschiedene Sorten von Bergkäse, sogar ein Ziegenbrie, Schinken, einige aufgeschnittene Wurstsorten, mehrere Brotsorten, auch gekochte Eier, die in einem wattierten Körbchen warm gehalten wurden. Der Kaffee stand in Thermoskannen bereit, daneben ein großer Krug mit kalter Milch.

Von den Bauersleuten war nichts zu sehen, sie hatten wohl kaum die Zeit, den halben Morgen auf ihre ständig wechselnden Gäste zu warten, die meistens ausschlafen wollten. Um diese Uhrzeit hatten sie vermutlich bereits die Kühe gemolken, sie auf die Weide geführt, den Stall ausgemistet, und weil Sonntag war, saßen sie womöglich längst in der Kirche, nicht nur der Frömmigkeit halber, sondern auch wegen der alten Landessitte, dass einmal in der Woche fast der ganze Ort zusammenkam und sich über alles austauschte, was zu bereden oder zu betratschen war.

Einen langen Tisch gab es, an dem sechs bis acht Personen Platz haben konnten, und einen kleinen, wo meist nur zwei Leute saßen, gerade recht für Grabowski und seine Freundin Elfi. Und in der Ecke, genau gegenüber dem bäuerlichen runden Kachelofen, wo früher einmal die Kruzifixecke gewesen sein musste mit den Andachtsbildchen, stand nun auf einer Konsole der Flachbildschirm eines Fernsehers, vor dem sie gestern Abend alle zusammengesessen waren und ein Vorrundenspiel der Deutschen von der Fußballweltmeisterschaft in Brasilien gesehen hatten. Der Morgen begann noch etwas schweigsam, dann allmählich kam etwas Gemurmel auf und erst nach dem Frühstück, nun schon vor dem Haus bei einem ausführlichen Blick aufs Wetter, einem tiefblau strahlenden Himmel, tauschte man sich über die verschiedenen Pläne für den Tag aus. Die Frauen waren bereits auf die Zimmer gegangen, um sich und den kleinen Tourenrucksack zu richten. Die Männer wussten, das würde noch eine Weile dauern, und ließen sich Zeit.

Während Grabowski auf die Üntschenspitze vor sich hochschaute, die sich als besonders leichtes Ziel anbot, wurde er plötzlich angesprochen: »Wären Sie einverstanden, heute Abend ›Tatort‹ zu sehen? Wir schauen das immer an.«

Grabowski dachte sofort, was für rücksichtsvolle Leute das doch seien, meist werde man in solchen Situationen gar nicht gefragt. Es konnte aber auch sein, dass er einen gewissen Altersrespekt erfuhr, denn er war mit Ende 50 (und Elfi kaum fünf Jahre jünger) sicher 20 Jahre älter als die Gruppe der anderen Gäste. Gerade deswegen antwortete er, ganz gegen seine Gewohnheit, mehr zuzuhören, als selbst von sich preiszugeben, mit geschwätziger Ausführlichkeit.

»Wir sind heute Abend gar nicht da, sind in Schwarzenberg bei einem Konzert.« Nach kurzem Innehalten fügte er nämlich hinzu: »Das sollte eigentlich bei der ›Schubertiade‹ ein Liederabend von Anette Dasch werden. Hatten wir uns sehr darauf gefreut, denn das ist eine tolle Sängerin. Aber dann wurde das abgesagt, weil sie gerade vor einem Monat ihr zweites Kind bekommen hat. Das kann man ja verstehen, aber … Als ob man das nicht schon lange vorher gewusst hätte. Und wir hatten die Ferienwoche gerade so gelegt, dass wir das noch mitnehmen konnten, denn morgen müssen wir wieder nach Hause. Na, jedenfalls wurde dann ein Ersatz angeboten, obwohl man die Eintrittskarten hätte zurückgeben können. Jetzt singt ein junger Tenor, von dem es heißt, man habe sein Debüt vorgezogen. Demnach ein kommender Jungstar, dem man eine erste Chance geben wollte.«

»Da haben Sie aber Pech gehabt. Oder sogar Glück, wer weiß.«

»Und das Tollste ist: Ende Juli singt die Dasch in Bayreuth die Elsa …«

»Trotz des Kindes? Stillt sie dann hinter der Bühne?«

»Na ja, hoffentlich. Aber wir haben gedacht: Den jungen Tenor lassen wir jetzt nicht im Stich, auch wenn wir ursprünglich etwas ganz anderes erwartet haben. Das ist eine Frage der Fairness. Da gehen wir also hin. Und im Übrigen: ›Tatort‹ schauen wir nie, insofern trifft sich das gut.«

Grabowski sah ohnehin wenig im Fernsehen. Die Ausnahme gestern Abend konnte man hinnehmen, obschon es kein berauschender Fußballabend war. Als in der 63. Minute die Ghanaer in Führung gingen, war die sowieso etwas müde Stimmung in der gemütlichen Stube deutlich abgesunken. Denn das 1:2 konnte man nicht anders als gerecht bezeichnen. Zu viele Fehler, mangelnde Ballbeherrschung und auch die Unterlegenheit in der körperlichen Kondition bestimmten das Spiel der Deutschen und ließen ein Desaster befürchten. Schließlich gab es nur noch ein paar mitleidige Kommentare und gelegentliches Aufstöhnen, wenn wieder ein Ballverlust zu beklagen war. Von einem erregten Mitfiebern konnte keine Rede mehr sein.

Vielleicht lag es auch daran, dass sie alle, die hier beisammensaßen, den Tag über in den Bergen gewandert waren bei ungewöhnlich klarem, wolkenlosem Himmel und von der ungewohnten Höhenluft und der intensiven Sonnenstrahlung einfach erschöpft waren. Grabowski war es recht so, denn ein aufgeregtes Schreien oder Grölen in den Nachthimmel dieses ruhigen Dörfchens im Bregenzer Wald wäre ihm peinlich gewesen, so viel nationalen Überlegenheitswillen konnte er nicht aufbringen, ihm war es im Grunde egal, wer hier den Sieg davontrug. Es war das erste Spiel dieser Weltmeisterschaft, das er sich im Fernsehen angesehen hatte, und dies auch nur, weil es eine willkommene Abwechslung an diesen Ferienabenden war. Was konnte man schon tun, wenn man zum Lesen bereits zu müde war, jedoch in keiner Weise gewohnt, so früh zu Bett zu gehen? Da es in den Zimmern dieses kleinen Bauernhofes mit Ferienwohnungen keinen Fernseher gab, nur im Frühstücks- und Aufenthaltsraum, musste man sich auch auf die übrigen Gäste und ihre Wünsche einstellen, und die wollten selbstverständlich die Fußballweltmeisterschaft sehen.

Es war eine Wandergruppe von drei Paaren mittleren Alters aus Reutlingen, die für ein verlängertes Wochenende gekommen waren, umgängliche Leute, wie sich zeigte, mit denen man sich über die Bergtouren, frühere Erfahrungen und Erlebnisse in den Alpen durchaus austauschen konnte. Im Übrigen hatte auch Elfi darauf bestanden, dieses Spiel anzusehen, die ihn mit solchen Wünschen noch immer überraschen konnte. Wie ernst sie es damit meinte, konnte er nicht einschätzen, denn seines Wissens war sie noch nie zu einem heimischen Fußballspiel gegangen, vermutlich auch deshalb, weil ihr so viele Menschen auf einem Platz Angst machten. Aber bei solch außergewöhnlichen Spielen wie denen einer Weltmeisterschaft wollte sie dabei sein (wenigstens an der Glotze) und hielt auch ganz selbstverständlich zur deutschen Mannschaft.

Jetzt endlich war ein Wechsel angezeigt worden. In der 69. Minute kam Klose für Götze, der in den letzten Minuten allzu fahrig und ausgelaugt schien, und wie immer, wenn dieser begabte Tor-Knipser ins Spiel kam, war ein Aufatmen durch die Zuschauer gegangen, ein Erlösungsschauer geradezu, als könne noch einmal das Ruder herumgerissen werden. Auch in der Bauernstube im Bergdorf war mit einem Male wieder volle Aufmerksamkeit, erst recht aber hatte die deutsche Mannschaft auf dem Spielfeld in Brasilien dieses Signal verstanden. Klose pflegte unauffällig hereinzuhuschen, sobald er vom ausgewechselten Spieler abgeklatscht worden war. Man konnte im ersten Moment gar nicht sehen, welche Position er einnahm, zu schnell wechselte er von vorne nach hinten, von hinten nach vorn, rannte dabei nicht dem Ball nach, sondern bugsierte sich in Positionen, wo der Ball vermutlich erst hinkommen würde, immer dem Geschehen voraus und deshalb an der einzig richtigen Stelle, wenn es so weit war, den winzigen Augenblick einer Lücke oder einer Kopfballmöglichkeit nutzen zu können. Es war seine spezifische Spielintelligenz, die ihn mit Recht zum erfolgreichsten Torjäger der Welt machte. Wenn es dann im Torraum eng wurde, ein wüstes Getümmel von zehn, zwölf Spielern oder mehr, dann konnte man bei den Zuschauern ein aufgeregt mahnendes, halb geflüstertes »Klose!« hören, eine Beschwörungsformel, in der ein ängstliches »Wo bist du?« mitschwang, denn natürlich konnte man ihn in diesem Durcheinander gar nicht erkennen. Den Ball auch nicht. Man sah nur, begleitet von tausendfachem Aufstöhnen und wieder Abschwellen im Stadion, das Knäuel, aus dem kein Durchkommen war, und den Versuch von Befreiungsschlägen, die aber schon nach wenigen Metern aufgefangen und gekontert wurden, bis an gänzlich unbeachteter Stelle Klose in seiner Lauerstellung angespielt wurde und die Lücke sah. Und so brauchte es genau zwei Minuten – die Ghanaer hatten sich noch gar nicht auf die neue Situation einstellen können –, bis das Tor zum Ausgleich fiel. Wenigstens das.

Aber die Ghanaer wären nicht die überraschende Mannschaft voller Energie und Durchhaltewillen gewesen, wenn sie nicht die folgenden 20 Minuten mit einem geradezu demoralisierenden Kampfgeist dagegengehalten hätten, immer mit der Überzeugung, die afrikanische Mannschaft zu sein, die es schaffen könnte, zumindest ins Halbfinale zu kommen und den bekannten Favoriten aus Europa oder Südamerika Paroli zu bieten.

Ghana gegen Costa Rica, das hätte eine reizvolle Paarung für das Endspiel werden können, ein letzter postkolonialer Befreiungsschlag, nachdem all die selbstherrlichen Giganten aus Europa und Südamerika mit ihren Gladiatorenfratzen, ihren Millionengehältern, ihren kreischenden Fangemeinden am Boden lagen, ein letztes Endspiel, bevor die FIFA, von der Korruption zerfressen wie ein sich selbst vertilgendes Magengeschwür, das jämmerliche Schauspiel ihrer erzwungenen Selbstauflösung bot. Mit solchen ein wenig destruktiven Gedanken war Grabowski eingeschlafen, nachdem der Fußballabend etwas unbefriedigend, nämlich unentschieden, geendet hatte und sich alle recht bald eine Gute Nacht gewünscht hatten.

»Mögen Sie denn keine Krimis?«

Grabowski wurde von dieser Frage, die mit einiger Verzögerung gekommen war und ihn aus seinen träumerischen Nachgedanken riss, deutlich überrascht. Inzwischen war Elfi hinzugetreten und sah ihren Freund mit einem kaum merklichen Grinsen an.

»Ich hab beruflich damit zu tun und das genügt dann irgendwie.«

Das war so leicht dahingesagt, weil Grabowski hoffte, damit das Thema zu erledigen. Aber so unbestimmt formuliert, weckte es geradezu die Neugierde. Elfi spürte das sofort und dachte: Achtung! Jetzt reichst du den kleinen Finger, wie willst du da wieder herauskommen?

»Ach, Sie sind beim Fernsehen? Was machen Sie denn da?«

Das war zwar die falsche Fährte, aber der kleine Finger war jetzt fest ergriffen und würde nicht mehr losgelassen. Mit Ausflüchten war nun nichts mehr zu machen. Elfi wusste ja, wie ungern Grabowski vor Fremden von seinem Beruf sprach, aber jetzt gab es nur noch die Lüge, die richtig dreiste Lüge mit der absurden Ausschmückung einer Fiktion, irgendeiner Mediengeschichte, die zu immer mehr Nachfragen führen würde, aus denen Grabowski mit seinem ehrlichen Charakter dann jedoch nicht mehr herausfinden könnte. Denn irreführende Scherze waren nicht seine Art. Oder er müsste mit der Wahrheit herausrücken und sich noch mehr ungemütliche Fragen gefallen lassen. Es würde gar nicht mehr aufhören, jetzt nicht und heute Abend schon wieder und morgen … Sie dachte: Da musst du jetzt Farbe bekennen, da kann ich dir auch nicht helfen. Sie lachte ihn an, als wolle sie sagen: Du hättest früher aufpassen müssen, soeben ist die Falle zugeschnappt.

Was er aus ihrem etwas schadenfrohen Lächeln herauslas, war: Lass dir etwas einfallen. Wir sind allerdings im Urlaub und haben Zeit. Und so sagte er ganz ruhig:»Nein, nicht beim Fernsehen.«

Der andere war nun erst recht erstaunt. Man merkte deutlich, wie er durchblätterte, was denn außer Film und Fernsehen infrage käme, und ihn dabei so intensiv anschaute, als könne er hinter die Gehirnschale blicken und dort irgendetwas finden. Schließlich stieß er hervor: »Dann sind Sie bei der Polizei.« Er dachte noch einmal nach und fragte dann: »Sind Sie etwa Kriminalbeamter?«

Grabowski hatte sich abgefunden mit seinem Fehler, das Kind war nun einmal in den Brunnen gefallen, und ganz entspannt sagte er nun: »Das ist ja wie bei Lembkes heiterem Berufe-Raten. Soll ich auch noch eine charakteristische Handbewegung machen?«

In diesem Moment war eine der Frauen vors Haus getreten und stand unschlüssig herum.

»Brauchen Sie nicht.« Sein Gesprächspartner lachte. »Ich hab's ja schon.« Und nach einer kleinen Pause: »Gerti, komm doch mal, der Herr ist Kriminalbeamter. Das ist höchst interessant. So jemanden wollte ich schon immer mal kennenlernen.«

»So etwas Besonderes ist das gar nicht«, warf Grabowski ein.

»Aber oho! Ich weiß, wovon ich rede. Ich schaue mir fast jeden Krimi an …«

»Eben das meine ich. Unsere Arbeit hat mit dem, was im Fernsehen gezeigt wird, kaum etwas zu tun.«

»Aber Mörder jagen Sie schon?«

»Wir klären Todesfälle auf, das ist etwas anderes.«

»Ei! Wie witzig! Also doch: ›Leichen pflastern seinen Weg‹?«

»Na schön. Kann man so sagen. Eins zu null für Sie. Aber wir warten nicht wie die Aasgeier auf den nächsten Toten. Wenn es einen zweifelhaften Todesfall gibt, was vorkommt, oder ein offenkundiges Verbrechen, dann ermitteln wir, bis die Sache aufgeklärt ist. Wir helfen gewissermaßen im Nachhinein.«

»Genau das wird doch im Krimi gezeigt …«

»Nur mit einem Unterschied: Da wird erst einmal ein möglichst aufregender Mord in Szene gesetzt, etwas ganz unrealistisch Spektakuläres, Grausames, Widerliches, natürlich in Nahaufnahme, und gerade dies lockt den Zuschauer an, reizt seine Fantasie. Das ist der Köder, um den es geht. Und dann kommt die Verbrecherjagd mit wilden Verfolgungsfahrten, quietschenden Reifen, explodierenden Autos, Zielfernrohr und allem Drum und Dran. Mit dem normalen Leben hat das allerdings meist gar nichts zu tun, das sind Fälle, wie sie in der Realität nicht vorkommen, rein konstruiert. Und vor allem: reichlich blutrünstig. Ich habe mal gehört, dass der ›Tatort‹ mit den meisten Toten am Ende 43 Leichen hatte. Wohlgemerkt: in anderthalb Stunden. Das muss ich mir nicht ansehen. Mich beschäftigt ein einziger Toter manchmal jahrelang, bis ich den Fall aufklären kann. Aber lassen Sie es gut sein, darüber können wir ein andermal reden. Wir wollen den Tag doch ein bisschen ausnutzen und loslaufen. Und Sie doch sicher auch? Ihre Frau hat den Proviantbeutel schon fertig gepackt.«

»Allerdings«, sagte Gerti. »Wir sind ohnehin schon spät dran. Wir wollen nämlich auf die Kanisfluh – bei der tollen Aussicht heute. Rolf, du musst noch deine Wanderschuhe holen.«

Es sollte niemand auf ihn warten müssen, auch nicht seine Frau. Im Abdrehen sagte er noch: »Wir sehen uns noch. Das müssen wir unbedingt fortsetzen.«

*

Grabowski und Elfi waren mit dem Auto das Tal der Bregenzer Ach einige Kilometer hinaufgefahren bis zu den Vorderen Hopfreben und hatten es dort abgestellt, wo ein Waldweg begann, der in steilen Serpentinen zu einer Hochalm führte. So hatten sie einen langen Marschbeginn im Tal auslassen können und nur den Anstieg auf den Berg vor sich.

Erst nachdem sie etwa 800 Meter an Höhe gewonnen hatten, hörte der Wald auf und in einiger Höhe vor ihnen zeichnete sich der scharfe Grat des Häfnerjoches vor dem stahlblauen Himmel ab. Nachdem sie über eine Alm das Joch erreicht hatten, bot sich ein grandioser Rundumblick über das Alpenpanorama, aber auch in das Kleine Walsertal hinunter. Nur nach Westen zog sich ein langer schmaler Grat hin, der rechts und links sofort steil in die Tiefe stürzte. An seinem Ende war ein etwas breiterer Sattel erkennbar, der in der Mitte eine kleine markante Spitze als höchsten Punkt erkennen ließ, weniger als einen Kilometer entfernt.

Die beiden Wanderer sahen sich an und jedem war klar, was der andere dachte: Trauen wir uns diesen schmalen Pfad auf dem Höhenkamm zu, der vielleicht nur einen Meter breit ist, aber wegen des beidseitigen Blickes in eine erschreckende Tiefe einige Schwindelfreiheit erfordert? Flachlandziegen konnten hier nur erschauern und wären keinen Schritt weitergelaufen. Den Bergerfahrenen machte dies nichts aus und sie hätten diese Enge niemals ausgelassen angesichts eines so nahen vorgeschobenen Zieles, an dem man sich als Beherrscher der ganzen Gebirgswelt vorkommen musste.

»Lass uns gehen, ich bin bereit.«

Eine halbe Stunde später standen sie auf der Üntschenspitze, die nach drei Seiten in einer gleichmäßigen Linie bis ins Tal fiel wie ein spitzer Kegel, nur nach Osten von dem Bergkamm gehalten, der sich unten das Flusstal entlangzog. Und nun konnten sie sogar hinuntersehen bis nach Au und suchten mit längeren Diskussionen und einigen ausgestreckten Fingern nach dem Bauernhof ihrer Unterkunft, den sie schließlich zu entdecken meinten.

Nach etwas mehr als fünf Stunden waren sie wieder in ihrem Ferienort, auf dem gleichen Weg zurück. Solange sie sich im freien Gelände auf der Höhe befanden, nun mit der Sonne im Rücken, schienen ihnen die

Ausblicke (jetzt in östliche Richtung) gänzlich verschieden vom Hinweg. Und später im Wald bestand der Perspektivwechsel darin, dass es nun steil abwärts ging. Als sie jedoch ihr Auto erreicht hatten, nach Au zurückgefahren waren und nun auf das Bauernhaus zugingen, sahen sie, dass die Reutlinger schon da waren, sie hatten sich Gartenstühle geholt und vor dem Haus in die Nachmittagssonne gesetzt. An ihnen war nicht unbemerkt vorbeizukommen. Deshalb ergriff Elfi die Offensive und fragte in die Runde: »Und? Waren Sie auf der Kanisfluh? Wie war's?«

»Traumhaft!«, rief Gerti aus. »Das ist ja ein so merkwürdiger Berg, von unten sieht er aus wie ein höchst ungemütlicher Klotz, und wenn man von der langen Seite aufsteigt, ist es ein ziemlich sanfter Spaziergang. Ganz, ganz lohnend.«

Nun griff Rolf ein: »So setzen Sie sich doch etwas zu uns. Hier sind ja noch zwei leere Stühle. Sie waren auch auf einer Bergtour?«

»Aber nicht lange«, sagte Elfi vorsichtig. »Ich muss mich vor dem Konzert unbedingt noch etwas ausruhen, sonst fallen mir womöglich die Augen und die Ohren zu. Ja, wir waren hier drüben, auf diesem Berggipfel. Da hat man eine solche Aussicht …, wir haben immer geschaut, ob wir Sie entdecken können. Von da oben sieht man ja alles.«

»Haben Sie uns auch gehört?«, fragte Gerti.

»Nein«, sagte Grabowski. »Haben Sie etwa gejodelt?«

»Danach war mir gar nicht mehr zumute. Wir hatten nämlich ein ganz grauenhaftes Erlebnis. Mir ist so etwas von Schreck in die Glieder gefahren! Ich hab im ersten Moment einfach einen riesigen Schrei losgelassen.«

»Das war wirklich markerschütternd«, bestätigte einer aus der Gruppe. »Ich hoffe, du bist jetzt wieder halbwegs auf dem Teppich.«

»Was ist denn passiert?«, fragte Grabowski nun einigermaßen neugierig.

»Der Weg geht ja ganz gemächlich und zieht sich so hin. Und ich bin vorneweg gelaufen. Die anderen haben so viel gequatscht und immer von Fußball und solchen Sachen. Und dann blieben die immer wieder mal stehen. Also, das kann ich nicht leiden. In den Bergen habe ich es gerne zügig. Das ist schließlich kein Spaziergang im Kurpark. Und deshalb war ich alleine vorneweg, ein ganzes Stück schon, vielleicht einen halben Kilometer voraus. Verlaufen kann man sich da nicht. Und dann biegt der Weg auf einmal etwas um die Kante, ich bin da so getrottet, habe das gar nicht gemerkt. Plötzlich steht dieser Kerl vor mir. Riesengroß und ganz starr. Und dann wurde ich auch noch von der Sonne geblendet, konnte zunächst nichts erkennen, nur die Umrisse. Kennen Sie den auch? Waren Sie da schon einmal?«

»Ehrlich gesagt, weiß ich gar nicht, wovon Sie reden. Ein Riese?«

»Schlimmer. Ein Eisenmann.«

»Erzählen Sie doch mal genauer, was passiert ist.«

»Wie soll ich sagen? Da steht plötzlich dieser Eisenmann vor Ihnen. Rostig, riesig, unheimlich. Und an einer Stelle, wo Sie wirklich nicht darauf gefasst sind. Wie der aus dem Bond-Film mit dem Metallgebiss, wenn Sie sich erinnern. Ich bin so erschrocken, dass ich nur noch losgeschrien habe. Sie hätten mal sehen sollen, wie schnell die anderen angerannt kamen, aber da wusste ich dann schon, was los war. Der steht da einfach so in der Landschaft und ein bisschen versteckt dazu. Ich weiß ja nicht, was das bedeuten soll, wahrscheinlich soll es ein Denkmal sein. Oder Kunst. Aber es steht nichts dabei, kein Schild, gar nichts. Irgendwie blöd, nicht wahr?«

»Und die Wirtsleute, denen wir das vorhin erzählt haben, haben gelacht und gesagt, dass es noch mehr von diesen Figuren gäbe, um die hundert, die stünden hier überall in der Landschaft herum, alle auf der gleichen Höhenlinie, irgendwas mit 2.000 Metern. Also nicht hier unten im Tal, sondern immer nur dort oben. Irgendein englischer Künstler … Was das soll, dazu konnten die auch nichts sagen.«

MONTAG, 23. JUNI 2014

Als Grabowski herunterkam, waren Elfi und Dörte, die auch zu der Reutlinger Wandergruppe gehörte, über die Tische hinweg im Gespräch. An der langen Tafel saß noch ein sehr sympathisch aussehender junger Mann mit lustigen Augen, der aber gänzlich schweigsam war, wie Grabowski schon tags zuvor aufgefallen war. Er grüßte mit einem freundlich zugewandten Nicken und schien nur zuzuhören. Dörte wandte sich zu Grabowski und fragte: »Das Konzert war nicht so dolle, höre ich gerade?«

»Na ja. Der hat schon eine tolle Stimme, Piotr Beczala heißt er, der könnte eine ganze Zirkusarena füllen. Ein richtiger Heldentenor. Aber für Schumanns ›Dichterliebe‹ müsste man sich doch etwas zurücknehmen. Das sind ja alles Lieder von Träumen, Tränen und Herzeleid. Eher melancholisch, manchmal auch ironisch.«

»Oh, ich kenne die ›Dichterliebe‹, ich habe sie zu Hause mit Hermann Prey.«

»Dann stellen Sie sich das einmal richtig losgeschmettert vor: Das ist zum Davonlaufen, vor allem in einem so kleinen Saal. Aber vielleicht saß ja ein Talentsucher im Publikum und hat ihn gleich engagiert für ein großes Opernhaus. Dann sei ihm verziehen. Die ›Zigeunerlieder‹ von Dvořák zum Abschluss waren dann sehr schön, da passte alles.«

»Immerhin, hat sich also doch noch gelohnt. Und wo geht es heute hin?«

Gerti und Rolf kamen strahlend und gut gelaunt herein, sie im reizenden Dirndl. Er machte zu den Anwesenden eine Verbeugung und sagte etwas großspurig: »Habe die Ehre …« Vielleicht sollte es auch nur etwas Österreichisch klingen.

Dem Begrüßungsgemurmel ließ Elfi gleich folgen: »Wir müssen heute wieder zurück, allerdings erst abends, wir haben es ja nicht so weit. In drei Stunden sind wir zu Hause. Da werden wir den Tag noch einmal zu einer kleinen Tour ausnutzen.«

Und dann wandte sie sich an dem kleinen Zweiertisch mit Grabowski dem Frühstück zu.

Als sein Smartphone sich regte, fragte Elfi: »Wer will denn hier etwas von dir? Warum hast du das Ding denn nicht ausgeschaltet?«

Grabowski sah auf das Display und murmelte nur: »Wie dumm von mir. Tritschler natürlich.« Während er sich erhob, um diskret hinauszugehen, nahm er das Gespräch kurz angebunden an.

»Ja?«

»Ich wollte dir nur sagen, dass wir im großen Sitzungssaal oben sind, falls du uns suchst.«

»Ich suche euch aber gar nicht. Ich bin nämlich noch im Urlaub.«

»Wie bitte? Wo bist du denn?«

»Noch unterwegs. Wenn du in den Urlaubsplan schaust, wirst du sehen, dass ich erst morgen früh wieder zurück bin. Genau so ist es eingetragen.«

»Herrje noch mal, wo wir dich so dringend brauchen! Du weißt gar nicht, was hier los ist.«

»Nein! In der Tat! Hier gibt es nicht einmal eine vernünftige Zeitung. Ein neuer Fall?«

»Ja, schon seit letztem Wochenende … Ausgerechnet ein Chinese. Da kann ich nicht jeden dranlassen, das musst unbedingt du übernehmen.«

»Darüber reden wir dann morgen. Morgen früh im Büro. Aber eins muss ich dir schon jetzt sagen …«

»Und das wäre?«

Grabowski zögerte etwas mit der Antwort und sagte dann sehr leise: »Ich kann kein Chinesisch.«

Einen Moment war es still, dann sagte Tritschler trocken: »Schlimm genug, würde ich nicht so laut sagen.«

Grabowski antwortete: »Ich bin verschwiegen bis ins Grab, jedenfalls bis morgen früh.« Mit solchem Flachs pflegten die beiden Kollegen sich ihres gegenseitigen Wohlwollens zu versichern, selbst wenn sie sich gelegentlich übereinander ärgerten. Aber Tritschler hatte schon aufgelegt.

Als Grabowski wieder in den Frühstücksraum kam, sah ihn nicht nur Elfi fragend an, sondern alle, die da saßen, blickten derart neugierig auf, dass Grabowski so laut, dass es jeder hören konnte, sagte:»Nichts Besonderes. War nur ein Kollege, der vergessen hat, dass ich noch im Urlaub bin. Das kommt davon, wenn man sein Handy nicht ausschaltet.«

Das klang so undramatisch, dass es jede Neugier besänftigte.

2. TEIL

DIENSTAG, 24. JUNI 2014

FREIBURG

Diesmal blieb für ein ausführliches Frühstück gar keine Zeit. Im Übrigen war auch kaum etwas vorhanden. Lediglich eine Bahlsenschachtel hatte sich noch gefunden und so gab es zum Kaffee nur ein paar Butterkekse, die Elfi und Grabowski wortlos verdrückten.

Gestern war es spät geworden, bis sie nach Hause kamen, denn in Birnau hatten sie eine Pause eingelegt und beim Weingut des Markgrafen von Baden noch etwas gegessen, ein leichtes Fischgericht vom Bodensee. Das alte Kellereigebäude mit dem Restaurant lag etwas oberhalb der Klosterkirche mitten in den Weinbergen und mit schönem Blick auf den Überlinger See und den Bodanrück. Der Weinverkauf hatte schon geschlossen, vermutlich hätten sie ohnehin nichts mitgenommen, denn sie bevorzugten die Burgunder-Weine vom Tuniberg und Kaiserstuhl oder die leichten Gutedel von Hermann Dörflinger in Müllheim.

Und ganz gegen ihre Gewohnheit hatte Elfi sich am Ende ihrer Reise nicht bei ihrer Wohnung absetzen lassen, sondern war bei Grabowski geblieben, gewissermaßen für eine weitere, zusätzlich angehängte Urlaubsnacht.

Obwohl sie seit über zehn Jahren unzweifelhaft ein Paar waren, hatten sie noch immer jeder eine eigene Wohnung und führten ihre Beziehung mit einiger Distanz, fühlten sich aber dennoch einander untrüglich zugehörig. Es war also nicht Bindungsscheu oder gar Unverbindlichkeit, sondern ein mit jeder gewollten und ersehnten Begegnung erneutes Bekenntnis zueinander, jedoch ohne durch Rituale oder nach außen demonstrierte Gemeinsamkeiten irgendwelche Verpflichtungen zu übernehmen. Natürlich gab es auch äußere Gründe dafür, vor allem den, dass sie während der Woche zu wenig Zeit füreinander fanden und nicht in einer gemeinsamen Wohnung letztlich aneinander vorbeileben wollten. Außerdem zogen sie es vor, nur selten gemeinsam aufzutreten. Denn Elfi arbeitete in der Kanzlei eines Rechtsanwaltes, der auch als Strafverteidiger auftrat. Und die gleichzeitige Verbindung zur Kriminalpolizei konnte für manche Leute durchaus ein »Geschmäckle« haben. Nicht ganz zu Unrecht, denn ein Strafverteidiger (und seine Kanzlei, die Elfi führte) hatte auf Seiten seiner Klienten zu stehen, was auch immer sie verbrochen hatten – und ein Kriminalbeamter gehörte zur anderen Seite, der der staatlichen Strafverfolger. Das waren schon sehr gegensätzliche und konkurrierende Positionen. Da durfte es keinen Verrat geben, keinen Austausch von Kenntnissen, Informationen, nicht einmal Einschätzungen in die eine Richtung (zugunsten des Beschuldigten) oder die andere Richtung (zugunsten der Strafverfolger oder Verbrechensaufklärer).

War es also eine »unmögliche« oder nicht tolerierbare Beziehung zwischen Elfi und Grabowski? Keineswegs. Denn eine Gesellschaft der Arbeitsteilung, der freien Entscheidungen, der demokratischen Voraussetzungen lebte nun einmal vom gegenseitigen Vertrauen. Und sie waren sich beide durchaus bewusst, dass sie mit entschiedener Sorgfalt ihre Verschwiegenheiten auch gegeneinander pflegen mussten. (Bei Lichte besehen ist das gar nichts so Besonderes und jeder Geheimnisträger bis hin zur Bundeskanzlerin lebt mit Partnern oder Ehehälften zusammen, die eigentlich keine Geheimnisse tragen dürfen und dennoch allerlei erfahren, und man erwartet, dass sie in der Lage sind, diese Differenz, ohne Schaden anzurichten, irgendwie aushalten zu können. Das klappt im Allgemeinen auch.)

Wenn man ihn gefragt hätte, hätte Grabowski gesagt: »Wir leisten uns eben den Luxus, uns jeden Tag von Neuem füreinander zu entscheiden. Ist zwar ein bisschen teurer, zum Beispiel wegen der zwei Wohnungen oder der Steuern, aber es ist die Sache wert.« Und Elfi hätte gesagt: »Wir sind eben Individualisten und wollen das auch miteinander bleiben.« Das schloss aber ein, dass es eine immer wieder von Neuem entstehende Sehnsucht zueinander gab, eine Begierde, die an diesem letzten Urlaubsabend durchaus noch nicht gestillt war. Und so hatte Elfi darauf verzichtet, gleich wieder in ihren Alltag zurückzukehren, sich um die dreckige Wäsche zu kümmern und inzwischen eingetrudelte Post zu lesen, vielmehr hatte sie gesagt: »Komm, heute ist noch Urlaub, lass alles liegen!« Und obwohl sie beide müde waren, waren sie nicht zu müde gewesen, sich von Neuem zu suchen und zu finden.

»Die schönen Tage von Au sind jetzt zu Ende, das ist mir durchaus bewusst. Aber wann sehe ich dich denn wieder?«

»Das wissen vermutlich nicht einmal die Götter. Aber sie werden mich auch nicht aufhalten können, sobald eine Gelegenheit kommt. Notfalls müssen wir sie uns stehlen.«

»So weit muss es doch nicht kommen. Ich hoffe, wir sehen uns früher.«

»Die Sünde gehört zum Leben. Man darf sich halt nicht erwischen lassen.«

»Ganz schön kess bei deinem Beruf.«

»Du weißt ja: Ich eigne mich nicht zum Tugendwächter, so verbogen bin ich nicht. Das ist das eine. Mein Beruf ist das andere. Und da habe ich den Grundsatz: Das tun, was zu tun ist.«

»Und was bedeutet das?«

»Dass man notfalls auch für das einstehen muss, was man falsch gemacht hat. Ohne zu jammern.«

Für Heldentum war das etwas zu wenig. Elfi sah ihn etwas spöttisch, aber liebevoll an. Da legte er noch etwas nach, wobei er sich von ihrer Miene leiten ließ: »Für dich würde ich jeden Fehler tun, jederzeit.« Nach einem kurzen Innehalten war es, wie wenn er sich schüttelte, bevor er sagte: »Aber ich muss los. Ich kann dich bei dir absetzen, mit dem schweren Koffer ist das sicher bequemer. Und sobald ich ein bisschen absehen kann, wie alles weitergeht, rufe ich dich an. Abgemacht?«

»Dass ich wahllos glücklich bin, wäre gelogen. Aber einverstanden.«

HEINRICH-VON-STEPHAN-STRASSE

Den Dienstbeginn bei der Kriminalpolizei darf man sich nicht so vorstellen, dass zwischen 7 und 8 Uhr (verschieden an einzelnen Orten und Regionen) alle sich im Hauptgebäude einfinden, pünktlich ihren Arbeitsplatz einnehmen und warten, bis der Vorgesetzte die Aufgaben für den heutigen Tag bestimmt und verteilt. Vielmehr ist es so, dass rund um die Uhr gearbeitet wird – vor allem, wenn aktuelle Fälle anstehen –, dass in wechselnden Schichten gearbeitet wird, damit alles im Fluss bleibt, in Schichten, die je nach Bedarf personell aufgestockt werden, ein Fließrhythmus nach Notwendigkeiten, bei dem immerzu Überstunden entstehen (und verständige Chefs sich dadurch auszeichnen, dass sie diese wieder abzubauen suchen). Im Grunde weiß jeder, was er zu tun hat, denn alles lässt sich als ›Spur‹ definieren, die nach routinierten Fragestellungen ›abgearbeitet‹ werden muss, um festzustellen, ob sie relevante Hinweise enthält, die weiterzuverfolgen sind oder nicht. Bei Tötungsdelikten sind es ja oftmals Hunderte von einzeln nummerierten Spurenakten zu einem einzigen Fall, bevor sich im Gestrüpp gangbare

Pfade abzeichnen, die aber noch lange nicht zum Ziel führen müssen, sondern sich nicht selten im Unwegsamen wieder verlieren.

Aber wie ein Haufen fleißiger Ameisen funktioniert das nicht, dafür ist diese Behörde zahlenmäßig zu klein besetzt. Deshalb sind eine Menge ordnende und dirigierende Hände beteiligt, die für größtmögliche Effizienz sorgen. Denn der Stellenplan folgt nur allgemeinen Erfahrungswerten und muss sich über Jahre bewähren. Ob sich freilich Fälle plötzlich häufen – speziell bei der früher so genannten »Mordkommission« – und es mit einem Male knüppeldick kommt, das hat kein Chef der Kriminalpolizei im Griff – die »Fälle« kommen auf ihn zu und er muss damit fertigwerden. Ihm bleibt vor allem eins: Immer wieder auf jeden einzelnen Fall bezogen Teams zu bilden für größere oder kleinere Aufgaben, wenn nötig mehrere zusammenzufassen in einer Ermittlungsgruppe oder sogar einer Sonderkommission, in der dann oftmals bis zu 50 Kriminalisten zusammenwirken. Vor allem aber muss er für eine Arbeitsorganisation sorgen, in der alle, die mit einem Fall zu tun haben, jederzeit den gleichen Informationsstand haben können, um möglichst nützlich sich gegenseitig in die Hände zu arbeiten.

Es war ein ganz normaler Morgen, geschäftig, aber unaufgeregt. Jeder hatte übergenug Arbeit, aber dass Grabowski aus dem (kurzen) Urlaub zurück war, wurde dennoch bemerkt und mit freundlichen Begrüßungen und Fragen begleitet. So viel Zeit war immer, man rannte hier nicht einfach aneinander vorbei. Grabowski war kurz in sein Arbeitszimmer gegangen und hatte dort seine Jacke aufgehängt. Dabei hatte er flüchtig gesehen, dass auf seinem Schreibtisch ein ganzer Stapel von Schnellheftern lag. Aber er war dann erst einmal zur Ermittlungsgruppe »Grenze« gegangen, die einen neuen spektakulären Fall bearbeitete, von dem er sogar in Vorarlberg gehört hatte. In Mülheim war eine junge Frau in roher Weise vergewaltigt worden und der Täter war bekannt. Eine Woche später hatte der jüngere Bruder der Frau den Täter unter einem attraktiven Vorwand (Haschisch-Verkauf) auf einen Parkplatz an der Autobahn gelockt und mit unglaublicher Wut durch 23 Messerstiche getötet. Allerdings hatte er noch seinen Vater mitgebracht und einen Freund, die von der Mordabsicht vielleicht nichts ahnten, aber eben doch dabei gewesen waren. Alle drei saßen nun in Untersuchungshaft, fast schien die Sache aufgeklärt, jedoch waren ihre Aussagen so widersprüchlich, dass der ganze Ermittlungsapparat benötigt wurde, den Tathergang (und die Schuld jedes Einzelnen) genauer aufzuklären. Und das machte erhebliche Schwierigkeiten, denn nicht einmal das Tatmesser war gefunden worden.

Es blieb gar nichts anderes übrig, als eine genaue Indizien-Untersuchung vorzunehmen, obwohl sogar ein halbes Geständnis vorlag. Eben als die Kollegen Grabowski dies zu erklären versuchten, kam Tritschler herein, einer der leitenden Mitarbeiter der Kriminalpolizei.

»Ach, da bist du ja.« Er konnte sich nicht verkneifen, hinzuzufügen: »Du hast dich hoffentlich gut erholt.«

»Na ja, mehr als einmal tief durchzuatmen in frischer Luft war es nicht. Aber immerhin in den Bergen. Kann ich dir nur empfehlen. Das bringt mehr, als drei Wochen irgendwo am Strand herumzuliegen.«

Diese Bemerkung war zwar kein vergifteter Pfeil, aber doch ein wohldosierter kleiner Piekser.

»Die Berge täten mir auch gefallen, aber du weißt ja, meine Frau will immer nur an den Pörtschacher See.«

»Das musst du wohl ihr zuliebe …, aber Anfang September, wenn die Ferien vorbei sind und alle Kollegen wieder da, könnten wir doch einmal zwei Tage freinehmen und ein verlängertes Wochenende losmarschieren. Würde ich sofort mitmachen. Wenn du nichts dagegen hast, könnten wir auch Elfi mitnehmen.«

Statt zu antworten – vielleicht auch, weil es ihn genierte vor all den jungen Kollegen, die um sie herumstanden –, verzog Tritschler sein Gesicht zu einem breiten Lachen, in dem allerdings, wie Grabowski sofort bemerkte, so viel Zustimmung eingebettet war, dass daraus durchaus etwas werden konnte. Sie waren etwa gleich alt, hatten fast zur selben Zeit ihren Dienst begonnen und ihre Beamtenkarriere durchlebt, hatten sich gegenseitig immer respektiert und nie zu überbieten versucht. Auch ihr Ehrgeiz galt mehr der Sache, die aufzuklären war, als dem günstigen Licht bei Vorgesetzten. Insofern konnte man sie fast als ein Zwillingspaar ansehen, obwohl sie nicht einmal im engeren Sinne miteinander befreundet waren.

Aber es gab auch ein paar gewichtige Unterschiede. Grabowski war womöglich der Klügere von beiden, sicher aber auch der Widerborstigere (was nicht immer klug war), während Tritschlers Umsichtigkeit stets auch dem geschmeidigen Ausgleich galt. Grabowski neigte zum Einzelgängertum, ließ sich nur selten in die Karten schauen, hatte Kollegen gegenüber manchmal etwas Distanziertes und Schroffes, das sich gerne in altklugen oder überwitzigen Sentenzen äußerte, die er in unpassenden Momenten spontan zum Besten gab. Tritschler hingegen war verbindlicher, kollegialer und immer auf vermittelnde Glättung aus. Er war bereit, von anderen etwas aufzunehmen und es neidlos anzuerkennen. Das machte ihn teamfähiger, und da er durchaus auch energisch und durchsetzungsfähig sein konnte, wenn er von etwas überzeugt war, war er für leitende Aufgaben der Geeignetere – etwa in einer Sonderkommission. Grabowski wusste das und überließ ihm gerne solche Leitungsfunktionen, obschon es irgendwann dazu führen musste, dass Tritschler an ihm vorbeiziehen würde, sein Vorgesetzter werden könnte, nicht nur mit sehr viel besserem Gehalt, sondern auch in einer anderen Hierarchie-Ebene des ganzen Hauses. Aber Grabowski billigte dies nicht nur, sondern fand es sogar gerecht, und diese Selbstbescheidung führte wiederum zu einer großen und bewundernden Hochachtung durch Tritschler. (Glücklich eine Behörde, deren beste Mitarbeiter so wenig Eigennutz zeigen.)

»Wenn du Zeit hast, komm doch bei mir vorbei, ich würde dir gerne die Akte ›Wang‹ übergeben.« Es konnte sich nur um den Chinesen handeln, von dem Tritschler schon am Telefon gesprochen hatte.

»Selbstverständlich, ich kann gleich mitkommen, wenn es dir recht ist.«

Bereits im Gehen sagte Tritschler: »Die Ordner habe ich dir schon auf deinen Schreibtisch gelegt. Außer ihnen gibt es noch ein paar Sachen, die untersucht werden müssen, zum Beispiel ein Mah-jong-Spiel. Und Huber durchforscht das Smartphone. Viel ist das nicht. Die Chinesen reisen anscheinend mit kleinem Gepäck.«

»Und es handelt sich um einen Mordfall?«

»Sieht so aus. Das war ein Student, aber höheres Semester, der an der Technischen Fakultät studiert hat, Informatik oder so etwas Ähnliches. Er wohnte in einer WG und wurde von einem Mitbewohner vorigen Montag gefunden, offenbar erdrosselt. Es gibt aber auch Kampfspuren, da muss auch ein Messer im Spiel gewesen sein. Wirst du alles im Obduktionsbericht sehen.«

»Dann vermute ich mal, dass es noch nicht viel Konkretes gibt.«

»Da vermutest du richtig, aber ich würde es gerne anders sagen: Wir haben hier zurzeit ziemlich viel zu tun, denn zwei Tage später ist der Fall in Neuenburg passiert und hat enormen Wirbel ausgelöst. Man kann das ohne Übertreibung einen Lynchmord an einem Vergewaltiger nennen. Allerdings mit bizarren Folgen. Schon geht eine Diskussion im Internet los, teilweise sogar mit viel Zustimmung: Das sei zu Recht geschehen, denn kaum ein Vergewaltiger werde heutzutage angemessen verurteilt, da müsse man eben selbst zur Tat schreiten. Andere sehen die Rechtsordnung in Gefahr und so fort. Und dann wird uns auch noch vorgeworfen, wir wären vorgewarnt gewesen, dass ein solcher Racheakt bevorstehen könnte, hätten aber nichts unternommen. Hätten offenbar diese Selbstjustiz sogar bewusst in Kauf genommen. Wir stehen ganz schön unter Druck.«

Sie gingen schweigend den Gang entlang, bis Tritschler einfiel, noch hinzuzufügen: »Außerdem gibt es diese beiden Fälle vom Frühjahr, im Elztal und in Kenzingen, die sind auch noch nicht abgeschlossen.«

»Weiß ich doch«, sagte Grabowski etwas unwirsch, um einem bevorstehenden Lamento zuvorzukommen. »Wir tun, was wir können, und haben uns deshalb nichts vorzuwerfen. Im Übrigen gilt noch immer: nur nicht hetzen, denn langsam geht schneller.«

Nachdem sie vor Grabowskis Zimmer angekommen waren, gleich gegenüber von Tritschlers Büro, meinte Tritschler: »Lass uns zu dir reingehen, bei mir klingelt nur dauernd das Telefon.«

Ohne in die Akten zu schauen, berichtete er anschließend von dem wenigen, das er wusste. Offenbar handelte es sich um einen chinesischen Postgraduate Studenten namens Wang aus Peking, der seit etwa einem Jahr hier studierte. Seine Deutschkenntnisse reichten wohl für den Alltagsgebrauch, das Studium spielte sich jedoch weitestgehend auf Englisch ab. Von persönlichen Freunden war hier nichts bekannt, eine Freundin hatte er offenbar nicht, wenigstens war in seiner WG nie eine gesehen worden. Er hielt sich die meiste Zeit im Institut auf, wo er als zurückhaltender, aber gut integrierter und fleißiger Kommilitone galt. Auch dort wusste man wenig über ihn, über persönliche Dinge wurde offenbar kaum gesprochen. Aber das waren nur die Ergebnisse erster oberflächlicher Befragungen, da konnte man noch vieles nachhaken. Für eine Beziehungstat gab es bisher keine Hinweise, ein Raubmord schien ausgeschlossen, es schien nichts zu fehlen. Seine Sachen waren nicht einmal durchwühlt worden. Abgesehen davon, dass er sich gewehrt haben musste, gab es keine größere Unordnung in seinem Zimmer.

»Man weiß also noch gar nichts?«

»Wir stehen noch ganz am Anfang. Aber die Spurenkommission ist so weit fertig. Wir wollen die Wohnung heute wieder freigeben.«

»Wer wohnt denn da sonst noch?«

»Außer dem Chinesen noch ein Student und eine Studentin. Aber wir haben ziemlich Glück gehabt, weil die Studentin bei einer Ausgrabung ist, die studiert Kunstgeschichte oder Archäologie oder etwas Ähnliches und ist für drei Monate im Ausland. Und der andere schreibt gerade an seiner Doktorarbeit und sitzt den ganzen Tag in der Bibliothek. Ein Jurastudent. Der war es auch, der uns angerufen hat. Ein ganz verständiger Typ. Der war jetzt die ganze Woche bei seiner Freundin, sodass wir völlig ungestört waren.«

»Das heißt dann wohl, dass schon sicher ist, dass der nichts damit zu tun hatte?«

»Findest du alles in den Akten. Der ist sauber und hat uns im Übrigen sehr geholfen. Wir haben von ihm auch seinen Wohnungsschlüssel und den soll er heute zurückbekommen. Er hat nämlich nur diesen einen.«

»Wie viele Schlüssel gibt es denn?«

»Insgesamt drei. Den vom Chinesen, der liegt hier bei den Spurenakten, da ist auch noch sein Zimmerschlüssel mit dabei. Dann den vom Jurastudenten, das ist ein einzelner Wohnungsschlüssel. Das ist ein Schließsystem und funktioniert auch für die Haustüre unten. Muss auch hier liegen. Und der dritte ist der von der Studentin, aber den hat sie mitgenommen, der geistert also irgendwo in Südamerika herum.«

»Und wo sind die Sachen von dem Toten?«

»Was wir für die Auswertung brauchten, ist hier, alles andere noch in der Wohnung, aber das ist nicht viel. Der wohnte ja möbliert und hatte nur Wäsche und so etwas, ein paar Bücher und Studienunterlagen, aber sonst nichts. Diese Asiaten kommen hier mit einem Rucksack an und noch etwas in der Hand, mehr haben die nicht. Nur die Japaner haben meistens große Rollkoffer, manchmal sogar zwei, das sind die Ausnahmen. Die Chinesen jedoch sind sehr bescheiden. Sein Smartphone ist natürlich hier, zum Glück ist das meiste Englisch, einiges aber auch Chinesisch. Huber ist damit beschäftigt. Das wirst du dir ja dann genauer angucken. Und das Mah-jong-Spiel ist noch unten bei der Technik, denn die wollen jedes Steinchen nach Fingerabdrücken untersuchen.«

»Na, dann mal Prost.«

»Was meinst du damit?«

»Dass da vermutlich nicht viel bei herauskommt. Das ist wie beim Kartenspiel, das geht durch so viele Hände, wie es Mitspieler gibt, und dann noch die vom Mal davor und davor noch und so weiter, alles überdeckt, und am Ende erkennt man nur den, der die fettigsten Finger gehabt hat. Das ist aber nicht unbedingt der, den man sucht.«

»Sag mal, hast du schlechte Laune?«

»Überhaupt nicht. Ich sage nur, dass ich mir von einer solchen Untersuchung nicht so viel verspreche.«

»Das sag aber nicht denen von der Technik. Die geben sich die größte Mühe ...«

»Ich bin verschwiegen wie ein Grab und sag es nur dir. Du wirst mich doch nicht verpetzen?«

Das war wieder einmal der eigenartige Humor von Grabowski, mit dem er sich nicht bei allen beliebt machte. Aber Tritschler kannte ihn nun schon seit so vielen Jahren, dass er ihm kaum etwas übel nehmen konnte. Grabowski musste immer ein wenig Distanz um sich herum schaffen und dann rutschten ihm Bemerkungen heraus, die leicht etwas überheblich klangen. Aber sie waren eigentlich nicht so gemeint.

»Und noch etwas: Die von der Botschaft in Berlin haben sich gemeldet und kommen nächstens vorbei.«

*

Nachdem Tritschler gegangen war, blätterte Grabowski in den Akten, die alle die Aufschrift trugen: ›WANG Yuhai‹. Bevor er sie ganz und gründlich durchlesen würde, wollte er sich erst einmal einen Überblick verschaffen. Die Spurenkommission schien sorgfältig gearbeitet zu haben, wenigstens war jedes Detail der

Wohnung in guten Fotos belegt, auch solche Stellen, an denen gar nichts Auffälliges zu bemerken war. Allein etwa zehn Aufnahmen zeigten die Eingangstür mit dem Schloss, nur um zu belegen, dass sie offenbar nicht aufgebrochen worden war und demnach der Chinese den oder die Täter selbst in die Wohnung gelassen haben musste. Selbst in der Küche wurden die gespülten Gläser auf dem Abtropfkorb gezeigt, an denen keine Fingerabdrücke zu finden waren. Vom Boden des Zimmers gab es diverse Fotos mit unterschiedlichen Beleuchtungswinkeln, um eventuelle Fußspuren darstellen zu können, auf den ersten Blick schien dabei aber nichts herausgekommen zu sein.

Der Obduktionsbericht gab mit seinen beigefügten Aufnahmen schon etwas mehr her, obgleich auch da vieles im Ungefähren blieb. Demnach war der Tote von hinten mit einem Gurt, einem Gürtel oder Seil mit ziemlicher Energie stranguliert worden, was zum Exitus führte. Außerdem gab es einige Kratz- und Druckspuren am Hals und an den Unterarmen, vor allem aber war der ganze Oberkörper von einer oberflächlichen Messerspur gezeichnet, ohne dass es dem Täter gelungen wäre, zuzustechen. Denkbar wäre auch, von zwei Tätern auszugehen, ohne dass man dazu unterscheidbare Spuren finden konnte. Nur ließ sich mit dieser Annahme der Tatablauf leichter rekonstruieren. Demnach wäre der eine Täter mit dem Messer auf das Opfer losgegangen, das sich dabei erfolgreich gewehrt hatte, indem es etwa die Hand mit dem Messer so festhalten oder abwehren konnte, dass es zu keiner erfolgreichen

Attacke kam, auch wenn dabei das Messer den Körper leicht (aber keineswegs tödlich) berührte und ritzte. Ein anderer Täter hätte demnach eingegriffen, indem er nun von hinten die tödliche Schlinge um den Hals zog. Aber das war nicht eindeutig, darüber wäre noch zu reden.

Ein paar Befragungen hatten schon stattgefunden, aber das durchzuarbeiten, schien ihm nicht so eilig. Erst wollte er sich in dieser Wohnung noch einmal selbst umschauen, bevor die Mitbewohner wieder auftauchten. Nicht, dass ihm etwas eingefallen wäre, das nicht genug dokumentiert war, aber er arbeitete nicht gerne allein aus den Akten. Das Selbstgeschaute brannte sich viel deutlicher und intensiver ins Gedächtnis ein, auch wenn inzwischen in der Wohnung keine Leiche mehr lag und auch andere Spuren längst aufgenommen und damit beseitigt waren. Er konnte nicht erwarten, dort noch etwas Relevantes zu finden, das übersehen worden wäre, und doch trieb ihn eine tiefsitzende »idée professionnelle« dazu, als Erstes noch einmal an den Tatort zu fahren, der, keine drei Kilometer vom Dienstsitz entfernt, bei der Berliner Allee lag.

HOLZMARKTPLATZ

Gerade als Grabowski das Dienstgebäude verließ und über den Parkplatz zu seinem Auto ging, um über die Eschholz- und die Breisacher Straße zum Gebäudekomplex der Westarkaden zu fahren, kam es in der Innenstadt, genauer gesagt beim Amtsgericht am Holzmarktplatz, zu einem Vorfall, der für mächtiges Furore sorgen sollte. Ein Untersuchungshäftling wurde zu einem Gerichtstermin vorgeführt – eine im Grunde alltägliche Angelegenheit, für die es einen eingespielten Routineablauf gab. Die Verhandlung vor dem Amtsgericht war auf zehn Uhr anberaumt worden. Eigentlich eine harmlose familienrechtliche Frage, die geklärt und entschieden werden sollte. Aber als die beiden beteiligten Anwälte sich vor dem ochsenblutroten Gebäude, aus verschiedenen Richtungen kommend, trafen, die schwarze Robe noch über die Schulter geworfen, jeder an der Hand eine übervolle Aktentasche aus teurem Rindsleder, warfen sie sich schon bei der Begrüßung einen fragenden Blick zu, denn auf dem Parkplatz des gegenüberliegenden Goethe-Gymnasiums stand nicht nur ein Polizeifahrzeug der gehobenen PKW-Klasse, sondern auch ein vergitterter VW-Transporter für Personenüberführung, wie das Amtsdeutsch es nennt, sowie noch ein weiterer Mannschaftsbus mit offenen Türen, und die insgesamt acht Polizisten, die zum größten Teil robuste moosgrüne Overalls trugen, darunter zwei Frauen, standen entspannt in zwei Gruppen herum, diskutierend, lachend, ein Personensicherungsteam, das sich offenbar auf eine längere Wartezeit gefasst machte.

»Mein Mandant scheint schon da zu sein.«

»Gilt das etwa unserer Verhandlung?«

»Das nehme ich an. Mein Mandant sitzt seit Anfang Juni in U-Haft. Das steht im Zusammenhang mit dem Rauschgiftring, der kürzlich aufgeflogen ist. Es stand dieser Tage auch in der *Badischen Zeitung*. Er soll sogar der hiesige Boss der Gruppe sein. Und deshalb wird er mit diesem Aufgebot vorgeführt. Außerdem ist er Albaner und da wird immer ›Große Oper‹ gespielt, das kennen Sie doch. Sie haben sicher von dem Fall gelesen. Einer der Beteiligten, ein Deutscher, soll Kurierfahrten nach Norwegen unternommen haben, stand auch in der Zeitung. In den Wohnungen, die durchsucht wurden, hat man nicht nur Drogenpäckchen und Geld gefunden, sondern auch erhebliche Mengen von Streckmitteln. Na ja. Der kommt so schnell nicht frei – das weiß er auch.«

Nachdem sie das Gebäude betreten hatten und das Treppenhaus erreichten, schwoll ihnen ein lautes, aufgeregtes Stimmengewirr entgegen, aus dem allerdings kein Wort zu verstehen war. Oben im engen Flur des ersten Stockes stand eine Menge von sicher 30 Personen, aufgeregt durcheinanderredend, teils laut und heftig gestikulierend, meistens Frauen jeden Alters mit bunten Kopftüchern und langen Röcken, die ihre korpulenten Körper umhüllten, auch einige wenige Jugendliche mit geschniegelten Frisuren und schwarzgelockte Kinder dabei.

»Das kann ja heiter werden, wenn die alle in die Verhandlung wollen. Hier oben sind doch gar keine so großen Räume.«

»Und beim Familiengericht erst recht nicht. Da haben wir fast nie Zuhörer. Das ist doch alles ganz trockene Materie und die verstehen nur Bahnhof.«

Man machte ihnen ehrerbietig Platz, vielleicht hielt man sie auch für Richter, und sie konnten ungehindert die Geschäftsstelle des Gerichts betreten, wo die Justizsekretärin sie übellaunig begrüßte.

»Wir können nichts dafür«, sagte einer der Anwälte entschuldigend. »Ich habe niemandem diesen Termin bekanntgegeben. Ich kenne diese Leute auch gar nicht, weiß nicht einmal, wohin die wollen.«

»Ist doch klar. Die haben den ganzen Familienclan mitgebracht. Auf einmal machen die noch Randale.«

»Regen Sie sich nicht auf. Das ist bei denen eben so. Was meinen Sie, wie das erst zugeht, wenn einer von denen in der Klinik liegt oder wenn Kinder geboren werden? Da müssen alle hin und dabei sein.«

»Aber wir sind hier nicht beim Kinderkriegen …«

»Haben Sie schon mal rausgeschaut? Drüben auf dem Parkplatz steht ein ganzes Polizeiaufgebot. Aber so schlimm wird es nicht werden.«

»Das sagen Sie so. Wie soll man sich denn bei denen verständlich machen? Da versteht doch keiner Deutsch. Zum normalen Arbeiten kommt man schon gar nicht.«

Der eine Anwalt schupfte mit der Schulter, während der andere sich bereits die Robe anzog und sich umsah. Weiter drüben, wo der Flur um die Ecke bog, entdeckte er seinen Mandanten, einen nicht sehr großen, offenbar gut trainierten jungen Mann um die 30, der ein dunkles Blouson trug und sich mit der Hand immer wieder nervös durchs Haar strich, wobei mehrere goldene Ringe an seinen Fingern aufblitzten. Neben ihm standen zwei Polizisten, die ruhig und ohne jede Anspannung, aber dennoch einsatzbereit, in die Menge blickten. Auch jetzt machte man bereitwillig Platz und ließ den Anwalt zu seinem Mandanten kommen, die Polizisten wandten sich sogar verständnisvoll zur Seite, – sie wollten nicht den Eindruck aufkommen lassen, als würden sie das Gespräch belauschen wollen.

Nachdem auch noch der Richter mit dem offiziellen Dolmetscher erschienen war und im Gespräch mit dem Albaner und seinem Anwalt besprochen hatte, dass man drei Personen außer den Betroffenen Zutritt zur Verhandlung gewähren könne, mehr aber auf keinen Fall, und dies auch nur, sofern keine sensiblen Punkte berührt würden, denn eigentlich sei so etwas überhaupt nicht üblich, gab es noch ein langes Palaver mit den enttäuschten Frauen, die sich gleichwohl nach einiger Zeit beruhigen ließen und umständlich die drei bestimmten, die dem Fortgang vor Gericht beiwohnen durften. Freilich machte die übrige Menge keinerlei Anstalten, das Gerichtsgebäude zu verlassen, sondern ließ unmissverständlich erkennen, dass sie auf dem Flur ausharren würde. Und dabei ließ man es bewenden, um keine weiteren Konflikte zu schüren.

Die eigentliche Verhandlung, die erst mit einiger Verspätung in einem der Räume am Ende des Flures begonnen hatte, war Dank dem Geschick des einsichtsvollen Richters nach etwa einer halben Stunde schon zu Ende und brachte einen von allen Beteiligten anzuerkennenden Kompromiss hervor, der freilich noch schriftlich ausgefertigt werden musste und danach von allen zu unterschreiben war. Um dafür nicht einen weiteren Termin mit Ausführung unter Polizeischutz nötig zu machen, verständigte man sich auf eine etwa viertelstündige Pause und anschließende Unterzeichnung der Vereinbarung.

Als sich die Tür des Verhandlungszimmers öffnete und die Beteiligten auf den Flur traten, zuletzt der goldberingte Albaner mit den beiden Polizisten in seiner Nähe, gab es im Flur ein heftiges Geschnatter, mit dem das Verhandlungsergebnis nach allen Seiten besprochen und abgewogen wurde. Die Luft im Flur war zum Ersticken, feuchtschwer und dick, aber nirgends gab es ein Fenster. Auch das Treppenhaus konnte keine Frischluftzufuhr leisten. Schließlich erbarmte sich die Justizsekretärin auf einiges Bitten und öffnete nicht nur die Tür, sondern auch das Fenster ihres Büroraumes, sodass wenigstens ein kleiner Durchzug entstehen konnte. An die normale Büroarbeit war ohnehin nicht zu denken, solange diese dichte Menge von Frauenleibern und einigen Kindern den ganzen Flur versperrte. Sie umsäumten den goldberingten Boss und wogten mit ihm mal hierhin, mal dorthin, bestürmten ihn mit Fragen oder redeten gestenreich auf ihn ein, die Polizisten hatten sich ans Treppenhaus postiert, um auf diese Weise unauffällig die Kontrolle zu behalten. Die Anwälte standen allein beieinander, mit ihren Klienten gab es ohnehin nichts mehr zu bereden und die fremde Sprache verstanden sie nicht. Der Gerichtsdolmetscher war nirgends zu sehen, vielleicht war er auf den Hof gegangen, um zu rauchen. Er kannte sich schließlich in dem Gebäude aus.

Was dann geschah, spielte sich in wenigen Sekunden und fast unbemerkt ab, wenigstens von den meisten unbemerkt, und konnte erst später rekonstruiert werden. Es war offenbar genauestens vorbereitet worden, anders war es gar nicht denkbar. Natürlich wäre es zu verhindern gewesen, ohne jeden Zweifel, aber man hätte eben genau wissen müssen, was zu verhindern war. Und daran hatte nun wirklich niemand gedacht. So war es bei den üblichen Vorsichtsmaßnahmen geblieben, die man aus Erfahrung traf, durchaus aufmerksam und keineswegs nachlässig, es hatte sich keiner eine gravierende Fehlleistung vorzuwerfen, und doch war passiert, was auf jeden Fall zu verhindern war, und dies auch noch auf die lächerlichste Weise.

Wie üblich war im Goethe-Gymnasium um halb elf große Pause und alle Schüler strömten aus dem Gebäude. Einige der Älteren gingen zur Bäckerei Pfeifle an der nächsten Ecke, wo man nicht nur süße Teilchen kaufen konnte, sondern auch einen passablen Kaffee bekam, andere lungerten in Grüppchen auf dem Parkplatz herum, wo sie über die Anwesenheit der Polizisten flapsten. Auf dem eigentlichen Schulhof vor dem Gebäude, der gegen die Wallstraße durch einige große Kastanien etwas abgeschirmt war, wurde Fußball gespielt und herumgerannt, überall Gedrängel und Geschubse, bis zum Kiosk an der großen Straße. Viel Verkehr gab es hier nicht, die Autos hatten Schritt zu fahren, also höchstens 20 an der Straßenbahninsel, in der Wallstraße höchstens 30, wie es auch die Enge gebot. Ein großer Laster, auf offener Ladefläche mit Kies beladen, war langsam in die Wallstraße abgebogen und vor dem Gerichtsgebäude halb auf den Gehweg gefahren und mit laufendem Motor stehen geblieben. Zwar gab es hier ein Halteverbot, aber so kamen die anderen Autos an diesem Baufahrzeug durchaus noch vorbei, ohne dass der Verkehr allzu sehr behindert würde.

Ohne dass es jemand unten auf der Straße, dem Parkplatz oder dem Schulhof gesehen hätte, dazu hingen die ausladenden Zweige der Kastanien mit ihren großen Blättern zu weit herab, war jemand aus dem offenen Fenster des Gerichtsgebäudes direkt auf den Kieshaufen des Lasters gesprungen und hatte sich nach vorne zur Ladekante abrutschen lassen. Gleichzeitig war der Lastwagen losgefahren,hatte sich unauffällig in den Verkehr eingefädelt und in östlicher Richtung zum Greifenegg-Ring bewegt. Er hatte den Bereich des Holzmarktplatzes noch nicht verlassen, als oben am Fenster einer der Polizisten sichtbar wurde, der mit einer Trillerpfeife auf sich aufmerksam machte und sofort von den Polizisten unten auf dem Parkplatz verstanden wurde, als er jetzt herunterschrie: »Auf dem Laster …, abgehauen!«

Sofort stürzten sie in den Mercedes mit den blausilbernen Farbmarkierungen der Polizei und den VW-Bus mit den Blaulichtern, die aber noch ausgeschaltet blieben, und fuhren aus dem Parkplatz heraus in die Wallstraße, um die Verfolgung aufzunehmen. Aber es waren mindestens 15 Autos zwischen ihnen. Dass sie nicht gleich die Polizeisirenen losheulen ließen, wurde ihnen später als durchaus besonnen und klug angerechnet, denn bis zum Ring und der Schwabentorbrücke hatten sie ohnehin keine Chance, den Kieslaster einzuholen, und an der Brücke gab es zu viele Abzweigungen:

Da war es zunächst, um Verstärkung richtig zu dirigieren, wichtiger, unauffällig zu beobachten, in welche Richtung das Fluchtfahrzeug weiterfahren würde. Denn natürlich hatten sie sofort Funkkontakt zur Leitzentrale, aber auch zu allen Polizeifahrzeugen hergestellt, die irgendwo unterwegs waren und schnell herbeigerufen werden konnten. Dass sie sehen konnten, wie der Kipplaster in die Schwarzwaldstraße Richtung Schützenallee-Tunnel einbog, ließ sie aufatmen, denn das bedeutete, dass man spätestens am Ende des Tunnels an der Kappeler Ausfahrt den Laster würde abfangen können. Nachdem sie dies der Leitzentrale durchgegeben hatten, ließen sie endlich die Sirenen aufjaulen und die Blaulichter kreisen. Er würde ihnen nun nicht mehr entkommen.

Auf der Schwarzwaldstraße war wie üblich viel Verkehr, der sich zweispurig in östlicher Richtung bewegte, eher schleppend und eng, sodass die Signalhörner und das Warnlicht auch nicht viel nutzten, zumal man weder rechts auf einen Gehweg noch links auf den Grünstreifen mit den Straßenbahnschienen ausweichen konnte, um eine Spur für die Einsatzfahrzeuge freizumachen. Überall waren Sicherheitsgitter oder Strommasten im Weg. Aber man konnte den Laster wenigstens vor sich sehen im kaum verringerten Abstand. Gerade passierte er die Fußgängerampel gegenüber der Ganter-Brauerei, musste jetzt wegen Rückstau sehr langsam fahren, ohne dass die Verfolger viel aufholen konnten, aber das war nicht mehr entscheidend, denn sie sahen ihn bereits in der Falle des Tunnels, in den er, nachdem er die Abbiegung Bürgerwehrstraße passiert hatte, geradewegs einbog.

Es klappte auch alles nach Plan, soweit in der Schnelligkeit überhaupt ein Plan gefasst werden konnte. Denn vom Start am Holzmarktplatz bis zur Einfahrt in den Tunnel waren vielleicht drei oder vier Minuten vergangen, und in dieser Zeit versuchte der Polizeifahrer, den LKW im Blick zu behalten und ihm möglichst sogar näher zu kommen, während der Beifahrer mit der Leitzentrale in Kontakt blieb und nach Möglichkeiten sann, den Ring enger zu ziehen, je nachdem, ob und wohin man andere Polizeifahrzeuge in der benötigten Zeit hindirigieren konnte. Denn auch innerhalb der beiden Tunnel und der dazwischen sich ausdehnenden Tieflage der Straße, insgesamt eine Strecke von etwa drei Kilometern, gab es durchaus noch Fluchtmöglichkeiten, zwar nicht für ein Fahrzeug, wohl aber zu Fuß, während die Polizeifahrzeuge in der Röhre feststecken würden. Aber man hatte sogar noch Glück, denn bereits am Ende des ersten Tunnels hatte der flotte Mercedes den Laster einholen und sogar zum Stoppen veranlassen können. Nur, dass eine sofortige Durchsuchung – und in Minutenschnelle war auch der Mannschaftsbus eingetroffen und bot Verstärkung, einerseits um den Verkehr anzuhalten, andererseits um bei der Suche zu helfen – ohne Ergebnis blieb. In dem Laster saß nur der Fahrer und nirgendwo sonst war eine weitere Person zu finden. Der Fahrer wusste (natürlich) von gar nichts, er war – wie sich bald herausstellte – seit Jahren bei einer Firma für Kiestransporte in dieser Region angestellt, machte stets die gleichen Touren von den Kiesgruben bei Breisach zu dem Materiallager einer Baufirma bei Buchenbach, zwar ein gebürtiger Kosovo-Albaner, aber wer wollte ihm allein aus dieser Tatsache einen Strick drehen? Im Übrigen war er längst »naturalisiert« (wie man das etwas albern und ungenau nennt) und besaß einen deutschen Personalausweis. Nein, da war, wie sich späterhin bestätigte, wirklich nichts zu holen …

Wo aber war der Mann mit den goldenen Ringen an den Fingern geblieben? Erst Tage später hatte man durch Zeugenbeobachtungen den tatsächlichen Ablauf rekonstruieren können. Demnach hatte der kleine Ganove, hinter dem man einen großen Drogenboss vermutete und den man deshalb nur mit einigem, allerdings vergeblichen Sicherheitsaufwand zu dem Gerichtstermin ausgeführt hatte, an der Fußgängerampel vor der Nägeleseestraße, wo der Kipper ohnehin langsam fahren musste, weil es dort seit Langem ein Radarblitzgerät gab, sich vorsichtig seitlich von der Ladefläche fallen lassen und war im Blickschatten der Fahrzeuge zu einer Fußgängerunterführung gerannt, unter der Straße hindurch auf die andere Seite zum Ausgang Fabrikstraße gelaufen und dort seeelenruhig und dadurch unauffällig in einen weißen VW Golf mit französischem Kennzeichen gestiegen, der dort gewartet hatte und dann gleich in die Schwarzwaldstraße gebogen war, aber in die entgegengesetzte Richtung, also nach Westen. Und vermutlich war dieser Golf zur Autobahn gefahren und von dort aus irgendwo über die Grenze ins Elsass – während die Freiburger Polizei noch immer im Schützenallee-Tunnel einen Kieslaster untersuchte und den Fahrer befragte. Wobei sich immer mehr Polizeifahrzeuge mit allen verfügbaren Signalfanfaren an dieser Strecke einfanden und einen riesigen einstündigen Stau auf der einzigen West-Ost-Verbindung zwischen Lörrach und Karlsruhe verursachten. Die Diskussion in den Leserbriefen der *Badischen Zeitung*, ob so viel »Verkehrsbelästigung für nichts und wieder nichts« eigentlich zumutbar sei, füllte noch wochenlang die Spalten.

WESTARKADEN

Von all diesen Vorgängen bekam Grabowski natürlich nichts mit, als er, von der Berliner Allee kommend, rechts in die Lehener Straße einbog. Vor dem südöstlichen Eckhaus der »Westarkaden« war ein markierter Parkstreifen mit einigen für eine Steuerberatungskanzlei reservierten Plätzen, die als einzige noch frei waren. Grabowski beschloss anzunehmen, so unbegründet dies auch war, dass in der nächsten Stunde ohnehin keine Mandanten eintreffen würden, und stellte sein Auto gerade dort ab. Auf ein allerdings nirgends verbrieftes Polizeiprivileg pflegte er sich in solchen Fällen nie herauszureden. Meist genügte eine Entschuldigung, die mit Zustimmung heischendem Lächeln vorgetragen wurde, allenfalls würde er zerknirscht hinzufügen: »Es war nur für einen ganz kurzen Moment.« Ein höflich angenehmer Tonfall klingt fast immer wie Musik.

Am Hauseingang befand sich keine Klingelanlage, jeder konnte die Tür aufdrücken und eintreten. Innen war gleich neben der Haustür ein schmales offenes Treppenhaus zu finden, gegenüber der Lift und daneben ein Gang in die Tiefe des Gebäudes, der durch eine Türe mit einem Glasfenster abgetrennt war. Seitlich in einer Nische befand sich ein großer weißer Kasten, der etwa 20 einheitlich (immerhin!) beschriftete Briefkästen enthielt. Das alles sah ordentlich und gepflegt aus, wenngleich die fehlende Klingelanlage auf ein deutliches Sparregime hinwies. Grabowski nahm aus alter Gewohnheit die Treppe, denn so lernte man ein unbekanntes Haus schneller kennen. Neben den baulichen Eigenheiten konnte man im Vorbeilaufen Klingelschilder mit kuriosen Namen erfassen, aus dem Türschmuck oder der Vielfalt der Fußabstreifer auf die Bewohner schließen, manchmal standen auch dreckverkrustete Kinderstiefel in der Ecke oder ein Karton mit leeren Schnapsflaschen. Doch hier sah alles noch neu und wenig genutzt aus, der ganze riesige Gebäudekomplex mit seiner engen Verschachtelung war ja erst vor wenigen Monaten nach und nach fertiggestellt und erstmals vermietet worden. Auffällig war, dass es hier keine Kinderwagen gab, vermutlich waren die Wohnungen zu teuer für Familien mit Kindern oder zu klein geplant, stattdessen sah man oft zwei oder drei verschiedene Namen am Türschild: dann hatten sich wohl junge Paare oder Studenten zusammengetan.

Grabowski hatte sich Stockwerk für Stockwerk mit dem Gebäude vertraut gemacht: ab der dritten Etage führte der Gang rechts neben dem Lift durch eine Glastür zu einem Gebäudewinkel mit zwei offenen Galerien, an denen jeweils mehrere Wohnungstüren lagen. Nach unten sah man auf vorkragende Dächer der ebenerdigen Geschäfte und in einen leeren engen Hof, allseitig gefasst durch die dichte Bebauung, in dem eine sterile Rasenfläche mit zwei großen gegabelten Baumstämmen belegt war, die offenbar als Kinderspielanregung dienen sollten, denn sie waren sorgfältig geschält und erinnerten an die Möblierung eines Affenhauses im Zoo. Ein schmaler Durchblick zeigte in einen weiteren Hof, ebenso eng umstellt von den kaltweiß aufragenden Gebäuden mit ihren gleichmäßig gerasterten Fenstern in Einheitsgröße. Auch ohne Gitter hatte man die Beklemmung einer Zwangsverwahranstalt. Zurück im Treppenhaus, sah Grabowski, dass sich direkt neben dem Lift nur eine Wohnungstür befand, und zwar dort, wo im Erdgeschoss die Briefkastenanlage gelegen war. In der vierten Etage angekommen, fand er gerade hier die Wohnung, die er suchte, ordnungsgemäß beschriftet, unter anderem mit ›Wang‹.

Er wusste, dass niemand da war, und öffnete gleich mit dem einzigen Sicherheitsschlüssel an dem Bund, den Tritschler ihm mitgegeben hatte. Eine langgezogene Diele führte links zur Küche, deren Türe offen stand und Licht gab, während am rechten Ende sich das Bad befand. Eine Garderobe aus grau lackiertem Stahlrohr war an der Wand befestigt, aber es hing nichts daran. Grabowski, der die Wohnungstür leise hinter sich geschlossen hatte, öffnete nacheinander die Türen zu den drei Zimmern, die nebeneinanderlagen mit jeweils großem Fenster nach Süden. Vor dem mittleren Zimmer, das aber das kleinste war, erstreckte sich ein großer Balkon, zu dem alle drei Zimmer einen Austritt hatten. Ein einfacher runder Tisch mit vier Stühlen, alles in Weiß, und ein billiger Sonnenschirm im weißen Plastikständer standen da draußen. Alle drei Zimmer waren mit ziemlich ähnlichem Mobiliar eingerichtet, und IKEA hatte wieder einmal seine Nützlichkeit erwiesen. Ein Bett, ein Schreibtisch, zwei/drei Stühle, einer davon ein Schreibtischsessel, nirgends fehlte die billige Standleuchte und das übliche Billy-Regal. Im kleinen mittleren Zimmer schien der Schrank ein Erbstück von der Großmutter zu sein, hellblau angestrichen und oben auf der Schrankecke in einem Topf eine Hängepflanze, die nicht mehr ganz gesund aussah. Im großen Zimmer, das auch noch ein Ostfenster aufwies, war es ein schwarzer IKEA-Schrank mit Schiebetüren, außerdem noch ein schwarzes Sofa auf einem weißen Teppich. Die Schreibtischplatte auf Böcken war ebenfalls weiß und einige rote Bände der Schönfelder-Gesetzes-Sammlung zeigten sich eindrucksvoll als einziger Farbfleck in diesem aufgeräumten Zimmer. Das mittlere Zimmer fiel durch einige gazeartige Tücher oder Stoffe in zarten Farben auf, die an der Wand hingen, im Übrigen lag Kleidung herum, im Regal standen verschiedene Gläser, eines mit farbigen Kieseln gefüllt, in den unteren Fächern lagen diverse Ordner. Auf dem Schreibtisch befanden sich einige Fotografien, teils im Rahmen, Porträtaufnahmen von Frauen verschiedenen Alters, einige Kunstdrucke lagen durcheinander mit verschiedenen Papieren auf dem Tisch. Vor dem Fenster stand auf dem Boden ein großer Topf mit einer ausladenden, aber staubigen und vernachlässigten Yucca-Pflanze.

Etwas anders das dritte Zimmer, das als einziges abgeschlossen gewesen war, aber der Schlüssel dazu, ein einfacher Bartschlüssel, hing mit am Schlüsselbund. Hier schien zwar auch alles von IKEA zu sein, aber in heller Buchennachbildung, unlackiert. Statt eines Schrankes gab es nur einen fahrbaren Garderobenständer aus Rohrgestänge, an dem einige Kleider und Hemden hingen. Und im großen Standregal (auch ein Buchenimitat) lag allerlei Wäsche. Alles etwas spartanisch, jetzt aber durcheinandergeworfen, das Bettzeug zum Beispiel nachlässig über der Lehne des Drehsessels vor dem Schreibtisch. Achtlos zu Boden gefallen war eine leere Plastiktüte. Auf dem Schreibtisch lag ein dickes, schon älteres Buch: »Deutsch-chinesisches Wörterbuch« mit verblichenen weißen Buchstaben auf grauem Kunststoffeinband und in der Mitte noch einmal vier chinesische Schriftzeichen in goldener Schrift, die vermutlich dasselbe ausdrücken sollten. Grabowski schlug die Titelseite auf, die nur mit chinesischen Zeichen und der Jahreszahl 1985 beschriftet war. Er blätterte um und fand offenbar ein Inhaltsverzeichnis, aber alles in Chinesisch. Eine weitere Seite war vielleicht ein Vorwort, aber ganz in den merkwürdig eckigen Zeichen gedruckt, von denen manche aus mehr als 30 Einzelstrichen zu bestehen schienen. Und doch war jedes Zeichen kaum viel größer als ein gut lesbarer Buchstabe des lateinischen Alphabets in einer 12-Punkt-Schrift. Mein Gott! Wer soll so etwas ohne Lupe lesen können?, dachte er. Selbst wenn ich die Sprache könnte, bräuchte ich für jedes Zeichen endlos, um es nur unterscheiden und entziffern zu können. Und die lesen das so ratzfatz runter. Ein ähnlich gestalteter Band, der das chinesisch-deutsche Wörterbuch enthielt, lag weiter hinten neben zwei großen, sehr viel umfangreicheren Englisch-Lexika. Dann gab es noch das »Kompaktwörterbuch Chinesisch« von Pons in dem charakteristischen Grün.

Und natürlich einen Laptop in einem hellen metallfarbenen Lack. Warum haben sie den denn hier liegen gelassen? Müssen wir den nicht genauer untersuchen? Wahrscheinlich haben die flüchtig reingesehen und festgestellt, dass alles nur auf Chinesisch ist, und es dann gleich bleiben gelassen. Konnte niemand etwas mit anfangen. Kann man verstehen. Aber, liebe Kollegen, den nehmen wir trotzdem mit. Wer weiß, ob wir den nicht noch brauchen können. In irgendeinem Winkel sind vielleicht aufschlussreiche Bilder, Industriespionage, Kinderpornos, sonst etwas, das da nicht hingehört. Diese Flinte möchte ich noch nicht ins Korn werfen.

In den oberen Fächern des Regals lagen zahlreiche Mappen und Ordner, auch einige Aufbewahrungskästen, alles unbeschriftet. Grabowski sah sich weiter um. Das Leintuch auf dem Bett war ziemlich zerwühlt und verzogen, in einem mittleren Grau eingefärbte Bettwäsche, wie sie vielleicht jetzt chic war. Schmutzfarbe oder Edeldesign? Da hat er also gelegen, dachte er. Am Fußende des Bettes in der Ecke lagen drei Paar Schuhe, einmal in schwarzem Leder, zweimal schon etwas ausgelatschte Straßentreter mit Gumminoppensohle. An der Wand lehnte eine Umhängetasche aus festem dunkelgrünem Gewebe, wohl Nylon, und mit langem Lederriemen. Auf die Umschlaglasche war »Beijing University of Science & Technology« aufgedruckt. Die hat er also schon mitgebracht. Aber kaum als Souvenir für sich selbst, eher zum Vorzeigen: Seht, da komme ich her! Mancher mag dann denken: Wie es dort wohl aussieht? Das ist doch diese Gegend, wo so viel Smog in der Luft ist, dass es auch tagsüber fast dunkel ist. Und alle laufen mit diesen weißen Gesichtslappen herum, die mit Gummiband hinter den Ohren befestigt werden. Kann man da überhaupt verständlich reden, wenn man immer so einen Mundschutz trägt? Sitzen die so auch in der Vorlesung? Ob da auf Englisch unterrichtet wird? Könnte man ja denken. Ist aber eher unwahrscheinlich, das steht auf der Tasche nur so drauf, klingt irgendwie international. Das macht man ja hier auch so. FRIAS, das heißt: »Freiburg Institute for Advanced Studies«, so steht es an dem Haus in der Stadtstraße. Und im Institutsviertel gibt es eine »Spemann Graduate School of Biology and Medicine«, die gehört auch zur Uni. Das ist heutzutage so.

Grabowski zog aus dem oberen Regal einen Stapel Papiere hervor, es schienen vor allem umfangreiche englischsprachige Prospekte und Firmenschriften zu sein, darunter von der »Mahle GmbH«, Öhringen, von »Freudenberg Filtration Technologies KG«, Weinheim, KUKA aus Augsburg, auch eine chinesische Firma war dabei: »Beijing lifei ette filter technology co. Ltd«. Nichts Auffälliges. Er legte alles wieder zurück und spann seinen gedanklichen Faden weiter. Der studierte doch an der Fakultät für Angewandte Wissenschaften. Moment mal. Ist diese 10. Fakultät, wie sie auch genannt wurde, nicht da drüben am Flugplatz angesiedelt? Die Berliner Allee noch ein Stück weiter und dann auf der linken Seite gleich hinter der S-Bahn, von hier aus nicht einmal zehn Minuten zu Fuß? Deshalb ist der hier eingezogen! Da brauchte er nicht einmal den Bus. Wäre auch nur eine Station gewesen. Klar, so ein fleißiger Chinese möchte möglichst nah an seinem Arbeitsplatz wohnen, der zieht ja nicht jeden Abend durch die Kneipen. Vermutlich kennt er auch nicht so viele Leute. Aber was macht der überhaupt so, wenn er nicht gerade studiert? Sonntags etwa. Der kann doch nicht nur hinter seinen Büchern sitzen. Überhaupt, wo sind denn hier Bücher außer diesen Lexika? Nichts zu sehen.

Der gab wirklich nicht allzu viel preis von seinem Leben. Kaum etwas Persönliches lag hier herum, gerade das Notwendigste. Ja, ein Becher aus billigem Porzellan mit rotblühenden Chrysanthemen bedruckt und ein ebenso geschmückter Deckel darauf mit einem Knopf in Form einer Knospe.

Vermutlich war alles, womit er sich beschäftigte, sei es im Studium, sei es zur Unterhaltung, sei es zur Organisation seines Alltags, in seinem Laptop deponiert, mehr brauchte er nicht. Dieser Apparat war ein williges Gegenüber, das ein ganzes Meublement ersetzen konnte: Schreibtisch, Ablagen, jede Art von Nachschlagewerken, sogar volle Bücherregale, jegliche Kommunikationsmittel wie Telefon, Briefkasten, Fax, aber auch Musikanlagen, Kino, Casino, Spielplätze und vielleicht sogar Sexpartner, Freundin, Geliebte – obwohl beim Cyber-Sex die Fantasie dann doch versagte.

Grabowski öffnete die Schreibtischschublade. Dort lagen ein älteres weißes iPhone und zwei Mappen, die nach flüchtiger Durchsicht die Unterlagen für das Studium und den Aufenthalt in Freiburg enthielten, das ganze Amtliche. Er legte alles zum Laptop und sah sich weiter im Raum um, aber da war nichts, was weitere Aufmerksamkeit auf sich ziehen konnte. Er ging zur Küche, die so klein war, dass nicht einmal ein Tisch Platz hatte. Auf der einen Seite die Spüle und eine kleine Arbeitsfläche über dem Unterschrank, auf der anderen Seite der Herd, etwas Stellfläche und hinter der Tür der Kühlschrank. Das Spülbecken war leer, auf der Ablage standen einige abgewaschene Trinkgläser, davor lag eine halbgegessene Banane, deren Schalen sicher schon tagelang schwarzbraun vor sich hin gammelten. Von Südosten fiel Sonnenlicht durch das große Fenster, das weit hinten über den Dächern den Ausblick auf das Münster freigab, rechts davor sah man auf die zweitürmige Stühlinger Kirche. Immerhin, dachte Grabowski, wenn man schon in diesem scheußlich engen Gebäudekomplex wohnte, dann hatte diese Wohnung noch den besten Ausblick, denn vom Balkon aus sah man nach Süden zum Schönberg und links davor den Lorettoberg, und von hier auf den Schlossberg mit der Altstadt. Natürlich nur von hier oben aus, in den Etagen darunter war der Blick verbaut.

Er trat ans Fenster und sah nach unten, wo jetzt ein großes dunkles Auto, ja, deutlich zu erkennen, ein Audi in die enge Parklücke neben seinem kleinen Toyota einbog. Einmal musste er noch bedächtig zurückstoßen, bevor er seinen Platz fand und nach einer Weile die Hintertüren sich öffneten und zwei Herren mit weißem Hemd ausstiegen. Also gab es noch einen Fahrer und der war hinter seinem Lenkrad sitzen geblieben. Jetzt gingen sie zum Kofferraum des Wagens, zogen die Klappe auf und griffen sich jeder ein dunkles Jackett, das sie anzogen. Merkwürdig in dieser Gegend, hier wohnten eigentlich nicht solch förmliche Leute, es sei denn, sie wollten tatsächlich zu dem Steuerberater, dessen privilegierten Parkplatz sie benutzten. Grabowski war neugierig geworden und wartete, bis sie die Fondklappe wieder schlossen, sodass er ihre Gesichter sehen konnte. Sie hatten nicht einmal eine Aktentasche mitgenommen. Sie sahen nun etwas unsicher auf das Haus und die Stockwerke hoch. Es waren ganz eindeutig Asiaten. Der eine ging noch einmal zur Fahrertür, deren Fenster sich nun öffnete, sprach mit dem Fahrer einige Worte und ging dann zu dem anderen, der gewartet hatte. Sie berieten sich miteinander, wobei sie immer auf das Gebäude blickten, dann auf den Hauseingang deuteten. Grabowski beobachtete fasziniert diese Zögerlichkeit, bis ihm mit einem Male einfiel, dass diese Herren sich ja für diese Wohnung interessieren könnten, gerade diese, in der immerhin ein Mordfall geschehen war, dass diese Herren womöglich in diese Wohnung kommen wollten, um sich dort umzusehen, etwas zu suchen, um dort etwas mitzunehmen. Und dann durchfuhr es ihn heiß: Wenn jetzt etwas verloren geht, dann ist es für immer verschwunden. Um Himmels willen, das kann unsere ganze Arbeit durcheinanderbringen, und ich bin hier allein und leicht zu überrumpeln. Das merkt keiner und die sind längst über alle Berge. Rette sich, wer kann …

Das war natürlich etwas überdramatisiert. Aber Grabowski war doch plötzlich in eine gewisse Aufregung geraten. Panik wäre zu viel gesagt, denn er behielt trotz aller Hitze einen kühlen Kopf, als er zurück in das Zimmer rannte, die Plastiktüte vom Boden aufhob und vorsichtig den Laptop von der Schmalseite her hineinschob. Dann packte er die bereitgelegten Studienunterlagen und das iPhone dazu und verließ eilig das Zimmer. Den Schlüssel, der noch steckte, drehte er einmal um, zog ihn ab und verließ leise die Wohnung, wobei er die Tür nicht zuzog, weil das ein lautes und erkennbares Geräusch gemacht hätte, sondern den Sicherheitsschlüssel mit einer halben Rechtsdrehung benutzte und danach zweimal nach links umdrehte. Er hörte unten von der Treppe her Trittgeräusche, aber es mochte noch zwei Stockwerke unter ihm sein. Leise zog er den Schlüssel aus dem Schloss, presste die Plastiktüte an seinen Körper und verschwand lautlos über die Treppe nach oben. Im obersten Stockwerk angekommen, hörte er weiter unten eine Wohnungsklingel scheppern. Ohne abzuwarten, betätigte er den Liftknopf. Gerade als der Fahrstuhl bei ihm ankam, hörte er von unten, wie jemand die Glastür zu den Außengalerien öffnete. Schnell stieg er in den Aufzug, drückte den Knopf fürs Erdgeschoss und ließ nicht mehr los, immer in der Hoffnung, dass auf diese Weise unterwegs niemand zusteigen könnte. Ob das wirklich etwas nützte, wusste er selbst nicht, jedenfalls kam er unbehelligt unten an. Erst jetzt fiel ihm ein, dass er unbemerkt auch noch an dem Fahrer des Audi vorbeikommen musste, der gerade neben seinem kleinen Auto parkte. In solchen Fällen erhöhter Aufmerksamkeit denkt man unwillkürlich, man selbst sei auffällig, und neigt deshalb dazu, ängstlich um sich zu blicken, sich nun gerade dadurch wirklich auffällig zu beeilen und damit genau das zu erreichen, was man vermeiden wollte. Noch bevor Grabowski aus der Haustür trat, hielt er einen Moment inne, schloss die Augen, dann lockerte er die Arme und ging mit heiter sorgloser Miene hinaus, schaute auf keines der geparkten Autos, sondern weit hinunter in die Straße. Die Plastiktüte trug er so unbekümmert, als sei sie ein zu entsorgender Abfallbeutel, am Zeigefinger der linken Hand und ging gänzlich unbeachtet zu seinem Auto, nicht ohne sich im letzten Moment doch noch halbwegs umzudrehen, um sich das Kennzeichen des Audi zu merken (es war eine Berliner Nummer), und fuhr unbemerkt davon.

AUF DER HAID UND ANDERSWO

Zweifellos war er nicht auf dem Weg zurück zu seiner Dienststelle, sondern hatte noch etwas anderes zu erledigen, das ihm erst jetzt eingefallen war, genauer gesagt: als er der beiden Asiaten ansichtig wurde, die sich so angelegentlich für die »Westarkaden« zu interessieren schienen, wahrscheinlich sogar gerade für die Wohnung, die er etwas überstürzt soeben verlassen hatte. Es war sein Argwohn, dass diese beiden Herren sich vor allem für den Laptop interessieren könnten, den sie in der Wohnung vermuten mochten und der in einer Plastiktüte nun auf seinem Nebensitz lag. Auf der Haid steuerte er einen IT-Laden an, ein mit technischen Geräten und Equipment überladener Verkaufsraum, an den sich einige Hinterräume der Reparaturabteilung anschlossen, nicht wirklich einsehbar, aber wenn sich eine der Schwingtüren öffnete, konnte man erkennen, dass es auch dort hinten eher wie in einer Rumpelkammer aussehen mochte.

In dem Laden standen einige Kunden herum, teils wartend, teils im Gespräch mit einem der jungen Männer, die hier das Sagen hatten. Aber Grabowski, der sich offenbar auskannte, mischte sich direkt und so rüde, wie es hier offenbar üblich war, in ein Gespräch mit der beiläufigen Frage ein:»Ist der Frank irgendwo?«

Ohne auch nur aufzusehen, murmelte der Angesprochene: »Glaub schon. Moment, ich hole ihn dir gleich.« Und fuhr, zu dem Kunden gewandt, fort, ohne den Ton der Stimme auch nur ein bisschen zu ändern: »Das muss am Browser liegen, wir haben das Problem in letzter Zeit öfters.« Dann, gewissermaßen mitten im Satz, verschwand er nach hinten, um kurz darauf mit Frank wiederzukommen, der Grabowski nur mit einem ausdruckslosen »Aaah!« begrüßte.

Grabowski nickte ihm nur kurz und bestätigend zu und fragte dann sofort: »Kannst du mir etwas kopieren?«

»Klar. Jetzt gleich?«

»Ja, wenn es möglich ist. Und zwar alles, einschließlich Systemsteuerung und Programm.«

»Okay. Externes Netzwerk. Komm in zwei Stunden wieder. Wo ist es?«

Grabowski reichte ihm eine volle Plastiktüte im Karstadt-Blau. »Da ist noch ein iPhone dabei. Geht das auch?«

Frank runzelte etwas die Stirn und sah Grabowski fragend an.

Der nickte nur und meinte: »Ein Stick genügt, ich möchte es nur dokumentieren mit dem heutigen Tag.«

»Ich werd mal schauen, was möglich ist.«

*

Zwei Stunden? Wenn Grabowski eines sicher wusste, dann dies, dass er in dieser Zeit nicht in sein Büro zurückkehren würde. Gewiss nicht aus Faulenzerei, denn es gab genug zu tun. Er brauchte nicht lange nachzudenken, um zu wenden und über die Besançon-Allee nach Norden zu fahren. Als er den Autobahnzubringer überquerte, schaute er nach unten auf die andere Fahrbahn und sah eine ganze Flotte von Polizeifahrzeugen in rasantem Tempo und mit Blaulicht stadtauswärts fahren.

So viele, dachte er, da muss aber ein großer Unfall passiert sein. Über die Elsässer Straße fuhr er zur Technischen Fakultät der Universität, die sich am Rande des

Flugplatzes ausbreitete, ein Campus-Gelände, zu dem es nur eine Zufahrt gab. Große neue Gebäude mit viel Glas standen etwas unordentlich gewürfelt, dahinter waren noch einige der alten großherzoglichen Kasernengebäude zu sehen, die nun auch zum Ensemble gehörten. Alle Bauten waren mit metergroßen Metallnummern versehen, die eher wie ein etwas alberner Bauschmuck aussahen als wie Orientierungshilfen. Zwischen den Gebäuden gab es viel leere Fläche, da die Parkplätze erst dahinter begannen. Es waren nicht viele Menschen zu sehen, einige gingen von einer der Baulichkeiten zu einer anderen, weiter hinten stand eine größere Gruppe von Menschen um ein fast mannshohes Gebilde, das von Weitem aussah wie ein Fass aus glänzendem Metall. Grabowski fuhr auf den mäßig besetzten Parkplatz und sah sich dann um.

Ein Wegweiser mit Richtungsschildern wies auf das Institut für Baumphysiologie, die Feuerökologie, die Mikrosystemtechnologie, aber auch eine Mensa, das Uni-Radio Freiburg, mehrere technologische Forschungsgebäude und auf das Institut für Informatik mit gleich fünf Gebäuden. Hier irgendwo also hatte der chinesische Student gearbeitet, in einem dieser abstoßenden Zweckbauten, ob alt oder neu. Mit welchem Gelände, welchen Baulichkeiten, welchem dürftigen Ambiente sich Wissenschaftler zufriedengeben, ist schon erstaunlich. Sie sind wahrscheinlich so besessen von ihren neuen Ideen, ihren Zukunftsvisionen und den Überlegungen, wie man den Weg dorthin gangbar machen kann, dass sie alles andere um sich herum vergessen und ausblenden.

Die Gruppe mit dem Metallfass näherte sich laut diskutierend, und mit einem Male sah Grabowski, dass dieses zylinderförmige Gebilde mit einer Reihe von kulleräugigen Sensoren bestückt war und selbstständig auf kleinen Rollen fuhr. Die Menschen drum herum wahrten sogar einen gewissen Abstand und schauten zu, wohin sich dieses Objekt bewegte, offenbar nicht gelenkt, sondern aus eigenem Antrieb und in selbst gewählter Richtung. Es fuhr gerade auf den Wegweiser zu, umkurvte ihn dann richtig und nahm seinen weiteren Weg an Begrenzungssteinen entlang, die die gepflasterte Straße vom dahinter liegenden Rasen trennten.

Es handelte sich offenbar um einen Roboter, der hier seine ersten Gehversuche in der Landschaft machte, und die Gruppe von Menschen um ihn herum schien sich mit ihm zu unterhalten, ihm Anweisungen zu geben und sein Verhalten zu kommentieren. Alles auf Englisch, das fiel Grabowski gleich auf. Ob dieser Roboter freilich auf Sprache reagierte oder vielleicht nur optronisch seine Umgebung vermaß, war nicht auszumachen. Grabowski sah sich das eine Weile an und dies wiederum wurde von der Gruppe mit Stolz registriert. Endlich einmal ein Fremder, der ihrem liebsten Spielzeug die Ehre der Aufmerksamkeit erwies. Schließlich sprach Grabowski einen aus der Gruppe an, nötigerweise auf Englisch, und radebrechte ein Kompliment über die Fähigkeiten dieses Kunstlebewesens oder wie man das nennen solle. Aber dies war nur ein Vorwand, um sich ins Gespräch zu mogeln, denn es ging ihm selbstverständlich um ganz anderes. Er suche das Institut für Informatik.

Da sei er ganz richtig, sie alle hier seien Informatiker, antwortete ein anderer nun auf Deutsch. Es ginge hier um die sensorische Umgebungserfassung und die Umwandlung der Daten in Echtzeit bei einem Modell mit autonomer Steuerung. Das sei hier am Lehrstuhl entwickelt worden und werde jetzt weiter optimiert.

Nach etwas Small Talk fragte Grabowski nach einem Herrn Wang, einem Chinesen, der hier studiere, ob sie den kennen würden?

»Kennen ja, aber der gehört nicht zu unserer Gruppe. Oder: Kennen ist eigentlich zu viel gesagt, man sieht sich halt hier im Institut. Das ist ein höheres Semester, vielleicht hat er auch schon ein Examen, aber an dem anderen Lehrstuhl. Die sind gerade alle auf einem Kongress in Philadelphia. Die haben gemeinsam ein Paper geschrieben und das ist angenommen worden, das stellen die jetzt vor. Der Chef ist auch mit hingefahren. Aber nächste Woche sind die bestimmt wieder da.«

Demnach war der Tod von Wang – wenn er sich doch nur den Vornamen dazu merken könnte – noch nicht überall an diesem Institut durchgesickert. Aus irgendeinem nicht nachvollziehbaren Grund hatte auch noch nichts dazu in der Zeitung gestanden. Es konnte natürlich sein, dass dies so überdeckt worden war von der Aufgeregtheit um den Mord auf dem Autobahnparkplatz an dem Vergewaltiger, dass es einfach untergegangen war. Wie hätte man das auf so einer übervollen Pressekonferenz auch formulieren sollen: »Wir haben da noch einen weiteren Mord«? So geht es natürlich gar nicht. Andererseits wird man das irgendwie mitteilen müssen, sonst heißt es nur: »Da sollte etwas unterdrückt werden. Das hat sicher hochnotpeinliche Gründe. Da ist etwas ganz, ganz oberfaul.« Grabowski war sich sicher, dass es zu seinen kommenden Aufgaben gehören würde, diesen »Fall« vorsichtig in die Öffentlichkeit zu schleusen – so, dass das Interesse der Presse zugleich klein gehalten würde und dementsprechend auch nur wenige Nachfragen kämen, die dann auf unspektakuläre Art und dennoch befriedigend zu beantworten wären. Man könnte etwa sagen: »Vorige Woche ist der Polizei ein Todesfall in einer Wohnung gemeldet worden, der sich bei näherer Untersuchung immer dubioser zeigt. Inzwischen kann eine fremde Gewalteinwirkung nicht mehr ausgeschlossen werden. Die Untersuchungen dazu sind intensiviert worden. Sobald wir neue Ergebnisse haben, werden wir Sie informieren …«

Grabowski befand sich während solcher Überlegungen längst wieder im Auto, auf dem Weg, den Laptop und das iPhone abzuholen. Er ließ sich eine Rechnung ausstellen und zahlte in bar. Natürlich würde es Probleme geben, bis er sein Geld wiederbekäme, dazu müsste er mehrere »sachlich richtig«-Stempel und Unterschriften beibringen, aber das war es ihm wert. In einem solchen Laden kann man nicht einfach sagen: »Schicken Sie die Rechnung an die Kriminalpolizei Freiburg, Heinrich-von-Stephan-Straße.« Wahrscheinlich würden die sagen: »Mit solchen Wünschen gehen Sie mal woanders hin, mit der Kripo wollen wir nichts zu tun haben.« Das muss man verstehen, hier geht es um eine spezielle Vertrauensbasis mit den Kunden und die ist in einem IT-Laden doch etwas sensibler als beim Bäcker. Außerdem wäre das bei einem so »offiziellen« und amtlichen Auftrag nicht in so kurzer Zeit erledigt worden und Getuschel hätte es obendrein gegeben. So war es eine Sache zwischen ihm und Frank gewesen, den er flüchtig und doch gut genug kannte und der nicht weiter fragte, sondern ihm nur in die Augen schaute, das genügte – so sind diese Freaks.

HEINRICH-VON-STEPHAN-STRASSE

Als er endlich wieder an seiner Dienststelle ankam, war es schon nach zwei Uhr mittags. Grabowski war extra einen Umweg gefahren, um beim Bäcker Bühler in der Zasiusstraße einige Brötchen zu kaufen, denn ohne einen K.-o.-Happen war ein so langer Tag nicht zu überstehen. Einen akzeptablen Kaffee gab es auf dem Flur aus einem Automaten. Auf seinem Schreibtisch lagen noch immer die Stapel mit den Schnellheftern, die alle mit »WANG Yuhai« beschriftet waren. Er würde Stunden brauchen, um das alles zu lesen und die dazugehörigen Fotos zu überprüfen. Er ahnte schon, warum das zwar mit einer gewissen Gründlichkeit dokumentiert war und doch die gleichgültige Routine dabei nicht verbergen konnte. Es gibt Fälle, für die sich keiner besonders engagiert, die irgendwie unergiebig sind. (Keiner würde es so offen sagen, denn es sind doch immerhin Todesfälle mit Fremdverschulden, bei denen nicht einmal die besonders verwerfliche Form des Mordes ausgeschlossen werden kann, aber die Umstände sind eben unspektakulär, es gibt kein größeres Interesse der Öffentlichkeit, der Presse, niemand fragt nach, man macht also seine Hausaufgaben, man macht sie sogar gut, fehlerfrei, aber damit ist es auch getan.) Man kommt nicht weiter, die Sache kann nicht aufgeklärt werden, schließlich schläft sie »schwebend« ein. Jede Region kennt solche Fälle. In Freiburg etwa der Fall eines Rentners aus dem Stadtteil St. Georgen, der bis heute nicht abgeschlossen werden konnte, obwohl er schon über zehn Jahre zurückliegt.

Natürlich erinnerte sich Grabowski wieder, denn er selbst hatte zu der Kommission gehört, die seinerzeit den Fall bearbeitete. Ein Rentner, Josef Walzenbach, war in seiner Wohnung mit seinem eigenen Gürtel stranguliert worden, in der Andreas-Hofer-Straße war das. Das muss kurz nach der Jahrtausendwende gewesen sein, ja, und ein besonderes Detail kam noch hinzu: Walzenbach hatte seinen Mörder – oder waren es nicht mindestens zwei gewesen? – selbst in die Wohnung hereingelassen, offenbar völlig arglos. Aber war das nicht genau so bei Wang Yuhai gewesen? Hatten sich nicht all die Merkmale von damals hier wiederholt? Sogar das Erdrosseln mit einem Gürtel? War das denn möglich? Dass sich nach 13/14 Jahren das Gleiche noch einmal abspielt? Nein, natürlich nicht das Gleiche, aber doch eine Tat von solcher Ähnlichkeit in den zentralen Merkmalen. War das ein unerklärbarer Zufall oder deutete sich hier etwa die Handschrift eines Serientäters an?

Alles Unfug, beantwortete sich Grabowski die Frage gleich selbst, kaum war sie aufgetaucht. Ein völlig anderes soziales Umfeld, da gibt es keinerlei Beziehungen. Ein viel zu langer zeitlicher Abstand, das kann kaum der gleiche Täter gewesen sein. Und doch kann man diese Ähnlichkeit nicht einfach verschweigen, sogar wenn man selbst nicht überzeugt ist, dass hier Zusammenhänge bestehen.

Ich werde mit Tritschler darüber reden müssen, er mag dann entscheiden, wie er damit umgeht. Ich werde ihm meine Bedenken nicht verheimlichen, auf keinen Fall, werde ihn allerdings auch zu nichts drängen. Er muss bestimmen, ob die Akte Walzenbach wieder vorgekramt werden soll. Solange ein Fall nicht endgültig abgeschlossen ist, muss jede Spurenakte erhalten bleiben und jederzeit wieder geöffnet werden können, auch wenn sie schon mehrfach überprüft wurde. So viel Selbstzweifel gehörte zu den wichtigsten Arbeitsmethoden jeder Kriminalistik, auch wenn kaum ein Krimi im Fernsehen davon etwas weiß.

Mit diesen Gedanken öffnete Grabowski den ersten Aktendeckel auf seinem Schreibtisch, er enthielt eine Liste der Gegenstände, die von der Spurenkommission zur Auswertung mitgenommen worden waren. Zuoberst war das Smartphone verzeichnet. Darum wollte sich Huber kümmern, fiel ihm wieder ein. Und deshalb rief er ihn gleich zu sich. Er mochte diesen jungen Kollegen, der ganz nervös vor Tatendrang war, der immer zwei Schritte vorausdachte und sich dann keineswegs nur an seine Aufträge hielt, sondern auch einmal auf eigene

Faust losmarschierte. Man muss die jungen Leute nicht immer gleich bremsen, zumal wenn es ein kreativer Kopf wie Huber war …, im Schwäbischen würde man sagen: ein besonderes Schlaule. Und aus dem Schwabenland kam er auch, wie man – allerdings nur gelegentlich – an seiner Sprachfärbung merken konnte, aber meist wusste er dies zu unterdrücken, denn im Badischen konnte es kaum einen auffälligeren Makel geben.

Er kam auch unverzüglich, und statt nun abzuwarten, was Grabowski mit ihm bereden wollte, platzte er gleich los: »Haben Sie das eigentlich mitgekriegt, was heute Morgen los war?«

Grabowski, der sicher fast 30 Jahre älter war, fand diese Art von Huber immer wieder erfrischend und er ließ sich gerne darauf ein. Früher, direkter und keineswegs so ausgewogen wie etwa durch Tritschler erfuhr Grabowski auf diese Weise, was sich im Hause abspielte, die kleinen Konflikte und Eifersüchteleien unter Kollegen, die Nachrichten des »Flurfunks«, die sonst vor allem im Treppenhaus ausgetauscht wurden oder in der Kantine – allerdings nur hinter vorgehaltener Hand. Diesmal jedoch hatte das ganze Haus eine Aufregung erfasst, dass es zuging wie in einem Ameisenhaufen, in den jemand vorwitzig mit einem Stock hineinfährt. Alle waren sie aufgeschreckt von dem peinlichen Vorfall am Holzmarktplatz und dem Entwischen eines »schweren Kalibers«, von dem man angenommen hatte, man hätte ihn in sicherer Verwahrung.

»Solche Leute sind mit allen Wassern gewaschen. Ganz schön clever, dieser Bursche. Aber eigentlich hätten doch alle Warnlichter angehen müssen, als der einen Termin beim Familienrichter beantragt hat mit Vorführung aus dem Knast heraus. So etwas ist doch nicht koscher. Und wenn dann noch die ganze Albaner-Großfamilie sich als Zuhörer einfindet – was sagen Sie dazu? Hätte Sie das kaltgelassen? Aber es hieß anscheinend: Lasst die doch ruhig zum Palaver dazukommen, macht ja nichts. Das hätte doch verdächtig sein müssen? Die vom Gericht haben keine Ahnung, sagen einfach: der muss persönlich anwesend sein. Na ja, war er auch. Aber jetzt ist er persönlich abwesend, vielleicht schon in Südfrankreich oder sonst wo und lacht sich eins. Wir haben ein ganzes Jahr darauf hingearbeitet, den einbuchten zu können, alles zusammenzusuchen, damit ihm der Prozess gemacht werden kann. Und dann lassen ihn unsere werten Kollegen einfach davonlaufen – besser: davonspringen, ein bisschen Sportlichkeit war schon auch dabei, das muss man ihm lassen.«

Grabowski kam gar nicht zu Wort, schließlich gelang ihm die Bemerkung: »Ich habe nur die Blaulichter auf dem Autobahnzubringer gesehen. Hab mich noch gewundert …«

»Und das Schönste: Mitten in die Aufregung kommen zwei Leute von der chinesischen Botschaft aus Berlin und wollen die Habseligkeiten von Wang Yuhai einsammeln. Sagen Sie einmal, wie heißt der denn nun richtig, was ist der Vorname dabei und was der Nachname?«

»Genau weiß ich das auch nicht, aber hier auf dem Aktendeckel steht WANG immer mit großen Buchstaben, ich gehe mal davon aus, dass das sein Müller/Schulze/Schmidt ist. Aber ich kann auch kein Chinesisch.«

»Ist ja auch egal. War jedenfalls der unpassendste Zeitpunkt, konnte sich keiner um die kümmern, hier war ja der Teufel los. Der Chef hat rumgerudert und dann an Tritschler verwiesen, ich habe mich gleich dünnegemacht, als Tritschler jemanden suchte, der mit denen zu den ›Westarkaden‹ fahren konnte, schließlich hat er erfahren, dass Sie gerade dort seien, und hat die beiden einfach ohne Begleitung da hingeschickt, nur um sie loszuwerden. Die haben aber niemanden angetroffen und inzwischen sind sie wieder hier und warten.«

»Oh! Wo sind sie denn jetzt?«

»Wieder beim Chef. Haben natürlich mitgekriegt, dass hier alles durcheinander war. Aber die sind ja geduldig – und hartnäckig. Kann man verstehen, wo die extra aus Berlin angefahren sind. Jedenfalls wollten sie vor allem den Laptop ausgehändigt bekommen, das war ihnen das Wichtigste.«

Grabowski ließ sich nichts anmerken und murmelte in aller Seelenruhe erst einmal: »So, so.« Dann fuhr er mit großer Bedächtigkeit fort: »Der ist hier bei mir, aber wenn sie ihn haben wollen, bitte schön, sollen sie … Moment mal!«

Grabowski griff zum Telefon und rief bei Tritschler an, obschon er auch hätte über den Flur gehen können:

»Bei all dem Durcheinander wollte ich dir nur sagen, dass der Laptop und das iPhone von Wang hier bei mir liegen, können die von der Botschaft natürlich haben. Irgendwie muss ich die gerade verpasst haben, als ich dort war. Ich würde vorschlagen, dass die sich jetzt alles aus der Wohnung holen können. Aber es muss sie jemand begleiten, der protokolliert, was sie mitnehmen. Am besten, wenn du jemanden mitschickst, der von dem Fall keine Ahnung hat und an der Untersuchung nicht beteiligt war. Dann können die fragen, so viel sie wollen ... Ich möchte die nämlich unbedingt vom Hals haben, ohne Diskussion, auf einmal mischen die sich noch in irgendetwas ein. Bei Diplomaten oder Botschaftsleuten muss man immer besonders vorsichtig sein. Die sollen am liebsten heute noch zurückfahren. Ich hörte gerade, dass sie jetzt beim Chef sitzen. Der wird dir ewig dankbar sein, wenn du ihn von denen erlöst.«

»Also,du gibst dein Okay, dass sie alles mitnehmen dürfen? Ich notiere das.«

»Klar. Natürlich nur persönliche Gegenstände des Toten. Nichts sonst aus der Wohnung. Wenn es Missverständnisse gibt, muss der Kollege eben zurückrufen.«

Nachdem Grabowski aufgelegt hatte, grinste er Huber an: »Von dem Smartphone war nicht die Rede und das rücken wir auch nicht heraus, bevor der Fall geklärt ist. Das andere habe ich nämlich kopiert, und zwar vollständig, mit Systemsteuerung und allem Drum und Dran. Aber das bleibt vorläufig unter uns. Auf einmal stellt sich das Ganze als ein Spionagefall dar oder etwas Ähnliches – dann heißt es sofort aus Berlin: Wie konntet ihr das Wichtigste einfach hergeben, ihr Provinzler habt mal wieder alles verpfuscht. Nun ja. Jetzt denken die von der chinesischen Botschaft vielleicht:

Ein Glück, dass wir die Geräte haben, da kann niemand mehr drin herumschnüffeln. Meinetwegen, das ist kein Schaden. Im Grunde ist das nur eine Beruhigungspille oder sogar ein Placebo. Wir wiegen die erst einmal in Sorglosigkeit und das Weitere wird man sehen. Aber das bleibt nun wirklich unter uns. Ich habe auch Tritschler nichts davon gesagt.«

»Ich sag nichts, vielleicht hätte ich es genauso gemacht.«

»Aber dann würde mich schon interessieren, warum ihr das iPhone in der Wohnung gelassen habt.«

»Auf die Frage habe ich schon gewartet. Ganz einfach. Der hat vor etwa einem Dreivierteljahr dieses neue Smartphone angeschafft und damit war das alte iPhone ausrangiert, das lag in der Schublade. Das war ihm anscheinend nicht mehr modern genug. Ich habe das überprüft. Damals hat er Kalender, Adressen und all diese Dinge auf das Smartphone übertragen und das veraltete Gerät nicht mehr benutzt. Das hat dann nur noch herumgelegen. Das letzte Zugriffsdatum ist schon ewig lang zurück.«

»Das lag einfach so in der Wohnung? Das Smartphone auch? Ist doch merkwürdig, dass der oder die Täter das nicht mitgenommen haben.«

»Der Laptop war in seiner Umhängetasche, wie man halt zur Uni geht oder zur Arbeit. Befand sich einfach so im offenen Regal, hat offenbar niemand angerührt. Und das Smartphone lag daneben. Ebenso.«

»Etwas anderes zum Mitnehmen oder Klauen gab es wohl ohnehin nicht?«

»Ich weiß nicht, ob der vielleicht einen Haufen Bargeld irgendwo rumliegen hatte. Dafür gibt es bis jetzt jedenfalls keinen Hinweis, aber so etwas müsste man ja über sein Bankkonto herausbekommen, zum Beispiel. Aber so, wie es da aussah, kann man einen Raub wohl ausschließen. Ich war ja selber beim Einsatz dabei, da sah nichts nach Raub aus. Doch eine Sache ist mir aufgefallen und ich weiß nicht, ob das im Einsatzprotokoll und beim Tatortbefund so verzeichnet ist. Also, da muss ich etwas weiter ausholen: An sich war die Wohnung sehr ordentlich und aufgeräumt, wenn man davon absieht, dass es bei der Tat ein kleines Gerangel gegeben haben muss, wie sehr auch immer, vielleicht haben die Täter ein paar Sachen auch wieder ordentlich hingestellt. Das Mah-jong-Spiel lag jedenfalls im Bücherregal, das ist ein flacher Holzkasten, der mit einem grünen Stoff überzogen ist. Da passen die Spielsteine, richtig geordnet, genau hinein und der Kasten war geschlossen. Aber ein Spielstein hat unter dem Tisch am Boden gelegen, ausgerechnet ein Blumenstein, und zwar der Einser. Ich denke also, dass kurz vor der Tat noch gespielt worden ist.«

»Ehrlich gesagt, habe ich keine Ahnung, wie Mahjong funktioniert.«

»Ist im Prinzip ganz einfach, nämlich eine chinesische Variante von Rommé oder Canasta, nur dass man es mit Spielsteinen spielt statt mit Spielkarten. Auf den Steinen sind Bildsymbole, die man in verschiedensten Anordnungen sammelt, jedes Bild gibt es viermal, wie beim Kartenspiel. Jeder der vier Spieler bekommt 13 Steine, aus den restlichen etwa 80 Steinen wird eine Große Chinesische

Mauer gebaut und dann wird reihum immer ein Stein von der Mauer genommen und kann ausgetauscht werden gegen einen der eigenen Steine. Je nachdem, welche besonderen Zusammenstellungen von jeweils 13 Steinen es zu sammeln gelingt, bekommt man Punkte und die können bei besonders schwierigen Konstellationen auch noch vervielfacht werden. Das Ganze ist also eine Mischung aus Glück und Geschick. Und da es auch besonders seltene, fast unmögliche Zusammenstellungen gibt, werden dafür dann horrende Punkte gutgeschrieben. Natürlich wird um Geld gespielt, das lieben die Chinesen.«

»Und was soll ein Blumenstein sein?«

»Das sind sogenannte Glückssteine, die man ergattern kann. Die bringen zusätzliche Punkte oder sogar Verdoppelungen des ganzen Punktekontos.«

»Habe ich richtig verstanden, dass man das nur zu viert spielen kann?«

»Ja, so wie die vier Himmelsrichtungen. Es gibt auch vier Winde, und der Ostwind ist der wichtigste, wer den hat, ist schon einmal im Vorteil.«

Grabowski sah nachdenklich auf Huber.

»Da habe ich wieder etwas dazugelernt. Nur weiß ich nicht, ob es auch etwas nützt. Ich sehe einfach noch keinen richtigen Einstieg. Und da die Leute von der Uni erst in ein paar Tagen zurückkommen und wir andere Kontaktpersonen noch nicht kennen, müssen wir eben mit unseren Trockenübungen anfangen.«

»Was meinen Sie denn damit?«

»Alle Kontakte aus dem Smartphone erst einmal zusammenlisten und ordnen, so gut es geht.«

»Damit habe ich längst angefangen. Bei Facebook ist er schon mal nicht. Was das zu bedeuten hat, kann ich nicht sagen. Vielleicht wollte er nichts von sich preisgeben, das macht ihn allerdings schon etwas verdächtig. Ist doch sehr ungewöhnlich, oder nicht?«

»Oder die Chinesen sind mit ihrer Privatsphäre überhaupt etwas zurückhaltender. Nicht so vertrauensselig. Etwas schamvoller, gerade was Fotos angeht. Außerdem ist das vielleicht zu amerikanisch. Da hält man sich lieber etwas bedeckt.«

»Könnte sein, denn bei LinkedIn ist er dabei und dazu gibt es sehr viele Kontakte. Aber das bezieht sich alles auf Studium, Firmen, Leute aus der Technik und der Wissenschaft. Ist auch alles auf Englisch. Aber wie gesagt, es fehlt das private Umfeld. Oder er hatte keines.«

*

Grabowski war schon eine Zeit lang unruhig auf seinem Stuhl herumgerutscht, bis ihm klar wurde, was ihm fehlte. Schließlich sagte er zu Huber:

»Ich muss mir erst einmal einen Kaffee holen, außerdem habe ich den ganzen Tag noch nichts gegessen.«

»Gute Idee, ich brauch auch einen. Ich geh geschwind und bring einen mit.«

»Na gut. Ich hab sogar noch ein Brötchen übrig. Für mich schwarz mit etwas Zucker.«

Dabei fiel ihm ein, die kurze Abwesenheit von Huber für ein privates Telefonat zu nutzen. Nachdem er gewählt hatte, hörte er die vertraute Stimme: »Anwaltskanzlei Graber. Sie sprechen mit Elfriede Schamberger. Was kann ich für Sie tun?«

»Gar nichts, Elfi, ich wollte nur mal deine Stimme hören.«

»Oh, das ist gut, dass du anrufst. Heute Abend ist nämlich Sinfoniekonzert und ich wollte da eigentlich hingehen. Kommst du mit?«

»Was gibt es denn? Hast du etwa schon Karten?«

»Natürlich nicht, aber es findet im Konzerthaus statt und da wird es schon noch ein paar freie Plätze geben. Ich weiß nur, dass sie Debussy und César Franck spielen. Und noch etwas Modernes.«

»Ich würde gerne …, aber heute wird nichts draus. Die spielen im Moment sowieso alle verrückt hier, weil es heute Morgen einen Vorfall gegeben …«

»Ja, das habe ich schon im Radio gehört. Muss eine ziemliche Blamage gewesen sein.«

»Hier im Haus finden sie es natürlich nicht so lustig. Und dann habe ich den ganzen Schreibtisch voll wegen dem toten Chinesen – den Fall muss ich übernehmen. Ich habe noch gar keinen Überblick, weil ich den ganzen Morgen schon in der Gegend umherschwirre. Es geht gleich richtig zur Sache. Wie immer, wenn man aus dem Urlaub kommt. Und bei euch?«

»Das Übliche. Eher mau, könnte besser laufen. Aber Graber lässt sich nicht unterkriegen. Der hängt sich in die kleinste Mietsache, als wär's ein großer Fall. – Da kommt jemand, ich muss aufhören.«

»Also, bei mir wird es wohl spät heute, da werden

wir uns nicht mehr sehen. Ich rufe dich morgen an. Ciao, Liebe, viel Spaß im Konzert, wenn du hingehst, ciao.«

»Doch, werde ich. Und du, arbeite nicht so lang. Morgen ist auch noch ein Tag. Tschüss, mein Guter.«

Als Huber mit zwei dampfenden Kaffeebechern zurückkam, hatte Grabowski in der Zwischenzeit auch noch irgendwo die *Badische Zeitung* aufgetrieben und blätterte sie suchend durch. Ihm war eingefallen, dass er heute Morgen flüchtig etwas über einen chinesischen Parteifunktionär gelesen hatte, der auch Wang hieß. Auf Seite elf, deren untere Hälfte über ›Das Wetter heute‹ aufklärte, gab es eine große Überschrift: »Der Tod des ersten Mafiajägers«, daneben eine kleine Spalte der Rubrik »Auch das noch« mit der gesuchten Geschichte. Da hieß es: »Der ranghohe Parteifunktionär Wang war in der Provinz Jiangxi in einem Überschwemmungsgebiet unterwegs. Damit seine Schuhe das heil überstehen, hat er sich von einem Beamten huckepack tragen lassen. Der hat das in echtem Kadergeist gehorsamst erledigt.« Allerdings gab es davon ein Foto, das den Weg in die Medien fand. »Weil zeitgleich Helfer nach drei Kindern gesucht hatten, die in einen Fluss gefallen waren, war die Empörung riesig – und Herr Wang seinen Job los. Auch wenn die Schuhe trocken geblieben sind, war die Aktion für ihn ganz klar ein Schlag ins Wasser.«

Nachdem Grabowski den Artikel gelesen hatte, reichte er die aufgeschlagene Zeitung an Huber weiter mit der Bemerkung: »Eine lustige Seite. Passt alles irgendwie gut zusammen.«

Huber, ganz aufmerksam, las nicht nur den Artikel über Herrn Wang, sondern überflog auch das Übrige und meinte dann etwas verunsichert: »Meinen Sie wirklich, dass die Blattmacher das absichtlich so zusammengestellt haben?«

»Na klar. Denen flattern doch täglich Tausende kleine Geschichten wie diese ins Haus. Welche dann abgedruckt wird, entscheidet der, der diese Seite gestaltet. Die heißt auch noch ›Aus aller Welt‹, da hat alles Platz, was nur halbwegs zueinanderpasst.«

»Dass der zufällig auch Wang heißt, wie unsrer …«

»… ist doch wahrscheinlich ein Allerweltsname wie Meier, Schmidt oder Wagner.«

Nach kurzem Nachdenken sagte Huber: »Jetzt möchte ich aber auch mal spintisieren: Es könnte doch sein, dass die miteinander verwandt sind, der tote Student und der blöde Parteifunktionär.«

»Könnte, könnte … Sie können dem ja mal nachgehen. Vielleicht finden Sie etwas. In unserem Beruf sind wir am glücklichsten mit Überraschungen. Selbst wenn wir in Hundescheiße treten. Dann haben wir nämlich wenigstens die Spur eines Hundes gefunden, statt gar nichts …«

»Bei Ihnen weiß man nie … Aber das haben Sie wohl ernst gemeint?«

»Ganz ernst. Aber jetzt müssen wir trotzdem an die Arbeit.«

*

Und es wurde ein langer Nachmittag. Denn Huber ging mit Grabowski die gesamten Spurenakten durch, wie sie bisher vorlagen, und schilderte zugleich seine Eindrücke, denn er war bei den Ersten gewesen, die am Tatort eingetroffen waren. Am 16. Juni, also Montag, morgens um kurz nach 8 Uhr hatte der Mitbewohner der WG angerufen, eine Viertelstunde später waren sie bereits am Tatort eingetroffen. Wang lag auf dem Bett, etwas gekrümmt, das weiße Hemd aufgerissen und mit entblößter Brust, auf der die Spuren der Messerattacke deutlich zu sehen waren. Andererseits gab es die unverkennbaren Kennzeichen der Strangulation, die mit großer Gewalt ausgeführt worden war, denn selbst der Kehlkopf war zerstört worden. Einige tiefe Striemen am Hals deuteten darauf hin, dass dies nicht mit bloßen Händen, sondern mit einem dicken Seil, wahrscheinlicher mit einem schmalen Gürtel ausgeführt worden war.

Die Leichenstarre war schon eingetreten. Die weiteren Obduktionsbefunde hatten ergeben, dass der Tod zwischen 21 und 22 Uhr am Sonntagabend eingetreten sein musste. Merkwürdig war, dass weder ein zur Tat passendes Messer gefunden werden konnte noch der hier verwendete Gürtel oder Strick. Der oder die Täter hatten offenbar die Aufmerksamkeit besessen, diese möglicherweise verräterischen Tatwerkzeuge mitzunehmen.

Als ihn sein Mitbewohner entdeckte, stand die Tür zu Wangs Zimmer offen, was ungewöhnlich war. Nur deshalb hatte er in das Zimmer hineingeschaut und Wang liegen sehen. Da er nur kurz in seine Wohnung gekommen war, um irgendwelche Unterlagen zu holen, wäre ihm bei geschlossener Tür gar nichts aufgefallen und der Tote hätte möglicherweise noch einige Tage unbemerkt bleiben können. Auch gab es keine sichtbare Unordnung. Nur das Bettzeug, das Wang gewöhnlich auf dem Bett zusammenrollte, lag am Boden in der Ecke. Und anders als sonst befand sich der Tisch in Wangs Zimmer, der sonst immer mit einer Kante an der Wand stand und auch als Schreibtisch diente – ein einfacher quadratischer Tisch von etwa 90 cm Seitenlänge –, jetzt in der Mitte des Zimmers, und außer den beiden Stühlen aus Wangs Zimmer war er noch mit zwei der weißen Plastikstühle vom Balkon umstellt. Wie Huber bemerkte, sprach auch dies dafür, dass hier Mah-jong gespielt worden war. Aber wann? Das konnte auch schon am Tag zuvor gewesen sein, zumal das Spiel ordentlich in seinem Holzkasten im Regal stand. (Und der auf den Boden gefallene Blumenstein wäre wohl erst bei einer nächsten Partie als fehlend aufgefallen.)

Immerhin gab es einen weiteren Anhaltspunkt und das waren die vier Gläser in der Küche. Der Mitbewohner konnte dazu nichts sagen, hielt sich in letzter Zeit zu selten in der Wohnung auf, weil er tagsüber in der Bibliothek und abends und nachts meist bei seiner Freundin war. Sie waren abgespült worden und standen auf dem Abtropfkorb. Waren sie zu gleicher Zeit benutzt worden und deuteten damit auf die gleichzeitige Anwesenheit von vier Personen? Oder hatten sie sich nur zufällig so angesammelt und waren dann zusammen abgespült worden? Aber von wem? Und wann? Huber hatte dieses Detail immerhin sofort erfasst und nach leeren Bier-, Wein- oder Wasserflaschen gesucht. Da er keine gefunden hatte, die gerade erst geleert worden wären, hatte er eine große Thermoskanne, die in der Küche stand, zur Untersuchung gegeben. Sie war fast leer, aber mit mühseligen Versuchen zur Abkühlungszeit und zur Restwärme hatte die Kriminaltechnik inzwischen herausgefunden, dass sie am Sonntagnachmittag als Teekanne benutzt und fast ausgetrunken worden war. Auch dies sprach für eine Mah-jong-Runde, obwohl es natürlich nur ein kleines Indiz war und nichts bewies.

Dass Wang sich gerne diesem Spiel hingab, konnte sein Mitbewohner bestätigen, aber meist fand dies nicht in der Wohnung statt, sondern bei anderen Chinesen in Freiburg, doch darüber wisse er nichts Genaues. Wang habe über solche Dinge nie geredet, auch kenne er die chinesische Community hier nicht, aber es müsse eine ganze Menge Chinesen in der Stadt geben. Wenn er sich mit Wang unterhalten habe, sei es meist um Uni-Dinge gegangen oder den Freiburger Alltag, wo man was findet und so weiter. Aber es habe ihn immer wieder erstaunt, wie leicht und selbstverständlich der in dieser fremden Umgebung hier zurechtgekommen sei und sich mit allem ausgekannt habe, was er brauchte.

Diese Chinesen wären ständig mit ihrem Smartphone zugange und fänden dort jede Information, die sie suchten. Vermutlich würden sie nicht einmal ein Restaurant betreten, ohne sich zuvor auf ihrem Handy die Speisekarte angeschaut zu haben. Na ja, vielleicht seien das nicht so sehr die Chinesen, sondern vor allem die Informatiker, die sich so verhielten. Das Internet habe für sie vermutlich eine realere Bedeutung als die Wirklichkeit. Sich von der Realität überraschen zu lassen und abzuwarten, was auf einen zukommt, sei für die wohl eine unerträgliche Zumutung. Nur beim Spielen werde dies ertragen, übe sogar eine ungeheure Faszination aus. Beim Spielen gingen die Chinesen jedes Wagnis ein, vor allem Glücksspiele und unberechenbare Wetten hätten eine große Anziehungskraft. Darüber habe er erst kürzlich mit Wang gesprochen und ihm vorgehalten, dass doch gerade er als Informatiker das hohe Risiko berechnen könne und wissen müsse, dass man als Spieler immer verliere. Lachend habe er geantwortet: Natürlich wisse er, dass zum Beispiel beim Roulette immer die Bank gewinne. Aber das sei alles Statistik. Er setze schließlich nie auf das Risiko, sondern immer auf das Glück. Das sei dann eine wirklich entwaffnende Antwort gewesen, dagegen könne man nichts mehr einwenden.

Huber hatte natürlich nachgefragt, vor allem, ob er glaube, dass Wang ein regelmäßiger Spieler gewesen sei, vielleicht sogar ein süchtiger. Aber dazu konnte er nichts sagen. Er habe ihn nie beim Spielen erlebt, wisse auch nicht, ob er häufiger gespielt habe, er habe sich nur einmal mit ihm darüber unterhalten, mehr zufällig seien sie auf dieses Thema gekommen, und da er schon öfter gehört habe, dass die Chinesen Glücksspiele lieben – Macao zum Beispiel sei ein Spielerparadies mit geradezu unglaublichen Umsätzen und immer schon sogar von Rotchina geduldet, wenn nicht gefördert –, habe er eben hören wollen, was an diesem Vorurteil dran sei.

»Mir ist bei allen Befragungen vor allem eines aufgefallen: Dieser Wang war so unauffällig, dass kaum jemand etwas über den weiß. Man sollte doch meinen, dass man beim Zusammenleben in einer Wohngemeinschaft einiges voneinander mitbekommt und sich gegenseitig einschätzen kann – als Mensch, von den Verhaltensweisen her, durch Gespräche und so fort. Schließlich kam der von weither, aus einer ganz anderen Kultur. Das macht doch neugierig. Aber dieser Wang ist irgendwie ein völlig unbeschriebenes Blatt. Nichts Spezifisches ist hängen geblieben. Alles ist so ungefähr, dass wir gar nichts damit anfangen können. Und manchmal habe ich den Eindruck, das ist mit den Chinesen hier allgemein so. Die sind so etwas von unauffällig … Die nimmt man gar nicht wahr. Dabei ist es mit uns Deutschen in China gerade umgekehrt. Ich weiß es von einem Sportskameraden, der wegen der Olympiade in China war. Wenn du aufs Land kommst, also raus aus Peking oder Shanghai, dann wirst du so etwas von angestaunt … Und wenn man auch noch groß ist, eins neunzig oder noch mehr, … wie ein Weltwunder. Wir könnten in China nicht eine Minute unbemerkt bleiben, würden überall wachsam beäugt – und die Chinesen hier werden in Monaten kaum wahrgenommen. Zum Beispiel in diesem großen Haus, den ›Westarkaden‹ – von denen, die hier am selben Treppenaufgang wohnen, haben die meisten noch nicht einmal gewusst, dass da auch ein Chinese wohnt. ›Den hab ich noch nie gesehen.‹ Dabei wohnte er schon fast ein Jahr hier, hatte dieselbe Haustür.«

Grabowski spürte die Ungeduld von Huber, konnte

sie durchaus begreifen, aber er war schon lange genug im Dienst, um oft erlebt zu haben, dass man unbegreifliche 406 Spuren abarbeiten musste, ohne einen Schritt weiterzukommen, und auch die 407. nicht etwa den erlösenden Durchbruch brachte, sondern nur eine offene Spur blieb, die wenigstens nicht gleich zu verwerfen war, stattdessen zunächst in die vage Kategorie »vielversprechend« eingeordnet werden konnte – wenn auch nur für kurze Zeit. Bevor auch sie sich verflüchtigte.

»Das Dumme ist, dass die Uni-Leute erst in ein paar Tagen zurückkommen, denn das sind die Leute, die viel enger an ihm dran waren, die mit Wang seit Monaten täglich zusammengearbeitet haben. Ich denke nicht, dass wir unter denen den Täter aufspüren, aber vielleicht kommen wir über die näher an sein Umfeld. Können so etwas wie seine Freunde finden. Mit wem ist der abends mal weggegangen? Solche Sachen.«

Nach längerem Nachdenken fügte er noch hinzu: »Dazu muss uns noch etwas einfallen. Wir können schließlich nicht die ganzen Chinesen hier ansprechen und denen ein Bild vor die Nase halten: ›Schon mal gesehen?‹ Das würde zwar ein großes Aufsehen erregen, aber gleichzeitig mehr verschrecken als nützen. Wenn du in Shanghai von der Polizei nach einem dort lebenden Deutschen gefragt würdest, würdest du dir auch eher auf die Zunge beißen, als zu antworten: ›Klar, den kenne ich, das ist doch der Wangler Erich, der wohnt da vorne, zweite Querstraße links im Eckhaus.‹ Ausländer haben doch immer erst einmal Angst vor der Polizei – und manchmal nicht zu Unrecht. So tollpatschig muss man nicht daherkommen.«

Das Haustelefon klingelte.

»Aber wahrscheinlich wird uns nichts anderes übrig bleiben. Wie sonst …«

Grabowski hatte den Hörer beiläufig abgenommen und etwas gemurmelt, als sich sein Gesicht plötzlich merklich anspannte.

»Ja, natürlich. Jetzt sofort?« Nach einem kurzen Moment fügte er hinzu: »Okay«, legte auf und sagte zu Huber: »Ich soll zum Chef kommen, jetzt gleich, das war die Sekretärin. Klang irgendwie ungemütlich. Mal sehen, was los ist. Ich nehme die Geräte am besten gleich mit, dann sind wir sie los.«

*

Als er ins Vorzimmer kam, sah ihn die Sekretärin streng an, sagte kein Wort, sondern ging zur Tür ihres Chefs, klopfte leise an und streckte ihren Kopf durch den Rahmen. Er hörte Gesprächsgemurmel. Erst nach einer Weile, weil sie vielleicht nicht früher bemerkt worden war, hörte er eine Stimme lauter sagen: »Ja, doch!«, worauf die Sekretärin ihn eintreten ließ. All dies war etwas zu förmlich und entsprach gar nicht dem unkompliziert kollegialen Umgang im Hause. Aber noch erstaunter war Grabowski, als er in das sehr geräumige Zimmer des Chefs trat. Dieser stand hinter seinem riesigen Schreibtisch und hatte eine Respekt einflößende, hochgeschlossene dunkelblaue Uniformjacke an, die er noch nie an ihm gesehen hatte, die Ärmelaufschläge und der Kragen mit dezenten weißen Paspeln, schlicht und würdevoll.

Seitlich stand Tritschler mit ernster Miene, auch er hatte sich ein Jackett angezogen, was nicht häufig vorkam. Alles wirkte so, als habe Grabowski eine gewichtige dienstliche Erklärung entgegenzunehmen, einen Erlass von erheblicher Bedeutung, selbstverständlich nur in Gegenwart eines Vorgesetzten als Zeugen. Wenn auf dem Schreibtisch auch noch eine Dienstmappe gelegen hätte, womöglich mit dem Georgskreuz als Stadtwappen, hätte er an eine Versetzung denken können oder an eine andere Überraschung seiner Laufbahn. Aber der Schreibtisch war leer. So blickte er ratlos in die etwas angespannten Gesichter der beiden, bis er schließlich die erlösenden Worte hörte: »Aber setzen Sie sich doch, meine Herren!«

Die nun folgende Ansprache, zu der Tritschler nur gelegentlich zustimmend nickte, beinhaltete im Wesentlichen Folgendes: Die Kriminaldirektion sei mit der organisatorischen Bewältigung der Polizeireform sehr herausgefordert. Insgesamt verspreche man sich davon größere Effizienz und Beweglichkeit, aber die neuen Aufgabenverteilungen und Zuständigkeiten seien noch keine Selbstverständlichkeit und müssten erst eingeübt werden.

Solche grundsätzlichen Bemerkungen, dazu mit einem so amtlichen Verhalten, beunruhigten ihn von Neuem. Waren dies nur etwas salbungsvolle Töne zur sanften Überleitung auf gravierende Veränderungen, oder wollten die beiden ernsthaft mit ihm die Organisation der Polizeiarbeit besprechen? Bisher hatte er sich erfolgreich von allen Leitungsaufgaben ferngehalten, weil er lieber am einzelnen Fall arbeiten wollte. Er war überzeugt, dass die Detailarbeit, die kriminalistische Recherche, die fast wissenschaftliche Forschung an der rätselhaften Sache seine eigentliche Begabung sei und nicht die Anleitung und Motivation ausschwärmender junger Mitarbeiter mit ihren leeren Notizblöcken.

Aber für abschweifende Gedanken blieb kein Raum, denn der Kripochef fuhr fort:Zurzeit sei man mit einer ungewöhnlichen Fülle von Aufgaben und aufzuklärenden Fällen im Bereich der Tötungsdelikte konfrontiert. Die personellen Kapazitäten seien aber derzeit nicht erweiterbar und deshalb käme alles auf den richtigen und flexiblen Einsatz der Manpower an. Nach ausführlicher Beratung sei entschieden worden, die älteren Fälle aus dem Elztal und in Kenzingen mit unverminderter Stärke der Sokos weiterzubearbeiten, und das gelte ebenso für den Fall Neuenburg, zumal die Chance für einen baldigen Abschluss der Ermittlungen bestünde. Für den Fall Wang bedeute dies, vorerst nur eine klein besetzte Einsatzgruppe zu bilden, weil momentan noch ungewöhnlich wenig Spuren auszuwerten seien. Bei Bedarf könne diese Einsatzgruppe aber jederzeit durch Umschichtungen aufgestockt werden.

Endlich kam er zum Kernpunkt seines Vortrags, den Grabowski mit so viel Anspannung erwartete. Grabowski werde mit der Leitung der Einsatzgruppe Wang beauftragt und Huber ihm als wichtigster Assistent beigeordnet. Das weiß ich doch schon alles, dachte Grabowski und war fast enttäuscht, obwohl diese Entscheidung genau seinen eigenen Wünschen entsprach. Warum dieser offiziöse Auftrag? So etwas ist doch ganz unüblich bei uns. Oder ist das der neue Stil nach der Polizeireform? Er sah etwas hilflos auf Tritschler, als hoffe er von ihm, diese Zeremonie etwas beschleunigen zu können.

Doch dann erfuhr Grabowski noch einige Umstände, die plötzlich alles in anderem Licht erscheinen ließen. Selbst die so förmliche Uniform fand zumindest eine Begründung. Denn eben noch war der Abgesandte der chinesischen Botschaft hier empfangen worden, und man hatte sich bemüht, ihm würdevoll zu zeigen, dass man sich der Bedeutung dieses außerordentlich bedauerlichen Falles sehr bewusst sei und … Kurzum: Wang Yuhai war der Sohn eines hohen chinesischen Regierungsbeamten im Ministerrang und stammte aus einer der angesehensten Kaderfamilien, die seit den Zeiten des »Langen Marsches« zur engsten Umgebung des Großen Vorsitzenden Mao Zedong gehört hatten.

Der gewaltsame Tod von Wang müsse auch im Interesse der chinesischen Regierung und der deutsch-chinesischen Beziehungen mit höchster Dringlichkeit aufgeklärt werden. Dies alles sei natürlich Politsprache, wie sie in solchen Fällen ausgetauscht werden müsste, sagte der Chef verständnisvoll, er wisse durchaus, was er da schuldig sei, und habe sich entsprechend verhalten. Aus kriminalpolizeilicher Sicht, und das bitte er vertraulich zu halten, ändere sich allerdings zunächst einmal gar nichts, denn handwerklich sei bei jedem Fall die gleiche höchste Sorgfalt vonnöten und gerade auf Grabowski verlasse er sich in dieser Hinsicht völlig. Jedoch arbeite man bei solchen Beteiligten natürlich leicht in einer sehr aufgeladenen Atmosphäre von vielerlei Interessen und Empfindlichkeiten. Er erwarte von Grabowski äußerste Umsicht und Sorgfalt bei der Behandlung irgendwelcher Auskunftspersonen, im Übrigen verlange er die größte Verschwiegenheit, was sicher nicht immer einfach sei – auch wegen der Übersetzungsprobleme. Ob die Botschaft Partner oder Gegner bei den Ermittlungen sei, ließe sich pauschal sicher nicht abschätzen, er denke, dass man auch hier größte Zurückhaltung üben müsse. Der Fall müsse mit hoher Professionalität angegangen werden, aber auch mit viel Sensibilität, dafür werde er Grabowski größtmöglichen Schutz im Falle von Konflikten mit den politischen Instanzen anbieten. Diplomatische Rücksichten dürften niemals dem Aufklärungsinteresse vorangehen – aber auch nicht mutwillig verletzt werden.

Als Grabowski nach etwa einer Viertelstunde in sein Dienstzimmer zurückkam, sah ihn Huber fragend an.

»Bingo!«, sagte Grabowski mit undurchdringlicher Miene. »Ich glaube, wir haben das große Los gezogen.«

»Wirklich?«

»Na ja, das große Los ist zugleich der ›worst case‹ – wie so oft.«

»Sie machen mich ganz schön neugierig. Rücken wir etwa vor auf Los? Oder gehen wir ins Gefängnis und direkt dahin?«

»Weder Gehaltserhöhung noch Warteschleife. Aber viel Arbeit. Wang ist nämlich ein besonderer Fall – sein Vater ist Minister.«

»Heißt das, dass es sich um eine politische Verschwörung handelt?«

»Keine Ahnung. Auf die Idee bin ich noch gar nicht gekommen. Dann hätten wir bereits den ›worst case‹. Denn das wäre doch ein bisschen zu groß für uns hier.«

»Wieso? Große Soko, Bundeskriminalamt, das LKA lassen wir gleich links liegen, Innenministerium, Außenministerium, wir müssten ständig nach Berlin pendeln – das wäre ein großes Fass, würde ich gerne mitmachen. Wenn die Täter dann noch durch uns gefasst werden, ist auch gleich eine Beförderung drin.«

»Da geht mit Ihnen aber die Fantasie durch. Vorläufig gibt es nicht einmal eine Soko. Hier sind alle überlastet. Und deshalb müssen wir allein anfangen. Erst wenn wir etwas finden und dafür dringend weitere Leute brauchen, bekommen wir –vielleicht –Verstärkung. Zurzeit herrschen solche personellen Engpässe, dass nur Sie und ich an dem Fall dranbleiben können. Mehr ist nicht drin. Nach außen wird es natürlich heißen: Wir arbeiten mit Hochdruck und allen verfügbaren Kräften …«

»Stimmt das etwa nicht?«

»Doch. Doch. Aber die in Berlin werden schnell ungeduldig. Und dann heißt es: Diese Provinzler …«

»Da muss sich dann der Chef etwas einfallen lassen, ist nicht unser Bier. Also ich hab nichts dagegen, auch nach Berlin zu fahren. Und wenn es da wirklich um politische Dinge geht …?«

»Sie waren doch am Tatort, kennen die ganzen Spurenakten – haben Sie dafür irgendeinen Anhaltspunkt?«

Huber schaute etwas irritiert. Er merkte plötzlich, dass er sich mit Grabowski zu sehr auf Ping-Pong eingelassen hatte, schnell reagiert, ohne lang nachzudenken.

Er hatte sich auf der sicheren Seite gesehen, solange er glaubte, mithalten und parieren zu können, und mit einem Male hatte Grabowski dem Geplänkel ein Ende gemacht und einen strategischen Einwurf gemacht, der nicht zu erwidern war. Aber Huber gab sich weder erwischt noch resigniert, sondern holte einmal tief Luft und sagte dann: »Vielleicht sollten wir einfach den ganzen Stapel hier zuerst durchgehen, dann sind Sie mit allem auf dem Laufenden und wir werden dabei sehen, was besonders dringend erscheint und womit wir anfangen müssen.«

Grabowski lächelte sehr zufrieden: »Ich hätte nichts anderes vorschlagen können.«

So saßen sie schon über zwei Stunden über die Akten gebeugt und Huber hatte viel zu erklären. Aber was auch immer Grabowski fragte, Huber war nie um eine Antwort verlegen. Er hatte die Dinge im Kopf, die schon ermittelt waren, und gab knappe und präzise Auskünfte.

»Wissen Sie was? Ich habe einen schweinemäßigen Hunger, wir gehen jetzt erst einmal etwas essen. Das geht auf mich, auf gute Zusammenarbeit. Wo können wir denn hingehen um diese Zeit?«

»Ich tät halt den *Angelos* vorschlagen.« Hubers Sprache hatte plötzlich eine Färbung angenommen, wie sie nördlich von Stuttgart anzutreffen war. »Das ist der Grieche hier in der Nähe.«

»Wie kommen Sie denn auf den? Gibt's da etwa Trollinger?«

»Kein Trollinger und auch kein Kerner, abgesehen

von den griechischen Weinen nur Gutedel und Spätburgunder. Und die Empfehlung kommt von Bussard.«

»Hauptkommissar Bussard? Sieh an. Haben Sie mit dem schon einmal zusammengearbeitet?«

»Nur Kleinigkeiten. Der kann ganz schön griesgrämig sein.«

»Immerhin hat er den Griechen empfohlen, probieren wir ihn aus.«

MITTWOCH, 25. JUNI 2014

HEINRICH-VON-STEPHAN-STRASSE

Gestern Abend war es spät geworden. Das Essen war nicht schlecht gewesen, aber einfallslos, wie die griechische Küche meist – merkwürdigerweise. An der Armut kann es nicht liegen, denn die Türken sind eher noch ärmer, das Land noch karger, und doch haben sie eine äußerst vielfältige Küche mit sehr viel Gemüse bester Qualität, Salaten, Früchten, Gewürzen und Soßen. Die Deutschen jedoch aßen lieber beim Griechen, als dass sie ins türkische Lokal gingen. Dafür gab es sicher Gründe. Aber das war ein weitläufiges Thema und durchaus mit Rutschgefahr, wenn man an »political correctness« dachte. Grabowski wollte aber mit Huber etwas vertrauter werden und ihn deshalb nicht zu einem Parcours auf Glatteis führen, hatte sich sogar vorgenommen, ihm das Du anzubieten, wie es ohnehin unter den meisten Kollegen üblich war. Dass Huber, der immerhin 30 Jahre jünger sein mochte, sich noch nicht getraut hatte, das Sie zu verlassen, gefiel ihm (obschon es unhaltbar war), weil es eine gewisse Sensibilität ausdrückte für einen wahrgenommenen Abstand. Das jetzt von Grabowski angebotene Du würde eine andere Qualität haben als die Kantinenüblichkeit. So hatte Grabowski zunächst lange mit Huber über dessen Oldtimer-Interesse gesprochen, sich von der bevorstehenden »Schauinsland-Klassik Rallye« vorschwärmen lassen (und Huber war dabei unbeanstandet wieder in seinen Tonfall der Lauffener oder Brackenheimer Wingertner gefallen). Schließlich hatte ihm Grabowski zugesichert, an diesem Auto-Tag freinehmen zu dürfen.

»Versprochen. Da kannst du irgendwelche Überstunden abfeiern, das kriegen wir schon hin.« Und nach einer kleinen, wohlkalkulierten Pause fügte er hinzu: »Und überhaupt: Wir bleiben jetzt beim Du, würde ich sagen, und darauf stoßen wir auch an.«

Nach dem Essen hatte er Huber nach Hause geschickt, war aber selbst noch einmal ins Büro gegangen, um die restlichen Akten durchzuarbeiten. Bis spät in die Nacht brannte allseits noch Licht. Es war eine eigenartige Stille im Haus, obwohl überall weiterhin gearbeitet wurde. Tagsüber bedeutete dies ein ständiges Kommen und Gehen in unterschiedlichstem Tempo, ein Gewusel auf den Gängen, Grüppchen standen herum und diskutierten, dazu das Getrappel und Türenschlagen – jetzt schienen alle vor ihren Bildschirmen zu sitzen, konzentriert und jeder für sich, kaum dass einmal einer über den Gang huschte, um sich einen Kaffee zu holen. Man vergaß sogar den Blick auf die Uhr, obwohl sie auf jedem Rechner rechts unten in weißen Zahlen auf blauem Grund zu sehen war.

Dass Grabowski am nächsten Morgen erst mit einiger Verspätung im Büro erschien, nahm er sich nicht einmal selbst übel. Er hatte das Gefühl, am gestrigen Tag so viel Ungewöhnliches auf einmal erlebt zu haben, mit einer solchen Fülle von Neuigkeiten konfrontiert worden zu sein wie schon lange nicht mehr. Und er hatte die Befriedigung, dies alles mit großer Ruhe aufgenommen zu haben. Die jüngeren Kollegen würden vielleicht von Coolness sprechen und damit nur eine lässige Unaufgeregtheit meinen. Ihm jedoch war etwas anderes dabei wichtig: den Überblick zu behalten und die Ereignisse gleich sortieren zu können. Und zwar nicht, indem man sie in Schubladen sperrte und damit bereits in unbewussten Vorurteilen erstickte, sondern indem man sie nur fürs Gedächtnis markierte und dann möglichst offen liegen ließ, damit sie ungehemmt wuchern konnten wie Pilzgeflechte, naturwüchsig eben. Er glaubte, in seinem Berufsleben die Erfahrung gemacht zu haben, dass das Wahrscheinliche und das Unwahrscheinliche von gleicher Qualität seien und keines von beiden bevorzugt werden dürfe; dass zwar jedes Verbrechen von größter Banalität sein kann, seine Aufklärung hingegen ebenso nach trivialer Einfachheit wie nach größter Komplexität ausfallen kann, und dieser Spannungsbogen mal äußerst kurz und ein andermal überlang hingezogen geraten kann, unvorhersehbar und rein willkürlich, – eben naturwüchsig.

Sosehr er es sonst schätzte, allein in seinem Büro zu sein und jederzeit nachdenken zu können, ohne dabei in das Gesicht eines nachdenklichen Kollegen blicken zu müssen, der gerade über denselben Fall brütete – er empfand das als lähmend –, suchte er heute Morgen nach Huber, wollte wissen, womit er beschäftigt sei. Er schaute in verschiedenen Büros und Besprechungszimmern nach, schließlich fand er ihn in einem anderen Stockwerk in einem kleinen Raum einträchtig neben einem anderen, schon etwas älteren Mann vor einem Computer sitzen. Unbemerkt blieb er hinter den beiden stehen, die auf dem weißen Bildschirm eine Liste mit Schriftzeichen betrachteten. Er wollte sich schon abwenden und weitergehen, als Huber sich umdrehte und sagte: »Ah, du bist es!« Huber ging das Du erstaunlich flüssig über die Lippen. »Wir gehen hier gerade das Adressverzeichnis durch. Dies ist übrigens Herr Liang, der offizieller Gerichtsdolmetscher ist und auch für uns arbeitet.«

Grabowski reichte ihm die Hand und sagte: »Sehr erfreut, Sie kennenzulernen, wir werden in nächster Zeit wohl noch viel miteinander zu tun haben.«

»Sehr gerne«, sagte Herr Liang, »ich werde mir viel Mühe geben. Ich heiße Liang Shitang.«

»Sind Sie denn schon lange in Freiburg?«

»Oh ja! Viele Jahre. Ich unterrichte, unter anderem an der Universität. Und auch Leute aus der Wirtschaft.«

»Gibt es das? Leute aus der Wirtschaft, die Chinesisch lernen?«

»Oh ja. Die Wirtschaftsbeziehungen zwischen China und Deutschland werden immer besser. JointVentures, Aufträge, Geschäfte. Und viele Reisen deswegen.«

»Und wie finden Sie Ihre Schüler? Sind Sie an einer Sprachenschule angestellt?«

»Kann man sagen, ja, beim Konfuzius-Institut.«

Grabowski ließ sich nichts anmerken, aber innerlich zuckte er etwas zusammen. Dabei machte er sogar noch einen Scherz, um seinen Unmut zu verbergen: »Und jetzt geben Sie Huber Sprachunterricht? Ist er ein guter Schüler?«

»Hihi, hihi!« Herr Liang schüttelte sich vor Lachen. »Er lernt sehr gut. Wir nehmen gerade Verwandtschaftsbezeichnungen durch.«

Grabowski grinste zurück, wurde dann aber plötzlich ernst und sagte: »Huber, kann ich dich kurz sprechen?« Und zu Liang: »Es dauert nicht lange.«

Es dauerte wirklich nicht lange. Grabowski und Huber gingen den Flur hinunter bis ans Ende, und dort, wo eine Yukka-Pflanze ihr wenig beachtetes Dasein fristete und vor sich hin staubte, sagte Grabowski: »Hätte ich mir denken können, dass der vom Konfuzius-Institut ist. Weißt du, was das ist?« Ohne eine Antwort abzuwarten, fuhr er fort: »Das ist so etwas Ähnliches wie ein Goethe-Institut oder ein Amerika-Haus.«

»Na und?«

»Die sind von der Regierung in Peking eingerichtet. Arbeiten aber meist mit der Universität zusammen. Also nichts richtig Unabhängiges. Man weiß nie, wie sehr die chinesische Botschaft ihre Finger im Spiel hat. Ob die das aushorchen. Ob da berichtet wird.« Huber schaute etwas erstaunt auf, sagte aber nichts.

Grabowski fuhr fort: »Wir werden vorsichtig sein. Schließlich werden wir keinen anderen anerkannten Übersetzer finden. Aber gib bloß nichts aus der Hand. Gemeinsam am Bildschirm, ja – aber er darf sich keine

Kopien mitnehmen, um etwa zu Hause zu arbeiten. Das auf keinen Fall. Ich möchte die Botschaft in Berlin – so gut es geht – draußen halten. Was hast du übrigens für einen Eindruck von ihm?«

»Oh, ich versuche, mit ihm ganz locker zu bleiben. Scheint ein ziemlicher Spaßvogel zu sein. Politisch oder wie er es mit der Botschaft hält, kann ich ihn noch nicht beurteilen. Aber er spricht ausgezeichnet Deutsch, das jedenfalls. Und außerdem gibt er nicht einfach eine Übersetzung, sondern versucht, mir alles darüberhinaus zu erklären, da ist nämlich vieles doppeldeutig oder erst aus dem Zusammenhang verständlich. Reichlich kompliziert, diese Sprache. Aber er ist durchaus geduldig. Allein die Unterscheidungen, ob eine Tante nun die jüngere oder die ältere Schwester ist und vom Vater oder von der Mutter – für alles gibt es eine andere Bezeichnung. Na ja, wenn du mich fragst, erleichtert das die Arbeit sogar, denn bei allen Namen steht immer noch so ein Zusatzzeichen dabei. Also nicht nur irgendwelche obskuren Namen, mit denen wir zunächst nichts anfangen können, sondern immer gleich dabei, um wen es sich handelt, wie verwandt, welche Position im Stammbaum. Und bei anderen immer irgendein Titel oder eine Berufsbezeichnung oder sonst eine Erklärung, und sei es: ›der alte Lehrer Li aus Wuhan‹ oder so ähnlich. Immer mit solchen Merkzeichen. Namen allein können die nicht behalten oder sie klingen zu ähnlich oder was … Ich steig da noch nicht durch. Wir gehen zuerst alle Adressen durch, dann als Nächstes die ganzen Textnachrichten auf dem Smartphone, die Mails, Twitters und Zwitschers – alles, was vorhanden ist.«

»Also gut, lass dir Zeit, gründlich ist besser, und pass auf Liang auf.«

»Klar. Ich melde mich, wenn etwas ungewöhnlich ist. Aber eines wollte ich noch sagen: der heißt Liang Shitang. Liang ist der Nachname, immer einsilbig, immer vorne. Und der Vorname hinten. Das habe ich inzwischen gelernt.«

»Schon gut. Eigentlich wollte ich etwas ganz anderes. Hat Wang auch Bilder auf seinem Smartphone gehabt? Und wo sind die?«

»Ist alles schon auf den Rechner übertragen, der ganze Inhalt des Smartphones, damit man das besser vergrößern kann und wegen des schnelleren Zugriffs. Ich habe auch schon eine Kommentarleiste dazu formatiert, dann kann man die Identifizierung gleich dazuschreiben. Das machen wir beim Adressbuch auch gerade.«

»Mann, seid ihr fixe Kerle. Vor zehn, fünfzehn Jahren haben wir das alles noch mit der Hand notiert und später im Ordner abgeheftet.«

»Hä, nai! Das geht ja nun gar nicht. Wir haben das so auf der Polizeiakademie gelernt. Alles andere ist doch viel zu umständlich.«

»Hast ja recht.«

*

Als Grabowski zu seinem Büro zurückkehren wollte, sah ihn Tritschler gegenüber durch die offene Tür und sprach ihn gleich an: »Glück gehabt, dass du und Huber gestern Abend nicht da wart, sonst hättet ihr eine Stunde auf dem Schlossberg herumkraxeln müssen.«

»Warum? Was ist passiert?«

»Na, ein Irrer hat einen Pfarrer erstochen – den von der evangelisch-lutherischen Kirche in der Stadtstraße. Das ist das kleine Kirchlein neben dem alten Friedhof.«

»Weiß ich doch. Etwa in der Kirche? Am Altar?«

»Das nicht, sondern nebendran, im Pfarrhaus.«

»Aber warum gerade einen Pfarrer?«

»Eben deshalb. Das ist ein psychisch Kranker. Das war wohl ein schizophrener Anfall, irgend so etwas, vielleicht hat er in dem Pfarrer plötzlich den Teufel gesehen, irgendwelche religiösen Wahnvorstellungen … Danach ist er abgehauen und auf dem Schlossberg herumgeirrt, völlig durchgedreht. Der war natürlich höchst auffällig, nach einer Stunde konnten wir den schon einsammeln. Aber der Pfarrer war tot. Hopf ist gerade im Pfarrhaus, leitet die Ermittlungen; Spurensicherung ist auch da. Aber der Fall ist sonnenklar.«

»Familie?«

»Na klar. Frau und Kinder. Der war noch nicht alt. Und das Verrückteste: Es ist beim Seelsorgegespräch passiert. Die kannten sich und der Pfarrer wollte ihm helfen. Wirklich tragisch.«

Den zuletzt gestammelten Worten folgte ein langes, betroffenes Schweigen, bis Tritschler plötzlich fragte: »Und du? Kommt ihr voran?«

»Noch nicht so recht, obwohl Huber sehr gute Vorarbeit geleistet hat. Im Augenblick ist alles offen, es gibt keinerlei Anhaltspunkte, von denen man sagen könnte: Das ist die Richtung, die wir zuerst einschlagen müssen. Bisher ist alles unspezifisch. Und dazu noch das Sprachproblem.«

In diesem Moment klingelte Tritschlers Telefon. Bevor er den Hörer abnahm, sagte er noch zu Grabowski: »Warte mal eben.«

Dann hörte er dem Anrufer zu. Schließlich warf er ein: »... war das der Vorfall Pfingstsamstag in der Nacht? Streit im Innenhof der Uni und dabei hat einer ein Messer gezogen ...? Ja, da hat zunächst Hopf ermittelt und dann haben die vom Revier Nord das übernommen ... Nein, Hopf ist im Moment nicht erreichbar ... Ja, klar. Körperverletzung, aber doch ein minder schwerer Fall. Warum kann das Revier das nicht selbst bearbeiten und dann an die Staatsanwaltschaft geben? Das ist doch eine ganz einfache Sache. Das müssen doch nicht wir machen, wir sind im Augenblick völlig überlastet ... Keine Zeugen? Also damit sollen wir unsere Zeit vergeuden? Soll ich womöglich noch eine Soko einrichten ...? Nein, das geht nicht, ich habe im Augenblick einfach keine Leute. Nichts zu machen. Polizeirevier Nord und damit ist's gut. Tschüss!«

»Was die sich einbilden! Täter unbekannt, keine Zeugen, das Opfer sturzbesoffen, ein Schweizer, der drei Tage im Krankenhaus war und längst wieder zu Hause ist. Was sollen wir denn dabei tun? Hättest du das übernommen?«

Grabowski antwortete diplomatisch, weil er nicht mehr dazu wusste, als er eben mitgehört hatte: »Ungern, möglichst nicht.«

»Also, zurück zu deinem Fall. Freut mich, dass es mit Huber so gut klappt. Der soll ruhig auch mal etwas mehr Verantwortung übernehmen – wenn du ihn lässt.«

»Ich hab damit kein Problem. Und wenn wir im Moment ohnehin nur zu zweit an dem Fall arbeiten können, kommt das von alleine so. Hauptsache, wir bekommen nicht die Presse auf den Hals, denn dann wird es ungemütlich. Dann kommt sofort auch der politische Druck ...«

»Den haben wir doch immer, bei allen Tötungsfällen. Und sei es, weil der zuständige Staatsanwalt Erfolge vorweisen will, da er auf seine Beförderung wartet.«

»Das meine ich nicht. Hier ist eine Politikerfamilie betroffen, wenn auch eine chinesische, und in solchen Fällen wird uns massiv reingeredet, aus Berlin, von den oberen Stellen ... Das muss der Chef wissen, davor muss er uns schützen.«

»Das kann nur der Chef selbst. Aber ich habe den Eindruck, dass er das selbst so sieht und dass das auch in seinem Interesse ist.«

»Ich wollte es nur nochmals sagen ...«

»Aber mal ganz unter uns: Ist das denn ein politischer Fall?«

»Ich habe bisher nicht den Eindruck. Am liebsten wäre mir, wenn wir eine Freundin von Wang finden würden oder eine Geliebte, meinetwegen auch eine mit Mandelaugen und zartgelbem Teint, die kein Deutsch versteht. Dann kämen wir wenigstens etwas mehr in seine Nähe. Auf den Fotos sieht er ein bisschen langweilig aus. Aber vielleicht war er es gar nicht. Bald wissen wir mehr.«

Wieder in seinem Büro, rief Grabowski im Institut für Informatik an. Die Sekretärin berichtete, dass Professor Schlosser mit seinen Studenten schon seit gestern aus den USA zurück sei, ein Termin für ein Gespräch sei jedoch frühestens morgen Vormittag möglich. – Nein, der Professor sei im Moment nicht zu sprechen, er könne aber zurückrufen, das sei das Einfachste. – Moment, ich schau mal nach, nein, im Terminkalender ist für den Vormittag nichts eingetragen. – Ja, werde ich ausrichten. Er ruft dann zurück …

Also morgen erst – das war auch erledigt. Grabowski stand etwas unschlüssig am Fenster und schaute hinunter auf den Hof. Er sah nichts, was seine Aufmerksamkeit erregen konnte. Wahrscheinlich nahm er gar nichts wahr, sondern horchte einen Moment lang nur in sich hinein, ohne an etwas Bestimmtes zu denken, ein Augenblick zufriedener Selbstvergessenheit – bis er sich streckte, von irgendwo wieder auftauchte und zum ersten Mal zum Himmel schaute. Es war ein sonniger Tag, kein Wölkchen zu sehen, eine trockene, nicht zu heiße Luft, wie nun schon seit Wochen, von irgendwelchen Hitzegewittern keine Spur. Vorarlberg fiel ihm wieder ein, keine vier Tage war es her, dass er zur Bergspitze hinaufgeschaut hatte, während er auf Elfi wartete. Die Reutlinger Gruppe hatte sich unterdes gesammelt für eine Wanderung in die andere Richtung …

Wieder ging er zum Telefon und wählte die Nummer, die er so gut kannte, dass er kaum hinzuschauen brauchte.

»Anwaltsbü …«

»Lass gut sein, ich bin's nur.«

»Das ist aber schön, dass du anrufst, hier ist nämlich gerade gar nichts los.«

»Kein Wunder bei dem Wetter. Ist mir aber gerade recht so, dann habe wenigstens ich Chancen.«

»Deine Chancen sind glänzend. Allerdings erst später. Ich muss hier schon noch etwas ausharren.«

»Jetzt gleich kann ich mich auch nicht davonstehlen, aber wir können uns vielleicht verabreden. Was hältst du von einem Eis bei *Castaldi* gegenüber der Johanniskirche?«

»Wunderbar, darauf freue ich mich schon. Wann kannst du denn?«

»Um 18 Uhr sicher. Sogar ohne Verspätung.«

»Ich würde sogar auf dich warten. Nur nicht mit dem Eis.«

»Brauchst du so viel Kühlung?«

»Du weißt doch: Eis schmilzt so schnell.«

»Ich verstehe. Ich bin pünktlich. Bis nachher, ciao.«

*

Und er war pünktlich. Aus verschiedenen Richtungen kommend, trafen sie kurz vor dem Eissalon aufeinander. Elfi mit ihrer wippenden Pferdeschwanzfrisur, die zwar nicht mehr ganz modisch war, aber bestens zu ihrer zierlichen, aber auch sportlichen Figur passte und sie jedenfalls jünger aussehen ließ – er in seinem leichten khakifarbenen Blouson mit den vielen aufgenähten Taschen. Sie umarmten sich flüchtig und dabei doch zärtlich zugewandt und blieben erst einmal auf dem Gehweg stehen und plapperten los. Elfi erzählte von dem Sinfonie-Konzert, er hatte offenbar nicht viel verpasst. Oder doch? Michaela Petri, die ein modernes Blockflötenkonzert von einem Dänen spielte, hatte ein atemberaubendes Kleid an, dafür hörte man in der 18. Reihe nur verschwommen ihre manchmal etwas piepsigen, manchmal esoterischen Klänge. Das Freiburger Orchester war wohl bestens in Form, aber César Franck und Debussy wären ihm an diesem Abend etwas zu viel dramatisches Gewoge gewesen. Und es hätte auch gar keinen guten Eindruck im Haus gemacht, wenn er am ersten Abend nach dem Urlaub und an einem Tag, an dem er einen neuen Fall übernehmen musste, gemütlich im Konzerthaus gesessen hätte, um klassischer Musik zu lauschen. Er wusste durchaus, dass er seinen Kollegen nicht zu viel für sie Unverständliches zumuten durfte.

Castaldi war eigentlich nur ein Eis-Kiosk, der zwischen zwei Häusern eingeklemmt war, aber doch so im Hintergrund, dass davor eine Terrasse mit drei Tischchen Platz hatte, an die man sich setzen konnte. Der Eismann war ein sympathischer bescheidener Sizilianer, der sich mit Fleiß und Geschick seit Jahren in Freiburg behauptete. So hatte er zum Beispiel anlässlich des Papstbesuches eigens eine neue Eissorte kreiert, die er

»Benedetto XVI.« nannte. Einmal hatte er es sogar bis zum Testsieger unter den hiesigen Eisdielen gebracht.

Sie brauchten nicht lange anzustehen, aber hinsetzen wollten sie sich nicht, obschon jetzt die Abendsonne von Westen auf die Terrasse schien. Während sie ihr Eis aus dem Pappbecher löffelten – Elfi die merkwürdige Zusammenstellung von Zimt-Sauerkirsche, Waldbeeren und Stracciatella, während er drei Kugeln Benedetto-Eis gewählt hatte – gingen sie langsam und immer wieder stehen bleibend erst die Schreiberstraße, dann die Wilhelmstraße hinunter und später über die blaue Brücke in den Stühlinger Stadtteil. Aber da war das Eis längst aufgegessen. Er hatte von den Erlebnissen der letzten beiden Tage berichtet, eher anekdotenhaft, von seinem schwäbischen Kollegen, mit dem er nun zusammenarbeite, aber das sei ein aufgeweckter und angenehmer Kerl, von der neuen Uniform des Kripochefs, die er noch nie gesehen habe, aber sie sei durchaus schick, könne man so sagen, und dann auch von dem neuen Fall, den er übernommen hatte, zu dem er aber noch keinen richtigen Zugang gefunden habe, obwohl es schon einen Stapel Berichte und Protokolle dazu gebe. Mehr wollte er davon gar nicht andeuten. Sie kamen an einem Abfallbehälter vorbei und Elfi blieb stehen, um ihm den leeren Pappbecher abzunehmen, in ihren zu stapeln und dann zu entsorgen. Sie sah ihn dabei an und berührte mit einem Finger leicht seine Hand. Es fuhr ihm wie eine leichte elektrische Entladung durch die Haut, ein Erschauern von großer Plötzlichkeit, das nun überallhin ausstrahlte, und unwillkürlich griff er ihre Hand, drückte sie an sich und sah ihr mit großen Augen in ihr leicht spöttisches Gesicht. Elfi hatte nur zu gut verstanden, was in ihn gefahren war. Einen Moment blieb er wie gelähmt stehen, dann sagte er leise: »Komm!« und zog sie mit sich fort, nun in einem durchaus beschleunigten Gang in Richtung des Lederleplatzes, wo seine Wohnung lag.

DONNERSTAG, 26. JUNI

INFORMATIONEN AUS DEM INSTITUT FÜR INFORMATIK

Ein leises Brummen war zu hören, das sich langsam näherte, Motorengeräusch von grobkörnigem Raster. Das war keine geschmeidig elegante Maschine, sondern ein hartnäckig klopfender Antrieb, auch kein Straßengeräusch, das jetzt deutlich von der Seite über die Häuser näher kam. Und dann konnte man das kleine Sportflugzeug schon sehen, wie es jetzt im kräftigen Neigungswinkel heruntersank und auf dem langgezogenen Feld vor ihnen aufsetzte und ausrollte, kaum 200 Meter entfernt von dem Parkplatz, wo Grabowski und Huber gerade aus dem Auto ausgestiegen waren. Sie waren überrascht, so nahe am Flugplatz zu sein, von dem man kaum etwas sah, er fiel dort drüben nicht einmal durch markante Gebäude auf, von einem charakteristischen Tower war zum Beispiel nichts zu erkennen. Und das mitten im Stadtgebiet.

Sie waren zwischen alten Kasernenbauten und modernen Funktionsbauten zu einem abseits gelegenen Parkplatz geleitet worden, dessen Rückseite nur durch einen mehrfach unterbrochenen Drahtzaun, kaum sehr ernst gemeint, von dem Flugfeld getrennt war. Als sie sich aber umdrehten, erkannten sie, dass einige der Gebäude hier ehemalige Hangars für Kleinflugzeuge waren, eines war auf ganzer Front noch mit rot-weißen Farbquadern bemalt, wahrscheinlich das ehemalige Tor zur Halle, die jetzt von der Fakultät für Angewandte Wissenschaften als Technikum genutzt wurde. Grabowski erinnerte sich von seinem letzten Besuch her, dass er zwischen zwei der niedrigen Hallenbauten auf das Gelände dahinter gegangen war, wo das merkwürdige fassartige Robotergefährt, umringt von einer Gruppe älterer Studenten, sich höchst umsichtig selbstständig gemacht hatte.

Professor Schlosser hatte am Telefon, als sie sich zu diesem Termin verabredeten, vom Haus 079 gesprochen und jetzt war auch die übergroße Zahl neben dem Eingangstor zu einem langgestreckten, niedrigen Gebäude zu entdecken, das mitten auf der ausgetrockneten Wiese lag. Seine merkwürdige Form, halb in den Boden eingegraben mit seinem Untergeschoss und darüber nur eine Art Hochparterre, verdankte es wohl seiner früheren Funktion als Munitionsdepot in der Zeit der französischen Besatzungsmacht, vielleicht aber auch schon davor. Und der Professor hatte noch dazugesagt, dass sein Bereich nur dieses Untergeschoss sei, darüber sei ein anderer Lehrstuhl angesiedelt.

Die beiden traten in einen langen Gang mit lauter offenen Türen zu kleinen, nur spärlich ausgestatteten Räumen, alle mit einem großen Metalltisch und weißer Arbeitsfläche, die mehr noch durch den herumliegenden Kabelsalat geprägt war als durch die drei oder vier aufgeklappten Laptops. Meist saßen zwei oder drei Studenten herum, fingerten an der Tastatur oder waren in intensive Gespräche verwickelt. Einer, die Hände hinter dem Kopf verschränkt, musste sie bemerkt haben, vielleicht hatte er ihren Schatten auf seinem Bildschirm gespiegelt gesehen, denn er drehte sich sogleich um, stand auf und ging ihnen entgegen.

»Sie sind mit dem Prof verabredet? Ich kann Sie dahinführen.« Und dann ging er voraus, doch schon am Ende des Ganges klopfte er an eine Tür und heraus kam sofort der Professor, ein agiler Mann mittleren Alters, lässig angezogen mit Jeans und einem karierten Hemd, während seine Studenten meist T-Shirts bevorzugten.

Nach einer recht formlosen Begrüßung meinte der Professor, er wolle seine Studenten hier ganz gerne dabeihaben, sie hätten ja alle Yuhai gekannt und könnten vielleicht etwas beitragen zu den Fragen, die zu stellen seien, es ginge sie alle in gleicher Weise an. Das war so bestimmt geäußert, als setze er Grabowskis Einverständnis als selbstverständlich voraus. Huber sah Grabowski etwas erstaunt an, wurde aber ignoriert. Und ohne Weiteres sagte der Professor zu dem immer noch neben ihm stehenden älteren Semester: »Ruf doch mal alle zusammen, wir setzen uns in die Küche. Einige müssen dann noch Stühle mitbringen.«

Von einer Küche konnte gar keine Rede sein, es war ein größerer Raum am Ende des Querganges, nicht einmal ein richtiger Aufenthaltsraum, sondern eine freie Fläche, die etwas unordentlich möbliert war, zwar nicht verwahrlost, aber doch arg zusammengestoppelt und ein wenig lieblos angeordnet, immerhin nicht verdreckt. Ein schwarzes Kunstledersofa stand da, gegenüber ein etwas höherer Tresen mit drei Barhockern, dann gab es einen länglichen Tisch, an dem – ordentlich gestellt – acht Leute hätten sitzen können, in einer Ecke befanden sich eine Küchenspüle und eine große Abtropfablage, die mit Gläsern und Kaffeebechern vollgestellt war, daneben ein hoher Eisschrank, seitlich in einem Hochregal ein Mikrowellengerät, vor allem aber im Eingangsbereich eine Vielzahl übereinandergestapelter Getränkekästen, teils mit vollen, teils mit leeren Flaschen. Und dann gab es noch die übliche Pinnwand, an die jeder seine Nachrichten, Angebote, Termine und Suchmeldungen anheften konnte, eine unordentliche Wandtafel flatternder Zettel, die mit Reißnägeln oder Tesafilm befestigt waren, merkwürdigerweise aber häufig studiert wurden. Gemütlichkeit konnte dort nicht aufkommen, als Kommunikationsbereich für Leute, deren Köpfe von wissenschaftlichen Problemen rauchten, mochte der Raum für die kleinen Pausen taugen. Dennoch war der wissenschaftlich-kreative Nutzen enorm, der Unileitung aber sicher unbekannt. Wahrscheinlich machte sich niemand Gedanken über die Verschönerung dieser wichtigen Ecke – die universitären Etats haben auch keinerlei Geld für die Annehmlichkeiten beim Arbeiten übrig, geschweige denn, dass einer dafür zuständig wäre. Es waren abgetrotzte Nischen und man war schon froh, dass es sie überhaupt gab.

Der Professor saß mit Grabowski und Huber am Tisch und während sie redeten, kamen nach und nach weitere Studenten hinzu, tröpfelten vereinzelt in den Raum, einige nahmen sich erst einmal geräuschvoll eine Flasche aus einem der Kästen, später wurde Ankommenden entgegengerufen: »Stuhl mitbringen!« Der Professor ließ sich von dieser Ungezwungenheit nicht stören, im Gegenteil: Als Grabowski ihn einmal mit Titel anredete, warf er trocken ein: »Name genügt!« (In der Juristen-Fakultät herrschten vermutlich andere Gebräuche.)

Grabowski ließ sich von alldem nicht beirren. Ihm war diese Art »Vollversammlung« sogar durchaus recht, obwohl es nur zwölf Leute waren, denn er würde sehr unauffällig beobachten können, ob jemand darunter sei, den noch einmal einzeln sich vorzuknöpfen lohnte – sofern es gelang, das Gespräch so offen und unverkrampft zu führen, dass sich auch alle daran beteiligten und sich somit zu erkennen gaben. Und deshalb fragte er zuerst, wann und wie sie alle hier denn zuerst von dem Mord an ihrem Kommilitonen erfahren hätten. Da etwa die Hälfte der Anwesenden auf dem Kongress in Philadelphia dabei gewesen war, gab es eine längere Diskussion darüber, dass der Professor dort telefonisch informiert worden war, aber zunächst nichts davon weitergegeben habe, weil er erst das Meeting mit dem gemeinsam zu verantwortenden Paper abwarten wollte. Die einen fanden das rücksichtsvoll, weil sie ohnehin sehr nervös gewesen seien, andere verstanden nicht, wie man eine solche Nachricht zurückhalten könne, da seien doch Emotionen im Spiel, die man nicht unterdrücken könne … und auch nicht dürfe. Schlosser versuchte sich auf sympathische Art zu erklären, aber er wurde sicher nicht von allen verstanden. Erst auf dem Flughafen vor dem Rückflug hatte er berichtet, was er erfahren hatte, und das war wenig genug.

Und da es jetzt schon einigermaßen aufgeregt zuging, wollten eigentlich alle erst einmal wissen, was denn schon über das ganze Geschehen bekannt sei, denn in der Zeitung habe gar nichts gestanden und auch die Hiergebliebenen wüssten kaum etwas, vielmehr gebe es eine eigenartig gespenstische Ruhe. Das sei doch immerhin ein Mordfall, oder etwa nicht? Ob hier etwas unterdrückt werde? Habe das etwa mit politischen Rücksichten zu tun?

Die Fragen seien völlig berechtigt und er wolle ganz offen darauf antworten, sagte Grabowski. Dass die Zeitung noch nichts berichtet habe, liege vermutlich einzig daran, dass es noch einige andere spektakuläre Fälle in der Region gebe, die das verdrängt hätten. Aber er müsse zugeben, dass ihm das auch nicht unrecht sei, denn dadurch werde der öffentliche Druck etwas gemildert, der immer bei solchen Fällen entstehe. Er müsse ganz offen bekennen, dass es bisher kaum Ansatzpunkte für die Aufklärung gebe, und dafür habe die Öffentlichkeit im Allgemeinen wenig Verständnis. Bei den ersten Ermittlungen am Tatort sei die ganze Zeit Kollege Huber dabei gewesen und der könne am besten selbst schildern, was man vorgefunden habe.

Huber erschrak deutlich, und einige Anwesende, die es bemerkt hatten, lachten deshalb kurz auf. Aber Grabowski sagte ungerührt zu Huber: »Du brauchst hier kein Geheimnis draus zu machen. Das sind alles Mitstudenten und Freunde von Wang und die haben ein Recht zu wissen, was eigentlich passiert ist.«

Während Huber zunächst noch ziemlich unsicher berichtete – die genaue Schilderung der Verwundungen und der Tötungsmerkmale ließ er freilich aus, so viel Professionalität hatte ihm Grabowski insgeheim auch zugetraut –, blickte Grabowski aufmerksam in die Runde, und da alle mit zunehmender Spannung an Hubers Lippen hingen, konnte Grabowski unbemerkt jedes einzelne Gesicht prüfen. Erst jetzt fiel ihm auf, dass unter den Anwesenden auch drei Frauen waren, und er musste sich eingestehen, dass er sie nicht erwartet hatte. Robotik war doch eher ein männliches Fach, oder? Obwohl einige Ausländer dabei waren, sprachen fast alle Deutsch, einige allerdings ein wenig unbeholfen, nur einer mit etwas südländischem Aussehen, scharf geschnittenem antikem Gesicht und vollem schwarzem Haar, ein Italiener, redete nur in Englisch, beteiligte sich aber auch lediglich mit wenigen Sätzen an der Diskussion.

»Wie muss man sich das Studium an diesem Lehrstuhl vorstellen?«

»Direkt am Lehrstuhl arbeiten nur höhere Semester, also Masterstudenten oder Doktoranden. Jeder hat seine eigenen Aufgaben am Rechner, entweder als Teil einer kleinen Arbeitsgruppe oder für eigene Examensarbeiten. Man schreibt Programmcodes, Definitionen, Lösungswege oder Algorithmen zum Beispiel für digitale Bildverarbeitung zur Anwendung bei autonomen Fahrzeugen …«

»Welche Arbeitszeiten sind üblich?«

»Wir sind hier eigentlich von morgens bis abends.«

»Aber nicht so früh, erst ab 10 Uhr.«

»Die meisten kommen früher.«

»Abends ist es unterschiedlich. Manchmal sind um sechs alle weg, aber es kommt auch vor, dass bis in die Nacht gearbeitet wird, zum Beispiel wenn ein Paper fertig werden muss.«

»Geregelt ist das nicht, aber an den meisten Tagen sind alle da.«

»Also ein ziemliches Kommen und Gehen?«

»Könnte man sagen, denn jeder hat ja auch dies und jenes außerhalb zu tun. Aber damit kein falscher Eindruck entsteht: Die Studenten hier sind sehr ehrgeizig und fleißig und arbeiten ja auch an ähnlichen Aufgaben, über die sie sehr viel diskutieren, auch noch außerhalb des Lehrstuhles.«

»Ist das Haus denn immer offen? Wie wird es gesichert?«

»Man kommt nur mit einer Schlüsselkarte ins Haus, also nur Berechtigte. Die Türen schließen automatisch. Das Haus verlassen kann man immer. Ab abends gibt es zusätzlich Wachleute, die kontrollieren.«

»Klingt ganz gut. Aber vor Jahren hat es auch einmal umfangreiche Diebstähle gegeben. Ein Wachmann hat seinen Zugangschip einem Fremden zugänglich gemacht, der dann nachts wertvolle Geräte gestohlen hat, zum Beispiel teure Beamer abgeschraubt, Kameras und Ähnliches. Als diese Fälle immer wieder vorkamen, hat einer der Studenten eine Kamera auf Dauerüberwachung eingestellt und unauffällig auf einem Schrank liegen lassen. Das hat geklappt, den Dieb konnte man genau erkennen, allerdings war diese Kamera natürlich völlig illegal und es gab einen Riesenskandal. Aber seitdem ist nichts mehr passiert.«

»Wie ist das Freizeitverhalten? Gibt es weitere Gemeinsamkeiten?«

»Wir haben gar keine Freizeit. Wenn ich nach Hause komme, muss ich noch zum Aldi, muss die Waschmaschine laufen lassen, gehe noch an der Dreisam joggen, außerdem bin ich todmüde, schaue höchstens noch einen Film, schlafe aber oft dabei ein.«

»Also viel Zeit bleibt wirklich nicht. Manchmal gehen wir abends ja noch zusammen etwas essen, Schniposa oder Pizza, und hängen dann bei einem Bierchen noch herum …«

»Entschuldigen Sie, was ist denn Schniposa?«

»Schnitzel, Pommes, Salat.«

»Nicht alle natürlich, wer gerade Zeit und Lust hat. Es gibt welche, die meistens dabei sind, und solche, die nur selten mitkommen.«

»Am Wochenende gibt es auch öfters mal Party und wenn einer Geburtstag hat, sind die meisten dabei. Wenn einer nicht genügend Platz bei sich in der Wohnung hat, dann halt in der Kneipe.«

»Und Wang Yuhai?«

»Der natürlich auch.«

»Der ist oft mitgekommen. War ein umgänglicher Typ. Hat zwar nicht so viel geredet, aber gerne gelacht.«

»Sehr fleißig. Und durchaus mit originellen Ideen. War bestens integriert.«

»Natürlich war das kein Saufkumpan. Die Chinesen vertragen, glaub ich, nicht so viel Alkohol. Aber er war trotzdem oft dabei.«

»Gelegentlich hatte er aber auch diese Mah-jong-Runden, das war, glaub ich, eine Leidenschaft von ihm. Ich denke, er wird das auch im Internet gespielt haben, das gibt es sicher online. Aber ich weiß nichts darüber.«

»Wir sind auch schon mal mit ihm chinesisch essen gegangen, er hat dann die Bestellung für alle gemacht, lauter Sachen, die nur auf der chinesischen Karte stehen. Das war dann beim *Hongkong*, gegenüber dem Karlsbau. Er sagte, das sei der beste Chinese in Freiburg.«

»Hatte Wang Yuhai eine Freundin?«

»Kann ich mir nicht vorstellen, hätte ich sicher von gehört.«

»Kaum. Wo denn? Wann denn? Höchstens eine Fernbeziehung in Peking. Für später. Aber davon war nie die Rede.«

»Ich kann das vielleicht aus weiblicher Sicht sagen: Bei den Informatikern geht es eher etwas burschikos und direkt zu, eben unromantisch. Keine Anmache, keine blöden Sprüche, dieser ganze sexistische Kram kommt hier kaum vor.« (Gekicher.) »Wir kennen uns ja ganz gut. Und die meisten sind eher schüchtern.«

(Großes Gelächter.)»Wer Partner hat, bringt die auch mit, nicht hier ans Institut, aber wenn es irgendwo Party gibt. Hier glucken doch alle irgendwie zusammen, bleiben als Gruppe oft beieinander. Vielleicht auch, weil wir nicht so viel Zeit haben. Wir sind eben richtige Kumpel. Da versteckt man keine Freundin.«

»Hat Wang Yuhai von seiner chinesischen Heimat erzählt?«

»Er hat überhaupt nicht so ausführlich erzählt, das war vielleicht aber auch ein Sprachproblem. Ohnehin haben wir mit ihm fast nur Englisch geredet.«

»Aber man kann auch sagen, dass er nie ausgewichen ist – zum Beispiel, wenn man ihn etwas gefragt hat. Von der Beijing University hat er oft gesprochen, auch von seiner Schulzeit, überhaupt: wie es da so zugeht.«

»Nein, als verschlossen kann man ihn nicht bezeichnen.«

»Kann ich nur bestätigen. Mir hat er ganz offen gesagt, dass sein Vater ein hoher Beamter in einem Ministerium ist. Ich glaube, sogar Minister. Bergbau und Rohstoffe oder so ähnlich.«

»Ja, stimmt, weiß ich auch. Daran war nichts Geheimnisvolles.«

»Ist Ihnen an Wang Yuhai irgendetwas aufgefallen, das für uns von Interesse sein könnte?«

»Wang hatte eine höfliche und gut angepasste Art, sehr intelligent, teamfähig und offen, aber eigentlich völlig unauffällig. Er war kein Besserwisser und kein

Eigenbrötler, sondern neugierig und kooperativ dabei.« (Stimme des Professors.)

*

Man hatte sich viel Zeit gelassen, aber irgendwann hatte sich das erschöpft und das Bild von Wang wollte sich nicht näher präzisieren. Grabowski bedankte sich namentlich bei Professor Schlosser, der noch einmal sein »Name genügt« vor sich hin murmelte, aber auch bei den Studenten, die ihm alle zusammen geholfen hätten, sich ein Bild von Wang zu machen, und damit sicher zur Aufklärung dieses tragischen Schicksals beitrügen. Noch könne er gar nichts sagen, aber er sei sich sicher, diese Gewalttat früher oder später ermitteln zu können und den oder die Täter zu finden. Die Studenten, die eben noch so munter geplaudert hatten, machten plötzlich ganz enttäuschte Gesichter, als hätten sie erwartet, dass durch diese Diskussion etwas ganz Entscheidendes zur Sprache gekommen wäre und der Tod ihres Kommilitonen zumindest schon halb aufgeklärt sei. Grabowski, der diesen Stimmungsumschwung durchaus bemerkt hatte, beeilte sich, hinzuzufügen, dass er unbedingt im Kontakt mit dem Lehrstuhl hier bleiben wolle und jetzt ja auch wisse, wo er sie alle jederzeit antreffen könne. Sein Kärtchen mit Telefonnummer und Mail-Adresse wolle er gerne an der Infotafel hinterlassen, falls jemandem noch etwas einfiele. Dass gerade dieses so sympathische Institut mit einem so grässlichen Verbrechen konfrontiert sei …

Die beiden Beamten machten sich auf den Weg zum Parkplatz an der Rückseite des Flugplatzes. Huber war schweigend neben seinem älteren Kollegen hergelaufen, nun ging er gedankenverloren bis zum Zaun, als warte er auf das Schauspiel, dass gleich eine kleine Maschine Anlauf nehme, um dann vor ihnen abzuheben und mit lautem Knattern zum Himmel zu steigen. Aber nichts dergleichen geschah, man sah nur am Rande des Flugfeldes ein paar Leute ihre Hunde ausführen.

Als sie im Auto saßen, fragte Huber, noch bevor sie sich angeschnallt hatten: »Meinst du wirklich, das hat was gebracht?«

»Oh ja, sehr viel sogar.«

»Dann bin ich mal gespannt wie ein Flitzebogen.«

»Hast du dir mal diese Gesichter angeschaut? Einschließlich das vom Professor?«

»Ja, klar. Das war ja wie bei einer von den Schlussrunden bei Agatha Christie.«

»Und hast du von nur einem der Anwesenden den Eindruck, er habe etwas zu verbergen gehabt?«

»Nee! Der Mörder saß sicher nicht in der Runde.«

»Eben das ist es. Ich bin mir ziemlich sicher, dass wir dieses Institut hier abhaken können.« Dann murmelte er noch: »Vorläufig wenigstens.« Nach kurzer Pause holte er aus: »Das ist ja die Grundregel: Bei uns muss alles immer offen und vorläufig bleiben, bis die Dinge vollständig geklärt sind. Abgesehen davon war das wohl eine Niete. Aber ich sage immer: Wenn alle Nieten gezogen sind, dann bleiben nur noch die Gewinne im Lostopf.«

»Haha, das wird aber teuer, wenn man erst alle Nieten bezahlen soll …«

»Da muss ich dir recht geben, das war jetzt ein schiefes Bild. Aber unsere Arbeit folgt auch nicht der Kostenrechnung des ehrbaren Kaufmannes.«

»Sondern?«

»Wir müssen einen Todesfall aufklären, dafür werden wir bezahlt. Und Fehlanzeigen bringen uns auch weiter. Wer das nicht begreift, hat unsere Arbeit nicht verstanden.«

Das war wieder einer dieser apodiktischen Sätze, mit denen sich Grabowski eher unbeliebt machte. Aber Huber grinste in sich hinein und griff zum Anschnallgurt.

*

Nachmittags in der Kantine gab es kaum ein anderes Thema als das Prestige-Duell gegen die USA, zumal sich damit der jetzige Bundestrainer Löw und Klinsmann (als ehemaliger Bundestrainer) gegenüberstanden. Die Deutschen wollten unbedingt als Gruppensieger ins Achtelfinale kommen, dafür mussten sie allerdings das Spiel gewinnen. Man konnte aber auch die Frage stellen, wie hoch die Amerikaner gewinnen müssten, um den Deutschen das Aus bei dieser Weltmeisterschaft zu bescheren. Defätisten gab es immer, und Grabowski, der sich nur wenig für Fußball interessierte, geschweige denn sich dafür begeistern konnte, wäre vermutlich in diesem Lager zu finden gewesen. Wenn nicht eben jetzt einer, der vor ihm in der Schlange an der Theke stand, laut losgemeckert hätte: »Auch das noch!« Und als einer der Umstehenden fragte, was denn los sei: »Guck doch mal auf die Straße, da geht gar nichts mehr.«

Tatsächlich stand in der Heinrich-von-Stephan-Straße Auto an Auto und Lastwagen an Lastwagen und es ging weder vor noch zurück. Schräg gegenüber auf der anderen Straßenseite lag das ehemalige Postgelände, das jetzt freigeräumt war für eine öffentliche Übertragung des Spieles auf eine Großleinwand. Dort hatten sicher 10.000 Zuschauer Platz, die ersten waren schon da.

»Wenn jetzt ein größerer Einsatz wäre, wir kämen hier nicht weg. Alles zu, vor allem Richtung Westen, denn auf der Autobahn ist ein Laster umgekippt, hat die ganze Ladung verloren und die kriegen den nicht hoch. Das geht schon seit 14 Uhr so. Der liegt so blöd da, dass selbst mit dem großen Kran die Straße nicht vor heute Abend frei wird.«

Einige streckten die Köpfe, andere schupften nur mit den Achseln, bis einer sagte: »Dann gut Nacht um sechse!«

Aufsprudelndes Gelächter antwortete ihm, zumal gerade um 18 Uhr der Anpfiff des Spiels sein sollte.

Grabowski hatte sich nur einen kleinen K.-o.-Happen holen wollen. Als er zurück an seinen Arbeitsplatz kam, rief er Huber an: »Bist du noch da?«

»Nicht mehr lange. Heute mach ich jedenfalls keine Überstunden. Wenn ich irgendwo zu Befragungen aufkreuzen würde, müsste ich mit einem hochkantigen Rauswurf rechnen, wenn nicht mit Schlimmerem.«

»Da hast du recht. Heut spielen alle verrückt.«

»Hoffentlich nicht die deutsche Mannschaft ...«

»Schaust du dir das Spiel an?«

»Na klar. Du etwa nicht?«

Grabowski antwortete etwas sibyllinisch: »Mir genügt das richtige Ergebnis. Viel Spaß dann.« Und damit legte er auf.

Gewiss wurde im Hause noch gearbeitet, aber ebenso gewiss war, dass später selbst der unentbehrliche Abenddienst vor den Bildschirmen mit der Übertragung aus Brasilien sitzen würde – rufbereit und doch gebannt. Welcher Chef hätte sich da für immer unbeliebt machen wollen? Grabowski hatte noch mit Elfi telefoniert, die sich für diesen Abend mit einer Freundin verabredet hatte. Ein Public Viewing mit Tausenden grölenden Fans kam für sie ohnehin nicht infrage, das hätte ihr nur Angst gemacht. Und in der Enge einer Kneipe hätte sie sich wahrscheinlich erst recht unwohl gefühlt, wenn alle mit einem Male aufsprangen und losschrien, wobei Stühle umfielen und Biergläser womöglich auch ...

Er saß in seinem Büro und ließ sich wieder und wieder durch den Kopf gehen, was er von Wang Yuhai inzwischen wusste und wo er einen Kletterhaken einschlagen könnte. Aber es war alles glattpolierter Stein, nirgends eine Unebenheit, geschweige denn ein Riss oder eine Fuge. Der bisher einzige Ansatzpunkt bestand darin, dass Wang seinen Mörder selbst in die Wohnung gelassen hatte, ihn also so weit kannte. Aber dem Briefträger oder Paketboten würde man auch die Tür öffnen. Wie belastbar war also dieser Fixpunkt? Es genügte ja, dass sich jemand so viel Vertrauen erschlichen hatte (wodurch auch immer), dass Wang mit einer gewissen Arglosigkeit an die Tür kam. Es konnte aber genauso gut jemand Wohlvertrautes gewesen sein, ein Kollege, Freund/Freundin, Verwandter. Oder auch mehrere. Aber schon verschwimmt das Bild wieder, wird gröber, undeutlicher.

War es denkbar, dass es eine Frau war – in welcher Beziehung auch immer zu Wang? Konnte man einer Frau zutrauen, Wang von hinten mit einem Seil oder einem Gürtel erdrosselt zu haben? Wie viel Kraft musste sie dafür aufbringen? Und dies in einem vorangehenden Kampf, von dem es immerhin Messerspuren gab? Grabowski versuchte, das Bild abzutasten, aber es blieb sehr schemenhaft. Vielleicht im Schlaf und also ohne Gegenwehr. Aber wie kamen dann die Messerverletzungen zustande? Oder war es eine Schere gewesen? Nur war nirgendwo eine Schere gefunden worden. Oder ein Nagel? Vielleicht ein Fingernagel? Im Schlaf war es leichter möglich, von hinten eine Schlinge zuzuziehen. Wang hatte mit entblößtem Oberkörper dagelegen. Gab es mehr Hinweise auf Intimitäten, eventuell Geschlechtsverkehr? Intimitäten würden immerhin die Kratzer auf der Brust und im Bauchbereich erklärbar machen. Im Bericht der Rechtsmedizin hatte er keinerlei Hinweise in diese Richtung gelesen. War da etwas übersehen worden oder konnte das eindeutig ausgeschlossen werden? Er müsste dazu noch einmal nachfragen.

Schön und gut – oder besser: sehr unklar und zweifelhaft. Denn bisher gab es niemanden und auch keine Konstellation, bei der man von etwas Konflikthaftem reden könnte, von irgendeiner Feindseligkeit, etwas Streitbarem, einer Form von Rivalität. Für keine Konstellation von Schuld, Rache, Wut gab es das geringste Anzeichen. Wang war und blieb ein unbeschriebenes Blatt, leer und weiß. Wusste er etwas, das er nicht wissen sollte, nicht wissen durfte, weil sich ein anderer davon gefährdet oder bedroht sah? Ging von ihm irgendeine Gefahr aus – für wen auch immer? Man konnte solche Fragen als Merkposten notieren. Bis jetzt waren sie ohne Substanz, wenn auch theoretisch zumindest denkbar. Es konnte ja sein, dass Wang ein Spion war, zum Beispiel. Aber für wen? Oder dass er irgendeiner Sache auf der Spur war, die so gefährlich war, dass er ausgeschaltet werden musste. Das würde allerdings bedeuten, dass Grabowski es vermutlich mit einem Gegner zu tun hätte, der darauf achten würde, keinen Fehler zu begehen. Es würde wohl auch erklären, warum offenbar sorgfältig alles beseitigt worden war, was der unvermeidlichen Untersuchung bereits eine Richtung geben konnte. Waren hier Profis beteiligt? Auch das war nicht von der Hand zu weisen und blieb als Symptom.

Je mehr Grabowski grübelte, umso mehr wuchs die Aufgabe zu einer Nebelwand, bei der man auch noch aufpassen musste, nicht im Kreis zu laufen und aus dem Mahlstrom nicht mehr herauszufinden. Und so ins Spintisieren kommend, fiel ihm die grausige Geschichte vom alten Burggraf ein, dem Hotelier oben am Schauinsland. Als er gestorben war – es muss Ende der 50er-Jahre gewesen sein –, wurden zwei Lehrjungen aus der Küche hinunter ins Dorf Hofsgrund geschickt, um beim Schreiner den Sarg zu holen. Und wie sie mühsam und verängstigt mit dem Sarg auf dem Buckel den Berg wieder hinaufstiegen, überkam sie ein plötzliches Wetter mit dickem Schneesturm und so dichtem Nebel, dass sie die Orientierung verloren, den Weg nicht mehr fanden und hilflos immer im Kreis herumstapften, zwei 15-jährige Lehrbuben, verzweifelt, den leeren Sarg für ihren Chef auf den Schultern. Fast wären sie erfroren,bis sie endlich, völlig erschöpft, von einem Suchtrupp gefunden wurden. Solche plötzlichen Wetterumschwünge waren dort oben häufig und schon manchem zum Verhängnis geworden …

Er kam nicht weiter, war zu unkonzentriert und beschloss, nach Hause zu gehen. Im Präsidium war alles ruhig, auf den Fluren niemand zu sehen. Dem Pförtnerkollegen nickte er kurz zu. Es musste etwa kurz nach 19 Uhr sein. Vor dem Haus wurde er gleich eingehüllt in eine Wolke aus Stimmgewoge drüben von dem großen Areal hinter der anderen Straßenseite, wo auf der Großleinwand das Spiel übertragen wurde, ein auf- und anschwellender Fangesang mit plötzlichen Erregungskurven, dazwischen ein ebenso überraschendes Abflachen oder kollektives Gestöhne bei einer misslingenden Aktion. Doch jetzt steigerte sich auf einmal der Taumel mit kräftigen Pegelausschlägen immer mehr und mit einem Schlag brach der Jubel aus, ein ohrenbetäubender Schrei, sich immer wiederholend. Es war und blieb das einzige Tor in dieser Partie, gerade als Grabowski auf die Straße getreten war. *(Für Leser, die sich nicht mehr daran erinnern: Thomas Müller traf für Deutschland in der 55. Minute. – Der Verf.)*

FREITAG, 27. JUNI 2014

ALBERTSTRASSE – INSTITUT FÜR RECHTSMEDIZIN

Er kannte sich hier aus und telefonisch angemeldet hatte er sich außerdem. Das war auch nötig, denn immer vormittags waren die Präparationsübungen und freitagnachmittags die Vorlesungen für die mittleren Semester. Mit einem Doktor Rosa hatte er telefoniert, der ihm versichert hatte: »Mich können Sie alles fragen. Der Prof hat den Bericht zwar mitunterschrieben, aber die Untersuchung habe ich durchgeführt. Wenn Sie um halb eins kommen, habe ich ein paar Minuten für Sie Zeit. Aber seien Sie pünktlich, ich möchte nämlich dann noch in die Mittagspause, bevor es um 14 Uhr weitergeht.«

Diesen etwas direkten Ton kannte er schon und wusste, dass dies keine Unfreundlichkeit bedeutete.

Grabowski hatte Glück, denn in der Sautierstraße/Ecke Albertstraße wurde gerade ein Parkplatz frei. Als er im zweiten Stock des großen Gebäudes aus dem Fahrstuhl trat, kam ihm schon Doktor Rosa entgegen und führte ihn gleich in sein Zimmer. Er bot ihm einen Platz an und setzte sich selbst mit betont erwartungsvoller Haltung hinter seinen Schreibtisch. Grabowski spürte, dass er sich kurzfassen sollte und seine Fragen sehr präzise zu stellen hatte.

»Die merkwürdigen Kratz- oder Ritzspuren am Körper von Wang sind schwer zu deuten. Für mich stellt sich deshalb die Frage, ob sie in Begleitung eines sexuellen Geschehens entstanden sein könnten.«

»Das ist natürlich immer möglich, sie sind zeitlich auch nicht genau zu fixieren.«

»Wie muss ich das verstehen?«

»Der Zeitpunkt, als sie entstanden sind, muss nicht mit dem Todeszeitpunkt übereinstimmen. Das war nicht todesursächlich. Also praeter/propter würde ich immer zwei, drei Stunden als Grenzbereich einräumen.«

»So lang?«

»Durchaus. Das waren oberflächliche Verletzungen, bei denen keine richtige Blutung stattgefunden hat.«

»Und sexuelle Handlungen, kann man die ausschließen?«

»Es gab keinerlei Spuren oder Hinweise darauf, sonst wären sie im Bericht erwähnt worden.«

»Also keine Spermaspuren?«

Das etwas ungeduldige Gesicht von Doktor Rosa hellte sich etwas auf, als er antwortete: »Wir haben hier im Institut ein besonderes Verfahren zur Lumineszenzanalyse in situ entwickelt, das wir anwenden können, bevor wir mit entnommenen Proben arbeiten. Das beschleunigt und verbessert die Arbeit sehr. Deshalb testen wir das möglichst häufig aus, und so auch in diesem Fall. Um genau zu sein, wurden Genitalien, Hände und Körperöffnungen untersucht und dabei weder eigene noch fremde Spermaspuren gefunden.«

»Kann man so auch Vaginalflüssigkeiten feststellen?«

»Alles ist machbar, Herr Nachbar. Aber die Lubrikation besteht fast nur aus Glykogen, also Stärke. Die kann man zum Beispiel mit Braunfärbung nachweisen, also etwa mit Jod. Ist aber meist unspezifisch. Das hätte nur einen Sinn, wenn man mit einem konkreten Vaginalabstrich vergleichen könnte, und selbst das wäre unsicher. Oder nur erfolgreich bei besonderen Spezifika und im Frischezustand.«

»… und ist hier nicht gemacht worden?«

»Natürlich nicht. Es gab weder Veranlassung dazu noch Vergleichsmaterial.«

»Also alles in allem ein negativer Befund?«

»Eindeutig ja. Aber wenn Sie das wollen, kann ich Ihnen das auch noch schriftlich geben. Kein Problem. Wir haben das alles untersucht, aber im Bericht erscheint es nur, wenn eigens danach gefragt wurde. Schließlich sind das noch mal zwei/drei Seiten extra. Man muss ja auch die Mitarbeiter schonen, wir kriegen kaum noch Schreibkräfte, und in unserem Institut ist das besonders schwer …«

Schon im Aufstehen bedankte sich Grabowski für die Auskünfte, die für ihn sehr wichtig seien, und deshalb bäte er trotz der Unannehmlichkeit um eine formlose schriftliche Ergänzung, gerne auch »unter Bezug auf das mündliche Gespräch« und in verkürzter Form, es sei auch nicht brandeilig, müsse in diesem speziellen Falle aber in die Akten. Er versuche sonst auch, alle Umständlichkeiten zu vermeiden, hier jedoch ginge es nicht anders.

»Schon gut, schon gut«, beeilte sich Doktor Rosa entgegenzuhalten, um seine Mittagspause nicht mit Entschuldigungsförmlichkeiten zu gefährden. Grabowski brach auch sofort ab und reichte ihm ohne Weiteres lächelnd die Hand.

*

Kaum wieder an seinem Arbeitsplatz, läutete das Haustelefon. Es meldete sich Bruno Stäblein von der Kriminaltechnik und sagte: »Zum Fall Wang ist die Untersuchung des Mah-jong-Spieles auf Fingerabdruckspuren abgeschlossen und ich kann berichten.«

»Ah, Bruno, freut mich. Ist denn Nennenswertes herausgekommen?«

»Es gibt positive Ergebnisse, natürlich, nur wirst du nicht viel damit anfangen können.«

Trotz dieser etwas nebulösen Antwort sagte Grabowski: »Na, her damit!«

»Möchtest du gleich den schriftlichen Bericht? Den könnte ich bis heute Abend zusammenstellen. Oder soll ich erst einmal mündlich vortragen? Dann könnte ich Nachfragen und Antworten noch in den Bericht mit aufnehmen.«

Typisch Bruno, dachte Grabowski, immer äußerste Sachlichkeit und am Telefon lässt er sich kaum etwas herauslocken. Warm wirst du mit dem nicht …

»Mir wäre es recht, wenn wir es erst einmal durchsprechen könnten. Von mir aus passt es immer – ab jetzt. Der schriftliche Bericht ist nicht so eilig.«

»Dann wäre ich in ein paar Minuten oben in deinem Büro.«

Grabowski gab Huber Bescheid, falls er dazukommen wolle. Natürlich wollte er.

Stäblein berichtete (hier gekürzt und zusammengefasst):

»Das Mah-jong-Spiel wurde in einem Holzkasten mit vier Fächern aufbewahrt. Dieser Kasten lag geschlossen im Regal, aber offenbar unordentlich – oder in Eile – eingeräumt, denn einer von 144 Spielsteinen fehlte. Geordnet nach den verschiedenen Bildern lagen die Spielsteine ohnehin nicht in den Fächern. Den fehlenden Stein (Blumenstein 1) hat KA Huber auf dem Fußboden gefunden, er war offenbar unbemerkt heruntergefallen oder beim Einräumen übersehen worden.

Kollege Huber sagte mir, das Spiel werde ähnlich gespielt wie Rommé oder Canasta. Das mag für den Spielablauf zutreffen, für uns gibt es jedoch einen grundlegenden Unterschied, denn es wird nicht mit Spielkarten, sondern mit Spielsteinen gespielt, die aus einer bemalten Kunststofffläche bestehen, die auf einen Sockel aus Bambus aufgeklebt ist. Ein Spielstein hat etwa die Größe von zwei mal drei Zentimetern und eine Dicke von etwa einem Zentimeter. Die Folge ist, dass man die Spielsteine gänzlich anders mit den Händen berührt als Spielkarten. Diese werden nämlich von den Spielern fächerartig meist mit der linken Hand zwischen Daumen und Zeigefinger gehalten und einzelne Karten mit der rechten Hand aus dem Fächer herausgezogen, wobei der Daumen die Bildseite, der Zeigefinger die Rückseite greift. Das hinterlässt charakteristische Fingerspuren. Da die Spielsteine des Mah-jong jedoch klein und kubisch geformt sind, werden sie meist an zwei gegenüberliegenden Kanten von Daumen und Zeigefinger gegriffen, seltener mit vollem Finger auf der Fläche. Außerdem ist die Kunststofffläche gegen das Hinterlassen von Fingerabdrücken ziemlich resistent, mehr jedenfalls als etwa Glas oder feines Porzellan, bei der Bambusrückseite kommen sogar kaum noch definierbare Abdrücke vor.

Bei dem Spiel kann in jeder Runde theoretisch jeder Spieler mit jedem Stein in Berührung kommen. Das hat – sofern Fingerabdrücke überhaupt identifizierbar sind – zahlreiche Überlagerungen und Verwischungen zur Folge. Trotzdem ist es uns gelungen, bei den 144 Spielsteinen auf eine Zahl von 41 unterscheidbaren Fingerabdrücken zu kommen.

Beim Spielablauf agieren immer vier Spieler zusammen. Da wir davon ausgehen können, dass Wang jedes Mal mitgespielt hat, sind damit mindestens 20 weitere Mitspieler durch ein oder zwei Fingerabdrücke erfasst, also mindestens sechs bis acht verschiedene Spielrunden oder Spieltermine. Wenn von den Mitspielern außer Wang einige mehrfach dabei waren, wird man von noch mehr Spielterminen ausgehen müssen.«

Bruno Stäblein hatte dies mit präziser und manchmal umständlicher und ermüdender Ausführlichkeit vorgetragen, seine Worte waren dabei sehr klar und ohne Umschweife, Redundanzen waren ihm verhasst. Huber und Grabowski sahen sich enttäuscht an.

»Also viele Spuren, aber dennoch unbrauchbar.«

»Nicht ganz unbrauchbar«, antwortete Bruno Stäblein, »wenn konkrete Personen genannt werden können, lässt sich überprüfen, ob sie mit Wang gespielt haben. Beweiskräftig ist aber nur der positive Befund, der negative ist bedeutungslos. Und außerdem lässt sich nichts über den Zeitpunkt sagen, denn wir können nicht einmal mit Bestimmtheit sagen, dass Wang an seinem letzten Abend gespielt hat. Der fehlende Stein kann zum Beispiel schon am Tag zuvor oder noch früher unter das Bett gekullert sein.«

»Nichts Genaues weiß man nicht, so hab ich's gern.«

Jetzt räusperte sich Huber: »Schade. Ich habe mir mehr davon erhofft. Aber es leuchtet mir ein, was Bruno sagt. Deshalb muss ich jetzt nochmals auf etwas anderes zurückkommen: In der Küche standen vier Gläser, die waren abgespült. Bruno, wie würdest du das einschätzen? Sind die zur Spurenbeseitigung gespült worden?«

»Das kann ich natürlich nicht sagen, ich war schließlich nicht dabei.« Nach dieser Bemerkung eher dunkel eingefärbten Humors hellte sich das sonst etwas ausdruckslose Gesicht von Bruno Stäblein ein wenig auf und er fügte hinzu: »Vielleicht sollte man einen Zusammenhang mit dem Tisch herstellen. Auf dem lagen zwar Bücher. Aber mir fiel auf, dass der Tisch mit der Resopalplatte sorgfältig mit einem Lappen abgewischt worden ist, bevor die Bücher etwas achtlos darauf abgelegt wurden. Es kann auch absichtsvoll achtlos gewesen sein. Sie sind jedenfalls nicht mehr verrutscht worden etwa durch Benutzung – das hätte man an den eingetrockneten Wischspuren auf der Tischoberfläche erkennen können. Ich halte es deshalb für wahrscheinlich, dass auch der Tisch zur Spurenbeseitigung abgewischt worden ist. Ein Lappen hing übrigens zum Trocknen in der Küche über dem Wasserhahn. Zum Todeszeitpunkt von Wang hatten wir warmes Wetter um 25 Grad, sodass ein so zum Trocknen aufgehängter Lappen binnen 8 Stunden völlig trocken sein konnte. So haben wir ihn auch vorgefunden – etwa zehn bis elf Stunden nach dem Todeszeitpunkt. Ergänzend zu den Gläsern und der Tischplatte möchte ich hinzufügen: Wir haben auch sonst keine signifikanten Fingerabdrücke gefunden, was immerhin bemerkenswert ist.«

»Das könnte bedeuten, dass wir es mit einem oder mehreren Tätern zu tun haben, die in der Lage waren, sehr überlegt und sorgfältig Spuren zu verwischen, und sich dazu auch die Zeit genommen haben.«

»Dem könnte ich mich anschließen.«

Huber sah Grabowski mit einem stolzen Ausdruck an. »Sonnenklar«, sagte er trocken. »Und das Spurenregister mit den 41 Fingerabdrücken bekommen wir trotzdem?«

»Natürlich. Das ist einzeln dokumentiert mit Fotos und kann jederzeit abgerufen werden.«

»Und das mit dem abgewischten Tisch, ich weiß gar nicht, ob das irgendwo sonst vermerkt ist, das kommt aber bitte auch in deinen Bericht. Kannst die Gläser auch nochmals erwähnen.«

»Gerne. Habt ihr sonst noch Fragen?«

Grabowski riss das Gespräch wieder an sich und antwortete kurz: »Im Moment nicht. Ich wenigstens nicht.

Aber, Bruno, das will ich noch sagen: Das war saubere Arbeit, bringt uns eindeutig weiter. Wenn es irgendwelche Unklarheiten gibt, kommen wir gleich auf dich zurück. Danke nochmals.«

»Gerne.« Bruno Stäblein schaute noch einmal prüfend in die Runde, ging dann hinaus, wobei er murmelte: »Bis dann.«

»Eins wird mir jetzt völlig klar«, sagte Huber nach einer Weile betretenen Schweigens, »das waren Profis. Das war keine Beziehungskiste oder so ein emotionaler Ausrutscher. Die Mah-jong-Geschichte können wir vergessen, das ist eine schöne Hypothese, aber beweisen können wir damit gar nichts. Kann stattgefunden haben oder auch nicht – die Spuren, sofern sie überhaupt brauchbar sind, können auch schon einige Zeit zurückliegen. Bruno ist völlig eindeutig.«

»Nu mal langsam. Es stimmt ja: Bruno ist eine Klasse für sich. Knochentrocken, aber auch ohne jedes Gefasele. Mit dem arbeite ich gerne zusammen, obwohl er nicht ganz einfach ist. Ich komme gut mit ihm aus. Aber die Mah-jong-Hypothese ist nicht komplett erledigt, nur etwas zurechtgestutzt. Das bleibt im Spiel. Und vier gespülte Gläser sprechen auch für vier Leute an dem Abend, also möglicherweise diese Spielrunde. Ich frage mich, warum wir sonst keine Spuren von denen haben. Sind nach Ende des Spieles einer oder zwei länger geblieben? Wobei es dann zum Streit kam? Jedenfalls zum Totschlag oder Mord? Die Spuren wurden ja wohl erst nach dem Mord entfernt, etwas anderes kann ich mir nicht vorstellen.«

»Genau. Von Leuten, die nach dem Mord die Nerven hatten, umsichtig die Spuren zu tilgen. So etwas nenne ich Profis. Und ob zuvor Mah-jong gespielt wurde oder die sich Märchen erzählt haben, ist ziemlich egal. Von den Wundmerkmalen her sollten es mindestens zwei Beteiligte gewesen sein, mit Mah-jong mindestens drei. Doch bisher haben wir nicht einmal für einen eine konkrete Spur.«

»Warum haben wir überhaupt so wenige Kontakte mit den Chinesen hier im Freiburger Raum gefunden? Hier leben doch etwa 600 von ihnen. Warum wollte Wang von seinen Genossen so wenig wissen? Seid ihr mit der Auswertung von seinem Smartphone nicht weitergekommen?«

»Mengenmäßig haben wir schon vieles durchgearbeitet. Aber noch war nichts wirklich Relevantes dabei. Ich kann mir vorstellen, dass Wang bewusst zurückhaltend war und seine Landsleute nicht gerade gesucht hat. Ist das nun verdächtig oder sympathisch? Würdest du, wenn du ein Jahr in Peking studieren müsstest, sofort versuchen, alle Deutschen in Peking ausfindig zu machen?«

»Ganz sicher nicht. Aber ich bin auch nicht typisch und vorbildlich schon gar nicht. Was ist schon normal? Bei den Leuten, mit denen wir es zu tun haben, Täter wie Opfer, dürfen wir nie damit rechnen, dass es normal zugeht. Tötungsfälle sind schon für sich nicht normal, auch wenn sie in den besten Familien vorkommen. Das muss man immer im Hinterkopf behalten.«

»Klar, normal ist kriminelle Gewalt natürlich nie.« Huber wollte heute unbedingt das letzte Wort haben. »Aber es gibt doch immer eine gewisse Logik dabei, auch wenn es oft schwerfällt, sie nachvollziehen zu können. Wenn man die erkannt hat, findet man sofort auch den Täter.«

Grabowski dachte etwas resigniert: Dann finde mal … Im Grunde sind das alles wohlfeile Sprüche, die uns allerdings überhaupt nicht weiterhelfen.

Später rief Grabowski übers Haustelefon noch einmal bei Huber an: »Hat Wang eigentlich einen Diplomatenpass?«

»Nein, das muss ein ganz normaler sein. Blau sieht er aus. Soviel ich in Erinnerung habe, war da ein übliches Visum für ein Studienjahr in Freiburg reingestempelt. Auf Deutsch natürlich – von der deutschen Botschaft in Peking. Sonst ist mir nichts aufgefallen.«

»Danke für den Hinweis. Ich schau ihn mir trotzdem noch mal an.«

Grabowski hatte den Reisepass auch bald gefunden, er lag in einer Tüte aus Plastikfolie und war in einem der Spuren-Ordner abgeheftet. Das blaue Büchlein hatte einen goldfarbenen Aufdruck mit einem runden Staatswappen, zwei Zeilen in chinesischer Schrift und dann in lateinischen Buchstaben: ›People's Republic of China‹ und ›PASSPORT‹. Ausgestellt war er im November 2011. Das Visum für ein Studienjahr in Deutschland war im März 2013 ausgestellt und bereits einmal verlängert worden. Insgesamt neun Ein- und Ausreisestempel gab es dazu, offenbar also mehrere Heimflüge, meist von kurzer Dauer. Außerdem war noch ein Visum für Portugal vorhanden vom Mai 2013, das im April 2014 für ein weiteres Jahr verlängert worden war, und je drei Ein- und Ausreisestempel, die jeweils einen Aufenthalt von ein bis zwei Wochen belegten, man konnte davon ausgehen, dass dies Ferienaufenthalte waren. Andere Länder waren hier nicht dokumentiert, der junge Mann schien noch nicht sehr viel gereist zu sein. Oder war er vielleicht mit seinen Eltern und deren Diplomatenpass unterwegs gewesen?Aber das würde man kaum erfahren. Abgesehen davon war ein Deutschland-Visum ohnehin ein Eintrittsbillett in alle Staaten des Schengen-Abkommens, in ganz Europa konnte er damit ungehindert herumreisen.

*

Große Erleichterung im ganzen Haus, obwohl es die Kriminalpolizei am wenigsten betraf, aber man empfand sich doch als Einheit und solidarisch mit allen anderen Kollegen. Am Nachmittag wurde bekannt, dass der Albaner, der vor vier Tagen auf so spektakuläre Weise beim Gerichtsgebäude am Holzmarktplatz entkommen war, auf dem Weg nach Südfrankreich aufgegriffen und unter besonderen Sicherungsmaßnahmen in Gewahrsam genommen worden war, bis er auf dem kleinen Dienstweg – dies war das besondere Verdienst der neuen Polizeiführung – zurückgeführt würde. Dazu würde sich am Montag ein besonders gesichertes Fahrzeug zum Gefangenentransport auf den Weg nach Besançon machen, um ihn abzuholen. Der Gefangene hatte dieser unmittelbaren Amtshilfe ausdrücklich zugestimmt – vermutlich wusste er, was ihm in französischen Gefängnissen blühen würde, bis ein offizielles Auslieferungsverfahren abgeschlossen und vollstreckt werden konnte.

3. TEIL

SONNTAG, 29. JUNI 2014

LORETTOSTRASSE – GRÜNER BAUM

Das Wochenende war vollkommen verregnet, zur Freude der Bauern, denn der ganze Juni war ungewöhnlich trocken gewesen. Nur zwei richtige Regentage bisher, dafür schüttete es jetzt wie aus Kübeln. An einen Ausflug in den Schwarzwald war gar nicht zu denken, obschon Elfi und Grabowski sich sonst nicht beirren ließen und nichts dagegen hatten, auch mit regendichtem Anorak und Stiefeln loszumarschieren. Am Samstag waren sie nicht einmal auf dem Markt gewesen.

Irgendjemand hatte Elfi den *Grünen Baum* beim Annakirchplatz als ein einfaches, aber höchst sympathisches italienisches Restaurant empfohlen, wo es die besten Pizzas gebe, weil mit wirklich dünnem Boden und gut belegt mit allem, was man wollte. Auch die Salate knackig frisch und mit einem guten Balsamico Bianco angemacht, ein ganz reeller Laden. Es war in der Tat ein alter Gasthof, der schon seit Langem von einem Italiener bewirtschaftet wurde, wie man schon an der Ausmalung sehen konnte: Venedig mit der Rialtobrücke, der Vesuv, ein Fischer mit Boot und Netzen. Andererseits gab es mehrere Borde, auf denen Vereinspokale standen, silbern glänzende Scheußlichkeiten von Boule-

Klubs, teils auch figürlich. Offenbar wurde das alles sehr gut angenommen, denn fast alle Tische waren besetzt.

Doch dann bemerkte Elfi – wirklich zufällig – einen Tisch, an dem nur ein Gast saß, wandte sich an Grabowski und sagte: »Schau mal, wer da sitzt! Wollen wir uns dazusetzen?«

Grabowski sah in die Richtung und sagte: »Oh ja, von mir aus gerne«, ging gleich los zu dem Tisch und fragte: »Ist hier noch ein Plätzchen frei?«

Der einsame Gast, in die Zeitung *Der Sonntag* vertieft, sah zunächst gar nicht auf, als er murmelte: »Ja, natürlich« und dabei den Absatz zu Ende las. Erst als sich Elfi ihm gegenübersetzte und Grabowski daneben, blickte er erstaunt hin. »Ach, ihr seid es. Wie kommt ihr denn hierher?«

Rechtsanwalt Graber, dessen Büro Elfi führte, lebte allein und machte sich selbst am Wochenende selten die Mühe zu kochen. Stattdessen aß er im Restaurant. Er hatte sich an dieses etwas freudlose Leben so gewöhnt, dass er sich darum keine Gedanken mehr machte. Früher hatte er in einer Kanzleigemeinschaft gearbeitet, da ging es noch etwas geselliger zu, aber irgendwann hatte er gemerkt, dass die lukrativen Fälle immer an ihm vorbeigingen und seine Kollegen schneller zugegriffen hatten oder besser informiert waren, jedenfalls die robusteren Ellenbogen hatten, und da wollte er es lieber im eigenen Büro probieren. Elfi kannte er noch aus Studentenzeiten – auch sie hatte einmal mit Jura angefangen, aber nicht zu Ende studiert, war dann nach Frankfurt gegangen und hatte in einer Galerie gearbeitet. Als Jahre später Graber überlegte, sein eigenes Anwaltsbüro aufzumachen, brauchte er natürlich jemanden, der ihm das Büro führte, vor allem auch die Abrechnungen machte, denn das lag ihm überhaupt nicht. Und so fragte er Elfi, ob sie sich das zutraue und dazu bereit sei. Die Kanzlei betrachteten sie seitdem als eine Gemeinschaftsaufgabe und Elfi fühlte sich für ihr Gedeihen mindestens ebenso verantwortlich wie Graber.

Grabowski und Graber kannten sich auch schon lange, waren aber immer etwas auf Distanz geblieben. Beruflich waren sie sich nie ins Gehege gekommen, denn ein Anwalt bekommt es im Strafverfahren vor allem mit dem Staatsanwalt zu tun, höchstens durch Zufall mit den ermittelnden Beamten (Einmal freilich, bei dem aufregenden Doppelmord, der sich vor einigen Jahren am Lorettoberg abgespielt hatte, war Graber in entscheidender Weise sogar an der Aufklärung beteiligt gewesen.). Im Übrigen war Grabers Anwaltspraxis eine Wald-und-Wiesen-Kanzlei für die Alltagsprobleme gewöhnlicher Leute, und gewichtige Kriminalfälle kamen eher selten vor.

Es war ein recht belangloses Gespräch während des Essens gewesen, als Grabowski etwas unachtsam einfließen ließ, er arbeite zurzeit an einem Fall, der ihn etwas ratlos mache, und da im Amt alle überlastet seien, dazu seit Jahresbeginn die Polizeireform die gewohnten Strukturen durcheinandergewirbelt habe, sei er, nur mit einem Assistenten, ziemlich allein damit beschäftigt. Dazu kämen eine völlig fremde Sprache, eine unbekannte Kultur, und das Opfer sei einerseits ein unbeschriebenes Blatt ohne Ecken und Kanten, ohne Auffälligkeiten, sogar ohne engere Freunde, andererseits Sohn eines hohen Politikers und schon deshalb von besonderem Interesse – auch für die Presse, die allerdings bisher nicht viel davon erfahren habe. So ein richtig ungemütlicher Fall, wo man überhaupt nicht weiterkomme und sich eigentlich nur Prügel einhandeln könne.

Grabowski hatte wirklich nicht vor, ausführlicher davon zu erzählen, zumal hier in der Öffentlichkeit eines gut besuchten Restaurants. Andererseits brauchte er nicht zu befürchten, dass ein Unbefugter etwas mithören könnte, denn am Nebentisch saß eine lärmende französische Familie mit mehreren Kindern und jetzt setzte sich auch noch der Wirt dazu und wurde mit großem Hallo begrüßt, offenbar kannte er diese Familie sehr gut. Überraschenderweise sprach der Wirt Französisch wie seine Muttersprache – ungewöhnlich für einen Italiener, aber vielleicht kam er ja aus dem Aostatal oder den savoyischen Bergen.

Graber hatte sich mit lauem Interesse die Geschichte angehört und fragte nur beiläufig, ob es sich um einen Afrikaner handle.

»Das käme mir vergleichsweise einfach vor, nein«, und dabei beugte sich Grabowski leicht vor und flüsterte fast: »… es ist ein Chinese.«

»Taiwan oder Volksrepublik?«

Und nochmals flüsterte Grabowski: »Aus Peking.«

»Auweia …!«

»Ich kenne mich gar nicht damit aus, bin während der Ausbildung nicht einmal mit den deutschen Maoisten in

Berührung gekommen, also völlig unbeleckt, und jetzt soll ich diese Suppe auslöffeln.«

»Wenn es ein Ceylonese wäre, stünden Sie auch nicht besser da – oder ein brasilianischer Urwald-Indianer. Was würden Sie dann machen?«

»Wahrscheinlich mich erst einmal mit einem Ethnologen unterhalten. Man muss sich den Dingen immer behutsam annähern und möglichst wenig Staub aufwirbeln. Möglichst diskret eben … Aber in diesem Fall? Stoße ich völlig ins Leere. Ich kann hier natürlich keine Einzelheiten nennen … Es ist zum Mäusemelken.«

»Das stelle ich mir in der Tat etwas schwierig vor, um nicht zu sagen, bizarr – ich meine das Mäusemelken.«

DIENSTAG, 1. JULI 2014

HEINRICH-VON-STEPHAN-STRASSE

Am Morgen standen überall Grüppchen zusammen und diskutierten über das Achtelfinale, obwohl es wirklich keine starke Leistung war. Bis halb eins in der Nacht hatte die deutsche Mannschaft zu kämpfen gehabt, bis nach einem torlosen Spiel endlich in der Verlängerung ein mühsam errungenes 2:1-Ergebnis feststand. Mit welcher Zähigkeit und Verbissenheit die Algerier gekämpft hatten, verdiente allen Respekt und über deren Sieg hätte sich niemand beschweren können. Dass es anders kam, konnte die deutsche Mannschaft allein ihrem Tormann verdanken, der weit mehr mitgemischt hatte, als man es von ihm erwarten durfte. Manuel Neuer hatte – wie die Kameratechnik gleich nach dem Spiel bereits analysieren konnte – insgesamt 59 Ballberührungen gehabt, davon 21 außerhalb des Strafraumes. Und während des Spieles war er insgesamt 5,5 km gelaufen, nicht aus Leichtsinn, sondern um das Spiel anzutreiben. Und das als Tormann, das muss man sich einmal vorstellen … Trotzdem wunderte sich Grabowski, dass man über ein Fußballspiel so lange diskutieren konnte – länger als über ein Konzert, das bei gleicher Länge mit mal mehr, mal weniger Spielbeteiligten eigentlich doch das größere ästhetische

Vergnügen bedeutete. Und herausragende Solisten gab es dort auch …

Er hörte dennoch bei den aufgeregten Diskussionen zu, weil er insgeheim zu erfahren hoffte, was an diesen Spielen so relevant war, die sich durch ein beispielloses Favoritensterben auszeichneten. England, Italien, Spanien, Portugal – alles Länder, denen man einen Weltmeisterschaftstitel zugetraut hatte – waren schon in der Vorrunde ausgeschieden. Würden es also am Ende die südamerikanischen Mannschaften unter sich ausmachen? Vor allem aber wollte er wissen, warum es so wichtig war, dass die deutsche Mannschaft trotz enttäuschender Leistungen, die zu Recht überall kritisiert wurden, weiterkam und womöglich ins Halbfinale, wenn nicht sogar ins Finale (Freilich hätte er es nicht gewagt, solche Fragen laut zu stellen.). Gänzlich irritiert war er aber, als er mitbekam, dass man nicht von Deutschland sprach, sondern – als schäme man sich seiner eigenen Begeisterung – den neuen Begriff »-schland« geprägt hatte.

Aus seinem Zimmer hörte er das Telefon klingeln und eilte an den Apparat. Es war Graber, dem nach dem sonntäglichen Mittagessen eingefallen war, dass er einen Freund aus früheren Zeiten kenne, der Sinologie-Professor in Heidelberg sei und sich vor allem mit dem modernen China beschäftige. Der kenne die ganze politische Führungsschicht in Peking, natürlich nicht persönlich, aber mit ihren Karrieren, Verbindungen und so fort und auch die Parteientwicklung seit Maos Tod, die Reformbestrebungen und auch die Widerstände dagegen. Wenn er etwas über China wissen wolle, das heutige China mit all seinen Widersprüchen, dann müsse er unbedingt mit ihm sprechen. Er käme regelmäßig nach St. Märgen und sei ein sehr umgänglicher Mensch, mit dem man offen reden könne.

»Ja, das würde mich durchaus interessieren«, antwortete Grabowski. »Vielleicht weiß er ja auch etwas über die betroffene Familie, die anscheinend nicht ganz unbekannt ist. Ich steh hier nämlich manchmal wie der Ochs vorm Berg.«

»Er kommt wohl nächste Woche wieder und ich kann ihn ja fragen, ob er grundsätzlich bereit ist und Sie ihn anrufen dürften. Er heißt Schreiner. Professor Rudolph Schreiner.«

»Ach, das wäre großartig, wenn Sie das für mich einfädeln könnten. Wenn ich mich nämlich mit ›Kriminalpolizei Freiburg‹ melde, dann läuft so etwas gleich auf einer ungünstigen Schiene. Wenn ich mich jedoch auf Sie berufen kann, ist das viel persönlicher und angenehmer. Ich würde einfach auf ein Stündchen vorbeikommen, wann immer es ihm passt.«

»Ich glaube, das lässt sich leicht zustandebringen. Ich kenne ihn noch aus den politisierten Jahren, wenn Sie wissen, was ich meine.«

FREITAG, 4. JULI

HEINRICH-VON-STEPHAN-STRASSE

Grabowski sah, dass eine neue Mail bei ihm angekommen war, die er gleich öffnete:

›Hallo! War gestern im *Aguila*, in einer Ecke wurde Mah-jong gespielt. Erinnere mich wieder, dass Wang Yuhai dort auch schon gespielt hat, ist schon länger her. Weiß nicht, ob das wichtig ist.

Chris – Student am Institut für Informatik‹

Es war ein ruhiger Spätvormittag, fast ausnahmsweise ohne »besondere Vorkommnisse«. Arbeit gab es zwar genug, aber wenigstens ohne zusätzliche Aufgeregtheit. Grabowski beschloss, gleich zu antworten – nicht, weil es ihm dringlich schien, sondern mit entspannter Lässigkeit allein deshalb, weil schließlich jeder Hinweis aufgenommen werden musste und er gerade genug Zeit dafür hatte.

›Hallo, Chris, eine gute Nachricht, vielleicht sogar wichtig. Können Sie mich anrufen? Dürfte für Sie am einfachsten sein. Ich sitze gerade an meinem Arbeitsplatz – Grabowski‹

Er hatte keine Ahnung, wer von den Studenten Chris war, aber darauf kam es auch nicht an. Man musste eine gute Gesprächsatmosphäre herstellen, einen leichten Ton, die Menschen zum Plaudern bringen. Alle bürokratischen Mätzchen vermeiden. Wer erst einmal Namen, Anschrift, Beruf und Alter verlangt, muss sich nicht wundern, wenn sein Gegenüber bald verstummt, weil niemand gerne verhört werden will. Abgesehen davon werden bei Namen und Adresse ohnehin oft falsche Angaben gemacht, weil keiner gerne in den Polizei-Computer gerät. Und womöglich ins Präsidium zur Aussage bestellt zu werden, ist für viele eine Schreckensvorstellung. Berechtigt oder nicht, ist hier nicht die Frage. Wer etwas erreichen will, sollte sich von einer freundlichen und liebenswürdigen Seite zeigen (oder er erreicht eben nichts …).

Es dauerte auch nicht lange, bis besagter Chris tatsächlich anrief. Erst gestern sei es ihm wieder eingefallen, als er zufällig eine Mah-jong-Runde in dem Lokal gesehen habe. Das falle schon deshalb immer auf, weil das so laut klackende Geräusche mache, wenn die ihre Spielsteine auf den Tisch schlagen, und oftmals sei das mit irgendwelchen Ausrufen verbunden. Jedes Spiel habe ja eigene Töne, man kenne das auch vom Skatdreschen, wenn die Trümpfe auf den Tisch gedonnert würden, oder das Hüpfen beim »Mensch ärgere Dich nicht«. Ob das gestern hier die Spielpartner von Yuhai gewesen seien, wisse er natürlich nicht, jedenfalls waren es Asiaten. Es täte ihm leid, dass er das nicht schon vorige Woche gesagt habe, aber es sei ihm erst wieder eingefallen, als er das Spiel gesehen habe. Vielleicht sei es auch gar nicht wichtig.

»Sie haben eine sehr gute Wahrnehmung. Über Spielgeräusche habe ich noch nie nachgedacht, das muss ich mir vormerken. Das mit der Wichtigkeit ist schwer zu beantworten. Zunächst ist das Wichtigste, dass Sie sich überhaupt gemeldet haben.«

»Yuhai war zwar kein enger Freund, aber ein Kommilitone. Wir haben uns doch jeden Tag hier am Institut gesehen und gut zusammengearbeitet. Da ist man ihm jedenfalls schuldig, mit allem zu helfen, was seinen Tod aufklärt. Wir hier sind alle ziemlich schockiert und ratlos.«

»Und wir sind darauf angewiesen, dass uns die Leute alles mitteilen, was sie beobachten, und sei es noch so unscheinbar. Wir können ja selbst nicht gleich beurteilen, ob das relevant ist. Ich will mal so sagen: Die Krümel, die wir unter die Lupe nehmen, können sich unter Umständen als Monster an Informationen entpuppen. Aber das braucht natürlich Zeit.«

»Das ist gut, das muss ich mir merken. Klasse, jetzt weiß ich endlich, was ein Krümelmonster ist.«

»Aber nicht jeder Krümel ist ein Monster, das wollte ich auch sagen. Seien Sie nicht enttäuscht, wenn nichts daraus wird.«

»Ich hab schon verstanden. Und da wir gerade bei den Nebensächlichkeiten sind, wollte ich noch sagen, dass ich den Eindruck hatte, dass um Geld gespielt wurde. Die hatten da kleine weiße Stäbchen, die beschriftet waren und am Ende der Runde, wenn abgerechnet wurde, hin und her verschoben wurden: Offenbar war das eine Art Spielgeld.«

»Interessant, das kenne ich noch nicht, das muss ich mir mal zeigen lassen.«

»Jeder hatte davon einen Haufen vor sich liegen, waren unterschiedlich groß.«

»Sie sagten den Namen von dem Lokal, aber ehrlich gesagt, habe ich noch nie davon gehört. Ich kann natürlich hier im Haus nachfragen, aber wo ich Sie gerade am Telefon habe … Wo ist das denn?«

»Das ist das *Aguila* in der Tennenbacher Straße, Ecke … weiß nicht, wie die Straße heißt, hat so einen komischen Namen.«

»Ist das die Sottjehstraße? – Schreibt sich Sautierstraße? Schräg gegenüber von dem roten Haus, in dem jetzt einige Uni-Institute untergebracht sind?«

»Sie meinen das frühere Herdergebäude? Genau, gegenüber an der Ecke ist diese Kneipe, hat auch einen großen Biergarten. Das Essen dort ist marokkanisch. Sehr angenehm und studentenfreundlich – und gelegentlich wird da auch gespielt, alles Mögliche, eben auch Mah-jong. Es gibt ja viele Chinesen hier in Freiburg.«

»Ich kann jetzt gar nichts dazu sagen, nur, dass wir diesem Hinweis natürlich nachgehen und schauen, ob uns das irgendwie weiterführt. Ich danke Ihnen jedenfalls sehr. Falls ich noch irgendwelche Nachfragen habe: Übers Institut für Informatik kann man Sie immer erreichen?«

»Ja, natürlich. Die Sekretärin sagt Bescheid und ich rufe dann sofort zurück. Oder Sie schicken eine Mail, die Adresse haben Sie ja jetzt.«

»Chris, ich möchte Ihnen großen Dank sagen. Wie es weitergeht, werden Sie ohnehin erfahren. Ich hoffe, dass wir schnell zu einem Ergebnis kommen. Danke Ihnen.«

Ein Fall für Huber? Oder sollte er selbst dort vorbeigehen? Marokkanisch essen klang vielversprechend, aber mit Elfi konnte er natürlich dort nicht aufkreuzen. Er wäre schließlich im Dienst, zumal, wenn er ein paar Fragen stellen müsste. Also doch Huber? Nur findet der die ganze Mah-jong-Spur vergebliche Liebesmüh. Und außerdem hat er im Augenblick den ganzen Buckel voller Arbeit. Mit dem Dolmetscher sitzt er immer noch an der Auswertung der Smartphone-Unterlagen – ein ganz mühsames Geschäft. Und dann die ganzen Befragungen, die sich daraus ergeben. Nein, da würde er selbst vorbeischauen müssen. Nur nicht heute Abend, denn da wurde sicher wieder Fußball-Weltmeisterschaft übertragen und das ganze Lokal wäre dann voll und in entsprechender Stimmung.

MONTAG, 7. JULI

HAIERWEG –HORIZONTE

Ein Zweifamilienhaus mit einer Einfahrt in einen Hof, der als Parkplatz genutzt wurde, hinten ein niedriger Flachbau, in dem das Beerdigungsunternehmen »Horizonte« seine Räume hatte. Das ganze Gebäudeensemble war in einem schüchternen Gelb gehalten, eine Farbe wie das Innere einer Zitrone. Huber war sehr langsam daran vorbeigefahren, parkte erst einige Häuser weiter. Auf dem Hof hätte er noch Platz gefunden – war er etwa zu früh? Seitwärts nestelte jemand an einem Fahrrad herum, der vielleicht nichts gefunden hatte, woran er es anketten konnte, und so legte er den Schlossbügel nur um Hinterrad und Gestänge. Es war ein Asiate, der noch vor Huber den Eingang erreichte. Huber war es recht, jemanden vor sich zu haben, dem er abgucken könnte, wie er sich zu verhalten habe. Denn auffallen wollte er nicht.

Gleich am Eingang des nicht sehr großen Raumes, in dem die Trauerfeier stattfinden sollte, stand ein junger Mann, offenbar Chinese, der zu einem kleinen Tischchen dirigierte, wo man sich in ein großes Heft eintragen sollte. Hubers Vorgänger wurde chinesisch angesprochen und wisperte einige Worte mit dem Zeremonienmeister. Wie schon andere malte er in großer Schnelligkeit einige längere Zeilen in chinesischer Schrift und setzte dann drei schwungvoll verschlungene Zeichen darunter, die wohl den Namen darstellen sollten. Huber wartete geduldig. Dann unterzeichnete er nur mit seinem Namen, aber der junge Mann vom Empfang hatte ihm genau über die Schulter geschaut und raunte ihm von hinten in fast korrektem Deutsch energisch zu: »Ihr Titel, bitte!«

Huber drehte sich ratlos um. Ihm kam es vor, als habe er dies Gesicht schon einmal gesehen, dann fiel es ihm ein. Das war einer von den beiden Leuten der chinesischen Botschaft, die neulich im Präsidium gewesen waren und schließlich die persönlichen Sachen von Wang aus der Wohnung geholt hatten. Zwar leise, aber fast in einem Befehlston wiederholte er: »Müssen Sie mit Titel schreiben. Titel oder Beruf und Firma. Ist nötig!«

Einen Moment überlegte Huber, ob er das ignorieren könnte oder damit nur ein unnützes Aufsehen erregen würde, dann schrieb er dazu: Kriminalassistent.

Der Saal mochte etwa 40 bis 50 Stühle haben, von denen einige im vorderen Bereich schon besetzt waren. Jetzt sah er, dass sein Vorgänger in den Raum ganz nach vorne gegangen war und sich vor einem Porträt des toten Wang Yuhai, das schräg übers Eck mit einer schwarzen Schleife versehen war, dreimal sehr gemessen und tief verbeugte. Rechts und links von dem Foto gab es zwei Vasen, die eine mit drei weißen, großblühenden Blumen, jetzt im Sommer eher seltene Gewächse, die andere mit einigen Räucherstäbchen, die still vor sich hin glommen. Vor dem Bild befanden sich noch zwei kleine Hocker, auf dem einen stand eine schwarze Metallschale mit drei geschwungenen kleinen Füßchen (wozu auch immer sie gebraucht wurde), auf dem anderen ein kleines bauchiges Gefäß aus Keramik, offenbar die Urne.

Dann ging der Chinese vor ihm zu einem etwas älteren Paar, das seitlich außen in der zweiten Reihe saß – das mussten wohl die Eltern Wang sein –, setzte sich dazu und war sofort mit ihnen im vertrauten Gespräch. Huber trat nun vor das Porträt und machte ebenso seine Verbeugungen mit kleinen Pausen dazwischen, wie er es gerade gesehen hatte, setzte sich dann aber ganz nach hinten, um einen guten Überblick zu behalten. Immer mehr Menschen trafen ein, viele mandeläugige Asiaten, aber auch eine ganze Reihe von Leuten, die für Huber schwer einzuschätzen waren. Eigentlich sahen sie mit ihren dunklen, eng geschnittenen Anzügen so gepflegt unauffällig aus, dass man sie für gehobene Büromenschen halten musste. Aber das konnte vieles bedeuten: Wirtschaftsleute, Banker, Anwälte, Makler … Die Asiaten legten fast immer weißblühende Blumen ab, einige auch kleine gefaltete Papiergebilde, deren Form von Hubers Platz aus nicht gleich erkennbar war. Ein flaches Objekt war darunter, das wie eine kleine Tafel Schokolade aussah, platt, länglich, vielleicht einen halben Zentimeter dick, aber aus weißem Papier, etwas bemalt. Von andächtiger Stille konnte keine Rede sein, es herrschte eher ein geschäftsmäßiges Geschnattere, aber Huber verstand natürlich kein Wort und konnte es deshalb kaum beurteilen. Schließlich traten die Eltern vor und entzündeten einige weitere Räucherstäbchen, die sie in die rechte Vase stellten.

In diesem Augenblick kam noch ein größerer Pulk junger Leute in den Raum, es waren die Kommilitonen und Mitarbeiter vom Institut für Informatik, die Huber schon kannte, allen voran Professor Schlosser mit einem weißen Blumengesteck, der nun als Erster seine dreimalige Verneigung vollführte, elegant und weltmännisch, er ging dann auf die Eltern Wang zu und drückte ihnen die Hand. Er schien ehrlich ergriffen zu sein, fast hätte er Frau Wang sogar umarmt, besann sich aber und berührte sie nur am Oberarm. Die Institutsangehörigen hatten unterdessen auch ihren Kotau gemacht, scheu und verlegen, weil sie die hier üblichen Gebräuche nicht kannten. Sie waren froh, als sie endlich Platz gefunden hatten und auf ihren Stühlen saßen.

Huber verfolgte das ganze Geschehen aufmerksam und dachte dann: Das sind alles Leute, die in näherer Beziehung zu Wang Yuhai standen. Diese Letzten von der Universität – die Namen haben wir wohl alle. Von ihnen war der größere Teil mit dem Professor in den USA gewesen. Aber wer sind diese ganzen Chinesen hier? Wo kommen die mit einem Mal her? Sind das Verwandte? Die etwa hier in Deutschland leben? Anderenfalls in Europa verstreut? Oder sind das Landsleute aus Freiburg, die nur aus patriotischem Pflichtgefühl kommen? Kannte Wang Yuhai die alle persönlich? Sind darunter seine Mah-jong-Kumpane?

Jetzt könnten in diesem Raum vielleicht auch seine Mörder sein. Was geht gerade in diesem Augenblick in diesen Köpfen vor? Wer hier weiß etwas und schweigt? Und warum? Und wer sind diese smarten, offenbar deutschen Leute mit ihren modischen Business-Anzügen? Was haben die mit ihm zu tun? Die passen doch nicht zu einem Studenten. Die haben so undurchdringliche Gesichter, als kämen sie vom BND, was natürlich Unsinn ist. Wer verbirgt sich dahinter? Können aber auch ganz normale Leute sein, Angestellte, Beauftragte, die für andere arbeiten, ohne eigene Interessen. Aber in wessen Auftrag sind sie da? Jedenfalls keine persönlichen Freunde, so sehen die nicht aus. Aber können sich hinter diesen Gesichtern Feinde verbergen? Oder Leute mit einem feindlichen Auftrag? Ihm fehlte die Erfahrung, dieses Milieu hatte er noch nie von Nahem kennengelernt.

Er sah sich um und versuchte herauszufinden, wer hier zum Beerdigungsunternehmen gehören könnte. Der Empfangschef sicher nicht, das war ein Chinese. Aber hinten in der Tür stand ein junger Mann mit dunklem Jackett und Krawatte, der die ganze Szenerie beobachtete. Er ging zwischendurch hinaus und schloss die Tür hinter sich. Dort mussten die Büroräume liegen.

Als alle saßen und eine gewisse Ruhe einkehrte, trat ein etwas älterer Redner vor, der auf Chinesisch etwa acht bis neun Minuten sprach, manchmal etwas stockend, in sich gekehrt, sogar den Tränen nahe, dann war es wieder, als gäbe er sich einen Ruck, und er fuhr mit hellerer Stimme fort. Er musste dem Toten besonders nahegestanden haben. Am Ende wieder die Ehrenzeichen vor dem geschmückten Bild, sehr würdevoll.

Nun traten die Eltern vor. Die Frau hatte aus einer Handtasche, die neben ihrem Sitz auf dem Boden stand, ein großes Bündel hervorgeholt, gelb bedrucktes Papier, ein ganzer Packen voll, es war Geld, chinesisches Papiergeld. Beide gingen nun vor, legten einige Scheine in die Metallschale und zündeten sie mit einem Feuerzeug an. Das Papier loderte kurz auf, sackte dann zusammen, während schnell weitere Scheine nachgelegt wurden, damit das Feuer nicht erlösche. Kleine Rauchschlieren stiegen auf und verkräuselten sich schnell.

Huber reckte natürlich den Kopf, wollte alles genau sehen. Aber er kannte die chinesischen Geldscheine nicht, hatte nie einen Yuan in der Hand gehabt, wusste nicht, wie groß sein Wert sein könnte. Doch er spürte ein Kribbeln im Bauch, es ließ ihn nicht unberührt, zu sehen, wie so viele Banknoten in Rauch aufgingen. War das Korruptionsgeld? Eine Art Geldwäsche? War das ein Reinigungsritual? Wohl kaum. Immer mehr von den gelblichen Scheinen wurden nachgelegt und flackerten kurz auf, bevor sie zusammenfielen.

Oder war das nur eine theatralische Geste? Veraltetes Geld, längst aus dem Verkehr gezogen? Zum Beispiel Jiao, von denen zehn einen Yuan ausmachen, die aber fast nur noch in Münzen gebräuchlich waren? Oder sind das wertlose alte Fen-Scheine? Es konnte ja auch ein symbolisches Geld sein, nur für den Totenritus gedruckt, damit die Toten auf ihrer Reise wohl versehen sind. Er konnte nichts unterscheiden und aus der Entfernung auch nichts erkennen, was er sich hätte merken können. Das Geld verbrannte, ein wirklich ansehnliches Bündel, und nichts als Asche blieb. Es zwickte und zwackte Huber im Magen, obwohl er ahnte, dass hier nicht wirkliche Werte vernichtet wurden, und doch: Bei Knete und Bims hörte der Spaß auf, zu viel Heu auf einmal, ob er wollte oder nicht, er musste es mit eigenen Augen sehen. Und dann wurden die kleinen gefalteten Papiergebilde auch noch in die Flammen geworfen, die flache Tafel ließ sich nun als Nachbildung eines Smartphones erkennen, Display und Fotoauge waren mit einem Filzstift aufgezeichnet. Und dann wurde sogar ein flaches gefaltetes Schächtelchen dazugelegt, an dem ein gekräuseltes längeres Papierband befestigt war, das im Scherenschnitt eines Netzsteckers endete: unverkennbar die Nachbildung eines kleinen Laptops mit seinem Stromkabel, der hier ebenso symbolisch verbrannt wurde, um dem Toten auf seiner Reise alle Annehmlichkeiten mitzugeben.

Als die Trauerfeier zu Ende war, wartete Huber nicht ab, sondern ging schnell durch die hintere Tür ins Büro des Bestatters. Ein hochgewachsener, etwas schlaksiger junger Mann sah ihn fragend an.

»Wie ist das denn geplant? Wie geht es jetzt weiter?«

»Nun, die Trauerfamilie wird jetzt ein Abschiedsmahl einnehmen in dem Lieblingsrestaurant des Verstorbenen …«

»Ach, ich weiß schon, das wird das bei den Westarkaden sein, wo er gewohnt hat, an der Ecke Lehener Straße.«

»Genau. Und danach werden sie noch einmal hier vorbeikommen und die Urne abholen. Wir werden in der Zwischenzeit alles vorbereiten, die Papiere und so weiter.«

»Und da hätte ich eine Bitte an Sie. Können Sie mir von dem Kondolenzheft, das noch da draußen liegt, eine Kopie machen?«

Der Bestatter, der ein freundliches und argloses Wesen hatte, wurde mit einem Male steif und sehr förmlich. »Darüber können nur die Angehörigen entscheiden«, sagte er scharf, »darf ich fragen, wer Sie sind?«

»Entschuldigen Sie, dass ich mich noch nicht vorgestellt habe. Huber von der Kriminalpolizei.« Und mit geübtem Griff zog er seinen Ausweis aus der Tasche und hielt ihn dem jungen Mann hin.

Der Bestatter sah nur flüchtig darauf, offenbar erkannte er diese Art Ausweis sofort.»Ich glaube Ihnen schon, aber das ist keine Untersuchungsvollmacht.«

»Nein, da haben Sie recht.« Das klang nach höflichem Nachgeben, aber Huber maß sein Gegenüber und überlegte, wie er sich verhalten sollte. Er nahm jetzt eine sehr energische Haltung ein und signalisierte deutlich, dass er nicht klein beigeben würde.

Aber der Bestatter ließ sich nicht beirren. »Sie können sich sicher vorstellen, dass unsere Arbeit durch Vertrauen und Respekt geprägt ist. Das ist die wichtigste Grundlage. Ich werde gerne ein gutes Wort für Sie einlegen, aber ohne die Zustimmung der nächsten Angehörigen kann ich Ihnen nicht helfen. Tut mir leid.«

Huber wurde jetzt wütend, aber er wollte es sich nicht allzu sehr anmerken lassen. Mit schneidigen Worten sagte er: »Leid tut Ihnen gar nichts. Ich will Ihnen mal was sagen: Wenn es nicht anders geht, werde ich das Heft beschlagnahmen, meinetwegen sogar versiegelt, ohne es einzusehen. Das hat dann zur Folge, dass wir nachträglich eine richterliche Verfügung einholen müssen, die bekommen Sie frühestens morgen Abend, wenn Sie Pech haben, erst nächste Woche. Mir soll das egal sein, ich bekomme das Heft. Aber Sie werden ein dickes Problem mit Ihren Kunden bekommen. Die können die Liste der Anwesenden nämlich nicht gleich nachher mitnehmen. Und die werden Ihnen vermutlich ein ziemliches Theater machen. Wollen Sie das?«

»Nein, natürlich nicht. Aber Sie müssen verstehen …«

»Ich verstehe Sie völlig. Ich will ja auch nicht das Heft, sondern nur, dass Sie mir die Blätter kopieren.«

Unversöhnlich sahen sie sich an. Dann fügte Huber sehr ruhig und mit schmiegsamer Stimme hinzu: »Sie kennen doch die Geschichte und wissen, dass es sich um einen Mordfall handelt, den wir bis jetzt noch nicht aufklären konnten …«

Der Bestatter, nun ganz weich: »Ja, sehr tragisch, den Sohn so verlieren zu müssen. Es sind sehr hochstehende Persönlichkeiten.«

»Und darum wollen wir das einerseits so schnell wie möglich aufklären, andererseits aber auch kein unnötig großes Aufheben machen. Sie werden sicher verstehen können, dass wir wissen wollen, wer alles an dieser Trauerfeier teilgenommen hat und was bei dieser Gelegenheit hier eingetragen wurde. Ich möchte das nicht gerne an die große Glocke hängen und im Übrigen muss das auch niemand erfahren. Sie sollten das ganz arglos behandeln und mit niemandem darüber sprechen. Sie brauchen auch keinen Vermerk darüber zu machen. Das kann eine Angelegenheit zwischen uns beiden bleiben.«

»Ich verstehe Sie durchaus. Aber es ist mir sehr unangenehm …«

Der Bestatter sprach nicht weiter. Er sah Huber nicht an, sondern zum Fenster hinaus. Auf dem Hof fuhren gerade die Autos davon, einige Fußgänger spazierten nachdenklich zur Straße, einer nestelte noch an seinem Fahrradschloss. Dann murmelte der Mann: »Also, warten Sie.«

DIENSTAG, 8. JULI 2014

HUBER ERMUTIGT

Die Teilnehmerliste von der Trauerfeier hatte Huber sich schon etwas genauer angeschaut, vor allem wollte er wissen, wer davon auch in Wangs Adressbuch verzeichnet war und wer nicht. Dabei fiel ihm auf, dass die Chinesen offenbar sehr gut organisierte Leute waren – ob nun von mehr schwäbischer oder etwa preußischer Art, war nicht zu entscheiden. Jedenfalls leuchtete ihm ein, worüber er sich gestern noch geärgert hatte: dass er außer seinem Namen auch seine Funktion (oder seinen Betrieb) anzugeben hatte. Jetzt, mit der Liste in der Hand, fand er manche Namen mit aufschlussreichen zusätzlichen Auskünften, die ihm die Arbeit des Durchforstens sehr erleichterte. Dies sollte nämlich den Angehörigen einen Hinweis geben, welche Institutionen, Firmen und Gemeinschaften da in Erscheinung traten, schließlich ist nicht jeder auf einer Trauerfeier der Person nach bekannt, schon gar nicht den Eltern aus Peking. Alles muss seine Ordnung haben …

Vor allem fand Huber einige Namen aus Karlsruhe wieder, die er wegen ihres Doktortitels vorschnell als Angehörige der dortigen Universität vermutet hatte. Jetzt stellten sich zwei von ihnen als Beteiligte einer der angesehenen überregionalen Anwalts- und Wirtschaftssozietäten (mit Hauptsitz in Frankfurt am Main) heraus. Außerdem gab es noch einen Vertreter einer dortigen großen Immobilienverwaltungsgesellschaft (doch keine solchen Firmen aus Freiburg waren dabei, wie Huber bald bemerkte). Und dass einige der großen Industrieunternehmen, die ihm schon im Adressenverzeichnis aufgefallen waren, ihre Vertreter geschickt hatten, wie zum Beispiel MAHLE Behr AG, Freudenberg aus Weinheim, KUKA aus Augsburg oder die Trumpf GmbH, zeugte von sehr intensiven Kontakten mit Geschäftsinteressen von einigem Gewicht. Wang Yuhai war offenbar weitaus mehr als nur Informatik-Student an der hiesigen Universität.

Woher aber wussten die alle von Wangs Tod, obwohl nichts davon in der Zeitung gestanden hatte? Wer hatte sie auf den Termin dieser Trauerfeier aufmerksam gemacht, obschon es keine Anzeige gegeben hatte? War etwa eine informelle Benachrichtigung verschickt worden? Als E-Mail? Von wem? Und wie?

Huber rief gleich bei »Horizonte« im Haierweg an, die es schließlich wissen mussten, und traf am Telefon den Bestatter an, der ihm gestern (etwas unwillig) die Beileidsliste in Fotokopie überlassen hatte. Ob er für ein paar Fragen jetzt gleich kurz vorbeikommen könne? Es war ihm gerade noch rechtzeitig eingefallen, dass dies am Telefon besser nicht zu klären sei, weil er dann mit Sicherheit abgewimmelt werden würde. Von Angesicht zu Angesicht hingegen ließe sich mehr erfahren.

In der Tat wurde der Bestatter durchaus auskunftsfreudig. Von einer wie auch immer verschickten Anzeige oder Benachrichtigung wusste er zwar nichts, die Trauerfeier jedoch war von der Botschaft in Berlin zunächst telefonisch angefragt und in den Einzelheiten des Ablaufs und des Termins besprochen worden. Zur finanziellen Seite übernahm die Botschaft eine Garantie, die dann per Mail bestätigt wurde, im Übrigen werde aber die Familie im Anschluss an die Feier die Kosten in bar oder per Kreditkarte bezahlen. Und so sei es auch geschehen. Zwei Vertreter der Botschaft seien einige Stunden zuvor gekommen, hätten die Dekoration des Raumes vorgenommen, das Foto aufgestellt und den Blumenschmuck überprüft, eine sehr angenehme und vertrauensvolle Zusammenarbeit, aber »Horizonte« sei ja auch besonders auf Sonderwünsche eingestellt und habe damit viel Erfahrung, selbst mit asiatischen Gebräuchen wie etwa dem Geldverbrennen und so fort, das mache schließlich nicht jeder.

Nur klärte das alles nicht die Frage, wie die Trauergäste davon erfahren hatten. Als Huber wieder zurück in seiner Dienststelle war, beschloss er, einen weiteren Versuch zu wagen, auch wenn er sich nicht viel davon erhoffen konnte. Er rief in Karlsruhe bei einem Rechtsanwalt Doktor Hoffmann an, der gestern auch anwesend gewesen war. Um an der Sekretärin, dieser ersten Hürde, vorbeizukommen, würde es hoffentlich genügen, sich mit »Kriminalpolizei Freiburg« zu melden und das Wort »persönlich« unmissverständlich fallen zu lassen. Nach Rücksprache mit dem Anwalt bestand die Sekretärin jedoch darauf, zuerst zu erfahren, in welcher Angelegenheit … Huber wiederholte, es betreffe Herrn Doktor Hoffmann »höchstpersönlich«. Dann wurde endlich durchgestellt und Huber konnte mit seinem Sprüchlein beginnen, er ermittle den Todesfall Wang Yuhai … An sich war das recht harmlos gefragt, aber der Anwalt gab mit einiger Schärfe in der Stimme zurück, wie er darauf käme, ausgerechnet ihn anzurufen.

»Ganz einfach. Ich habe gesehen, dass Sie gestern auf der Trauerfeier für Herrn Wang in Freiburg waren.« (Nur konnte er sich an das Gesicht von Doktor Hoffmann gar nicht mehr erinnern.)

»Wenn Sie sich dessen so sicher glauben, darf ich Sie fragen: Woran wollen Sie mich erkannt haben?« (Bloß nichts zugeben.)

»Weil ich gesehen habe, wie Sie sich in die Beileidsliste eingetragen haben.« (Eine gelinde Übertreibung, denn das hatte Huber tatsächlich nicht gesehen.)

»Und Sie sind sich sicher, dass ich das persönlich war?« (Tatsächlich hatte keine Personenüberprüfung stattgefunden.)

»Das führt jetzt nicht weiter.« (Zweifellos.) »Ich würde Ihnen gerne einige Fragen stellen im Zusammenhang mit diesem Todesfall, und zwar zunächst, wie und wann Sie davon erfahren haben.« (Versuch eines Direktschusses aus der Distanz.)

»Sie sind von der Kriminalpolizei Freiburg? Darf ich nochmals um Ihren Namen und Ihre Anrede bitten?« (Gut abgewehrt.)

»Gerne. Kriminalpolizei Freiburg. Ich heiße Huber.« (Flauer Nachschussversuch.)

»Und welche Anredeform steht Ihnen zu?« (Achtung, Abseitsfalle!)

»Kriminalassistent Huber.« (Abgepfiffen.)

»Herr Kriminalassistent Huber« (ein unterdrücktes Grinsen wollte sich bemerkbar machen, dann eine ausgefüllte Pause), »falls Sie eine Dienstreise nach Karlsruhe brauchen, können Sie es gerne auf diese Art einmal versuchen, aber sollten Sie bei dieser Gelegenheit frivoler Weise in meinem Büro auftauchen, so erfahren Sie von mir dabei kein Wort.«

»Vermutlich, weil Herr Wang Ihr Mandant war … Ist das der Grund?«

»Auch das habe ich keine Veranlassung Ihnen zu beantworten. Und, wie gesagt, kein Wort mehr.« Damit legte er auf. Immerhin schien das Huber doch so etwas wie ein nicht belastbares Eingeständnis zu sein und er war deshalb mit sich durchaus zufrieden. Mehr konnte er nicht erwarten, kein guter Anwalt würde mehr von seinem Mandanten preisgeben.

Das sah auch Grabowski so, als ihm Huber berichtete, obschon er insgeheim dachte, er hätte es an seiner Stelle gar nicht erst versucht. Aber die jungen Kerle müssen ihre Erfahrungen selbst sammeln und brauchen dazu jede Unterstützung. So wie er es schilderte, hatte er sich achtbar geschlagen und sich von dem schnöseligen Anwalt nicht ins Bockshorn jagen lassen. Vor allem, und das gefiel Grabowski besonders, war es Hubers eigene Initiative gewesen, seiner eigenen Neugier entsprungen. Und die Frage war ja nicht unberechtigt, was hier eigentlich ablief, von dem sie hier bei der Kriminalpolizei nichts mitbekamen. Wie die Kontakte liefen, wer alles mit Wang verbandelt war und aus welchen Gründen – im Prinzip wussten sie noch immer so gut wie nichts und bekamen einfach keinen Fuß in die Tür.

Am erstaunlichsten war die seltsame Ruhe bei diesem Fall. Niemand schien sich dafür zu interessieren, niemand fragte nach, selbst die chinesische Botschaft begnügte sich offenbar mit der Übernahme der äußerst bescheidenen Hinterlassenschaften von Wang.

»Hast du heute Morgen die Nachrichten gehört?«

»Ja, allerdings nur nebenher. War etwas Besonderes?«

»Wie man es nimmt. Die Bundeskanzlerin ist gerade in Peking.«

»Na und? Muss uns das interessieren?«

»Uns nicht, aber Frau Merkel sollte den Tod von Wang auf dem Bildschirm haben. Sie könnte ja darauf angesprochen werden … Immerhin ist er der Sohn eines hohen chinesischen Regierungsbeamten. Sie sollte wenigstens informiert sein. Ist sie aber nicht.«

»Haben wir da etwas falsch gemacht? Sei froh, dass wir gar nicht erst gefragt wurden. Wir hätten nur dumme Gesichter machen können.«

»Das sehe ich auch so. Gerade deshalb sollten wir als Nächstes die Kontakte zur Industrie überprüfen. Wenn wir schon keinen Mörder vorweisen können, sollten wir wenigstens wissen, wer dieser Wang Yuhai eigentlich war. Der Anwalt sagt natürlich nicht, was er mit ihm ausgeheckt hat. Erstaunlich genug, dass ein so hochkarätiger Anwalt mit Wang Kontakt hatte. Und vielleicht sogar einige mehr. Aber diese anderen, die Firmenvertreter, die gestern immerhin den Weg bis nach Freiburg gefunden haben, die lassen sich wohl ausfindig machen. Ihnen wird ja nichts vorgeworfen, also müsste man sie zum Plaudern bringen können, worum es mit Wang Yuhai ging. Vertraulich natürlich, wir wollen kein großes Fass aufmachen.«

»Soll ich das übernehmen?«

»Warum nicht? Da braucht es etwas Fingerspitzengefühl. Na und? Du kannst das.«

»Aber solche Leute können wir nicht einfach hierherbestellen.«

»Natürlich nicht. Du musst Kontakt anbahnen und wenn du den Eindruck hast, dass es ergiebig werden könnte, musst du notfalls zu denen hinfahren. Je nachdem …«

»Und da soll ich alleine …?«

»Na klar, meinst du, ich käme mit zum Händchenhalten? Wir sind hier nur zu zweit an dem Fall, da bleibt gar nichts anderes übrig, als getrennt zu marschieren. Mach keine zu großen Dummheiten, denn ich werde den Kopf hinhalten müssen, wenn etwas schiefgeht. Mehr kann ich dazu nicht sagen.«

»Ist gebongt.« (So hörte sich das Wort zumindest an.) »Bin mal gespannt, wie lang wir dafür brauchen.«

»Wann ist denn ein Fall zu Ende? Austherapiert? Abgeschlossen? Wenn wir glauben, einen Täter gefunden zu haben und unsere Ergebnisse der Staatsanwaltschaft übergeben? Wenn die Staatsanwaltschaft uns recht gibt und Anklage erhebt? Wenn das Gericht sein Urteil gesprochen hat? Wenn keine Rechtsmittel eingelegt werden? Wenn keine Zweifel am Urteil mehr aufkommen? Wenn die Strafe abgesessen ist? Wenn der Täter unschädlich geworden ist? Mit oder ohne Reue? Dazwischen lassen sich noch ein paar subtile Etappen mehr definieren.«

Dieser sarkastischen Suada, die etwas überfallartig auf Huber prasselte, konnte der nur mit beschwichtigenden Worten entgegnen:»Schon gut. Das große Ganze werden wir nicht lösen.«

»Nein, wir sind nur für die Kleinigkeiten zuständig, die Einzelheiten – die sich aber stimmig ineinanderfügen müssen. Als lückenloses Puzzle. Denn davon hängt alles ab. Erst, wenn alles seinen richtigen Platz gefunden hat und im Lot ist, geht die Rechnung auf. Wie ein naturwissenschaftlicher Beweis. Dann können die Aasgeier kommen, aber nicht vorher. Für uns muss gelten: Ein bisschen schief ist total schief.«

»Du meinst wohl, wie bei der Jungfrauengeburt – da muss ich doch lachen.«

»Ja, ein bisschen schwanger ist wirklich ganz schwanger. Wenn wir nicht so viel Klarheit in unsere Sache bringen, dann haben wir versagt. Wir sind Aufklärer, keine Inquisitoren, nur deshalb habe ich diesen Beruf ergriffen.«

Er hörte dem Nachhall seiner Sätze hinterher und, als habe er sich selbst ertappt bei etwas zu viel Pathos, fügte Grabowski lachend hinzu: »Musste doch mal gesagt werden … Und jetzt gehen wir wieder an die Arbeit.«

»Aber Nachtschicht gibt es heute keine. Ich will das Spiel gegen Brasilien sehen.«

»Lohnt sich das? Die deutsche Mannschaft hat sich bisher wohl nicht mit Ruhm bekleckert, soweit ich das mitgekriegt habe.«

»Immerhin ist sie im Halbfinale. Zugegeben: mit viel Glück. Und wenn sie verlieren sollte – gegen Brasilien ist das keine Schande.«

»Na, die Gastgeber werden sich doch kaum die Butter vom Brot stehlen lassen. Aber toi, toi, toi, ich halt dir den Daumen.«

Empört entgegnete Huber: »Nicht mir! Der deutschen Mannschaft!«

FREITAG, 11. JULI 2014

ST. MÄRGEN – EIN AUSFLUG IN DIE POLITIK

Elfi hatte gleich morgens angerufen, kaum dass er in seinem Bürozimmer angekommen war, um ihm zum Geburtstag zu gratulieren. Er hatte sich darüber gefreut, weil er sich mit ihr auf den Abend verabreden konnte. Sie würden gemeinsam essen gehen und konnten sich Zeit lassen, wozu auch immer, weil sie am nächsten Morgen ausschlafen konnten. Sie hatte etwas von einem kleinen Geschenk gesagt, das sie mitbringen würde. »Etwas in Rot und Schwarz«, hatte sie geheimnisvoll hinzugefügt. Wie der Tag ablaufen würde, war noch ungewiss, denn er musste nach St. Märgen zu diesem Sinologie-Professor, von dem neulich die Rede gewesen war. Er wisse noch nicht, wie lange das dauere. Aber er werde sich melden, sobald er zurück sei.

Dann war Tritschler in sein Büro gekommen. Natürlich kannte er das Datum, aber er wusste auch, dass Grabowski nicht gerne ein Aufheben um seine Person machte. Manche Kollegen ließen sich freudig feiern, kündigten sogar unüberhörbar ihren Festtag an, damit niemand ihn vergäße – man hatte dann gegen Dienstschluss in der Kantine mit ihnen anzustoßen, in größerer Runde, und das zog sich unerbittlich hin. Jedes Jahr von Neuem. Andere waren etwas bescheidener und ließen nur runde Geburtstage gelten, die dann aber oftmals am Wochenende in Kneipen verlegt wurden und zu einem größeren Besäufnis ausarteten. Immerhin wurde toleriert, wenn es Kollegen gab, die nicht jede Gelegenheit zum Feiern nutzten – schließlich hatten manche zeitaufwendige Hobbys oder Vereinsaktivitäten, sei es beim Sport, in einer Blaskapelle, unter diversen Tierzüchtern, oder einige hatten auch nur umfangreiche Familienpflichten mit Vorrang.

Tritschler klopfte Grabowski kräftig auf die Schulter und murmelte: »Alles Gute wollt ich dir sagen«, gab ihm dann sogar noch die Hand.

»Danke!«, knurrte Grabowski zurück.

Tritschler fügte fragend hinzu: »59? Dann fällt der 60. nächstes Jahr auf einen Samstag. Passt doch!«

»Wird kein großes Thema, du kennst mich ja. Will mal so sagen: Da hab ich noch etwas Zeit für die Urlaubsplanung …«

»Wie kommt ihr denn weiter, du und Huber?«

»Auszuwerten haben wir noch genug, aber bisher haben wir nichts wirklich Erfolgversprechendes entdeckt. Beunruhigen kann mich das nicht im Geringsten. Schließlich ist der Zeitpunkt der Tat noch nicht einmal vier Wochen her. Ich sag ja immer: ›Nur mit der Ruhe. Das tun, was zu tun ist.‹ Die Kollegen nervt das – ich weiß. Dabei ist es doch wahr. Wenn man etwas sucht, vor allem die berühmte Nadel im Heuhaufen, muss man ganz langsam und sorgfältig vorgehen, darf nicht herumflattern wie ein aufgeregtes Huhn. Und irgendetwas Auffälliges werden wir finden, da bin ich mir ganz sicher. Im Augenblick weiß ich aber nicht einmal, ob es eine Nadel, ein Gänseblümchen oder ein gebrauchtes Tempotaschentuch ist. Wird sich zeigen.«

»Und Huber nervst du noch nicht?«

Im gleichen Augenblick, da ihm die Frage herausgerutscht war, bereute Tritschler sie bereits. Denn er blickte erschrocken auf, um in Grabowskis Gesicht zu lesen, ob er ihn damit nicht gröblich beleidigt hatte. Denn es ist das eine, ob jemand eine selbstkritische Bemerkung macht, etwas völlig anderes hingegen, dass sie ein anderer einfach wiederholt und sich damit zu eigen macht. (Wenn ich im Gespräch sage: »Ich Idiot!«, darfst du noch lange nicht sagen: »Du Idiot!«)

Grabowski hatte durchaus das Unangemessene in Tritschlers Bemerkung gespürt und deshalb ebenso erstaunt aufgeblickt. Aber er versuchte sofort, die Situation zu retten – und es gelang ihm auch –, indem er ganz ernsthaft darauf antwortete: »Huber hat seine Eigenheiten und ich meine. Wir versuchen, uns gegenseitig nicht auf den Schlips zu treten, vielmehr sogar zu helfen im Interesse der gemeinsamen Sache. Mal unter uns, das brauchst du nicht nach oben weiterzugeben: Du weißt wohl, dass Huber ein Autonarr ist. Vor Oldtimern schmilzt er hin. Und nächstens ist hier das »Schauinsland-Klassik«-Rennen … Mir selbst sind Autos völlig egal, ein bisschen nützlich sind sie, das ist alles. Aber ich werde ihm dieses Rennen nicht vermiesen, selbst wenn an dem Tag das Haus hier kopfsteht. Ich lass ihn dahin gehen und werde das auf meine

Kappe nehmen. Dafür wird er mir ewig dankbar sein. Weißt du, Huber ist ein wahres Arbeitstier, der kann sich richtig reinhängen in eine Sache – aber dafür muss man ihn auch entsprechend streicheln und füttern … Dass ich auch manchmal ein störrischer Esel sein kann, hat er sicher schon bemerkt, da brauche ich ihn gar nicht zu fragen. Aber wir tragen die Lasten letztlich gemeinsam. Für mich kann ich nur sagen: Dafür, dass wir die Sache im Moment zu zweit auslöffeln müssen, ist er für mich der beste Partner. Sehr fleißig und effizient. Aber er traut sich auch, eigene Ansichten zu äußern. Manchmal hat er so etwas schwäbisch Eifriges, doch damit komme ich schon klar.«

Tritschler ließ sich noch ein paar Einzelheiten aus der laufenden Arbeit berichten, jedoch von seinem bevorstehenden Ausflug nach St. Märgen mochte ihm Grabowski noch nichts sagen. Nicht im Voraus. Über Misserfolge Rechenschaft abzulegen, machte ihm kein Kopfzerbrechen. Sie gehörten zur Arbeit und begleiteten tausendfach den einen entscheidenden Erfolg, der – wenigstens meistens – am Ende stand, auch wenn es oft lange dauerte. Aber voraus die einzelnen Schritte und Vorhaben preiszugeben, bedeutete oft genug nur, sich hereinreden zu lassen, Besserwisserei zu provozieren oder sich hämische Kommentare anhören zu müssen, wie überflüssig und wahrscheinlich vergeblich das Vorhaben sei. Dabei hatten diese Dreinredner meist keine Ahnung, was ihn bewog. Recherche hat nun einmal viel mit Fantasie und Intuition zu tun und jeder hat dabei seine eigene Nase, der er vertraut. Dem Trüffelhund muss man vertrauensvoll folgen, aber ihm nicht vorschreiben wollen, wo er suchen soll …

Erst jetzt sah Grabowski, dass Tritschler noch etwas in der Hand hielt und ihm nun mit den Worten überreichte: »Ach ja, mir ist da noch etwas in die Hände gefallen, das dich interessieren könnte, aber vielleicht kennst du es ja auch. In der *Kripo* ist vor einigen Jahren ein Artikel erschienen (*Anm.: »Die Kriminalpolizei – Zeitschrift der Gewerkschaft der Polizei«, Nr. 1/2008*) über chinesische Triaden.«

»Nein, erinnere mich nicht, ist mir entgangen.«

»Das bezieht sich zwar weitgehend nur auf Hongkong, ist aber trotzdem recht informativ. Ich wäre aber dankbar, wenn du mir das Heft später wieder zurückgibst, denn ich hebe die alle auf. Und noch etwas …« Grabowski hatte schon die ganze Zeit das Gefühl, dass noch etwas kommen müsse. »Ihr arbeitet zurzeit allein an eurem Fall und das geht auch nicht anders, weil wir hier so ungewöhnlich viel Arbeit haben. Deshalb fände ich es sehr wichtig, wenn du und Huber in der nächsten Woche einen zusammenfassenden Bericht geben könntet, aus dem wir dann gemeinsam Schlussfolgerungen ziehen, wie es weitergehen soll, welche Strategie eingeschlagen werden soll. Eure Arbeit muss mit dem Haus koordiniert sein, wir sind ja alle mitverantwortlich und stehen hinter euch. Aber wir müssen auch über alles Bescheid wissen und gemeinsam die nötigen Entschlüsse fassen. Du musst das bitte verstehen …«

Grabowski empfand diese Rede als typisches Vorgesetzten-Gestammele und es war ihm richtig peinlich –

so sehr, dass er es mit einem schnellen Einwurf beenden wollte, bevor daraus ein kariertes und uneigentliches Gerede wurde.

»... ist mir sehr recht, hatte ich längst vor. Und Huber sollte daran beteiligt sein. Schon, damit er sieht, dass er nicht nur ein kleines Schräubchen in unserer Maschine ist, sondern ...«, Grabowski musste einen Moment nachdenken, wie er diesen Vergleich erfolgreich zu Ende bringen konnte. Schließlich lächelte er und sagte: »... sondern ein wichtiges Treibrad.«

»Sehr gut!«, sagte Tritschler und fügte noch hinzu: »Der Polizeichef möchte übrigens auch dabei sein, der Kripochef natürlich auch. Und deshalb ist mittwochnachmittags vorgesehen.«

*

Das Haus fand er gleich, so wie es ihm beschrieben worden war: ein mit braungefärbten zierlichen Schindeln beschlagenes Anwesen im Schwarzwaldstil der 20er-Jahre, als die ersten Städter sich ein Feriendomizil leisteten, etwas zu kleine Fenster mit grünen Fensterläden, ein Walmdach über dem zweiten Stockwerk, der Eingangsbereich mit einem Wetterschutz, nach Südwesten ein kleiner verglaster Wintergarten und eine Terrasse davor. Das Haus lag etwas abseits von der Wagensteigstraße an einem Feldweg, aber mit einem weiten Blick nach Süden über die tief eingeschnittenen Täler hinweg zum Feldberg. Als Grabowski sein Auto parkte, kam ihm bereits ein großgewachsener älterer Herr mit sportlichem Schritt entgegen und stellte sich vor: »Rudolph Schreiner. Schön, dass Sie es gleich gefunden haben. Oder kennen Sie sich hier oben aus?«

»Das nicht gerade. Aber erst einmal: Guten Tag, Herr Professor. Mein Name ist Grabowski.«

»Den Professor lassen wir gleich weg. Das Übrige hat mir Graber schon alles angekündigt. Von der Kripo in Freiburg – so, so! Sehr spannend. Kommen Sie herein. Oder wollen wir uns nicht lieber auf die Terrasse setzen?« Die Frage hatte er sich allenfalls selbst gestellt, denn er fuhr gleich fort: »Dann gehen wir am besten gleich außen herum. Ich genieße das hier oben sehr, das Haus gehört guten Freunden von mir, aber ich darf jederzeit kommen und kann hier wunderbar arbeiten. Einfach traumhaft und ich habe den Eindruck, als sei meistens gutes Wetter, obwohl mir das gar nicht so wichtig ist – Sie merken schon, dass ich die kräftigen Gewitter, die wir zurzeit häufig haben, zum tollen Wetter dazurechne. Noch wichtiger ist dieses Ungestörtsein, morgens kann ich aufstehen, wann ich will, kann auch die ganze Nacht durcharbeiten, wenn es so kommt, niemand will etwas von mir, und doch kann ich jederzeit Besucher empfangen. Zum Essen gehen wir dann oben in den *Hirschen*, kennen Sie den?«

Ob mit »wir« etwa Grabowski gemeint sein sollte oder nur von beliebigen Besuchern die Rede war, konnte man aus der Suada nicht heraushören. Grabowski antwortete vorsichtig nur auf die letzten Worte: »Ja, natürlich, ich mache ja auch oft Ausflüge hier in den Schwarzwald und der *Hirschen* ist eine gute Adresse.«

Der redet wie ein Wasserfall, dachte Grabowski und sah sein Gegenüber an, ein offenes, freundliches Gesicht mit einem wehenden rotblonden Haarkranz, etwas zu lang und ungebändigt, aber er gab Schreiner etwas lebendig Frisches und ließ ihn jünger aussehen. Und er war ständig in Bewegung, begleitete sein Reden mit ausladenden schlaksigen Bewegungen – sicher ein hypernervöser Zappelphilipp, dachte Grabowski und konnte sich kaum vorstellen, wie ein so weit gereister Mann, der lange an amerikanischen Universitäten gelehrt und weltweit auf Konferenzen gesprochen hatte, von seinen Zuhörern und Bewunderern immer gut ertragen worden war.

Sie saßen auf bequemen alten Holzstühlen hinter dem Haus, von einem Sonnenschirm beschützt. Schreiner hatte noch Mineralwasser und Gläser auf einem Tablett bereitgestellt und ließ sich jetzt von Grabowski erst einmal berichten, was geschehen war. Viel war es nicht und für Einzelheiten interessierte sich Schreiner auch nicht. Es drängte ihn, selbst zu reden.

»Die Frage ist ja: Was veranlasst einen jungen Chinesen, ausgerechnet hier in Freiburg zu studieren, zumal einen aus einer solchen Familie?«

Grabowski staunte. Woher wusste der Professor denn über die Familie Wang Bescheid? Aber Schreiner redete ununterbrochen weiter: »Aber so jung sind die gar nicht, denn fast alle haben ein abgeschlossenes Studium hinter sich. Geht auch nicht anders, denn – das wird Sie erstaunen – wenn es einen Bereich in China gibt, der noch nicht von Korruption erfasst ist, dann sind es die staatlichen

Prüfungen. Da gibt es wirklich keinerlei Schiebung. Die Aufnahmeprüfungen für das Studium sind landesweit in der ersten Juliwoche und es gibt vermutlich keine chinesische Familie, die da nicht zittert, weil irgendein Verwandter immer dabei ist. Diese Prüfungen sind wirklich schwer und sie sind lebensentscheidend. Wer sich zu drücken versuchte, um dank irgendwelcher Beziehungen gleich im Ausland zu studieren, hätte sein Gesicht verloren und würde später in China kaum mehr eine Stelle finden. Hingegen nach einem chinesischen Studium im Ausland noch weiterzustudieren, gilt als sehr karriereförderlich. So hat es ja auch Wang Yuhai gemacht, selbstverständlich, da kam etwas anderes gar nicht infrage. Der Druck der Familien ist sehr hoch, das entspricht alten konfuzianischen Traditionen, das hat sich nie geändert. Auch in Kaderfamilien nicht. Die meisten, die hier bei uns studieren – das werden Sie nicht glauben, weil es doch ein klassisches kapitalistisches Fach zu sein scheint –, sind in BWL eingeschrieben, Betriebswirtschaft. Komisch, nicht? Aber ganz logisch. Einen Betrieb wirtschaftlich erfolgreich zu leiten, heißt ...«

»Aber, wenn ich Sie kurz unterbrechen darf –Wang Yuhai hat angewandte Informatik studiert, das ist wohl ein technisches Fach.«

»Weiß ich doch.« Meinte Schreiner nun das »technische Fach« oder wusste er so viel über den Studenten? »Aber der wäre später bestimmt nicht nur Techniker geworden. Natürlich kann Informatik hochinteressant sein, wird auch gebraucht, aber bei seinen Beziehungen ...«

»Der Vater ist stellvertretender Minister in einem Rohstoffministerium.«

»Nicht nur das. Alle Familienmitglieder sind immer schon hohe Kader gewesen.«

»Was verstehen Sie denn unter Kader?«

»Das sind Leute in den Leitungsfunktionen der Partei. Und die Familie Wang gehörte seit den Anfängen zu den höchsten Kadern in Partei und Staat. Der alte Wang war Offizier in der Achten Armee, wenn Ihnen das etwas sagt, den habe ich selbst noch kennengelernt ...«

Wie das? War der Professor etwa mit der ganzen Führungsriege in Peking bekannt? Mit was für einem Paradiesvogel hatte ihn denn Graber da bekannt gemacht? Aber er musste erst einmal weiter zuhören, denn der Professor redete wie ein sprudelnder Gebirgsbach.

»... das muss der Urgroßvater oder Urgroßonkel von dem Toten sein. Teilnehmer am Langen Marsch, immer im Umkreis Maos. Selbst die Zeit der Kulturrevolution hat der einigermaßen gut überstanden. Unter Deng hat sich dann die nächste Generation in Schlüsselstellungen von Staatsbetrieben gebracht. Diesen ›Prinzen‹ folgten die ›Prinzlinge‹, und jetzt ..., na, ich könnte Ihnen endlose Geschichten erzählen. Zunächst war es eine Frage des Vertrauens und der Geschlossenheit. Wer im engsten Zirkel der Macht der Partei lebte und sich bewährte, hatte ja auch eine zuverlässige Familie. Die Kinder bekamen die beste Ausbildung, weil auch sie später einmal zur Führungsschicht gehören sollten. Sie müssen sich das als eine Art Parteiadel vorstellen, abgehobene Kreise, auch wenn viele aus verarmten Schichten stammten. Großartig, wenn die alten konfuzianischen Familienideale hochgehalten werden, aber wehe, wenn sich das Krebsgeschwür der Korruption einschleicht. Zunächst wird nur der Mantel des Schweigens drübergebreitet, dann müssen Mitwisser gut versorgt werden, um auch sie zum Schweigen zu bringen, schließlich wird die Beute erhöht, um besser und mehr verteilen zu können, und endlich sind alle involviert, einschließlich aller Angeheirateten. Nach außen gibt man sich besonders parteitreu, vielleicht sogar linksradikal wie Bo Xilai, aber das Geld ist längst beiseitegeschafft, nach Amerika oder sogar Europa. Sie haben ja sicher von den Korruptionsprozessen gelesen, die seit einem Jahr überall in Gang kommen, und wie es aussieht, werden es immer mehr. Ich bin gespannt, ob die neue Parteiführung um Xi Jinping sich damit durchsetzen kann, denn das ist ein gefährlicher, ja, ein waghalsiger Weg. Es ist ja nicht so, dass sich das alle kampflos gefallen lassen, die bisher auf einflussreichsten Posten saßen. Und auch die Partei kann es eigentlich kaum hinnehmen, dass sie durch diese öffentlichen Prozesse so an Ansehen verliert und geschwächt wird. Beinahe täglich gibt es jetzt neue Meldungen über Korruptionsvorwürfe …«

Grabowski hatte längst das Gefühl, dass der liebe Professor das Raumschiff zum Orbit der Chinaastrologen besteigen wollte, dem er weder folgen mochte noch konnte. Mit kühler Beherrschung unterbrach er Schreiner durch einen Einwurf, der brennendes Interesse vorspiegelte und doch einen Gang zurückschaltete: »Aber der alte Wang doch nicht auch? Sie sagten, Sie hätten ihn noch persönlich kennengelernt?«

Das war nun allerdings eine Geschichte, die Schreiner unbedingt loswerden wollte, und damit ging er Grabowski arglos und sogar freudig auf den Leim, aber der musste dafür nun eine weitere Abschweifung erdulden: »Ja, das muss 1979 gewesen sein und ein geradezu unwahrscheinlicher Zufall. Ich war damals mit einer Reisegruppe der Zeitschrift *Berliner Hefte für Kultur und Politik* in China, das war ja die Zeit kurz nach der Kulturrevolution, wo es noch kaum Chinareisen gab, als Tourist konnte man da nicht einfach hinreisen. Ich war gerade mit dem Studium fertig und hatte die Möglichkeit, hier als Dolmetscher mitzufahren. Das war natürlich eine tolle Gelegenheit. Wir fuhren im Zug von Peking Richtung Süden, ein Schnellzug mit ›harter‹ und ›weicher‹ Klasse, als Ausländer bekam man natürlich nur ›weiche‹ Klasse, das waren fast leere Abteile. Man brauchte damals allein für die 800 Kilometer bis Xuzhou 11 bis 14 Stunden und das war ziemlich langweilig. Deshalb streiften wir durch die Nebenabteile, und da saß ein alter Mann, sicher über 70 Jahre alt, allein, ein sehr guter Kopf mit grauer Kurzhaarfrisur und in Militärkleidung. Man sah sofort, dass das ein feiner und edler Stoff war, aus dem die Uniform geschnitten war, aber er trug keinerlei Rangabzeichen. Wir fragten ihn, ob wir uns mit ihm ein wenig unterhalten dürften, ich musste das alles übersetzen, war aber auch selber neugierig. Er war höflich, zunächst allerdings nicht sehr gesprächig, antwortete nur mit knappen Worten, aber immerhin verweigerte er sich nicht. Später, als er merkte, dass diese Ausländergruppe ziemlich viel Sympathie für China hatte und sogar einiges von Mao Zedong gelesen, zum Beispiel ›Über die richtige Behandlung der Widersprüche im Volke‹, wurde er offener. Das fing ganz harmlos an. Schon pensioniert? Aber Sie arbeiten freiwillig noch etwas? Guten Rat an Jüngere abgeben? – und solcher Small Talk. Am Ende dieses Kapitels stellte sich heraus, dass er Pensionär, aber noch im Generalstab tätig war. Dann haben Sie in der VBA sicher einen höheren Rang gehabt? Da wollte er noch nicht so mit der Sprache heraus. Aber ›Volksbefreiungsarmee‹ aus unserem Munde, das Wort gefiel ihm. Wir haben dann den demokratischen Gedanken von einer Armee ohne Rangabzeichen gelobt, na ja! Wieder Schönsprech. Schließlich fragten wir nach der 8. Armee, nach dem ›Langen Marsch‹. Da wurde er natürlich weich. Das ist die große chinesische Heroengeschichte, da kochen alle Gefühle hoch. Den ›Langen Marsch‹ hat er selber mitgemacht, von Anfang an. Zum Schluss sagte er uns sogar seinen Namen. Damals gab es noch kein Wikipedia, wo man so etwas dann nachschlagen konnte, aber wir haben uns den Namen notiert und er hat sogar geholfen, wie man ihn richtig schreibt. Dann gab es noch einige Anekdoten vom ›Langen Marsch‹ – und wir mit glänzenden Augen … Aber ein bisschen misstrauisch waren wir auch, was die neue Situation von 1979 anging. Nach Privilegien und so weiter haben wir uns zwar nicht getraut zu fragen. So direkt wäre das zu respektlos gewesen, obwohl dies das heimliche Thema unserer ganzen Reise war. Wir sind etwas drum herumgeschlichen, so gab es eine längere Diskussion über die Ein-Kind-Politik und warum die notwendig sei. Das endete unweigerlich mit der Frage, wie viele Kinder er selbst habe. Den roten Kopf, den er plötzlich bekam, sehe ich noch vor mir: drei.

Das Tollste war dann, dass der Zug plötzlich nach einigen Stunden auf ziemlich freier Strecke in einem kleinen Dorf hielt, natürlich unplanmäßig, es muss irgendwo in der Provinz Shandong gewesen sein, und er uns plötzlich sagte, er müsse hier aussteigen. Irgendwie schien ihm das sehr peinlich, aber wir dachten: Nichts Besonderes. Wir kannten uns ja auch nicht aus. Nachher sahen wir aus dem Abteilfenster heraus, da kamen zwei Soldaten mit weißen Handschuhen und schleppten ein kleines weißes Treppchen direkt an die Tür von unserm Waggon. Und dann fährt eine riesige Limousine mit verhängten Fenstern vor, ein Hongqi (Rote Fahne), mitten auf den Bahnsteig, zwei Soldaten in Paradeuniform springen herbei, salutieren, öffnen den Schlag, der uniformierte Chauffeur, auch weiß behandschuht, bleibt selbstverständlich sitzen, unser General Wang schwingt sich in den Fond, und schon braust mit aufgedrehter Geschwindigkeit die Staatskarosse davon – offenbar gab es eine Extra-Ausfahrt für wichtige Staatsleute zwischen dem Bahnsteig und dem kleinen Bahnhofsgebäude. Das ging so schnell, dass von den übrigen Reisenden wohl niemand etwas davon bemerkt hatte. Es stieg ja auch sonst keiner ein oder aus, nur er allein. Unsere schönen Privilegiengespräche von vorhin bekamen plötzlich eine ganz andere Grundierung. Das war also der alte General Wang. Ein Parteifürst.«

»… oder Nomenklatura, so nannte man das wohl. Aber um auf seinen Enkel oder Großneffen zurückzukommen: Glauben Sie, dass der etwas mit Korruption zu tun hatte? Oder dass er heimlich Geld ins Ausland geschafft haben könnte?«

»Um das klarzustellen: Der alte Wang war sicher völlig integer, dem ist nichts vorzuwerfen. Und grundsätzlich ist das mit den Veränderungen in China ganz anders gelaufen als in der ehemaligen Sowjetunion. Dort ist die Sowjetmacht völlig zerbröselt, erst mit Putsch gegen Gorbatschow, dann im Wodka-Nebel unter Jelzin. Die großen Staatsbetriebe wurden daraufhin privatisiert, aber auf so dilettantische Weise, dass mit einem Male und sogar halbwegs legal alles in die Finger von einigen wenigen geschickten Cleverles kam, die binnen Monaten zu vielfachen Millionären oder sogar Milliardären wurden.

In China gibt es auch Millionäre, inzwischen sogar ziemlich viele, Hunderte. Da fällt mir gerade ein: Es gibt eine schöne Zeitschrift, eine Hochglanz-Illustrierte, die sich nur mit den chinesischen Reichen, ihren Lebensgewohnheiten, Vorlieben und Geschmäckern beschäftigt, müssen Sie sich mal anschauen, die gibt es sowohl in einer chinesischen wie einer englischen Ausgabe, heißt *HURUN*, ist leicht zugänglich. Und da stehen auch die Listen dieser Reichen mit ihrem Vermögen, in welchem Zweig der Wirtschaft sie ihr Geld machen, wo die Kinder zur Schule gehen. Welche Uhren sie sammeln, welche Automarken sie fahren und so weiter. Vieles oder sogar das meiste dieser Schätze ist legal entstanden, gewissermaßen ein zugelassener Kapitalismus, schon 1976 fing das an, aber dann kommt natürlich schnell auch Kriminelles dazu, Bestechung, Unterschlagung, Diebereien, Betrug. Die einen haben einflussreiche Pöstchen in Partei und Staat, die anderen werden als Unternehmer tätig. Und vor allem in größeren Familien wird eben hin und her geschoben und immer auch ein Teil ins Ausland gebracht. Das kann man sich alles ganz gut denken. Der Unterschied von China zu Russland ist nur der – und das hat eine enorme Bedeutung –, dass hier die Partei die Macht nie aus den Händen gegeben hat und der Staat ziemlich gefestigt dasteht. Übrigens auch wirtschaftlich. Wer wegen Betruges oder Korruption erwischt wird oder auffliegen sollte, kann ziemlich hart bestraft werden. Oder er muss kuschen und sich vollständig der Parteiräson unterwerfen. Parteischädliches Verhalten wird nicht geduldet.«

»Wo ist denn noch ein Unterschied, wenn Bestechlichkeit, Betrug, Unterschlagung, Verschiebung von Volksvermögen und so fort in China ebenso vorkommen wie in Russland? Ist es nicht jeweils das Gleiche? Wenn einer in einer klassenlosen Gesellschaft ohne nennenswerten Privatbesitz in wenigen Jahren zum vielfachen Millionär wird, kann es niemals mit rechten Dingen zugegangen sein. Denn zu erben gibt es im Kommunismus nichts – weder da noch dort.«

»Das frage ich mich auch, wie man so schnell zu Reichtum kommen kann. Aber die beiden Staaten sind wirklich sehr verschieden. In Russland haben Sie einen Alleinherrscher, der es sichtlich genießt, wenn sich die Flügeltüren zum Georgsaal des Kremls öffnen und er durch das Spalier der von seiner Gnade Abhängigen schreitet. Alles hängt von ihm ab. Wenn ihm – Gott behüte! – auch nur ein Autounfall passieren sollte (oder er von einem weißen Tiger, dem er sich allzu vertrauensvoll genähert hat, zerfleischt würde – nicht auszudenken!), dann bräche in Russland ein ziemliches Chaos aus, weil er keinen natürlichen Nachfolger hätte. In China hingegen herrscht immer noch vor allem die Partei. Und Xi Jinping ist der derzeit von der Partei bestimmte Anführer. Wenn er ausfällt, wird sofort ein Nachfolger benannt. Die Partei herrscht weiter.«

»Wenn ich Sie recht verstehe, bedeutet dies, dass Korruption in China nur entstehen kann, wenn die Partei korrupt ist.«

»Da legen Sie den Finger genau in die Wunde. Nur ist es natürlich nicht so, dass die Korruption zum Parteiprogramm gehörte, sondern das ist so etwas wie eine Deformation, eine Fäulnis von innen heraus, gegen die bisher nicht sehr konsequent vorgegangen wurde. Vor allem, weil es stets heißt: Die Partei hat immer recht und sie darf nicht geschwächt oder beschädigt werden. So kann sich die Fäulnis ständig weiter ausbreiten. Diesen immer dicker wuchernden Knoten will der jetzige Parteiführer Xi Jinping nun zerschlagen. Wenn ihm das gelingt und er die Partei hinter sich bringen kann in diesem Kampf, dann wird das sehr weitreichende Folgen haben. Sie müssen sich das mal vorstellen, da werden

Leute, die jahrzehntelang die höchsten Ämter innehatten, plötzlich beschuldigt, riesige Geldsummen veruntreut zu haben, da geht es um viele kriminelle Machenschaften, und die Betroffenen wehren sich natürlich und mobilisieren ihre jahrzehntelangen Anhänger und Günstlinge, die selbst inzwischen einige Macht haben, und das alles wird mehr oder weniger öffentlich ausgetragen, inzwischen sogar vor Gerichten mit anschließender ausführlicher Presseberichterstattung. Da werden höchste Funktionäre plötzlich als Angeklagte vorgeführt mit gesenktem Kopf und zwei Mann Bewachung. Das wühlt schon auf und mündet in heftigen Diskussionen. Aber je mehr sich Xi Jinping durchsetzen kann mit dieser Kampagne, führt das auch dazu, dass das ganze Justizsystem transparenter und rechtsförmiger und die noch bestehende Willkür zurückgedrängt wird. Einem besseren Strafrecht wird das enormen Auftrieb geben.«

»Trotzdem würde ich nicht gerne in die Klauen der chinesischen Strafgerichte fallen.«

Schreiner lachte laut los und prustete dann: »Richtig! Ich auch nicht! Aber mit uns würde das dann diplomatisch geregelt, wir bekämen die Ausländerprivilegien.«

»Was Sie nicht sagen! Solche diplomatischen Lösungen sind doch auch Willkür. Das ist dann von Neuem Parteiopportunismus, aber keine Justiz streng nach dem Gesetz.«

»Sie sind ja frömmer als der Papst.«

Grabowski hatte keine Lust auf Scherze. So eng verbunden fühlte er sich mit dem China-Professor nicht und außerdem hatte er inzwischen ein Gefühl von Zeitverschwendung bei diesem Gespräch. Es führte ihn nicht weiter.

»Das weiß ich nicht. Aber als Kriminalbeamter arbeite ich nicht nach Laune und Belieben. Mich interessiert, ob Wang Yuhai etwas mit Korruption in China zu tun haben könnte und wie die Chinesen damit umgehen würden. Hier bei uns. Ist es denkbar, dass er einer Art privaten Strafexpedition zum Opfer gefallen ist? Oder gar, dass ihn ein chinesischer Geheimdienst ausgeschaltet hat – man kennt das ja von anderen Staaten, vom CIA, von Nachfolgestaaten des ehemaligen Jugoslawien, von Russland, sogar vom Mossad –, weil anders an ihn nicht heranzukommen war? Nicht, dass ich dann meine Ermittlungen einstellen würde, aber ich wüsste, woran ich wäre und wo meine Grenzen sind. Das ist es, was ich Sie fragen wollte: Ist es denkbar, dass es sich hier um einen Mord im Auftrag solcher Institutionen handelt? Oder halten Sie das für grundsätzlich ausgeschlossen?«

»Wenn Sie so direkt fragen, will ich Ihnen möglichst genau antworten: Wissen kann man gar nichts. Und das meine ich ganz ernst. Aber immerhin glaube ich, China ein bisschen zu kennen. Und da muss ich Ihnen sagen, dass ich es für ziemlich unwahrscheinlich, nein, für ausgeschlossen halte, dass ein chinesischer CIA, wenn es das gibt, was immer das für eine Organisation sein soll, bei Ihnen in Freiburg einen Studenten beseitigt. Dazu den Sohn eines Regierungsmitgliedes. Und dann noch einen aus dieser Familie Wang. Das brächte nicht einmal das skrupelloseste Intrigenkartell in der Partei fertig. Das übersteigt alles, was man sich für China vorstellen kann.«

Über die Klarheit und Eindeutigkeit dieser Aussage war Grabowski fast etwas enttäuscht. Denn sie nahm ihm das Hintertürchen, zu glauben, der ganze Fall könne in der undurchdringlichen Weite des Riesenreiches und seiner hermetisch versperrten Partei- und Staatsinstitutionen so eingebettet sein, dass selbst ein erfahrener badischer Kriminalbeamter nicht die geringste Chance hätte, das Tatgeschehen aufzuklären und seine Beteiligten auch nur benennen zu können. Wenn es sich um einen politisch motivierten Fall handelte, dessen tödliches Ende nur zufällig sich in Freiburg abgespielt hatte und der von chinesischer Seite vertuscht werden sollte, wäre sein Ehrgeiz, gewissermaßen allein gegen Peking den Mörder benennen zu können, wohl bald erlahmt.

Schreiner war noch einmal ins Haus gegangen, um weiteres Mineralwasser zu holen. Grabowski ließ seine Gedanken schweifen. Wenn der Mord an Wang Yuhai aber mit Politik gar nichts zu tun hatte? Wenn es vielleicht doch ein Raubmord war? Oder persönliche Beziehungsprobleme die Tat ausgelöst hatten? Rache? Eifersucht? Irgendwelche Konkurrenzen im beruflichen Bereich beziehungsweise im Studium? Dann stand man, wie er sich eingestehen musste, noch immer ganz am Anfang. Denn für all dies hatten sich bisher keine Hinweise oder Anhaltspunkte finden lassen. Dann hätte sein sonst so wacher kriminalistischer Spürsinn bis jetzt versagt. Und doch konnte ihn das nicht sehr beunruhigen. Denn er wusste aus Erfahrung, dass man mit der

Dauer einer Ermittlung immer schon einiges angesammelt hat, dessen Bedeutung man noch nicht erkannt hat. Der Schatzgräber ist schon ganz in der Nähe des kleinen Klumpens, aber er weiß es nicht und kratzt noch daran vorbei. Gold ist nicht magnetisch, sonst wäre es ja zu einfach …

Schreiner war noch nicht wieder zurück, da hörte man schon seine Stimme mit einem weiteren Redeschwall: »Wissen Sie, in China ist gerade sehr viel im Umbruch. Vieles, was man sich bisher gar nicht denken konnte. Ich habe doch vorhin Bo Xilai erwähnt – das Neueste ist, dass er gemeinsam mit Zhou Yongkang einen regelrechten Umsturz geplant haben soll. Aber da muss ich Ihnen erklären, wer Zhou Yongkang ist. Der war bis vor zwei Jahren nicht nur Mitglied im Politbüro, sondern auch im Ständigen Ausschuss, das ist das oberste Gremium, das es gibt – nur neun Leute, das ist das absolute Zentrum der Macht. Er war für die Sicherheit zuständig – das Nonplusultra. Und gegen einen solchen obersten Parteiführer, das muss man sich mal vorstellen, gegen diesen Zhou wird nun offiziell ermittelt. Und das wurde inzwischen sogar öffentlich bekannt gemacht. Er soll seit einem Jahr bereits unter Hausarrest stehen. Das heißt natürlich, der Mann ist erledigt, sonst würde eine öffentliche Diskussion darüber gar nicht zugelassen. Bisher war sein Name im chinesischen Internet blockiert, da erfuhr man nichts. Jetzt kann man plötzlich die tollsten Geschichten lesen. Er sei zum Beispiel ein solcher ›Womanizer‹ gewesen, dass er im Laufe seines Lebens 400 Geliebte gehabt habe, darunter sogar die Frau von Bo Xilai. Die Zahl ist wohl symbolisch, vielleicht soll sie nur heißen, dass er überall seine Frauen gehabt hat. Dass aber die Frau von Bo Xilai dabei namentlich genannt wird, ist eine besondere Perfidie. Da erschauert jeder, der das liest. Aber sicher ist – und das kann man im chinesischen Internet überall nachlesen –, dass bereits zahlreiche Mitglieder seiner Familie ebenso festgenommen wurden wie auch insgesamt fünf Privatsekretäre. Die in der weiteren Familie herumverteilten und deponierten Korruptionsgelder sollen mehrere Milliarden betragen. Wohlgemerkt: Milliarden in US-Dollar gerechnet. Unvorstellbar und doch wahrscheinlich wahr. Trotzdem funktioniert dieser Staat besser als Russland …«

Warum Schreiner all diese Geschichten auftischte, blieb Grabowski rätselhaft. Sie waren einstweilen so weit entfernt von seinem Fall Wang Yuhai, dass ihr Sinn bestenfalls darin bestehen konnte, ihm ein so hohes Gebirge vor Augen zu stellen, dass er nur erblassen konnte und darauf verzichten würde, noch weitere Schritte darauf zuzugehen, geschweige denn den Versuch zu machen, es zu durchqueren. Oder war der Professor ein schierer Angeber, der mit Worten überwältigen wollte? Oder litt er nur an einer Art Rede-Inkontinenz? Jedenfalls schien Grabowski an den Falschen geraten zu sein, der ihm nicht nützlich werden konnte. Die Frage war nur, wie man sich einigermaßen taktvoll aus dem Staub machen konnte. Schließlich war dieser Besuch von Graber persönlich vermittelt worden. Offensiver Rückzug, dachte Grabowski, das ist hier wohl das Beste.

Was er darunter verstand, demonstrierte er sogleich, als er einerseits an seiner Jackentasche nestelte, etwas umständlich und daher mit Verzögerung, während er gleichzeitig zu Schreiner sagte: »Darf ich Ihnen zeigen, wie er ausgesehen hat? Es ist natürlich das Bild, wie wir ihn vorgefunden haben, also des Toten, aber eigentlich ein sehr gutaussehender junger Mann, finde ich.«

»Ja, zeigen Sie mal.« Und schon grabschte Schreiner nach dem Foto von Wang Yuhai, wie er mit nacktem Oberkörper auf dem etwas zerwühlten Betttuch lag. Die Strangulationszeichen am Hals waren bei dieser Aufnahme nur undeutlich zu sehen, sehr viel eindrucksvoller jedoch die Spuren des Messers auf seiner Brust, eine fast schon ästhetisch zu nennende Zeichnung in feinem Strich, eine Ritzung der Haut wie bei einer Künstler-Radierung, aber ohne bedeutendere Blutspuren.

Schreiner verstummte, während er ausgiebig das Foto betrachtete, das er in der Linken hielt. Schließlich machte seine rechte Hand eine kleine Bewegungsfolge, die sie mehrfach wiederholte, einen kurzen, gleichbleibenden Rhythmus, als skandiere er einen kleinen Vers, den er sich machte. Dann schüttelte er den Kopf als wolle er ihn von einem verworfenen Gedanken entleeren, wobei sein rotblondes Haar effektvoll aufflog, und gab das Foto zurück.

»Schade. Wirklich ein vielversprechender junger Mann.«

Grabowski sah seinem Gegenüber fest in die Augen und dachte: Bevor ich mich ganz zurückziehe, mache ich noch einen letzten Versuch zu einem sinnvollen Gespräch.

»Halten Sie es denn für möglich, dass da eine Homosexuellen-Szene hereinspielen könnte?«

Schreiner antwortete ganz unaufgeregt: »Damit kenne ich mich überhaupt nicht aus. Das ist nicht mein Terrain. Aber eins will ich Ihnen sagen: Die Chinesen sind erstaunlich prüde. Über Sexualität, gleich welcher Spielart, zu reden, fällt ihnen sehr schwer, Einzelheiten schon gar. Also, wenn Sie damit anfangen, müssen Sie schon deutliche Anzeichen oder Beweise haben. Nur so aus Daffke das aufs Tapet zu bringen – da würden Sie Ihre Gesprächspartner nur verstören. Das müssen Sie sich gut überlegen.«

Das schien wenigstens eine nützliche Auskunft, auch wenn sie über das spezielle Schwulenthema nichts beinhaltete. Aber Grabowski hatte sich eigentlich mehr erhofft von diesem Gespräch. Schreiner spürte wohl, dass Grabowski aufbrechen wollte und sagte unvermittelt: »Wenn Sie es mit Chinesen zu tun haben, wird Ihnen vieles undurchdringlich und fremd sein, es fängt ja schon mit den Namen an, die sich weiß Gott keiner merken kann. Und auch die ganz anderen Gewohnheiten und Denkweisen. Ich kann Ihnen nur raten: Lesen Sie eine Einführung dazu. Ich kann Ihnen einen Titel empfehlen, weil ich den Autor gut kenne, ein Chinese, der mit einer Deutschen verheiratet ist und deshalb weiß, was er vermitteln muss. Das Buch heißt ›China-Knigge‹ und ist von Kuan Yu-Chien – oder hier wahrscheinlich umgekehrt: Yu-Chien Kuan – und seiner Frau Petra. Gibt es als Taschenbuch. Und vergnüglich ist es auch. Soll ich Ihnen das aufschreiben?«

»Danke, das kann ich mir schon merken.« Grabowski hatte langsam genug.

»Die ganze Politik, Personen und Institutionen: das ist viel zu kompliziert. Das Land ist mindestens dreimal so groß wie ganz Europa. Aber immerhin hat die *Frankfurter Allgemeine* dort eigene Korrespondenten, die regelmäßig berichten. Die sind einigermaßen gut informiert, was in Partei und Regierung alles passiert – soweit man das wissen kann.« Pause – und Grabowski dachte, er käme nun fort.

»Doch da fällt mir noch etwas ein, ich weiß allerdings den Titel nicht, ein Buch von Uwe Kräuter, können Sie sich leicht merken, wie Heilkräuter ... Der lebt seit 40 Jahren in Peking, ein sympathischer Kerl, ist mit einer Chinesin verheiratet ...«

»Das kann man sich wirklich leicht merken«, brummte Grabowski, während er entschlossen aufstand. »Sie haben mir wirklich sehr geholfen. Ach, habe ich das überhaupt ausgerichtet? Ich soll Sie natürlich von Herrn Graber grüßen.«

»Ja, danke. Den kenne ich auch schon seit bald 40 Jahren. Ich glaube, er war damals noch Schüler, wir sind uns in der ›Liga gegen den Imperialismus‹ begegnet, haben zusammen demonstriert. Na ja, lange her, das war die K-Gruppen-Zeit, wird Ihnen nichts sagen.«

Grabowski wusste genau, wovon die Rede war, aber dieses Fass nun auch noch aufzumachen, hatte er nicht die geringste Lust. Er murmelte etwas absolut Unverständliches, ein Kunstwort ohne jede Bedeutung – so etwas muss man für solche unheilvollen Situationen unbedingt immer parat haben –, streckte dem redseligen Professor entschlossen die Hand hin und sagte dabei: »Nochmals, vielen Dank für Ihre Bemühungen. Ich finde schon allein den Weg.«

*

Als er zum Wagen ging, sah er, dass sich in der Ferne von Westen her dunkle Gewitterwolken bildeten, von denen man noch nicht sagen konnte, wo sie hinziehen würden. Die Höhen des Schwarzwaldes bildeten einen steilen Riegel gegen das vom Westen und Südwesten andrängende Wetter, den entscheidenden Rest besorgten die hohe Luftfeuchtigkeit und die übereinandergelagerten Windrichtungen. So konnten sich dramatische Wolkenformationen bilden und gewaltige Gewitterentladungen, für die Terrassen wie St. Märgen die schönsten Ausblicke boten. Angst durfte man freilich nicht haben, denn dies wurde oft ein schauerliches Schauspiel.

Während Grabowski die Serpentinen des Wagensteigtales hinabfuhr, hatte sich der Himmel so verfinstert, dass man Scheinwerfer brauchte. Später setzten die Niederschläge ein, einzelne schwere Tropfen und schließlich Schauer, als gieße der Himmel mit Kübeln. Erst als er sich Freiburg näherte, war so etwas wie normaler Regen daraus geworden, dünne Perlen, dicht gesät. Er hatte immer auf den rechten Fahrstreifen gelenkt, nun am Schwabentor kam er blindlings auf die Abbiegespur, brauchte aber nur einen Wimpernschlag, um zu überlegen, ob er diesen Fehler korrigieren oder als Fingerzeig nutzen sollte für einen Abstecher in die Innenstadt. Er hatte keine drängenden Termine, und so war entschieden, dass er die Schlossberggaragen ansteuerte, um dort sein Auto zu parken.

STADTBIBLIOTHEK AM MÜNSTERPLATZ

Er hatte eine dünne Regenjacke und eine Schildmütze übergezogen, die immer griffbereit auf dem Rücksitz des Autos lagen, und war bei jetzt nieselndem Regen die Schoferstraße, östlich am Münsterchor vorbei, zur Stadtbibliothek gegangen, einem scheußlichen, aber festen Bau der späten 50er-Jahre, der sich nicht so einfach modernisieren ließ – man hätte ihn schon gänzlich abreißen müssen.

Die frei geschwungene Treppe, die von der Innenhalle zum Obergeschoss führte, war viel zu steil, geradezu gefährlich steil, wie er immer wieder bemerkte, aber genau dort wollte er hin, weil hier neben der Musikbibliothek ein kleiner Lesesaal eingerichtet war, wo zahlreiche Zeitschriften und die wichtigsten deutschen und internationalen Tageszeitungen der letzten 14 Tage auslagen. Ein festes Stammpublikum gab es dort, man grüßte sich, ließ sich auch auf einen kleinen Schwatz ein, ein buntes Völkchen von Neugierigen, Wichtigtuern und Weltphilosophen, teils auch nur Einsamen, die ihre Zeit absitzen mussten, dazu einige wenige Ausländer, die in ihrer Herkunftssprache informiert werden wollten.

Von der ganzen ermüdenden Suada des Professors war ihm immerhin deutlich geworden, dass er über die Vorgänge in China viel zu wenig wusste, über die widerstreitenden Interessengruppen, die Machtkämpfe in der Regierung und in der kommunistischen Partei, über aufstrebende Wirtschaftskreise, privates Unternehmertum, aber auch den plötzlich auftretenden unermesslichen Reichtum, der nur durch Korruption, Bestechung und Betrug zu erklären war. Soweit er den Professor verstanden hatte, glichen die chinesischen Verhältnisse einer brodelnden Lavabrühe, die schwerfällig vor sich hin glomm, aber jederzeit hochkochen und eruptiv zum Ausbruch kommen konnte. Wenn dann hier in Deutschland der Sohn eines hohen Regierungsbeamten, sogar eines stellvertretenden Ministers, auf unerklärliche Weise zu Tode kam, war keineswegs auszuschließen, dass unbemerkt etwas herübergeschwappt war von den Rivalitäten und Auseinandersetzungen im Fernen Osten. Selbst wenn er nicht alles wahrnehmen, schon gar nicht verstehen konnte, was sich dort abspielte, würde er zumindest das, was in den Zeitungen hier darüber zu lesen war, zur Kenntnis nehmen und schauen müssen, ob sich Querverbindungen finden ließen. Schließlich schien es sich bei den Wangs um eine sehr einflussreiche Familie zu handeln.

Selbstverständlich griff Grabowski zunächst zur *Badischen Zeitung*, die er heute noch nicht gelesen hatte, ließ sich aber Zeit beim Durchblättern. Dass die deutsche Mannschaft, nachdem sie bisher bei der WM nicht sonderlich geglänzt hatte, durch den überraschenden Sieg über Brasilien in eine Favoritenrolle kam, wurde schon auf der Titelseite vermerkt. Einen Bericht über Xinjiang und die uighurische Minderheit in China glaubte er vorerst überlesen zu können, er sah hier keinen Anknüpfungspunkt. Ermittlungen gegen einen Karlsruher Polizeichef »im Zusammenhang mit dem Umbau und der Ausstattung dienstlicher Räumlichkeiten« (wobei es sich um eine Küche und die überteuren Büromöbel handelte), waren eine Nachricht, die man im Auge behalten sollte, obschon er jetzt nicht entscheiden mochte, ob man sich da verteidigungsbereit (weil es um eine Polizeibehörde ging) verhalten sollte oder Häme erlaubt war (denn ertappte Vorgesetzte waren miese Kollegen). Die vorbildliche Jugendarbeit des SWR-Orchesters würde vermutlich nächstens an der Willkür eines unwürdigen Intendanten scheitern. Außerdem waren zwei verschiedene Gruppen chinesischer Jugendlicher zu Besuch in Freiburg – offenbar gab es viel mehr enge Verbindungen nach China, als selbst die Polizei es wusste.

Für das, was er suchte, war er zunächst nicht fündig geworden, so blätterte er verschiedene andere Zeitungen der vergangenen Wochen durch und fand schließlich in der *FAZ* vom 2. Juli einen Bericht von Petra Kolonko mit der Überschrift: »Chinas Funktionäre am Rande des Nervenzusammenbruchs«. Das schien schon eher sein Thema zu berühren. Da wurde berichtet, dass bereits Zehntausende Funktionäre wegen Machtmissbrauchs,

Ämterkauf und Bestechlichkeit abgesetzt oder verhaftet worden seien, darunter 30 auf Ministerebene. (Der neue Parteichef war gerade einmal anderthalb Jahre im Amt. Er musste einen regelrechten Sturm entfesselt haben, wenn schon so viele morsche Äste gefallen waren. Und wie viele Minister und Vizeminister gibt es in China?) Inzwischen fanden die ersten Verfahren gegen Mitglieder des Politbüros statt, darunter der ehemals höchste Militärführer, ein General und ein weiterer Minister, der für die Staatssicherheit verantwortlich war. (Das muss also der mit den 400 Geliebten sein, von dem schon Professor Schreiner erzählt hatte.)

In dem Artikel hieß es weiter: »Für sein Vorgehen gegen die Korruption bekommt Parteichef Xi Jinping offiziell viel Applaus, er macht sich aber auch viele Feinde. Hinter den abgesetzten und angeklagten Funktionären stehen meist ganze Familienclans mit weitreichenden Verbindungen und Wirtschaftsinteressen. (…) Besonders erschreckt hat die Funktionäre, dass Xi Jinping jetzt überdies die Fluchtwege abschneiden will. So richtet sich die Kampagne auch gegen jene Parteikader, die ihr Vermögen und ihre Familien schon ins sichere Ausland geschafft haben und die in China als ›nackte Funktionäre‹ bezeichnet werden. Nach einem internen Dokument, das seinen Weg ins Internet fand, haben auch viele Mitglieder des Zentralkomitees der KP Familienangehörige mit westlicher – vor allem amerikanischer oder kanadischer – Staatsbürgerschaft.« – Merkwürdig, wenn in einem Land mit so großem nationalen Stolz ein Großteil der ideologischen Führungsschicht (so wird man das Zentralkomitee wohl bezeichnen dürfen) ausgerechnet in den Häfen des kapitalistischen Gegners seine Rettungsanker wirft. Und wie schafft man aus einem Land wie China Millionen ins westliche Ausland? Schließlich kann man dort nicht einfach chinesisches Geld in Dollar, Euro oder Pfund umtauschen. Da muss also erst eine Geld-Wäscherei dazwischengeschaltet werden. Oder ein Tausch in Gold oder andere seltene Metalle. Aber von all dem ist bei Wang Yuhai bisher nichts sichtbar geworden. Ist er also ein Unbeteiligter an solchen Machenschaften? Ein Unschuldiger? Alles ist möglich.

Mit solchen gedanklichen Kommentaren las Grabowski den Artikel zu Ende: Es habe wegen der Korruptionskampagne schon viele Nervenzusammenbrüche gegeben und »es häufen sich die Selbstmorde von Funktionären.« Das war den präzisen Angaben des übrigen Artikels gegenüber ziemlich unbestimmt. Die engere Familie von Wang Yuhai jedenfalls war sehr beherzt und gefasst bei der Trauerfeier aufgetreten, soweit Huber das beobachtet hatte. Von nervösem Flattern hatte er nichts berichtet. Und ein Suizid war im Falle Wang Yuhai laut medizinischem Befund völlig ausgeschlossen.

Da in dem Beitrag auch einige Namen genannt wurden, die er sich kaum merken konnte, aber vielleicht im Internet nachrecherchieren wollte, ließ er sich eine Fotokopie drucken. Es ging auf 18 Uhr zu und weil er sich in der Nähe von Grabers Büro befand, rief er bei Elfi an, die gleich mit ihrem Sprüchlein losplappern wollte: »Anwaltsbüro Graber. Sie spre…«

»Sie sprechen mit Kriminalhauptkommissar Grabowski – ganz im Ernst. Aber scherzeshalber wollte ich fragen, ob du noch lange zu arbeiten hast. Ich bin nämlich zufällig ganz in deiner Nähe.«

»Ach, du? Schön, dich zu hören. Nein, ich bin noch nicht ganz fertig. Wir müssen noch eine Asylbewerberfamilie beraten, der die Abschiebung droht, das wird noch mindestens eine halbe Stunde dauern, vielleicht auch länger.«

»Und dann?«

»… würde ich mich arg auf dich freuen. Vor allem, wenn du so lange auf mich wartest.«

»Mach ich. Sogar gerne. Aber ich warte unten auf dich. Lass dir nur Zeit.«

»Bist ein Schatz. Bis gleich. Ciao.«

Es dauerte dann doch etwas länger. Bis halb sieben blätterte er noch durch diverse Zeitungen, doch ohne Einschlägiges zu finden, dann schlenderte er die Herrenstraße hoch nach Oberlinden, wo er wie zufällig vor den Schaufenstern des Traditionsladens mit Berufsbekleidung stehen blieb. Es hatte aufgehört zu regnen. In den Schaufensterscheiben spiegelte sich das gegenüberliegende Haus, in dem sich Grabers Kanzlei befand. Einige Kinder unterschiedlichen Alters, alle mit tiefschwarzen Haaren und eher dunkler Hautfarbe, langweilten sich vor dem Haus und sprangen lebhaft hin und her über das dort sehr breite Straßenbächle. Was mit dem passiert, der ins Bächle fällt, dachte Grabowski, dazu gibt es ja die verschiedensten Geschichten, aber davon werden diese Kinder nichts erfahren. Er sah ins Fenster, wo eine komplette Zimmermannsausrüstung ausgestellt war, alles von bester Qualität. Die Tascheneingänge der Hose waren zum Beispiel mit einem Lederbesatz versehen, weil diese Stellen besonders beansprucht wurden und leicht einrissen – aus Erfahrung robust und durchdacht. Die karierten Hemden in den altmodischen Mustern waren extra lang geschnitten, damit sie nicht gleich aus der Hose rutschten, wenn man sich auf dem Bau strecken musste. Und herrliche Ledergürtel, für die es passend daranzuhängende Werkzeugschlaufen und Nageltaschen gab. Im Fenster daneben die Küchenausstattung, von den verschiedenen Schürzen und den Bäckerhosen mit dem schwarz-weißen Waffelmuster bis zu den feinsten Blusen und Jacken in allen Farben, auf die die Köche dann ihren Namenszug aufsticken lassen konnten.

Drüben traten jetzt ein Mann und eine Frau aus dem Haus und wurden gleich von den Kindern umringt. Eindringlich redeten sie auf die Kinder ein, die mit einem Male ganz ruhig wurden. Dann schlurften sie alle traurig Richtung Oberlinden.

Nach einigen weiteren Minuten dann endlich Elfi, die gleich fragte: »Hast du die noch gesehen, unsere Mandanten? Kosovo-Albaner. Ganz sympathische Leute, haben aber keine Chance. Kann ich auch später noch erzählen. Wo gehen wir denn hin?«

»Ich würde vorschlagen, zum Chinesen. Vorne am Karlsplatz ist doch das *Hongkong*, das können wir doch wieder einmal ausprobieren.«

CHINAFREUDEN AUF DEN ZINNEN

Die meisten Tische waren schon besetzt, viele mit Asiaten – sie hätten reservieren sollen. Aber dann fand sich abseits noch ein kleiner Tisch für zwei Personen, für sie gerade recht. Elfi stellte ihren großen vollen Stoffbeutel in der Ecke ab, dann orderten beide ein Hefeweizen gegen den großen Durst an diesem brütend heißen Tag. Der Regenguss, in den Grabowski im Dreisamtal geraten war und von dem Elfi in ihrem Büro kaum etwas wahrgenommen hatte, konnte wenig ausrichten gegen die fast unerträgliche Schwüle in der Luft.

Die Chefin des Lokals, eine kleine, zierliche, aber sehr lebhafte Person, brachte die Speisekarte, doch Grabowski sagte gleich: »Heute würden wir uns gerne von Ihnen überraschen lassen.«

Die Wirtin zögerte etwas und dachte nach, wie das gemeint sein könnte. Schließlich antwortete sie: »Wi haben ein Menü für zwei Pesonen, hie …« (Sie deutete auf die Karte.) »Zuest eine Suppe ›Sam-sin‹«, sie sprach es »sàam-sin« aus, »das ist Suppe mit drrrei veschiedene Fleisch …«

»Ja, wunderbar, das wird sicher köstlich sein … Der Koch soll uns etwas zusammenstellen, lauter verschiedene Kleinigkeiten für zwei Personen, wie er es gut findet.«

Die Wirtin lachte. »Ah, vestehe, ein Fantasie-Menü fü heißen Tag, seh gutt, seh gutt!«

Zu Elfi gewandt, sagte Grabowski: »Ist dir doch recht so? Da fahren wir viel besser, wenn die sich etwas einfallen lassen müssen. Und heute …«

»…richtig, heute ist ja dein Geburtstag. Ich hab dir etwas mitgebracht.« Sie nestelte an ihrem Stoffsack herum. »Ich muss das erklären, hab das nämlich aus dem Internet … Ich habe früher mal einen wunderbaren Roman aus der Ming-Zeit gelesen, ›Chin Ping Meh‹, ist sehr bekannt, und ich dachte an so etwas, das mit China zusammenhängt. Bloß nicht mit dem heutigen China – die Romane von dem jetzigen Nobelpreisträger sollen zum Beispiel ganz fürchterlich sein, voller Brutalität, Sadismus und Perversion. Das wird dich kaum begeistern. Dann bin ich auf eine Kassette mit vier unbekannten Romanen aus der Ming-Zeit gestoßen.« Sie legte ein kleines Paket in rotem Geschenkpapier auf den Tisch, das er gleich auspackte, während sie weitersprach: »Die Kassette heißt: ›Im Reich der Sinne. Die schönsten erotischen Romane aus dem kaiserlichen China‹. Ich habe mir zunächst nicht allzu viel dabei gedacht. Aber als ich es Anfang der Woche in die Hände bekam, wurde ich doch etwas unsicher. Ich weiß wirklich nicht, ob du so etwas lesen willst, ob dir deine Zeit nicht dafür zu schade ist. Also, du kannst es umtauschen, wenn es dir nicht gefällt.«

»Als du gesagt hast: ›Etwas in Rot und Schwarz‹, habe ich schon gedacht: hoffentlich keine Krawatte …«

Er hatte eines der Bücher aus der Schachtel gezogen, das den Titel trug: »Dschu-lin Yä-schi«. Auf dem Deckel gab es eine eindeutig obszöne Abbildung, allerdings in Form einer sehr poetischen und zarten älteren chinesischen Aquarellmalerei, die er ausgiebig betrachtete.

»Oh! … Da bin ich mal gespannt. Wenn es allerdings nur Porno ist – da muss ich dir recht geben – dann wird es mich nicht so interessieren, aber wenn es gut geschrieben ist, richtige Literatur ist, werde ich es in jedem Fall lesen. Eine hübsche Abwechslung.« Auch die anderen drei Bände hatten ähnliche Titelbilder.

Er suchte ihre Hand und streichelte sie dankbar.

Mittlerweile waren die ersten Schüsseln gekommen und dufteten herrlich. Rasch hatte Elfi die Bücher wieder zusammengepackt und in ihrem Stoffbeutel verstaut.

Während sie aßen – und es kamen später noch eine ganze Reihe weiterer Schüsseln mit immer neuen Köstlichkeiten von Entenbrust, anderen Fleischsorten mit Gemüse, Garnelen, frittiertem Tintenfisch, verschiedene Soßen –, erzählte Grabowski von dem Besuch in St. Märgen bei dem skurrilen Professor Schreiner. Er bemühte sich, seine Enttäuschung zu verbergen, zumal Elfi wesentlichen Anteil daran hatte, dass dieser Kontakt zustandegekommen war.

»Wenn man es mit etwas Abstand betrachtet, hatte das Gespräch vor allem um zwei Komplexe gekreist: die große Bedeutung, die die Familie in der chinesischen Gesellschaft noch immer spielt mit allen Verantwortlichkeiten, Abhängigkeiten, aber auch einer gesteigerten Fürsorglichkeit. Das kennt man in dieser Konsequenz bei uns nicht und es ist deshalb auch nicht immer leicht zu verstehen. Das andere ist das Ausmaß an Korruption, Unterschlagung und Betrug, das sich in Partei und Staat ausgebreitet hat (wann hatte das eigentlich begonnen?) und gegen das jetzt von der neuen Parteiführung in aller Offenheit und mit Härte vorgegangen wird, wobei erstmals auch vor verdienten und prominenten Parteikadern und Staatsbeamten nicht zurückgeschreckt wird. Auch das ist für einen fernstehenden Europäer kaum fassbar, die Informationen dazu jedoch ziemlich willkürlich und nicht einzuordnen.«

Nachdem Grabowski einige weitere Bissen zu sich genommen hatte, schloss er seine Zusammenfassung ab: »Zu allem kommt dazu, dass Korruption und Familienbande offenbar eng verwoben sind. Das unterschlagene Geld wird über die Familie verteilt, womit aber auch neue Abhängigkeiten begründet werden, und es wird zum Teil auch über solche Wege ins Ausland geschafft.«

»Spielt das alles denn in deinem Fall eine Rolle?«

»Weiß ich nicht, aber immerhin suchte der junge Mann Kontakte zur deutschen Industrie und er hatte auch welche zu Immobilienverwaltern – nicht hier in Freiburg. Also auch nicht, weil er für sich eine Studentenbude suchte, sondern da ging es vermutlich um Anlageobjekte. Und bei der Industrie ging es wohl nicht um einen Job, sondern um Geschäfte, richtig große Geschäfte, wie man sie als Einzelner kaum bewerkstelligen kann. Eins ist allerdings sicher: In China kann ich nicht ermitteln und die Geheimnisse der Familie Wang bleiben mir wohl auch verborgen. Wenn es da irgendwelche Schiebereien gibt, werden Partei und Staat das nicht einen kleinen Kriminalbeamten in Freiburg wissen lassen. Ich kann nur die Spuren aufdecken, die die Täter hier hinterlassen haben. Aber von den Hintergründen in China werde ich kaum etwas erfahren.«

»Du vermutest also, dass es die gibt?«

»Na, hör mal! Wenn einer aus einer so prominenten Familie kommt, dann darf man doch annehmen, dass die Täter das auch gewusst haben. Zumal Täter, die ihre Spuren offenbar sehr sorgfältig beseitigt haben. Das war ja kein spontaner nächtlicher Raubmord auf einer Parkbank, wo jemand leichtsinnig seine zu dicke Brieftasche herumgezeigt hat. Ich fürchte, dass dieses eine sehr gut geplante und präzise durchgeführte Tat war, und das bedeutet dann auch, dass sie komplexe Ursachen hat. Aber Partei und Staat werden schon aufpassen, dass wir uns nicht unliebsam in dortige Machenschaften einmischen.«

Es entstand ein längeres Schweigen der Sättigung, sowohl des Gesprächs als auch des Essens, das schließlich von der Wirtin durchbrochen wurde, die fragte: »Zum Nachtisch Eis? Eis ist besse als Honigbanane. Zweimal Eis?«

»Oh. Ja! Unbedingt Eis.«

Schließlich fragte Elfi: »Was machen eigentlich die, die keine große Familie haben? Die sind wohl arm dran?«

»Gute Frage. Die hätte ich Professor Schreiner noch stellen sollen.«

*

Die Luft hatte sich zwar etwas abgekühlt, war aber noch immer so schwül-warm, dass sie völlig verschwitzt waren, als sie schließlich um halb zehn in Grabowskis Wohnung am Lederleplatz ankamen.

»Ich habe uns einen Wein kaltgestellt, einen Munzinger Weißburgunder von Clemens Lang, besonders sortentypisch und doch leicht.«

»Sehr gerne, wir müssen schließlich noch einmal auf dich anstoßen. Aber zuerst muss ich kurz unter die Dusche, mir klebt alles fest.«

Nachdem Grabowski für eine gute Durchlüftung der Wohnung gesorgt, die Gläser hingestellt und die Flasche geöffnet hatte, kam Elfi aus dem Bad zurück. Sie hatte sich nur ein langes weißes T-Shirt übergeworfen. Auch Grabowski huschte noch schnell unter die Dusche, während Elfi sich auf dem großen Bett ausgebreitet hatte, in der Bücherkassette blätterte und auf ihn wartete. Er kam in bunten Shorts zurück.

»Ah, du schaust dir das noch mal an. Kannst du mir etwas empfehlen? Was soll ich denn zuerst lesen?«

»Das weiß ich nicht. Ich habe nur gerade gesehen, dass dieser Band hier damit beginnt, dass ein Unsterblicher, also offenbar ein Geist, einem jungen Mädchen im Traum das Geheimnis ewiger Jugend offenbart. Das klingt doch gut. Darauf sollten wir erst einmal anstoßen.«

Der Wein konnte sich noch nicht ganz entfalten, weil er – frisch aus dem Eisschrank – etwas zu kalt war.

»Magst du mir nicht etwas vorlesen?«

»Wenn dir das gefällt, gerne.«

Die Geschichte zeigte sich als hübsch erzähltes, mit ausführlichen Schilderungen realistisch ausgeschmücktes Liebesabenteuer eines erst 15-jährigen Mädchens mit einem erfahrenen Geist, wobei sich am Ende herausstellte, dass diese Erweckungsgeschichte mit einem sehr einfühlsam die Liebe lehrenden Älteren nur im Traum geschehen war. Das junge Mädchen erfuhr so einen Schnellkurs über die Liebeskunst. Das war delikat und anregend, ohne überscharf aufreizend zu sein, ein weiteres chinesisches Geburtstags-Gericht, bevor sich bei Elfi und Grabowski auf andere Art von Neuem eine tief befriedigte Sättigung einstellte.

MONTAG, 14. JULI 2014

HEINRICH-VON-STEPHAN-STRASSE

An diesem Morgen tröpfelten alle ein wenig verspätet und unausgeschlafen ins Amt, jedoch musste keiner vorwurfsvolle Blicke gewärtigen, schließlich waren alle in dem kollektiven Gefühl vereint: »Wir sind Weltmeister« – wie es auch alle Zeitungen, Fernseh- und Radiosender zum Ausdruck brachten. Erst nach Verlängerung kurz vor Mitternacht war die entscheidende Partie zu Ende gegangen, danach war in den Straßen der ganze Rummel erst losgegangen mit Autokorsos, Fahnenschwingen, Grölen, Saufen, Tanzen – erst nach 3 Uhr nachts war das langsam abgeklungen, aber Unentwegte mit flaggenbemalten Gesichtern fanden kein Ende und waren noch in den Vormittagsstunden des Montags auf den Straßen der Innenstadt zu sehen.

Grabowski hatte mit Elfi zu Hause vor dem Fernseher gesessen. Sie wollte sich keinesfalls das Spiel entgehen lassen – an diese plötzliche Fußballbegeisterung von ihr hatte er sich inzwischen gewöhnt. Er dachte etwas gönnerhaft, dass man ein solches Spiel ja einmal angucken könne, immerhin war er damit zugleich einer drohenden Abseitsposition unter den Kollegen entgangen. Es war auch bis zum letzten Moment spannend geblieben, wie die deutsche Mannschaft sich gegen so viel argentinische Ruppigkeit und Härte würde behaupten können, vor allem aber, woher das entscheidende Tor kommen sollte. Dass ausgerechnet Mario Götze, den viele für eine Enttäuschung bei dieser WM hielten, der glückliche Knipser werden würde, hatten die feinsten Antennen nicht für möglich gehalten.

Zu diskutieren gab es einiges und es zog sich über den ganzen Tag hin. Die einen sprachen vom »verdienten Triumph«, wie auch die *Badische Zeitung* getitelt hatte. Andere wiesen darauf hin, dass bis zum Halbfinale gegen Brasilien die Deutschen wenig weltmeisterlich gespielt hätten, das Auftaktspiel gegen Portugal vielleicht ausgenommen. Manches sei sogar grottenschlecht gewesen und allenfalls Glück.

Und dann gab es auch die Diskussionen um einzelne Spieler, wie etwa Podolski, die zu Unsicherheit und Überheblichkeit neigten, letztlich aber faul seien, lauffaul vor allem. Zu diesen Spielern gehöre auch Götze, auch wenn man ihm die Anerkennung für das rettende Tor in der 113. Minute nicht versagen sollte.

Grabowski hörte sich das alles interessiert an, machte auch gelegentlich seine eigenen Einwürfe, vor allem, dass er immer auf seiten der Besseren stünde und Argentinien in der zweiten Hälfte und in der Verlängerung außer brutaler Härte nichts mehr eingefallen sei. Das konnte man gelten lassen.

In seinem Büro lag noch immer die *Kripo-Zeitschrift*, die ihm Tritschler hingelegt hatte, und er beschloss, gleich als Erstes sich den empfohlenen Artikel anzuschauen, denn Tritschler würde sicher nachfragen, was er davon halte. Nun, er lohnte kaum die Mühe des Lesens, weil er nur darstellte, dass es auch eine chinesische Mafia gebe, die sich mit allen Verbrechensarten beschäftige, bei denen Geld zu verdienen sei (na, so was!), und heimlich still und leise nun auch in Deutschland Fuß fasse, vor allem über chinesische Restaurants (so eine Überraschung!). Im Übrigen hatte der Verfasser mit einigen chinesischen Begriffen geprotzt (z. B. »heishehui« = Unterweltsyndikate), um Kenntnis vorzutäuschen, aber Spezifisches, gar Polizeirelevantes wurde nicht berichtet, geschweige denn nützliche Links zu weiteren Informationen angegeben. Das hätte in jeder Tageszeitung auf Seite 3 stehen können und dort nur Gähnen verursacht.

Dann suchte Grabowski nach Huber und fand ihn zusammen mit dem Übersetzer einträchtig vor dem großen Bildschirm sitzen.

»Ich habe was Neues, wollte es dir schon am Freitag berichten, aber du warst nicht da«, begrüßte ihn Huber.

»Freitag? Ach so! Da war ich in St. Märgen.«

»Den Chinesen mit dem Fahrrad, der vor mir zu der Trauerfeier kam, habe ich mithilfe von Liang Shitang gefunden, er kennt ihn nämlich auch. Das ist ein alter Freund von Wang Yuhai, die beiden sind schon zusammen in die Schule gegangen. Na ja, Kaderkinder, das war natürlich eine besondere Schule in Peking, in der Nähe vom Regierungsviertel.«

Liang Shitang kicherte – undeutlich, ob aus Verlegenheit, um sich bemerkbar zu machen, oder weil er das komisch fand.

»Ich habe schon mit ihm gesprochen«, fuhr Huber fort, »ist aber nicht viel dabei herausgekommen.«

»Und Sie kennen den auch?«, wandte sich Grabowski an den Übersetzer.

»Er heißt Lu Chunfeng« (= Frühlingswind Lu), sagte Liang Shitang, »studiert hier Betriebswirtschaft. Ja, ich kenne ihn ein wenig, so wie viele von den Studenten hier. Manchmal trinken wir etwas, dann erzählen sie von ihren Problemen …, kleinen Problemen, wie sie Ausländer haben beim Ordnungsamt, mit dem Studentenwerk. Alles harmlos. Aber Wang Yuhai habe ich nicht gekannt. Diese Techniker und Computerleute sind alle da draußen, wo diese Institute von den angewandten Wissenschaften sind, die trifft man nie in der Stadt. Die müssen sehr viel arbeiten.«

»Und was ist mit Mah-jong?«, fragte Grabowski weiter.

Wieder kicherte der Übersetzer und sagte dann: »Nicht alle spielen Mah-jong. Eigentlich nur sehr wenige. Student Lu Chunfeng spielt nie.«

»Das habe ich diesen Lu Chunfeng auch gefragt«, griff Huber jetzt ein, »und da war eine deutliche Missbilligung zu spüren. Ich wollte natürlich wissen, ob er Mitspieler kenne, aber mit Mah-jong wollte er gar nichts zu tun haben. Er machte nur die Bemerkung, manchmal habe sich Wang Yuhai mit Spielern von auswärts getroffen. Einer, auch ein Chinese, sei gelegentlich dabei gewesen, der in Portugal lebe. Aber wie er heißt, wusste er natürlich nicht.«

»Immer wieder Portugal – hängt das noch mit der alten kolonialen Tradition zusammen? Mit Macao?«

Liang Shitang sagte: »Macao gehört zu China, nicht mehr zu Portugal. Ist sehr klein, nur 500.000 Einwohner. Das war früher ein Piratennest. Jetzt kommen viele Touristen für Glücksspiel, vor allem Chinesen.«

»Da ist noch etwas offen«, ergänzte Huber beflissen, »im Adressbuch gibt es diesen chinesischen Namen mit einer Telefonnummer in Portugal – mobil natürlich. Liang Shitang versucht herauszubekommen, wer das ist. Über Baidu, Weibo, Tencent und so weiter. Aber viel versprechen darf man sich davon nicht.«

»Was ist denn Baidu, Weibo und Tencent?«

»Chinesisches Internet«, warf Liang Shitang ein, »so etwas Ähnliches wie Google, Wikipedia oder Facebook.«

»Das soll doch alles zensuriert sein, höre ich immer.«

»Es gibt kritische Begriffe, die herausgefiltert werden«, sagte Liang. »Klar, das ist dann Zensur. Aber man kann das trotzdem benutzen. Nur manchmal ist etwas gesperrt, dann muss man es mit anderen Begriffen probieren. Ist nicht so schlimm. Wir Chinesen sind sehr einfallsreich und finden oft einen Weg.« Er machte eine komische schlangenartige Handbewegung dazu.

»Aber dazu habe ich noch eine Frage. Sie schauen sich das im chinesischen Internet an. Diese chinesischen Zeichen sind doch eine Art Bilderschrift, oder zumindest sind sie so entstanden? Sie haben also nichts mit unserem Alphabet zu tun, sondern eher mit der Umsetzung von Silben und Worten? Da gibt es Zigtausende von Zeichen und manche sehen sehr, sehr kompliziert aus – wie man das lernen kann, ist mir völlig schleierhaft.«

Liang Shitang kicherte wieder. »Ist nicht so schwer.«

»Ich wollte etwas ganz anderes fragen: Wie kommt man von chinesischer Schrift zu lateinischen Buchstaben, zum Beispiel bei Namen?«

»Für die Sprache gibt es eine Umschrift, international gebräuchlich ist Pinyin. Man kann Zeichen aber auch in Zahlen übersetzen, das geht so: Für die wichtigsten Zeichen gibt es je eine Zahl, die kann man wie in einem Wörterbuch nachschlagen. Es sind heute etwa 9.000 Zeichen, für die es jeweils eine vierstellige Zahl gibt. Nennt sich ›Chinese Commercial Code‹ (CCC). Das ist zuerst von den Telegrafenbeamten im 19. Jahrhundert erfunden worden. Und Zeichen von Namen sind wie ganz normale Zeichen, die man so deshalb auch in Zahlen angeben kann. In Pässen von Hongkong waren schon lange die chinesischen Namenszeichen auch mit den entsprechenden vierstelligen Zahlen angegeben, zur Identifizierung. Denn die englischen Beamten konnten keine chinesischen Zeichen lesen.«

»Höchst interessant.«

»Wenn ich zum Beispiel meinen Namen sage, weiß noch niemand, wie ich meinen Namen schreibe. Die Silben können sehr Verschiedenes bedeuten und werden dann auch mit verschiedenen Zeichen geschrieben. Wenn man das richtige chinesische Zeichen kennt, kann man dazu die vierstellige Zahl nachschlagen. Das ist dann eindeutig. Im lateinischen Alphabet nach dem Klang der Silben könnte vielerlei gemeint sein, es wäre uneindeutig. Zum Beispiel ›mao‹ kann vieles heißen: Katze, Mütze, Lanze – noch mindestens zehn weitere

Bedeutungen. Beim Schriftzeichen wird aber eindeutig, welches Wort ›mao‹ gemeint ist.«

»Da bin ich aber froh, dass wir Sie haben, sonst wären wir aufgeschmissen. Wir könnten noch nicht einmal ein chinesisches Wörterbuch benutzen, weil es ja kein Alphabet gibt. Wie funktioniert eigentlich ein chinesisches Lexikon?«

»Man muss statt nach dem Buchstabenalphabet nun eben die Zeichen suchen, die sind aber aus verschiedenen Grundzeichen zusammengesetzt. Sie sehen dann manchmal etwas kompliziert aus, jedoch gibt es dafür Regeln. Es dauert nur vielleicht etwas länger als beim Alphabet.«

Dieser Übersetzer gefiel Grabowski zunehmend, trotz aller Vorbehalte wegen des Konfuzius-Instituts. Er war unaufdringlich und zurückhaltend, sprach ein ausgezeichnetes Deutsch, nahezu akzentfrei, und gab knappe und präzise Auskünfte. Und offenbar war er auch kein unkritischer Kopf. Nur Mah-jong schien ihn nicht sehr zu interessieren. Dabei wurde das doch um Geld gespielt. So viel er inzwischen verstanden hatte, gelegentlich sogar mit sehr hohen Einsätzen. Ob er auch Huber beeinflusst hatte, Mah-jong so leichthin abzutun?

Sei's drum. Liang Shitang und Huber hatten genug zu tun und Grabowski war froh, sich vorerst nicht auf diese komplizierte Sprache einlassen zu müssen. Sollten die beiden sich erst einmal daran abarbeiten, Grabowski würde noch früh genug damit konfrontiert werden, wenn es nötig würde. Dafür musste er sich dem

Mah-jong-Komplex widmen, das war – auch unausgesprochen – eine klare und logische Aufgabenverteilung. Dazu gehörte auch die Überprüfung dieses Lokals in der Sautierstraße. Nicht, dass er dort eine heimliche Spielhölle vermutet hätte, aber er musste dem Hinweis nachgehen, dass Wang Yuhai dort gespielt habe. Alles Weitere würde man sehen.

»Ich habe auch noch etwas Neues, auch vom Freitag, aber nicht aus St. Märgen, sondern von Tritschler. Er möchte uns noch in dieser Woche zum Rapport haben, der Polizeichef will auch dazukommen. Also: der augenblickliche Stand, was erledigt ist, was noch offen. Gemeinsam soll dann beraten werden, wie es weitergehen soll, welche Schwerpunkte und so weiter. Den Vortrag mache ich, aber von dir brauche ich eine Liste, was du bisher alles abgearbeitet hast, auch mit Herrn Liang. Natürlich in Stichworten, nur damit nichts unter den Tisch fällt.«

»Wie muss ich das verstehen? Soll das Kontrolle sein?«

»Nein, sehe ich nicht so. Eher ein ganz normales Feedback, kannst es auch Supervision nennen. Wir sollen sagen, wo uns der Schuh drückt, jeder einzeln. Und dann geht es darum, die Arbeit aus etwas mehr Abstand zu reflektieren, auch methodisch, und Schwachstellen herauszufinden …«

Huber setzte ein sehr skeptisches Gesicht auf, doch Grabowski ließ sich nicht beirren und fuhr fort: »… auch um Betriebsblindheit zu erkennen. Schließlich entstehen daraus auch Anregungen, wie es weitergehen könnte. Aber so wie das hier im Hause läuft, sind das keine Weisungen, sondern eher Anreize. Am Ende merkt man auch die Rückendeckung, die wir bekommen. Das ist ebenfalls wichtig.«

SAUTIERSTRASSE – AGUILA

Das Tief Michaela, das schon die ganze letzte Woche für viele Regenschauer verantwortlich gewesen war, hatte noch immer nicht genug abgeladen und bescherte noch einmal kräftige Regengüsse. Kein Wetter, um im sommerlichen Biergarten zu sitzen, und montags schon gar nicht. Grabowski war gegen 17 Uhr dort aufgekreuzt, hatte zum Glück vor dem Finanzamt einen freien Parkplatz gefunden und halbwegs trockenen Fußes den Eckeingang zur Gaststätte erreicht. Das Haus war sicher über 100 Jahre alt, und immer schon war dort eine Wirtschaft gewesen. Jetzt fiel ihm auch wieder ein, dass sie früher *Tennenbacher Hof* geheißen hatte. Als sie dann ein Marokkaner übernahm, gab er ihr den Namen *Aguila*, was immer das bedeuten mochte, denn das war auch der spanische Name für »Adler«.

Einen nordafrikanischen oder südwesteuropäischen Eindruck vermittelte das Innere jedoch nicht. Noch immer fühlte man sich an die gute alte Zeit erinnert, ein dunkelbraunes Interieur mit einem großen, beherrschend in der Mittelachse angeordneten Tresen mit den Zapfhähnen für das Bier, schräg dahinter der Zugang zur Küche. Im nördlichen Bereich war von dem großen Gastraum ein Teil mit einer breiten Glasscheibe abgetrennt, sehr gut einsehbar, vielleicht war das als Raucherstube gedacht, vielleicht war das auch der Bereich, in dem gespielt werden konnte, obschon sich die Einrichtung sonst nicht unterschied.

Grabowski bestellte sich bei einer offenbar studentischen Bedienung einen Kaffee und wartete, bis er des Wirtes ansichtig würde. Seitlich von seinem Tisch gab es einen großen Ständer mit allerlei Zeitschriften, doch blätterte er lieber in der Speise- und Getränkekarte. Es gab auf einer Bistro-Karte in großer Auswahl die üblichen Salate und gutbürgerlichen Standardgerichte, auch drei täglich wechselnde Mittagessen. Erst ab 17 Uhr konnte man von den marokkanischen Speisen bestellen, darunter drei größere Menüs, sowie verschiedene Couscous und Tajine-Gerichte aus geschmortem Lamm oder Huhn mit Aprikosen, Pflaumen, Nüssen und anderem. Außerdem gab es noch allerlei Meeresfrüchte. Das klang so anspruchsvoll und vielversprechend, dass Grabowski sich dieses Restaurant unbedingt für ein Essen mit Elfi merken wollte. Im dienstlichen Einsatz musste er sich freilich mit einem Kaffee begnügen.

Jetzt sah er einen großgewachsenen, etwa 50 Jahre alten Mann mit Schürze hinter der Theke Gläser trocknen. Das musste der Wirt sein. Er hatte tiefschwarze Haare, sah aber nicht ausgeprägt nordafrikanisch aus. Grabowski winkte ihn zu sich und er kam auch sofort.

»Haben Sie ein paar Minuten Zeit? Ich hätte gerne ein paar Fragen an Sie gestellt.«

Er sprach so unverfänglich, dass der Wirt meinen konnte, es ginge um die Reservierung für eine Familienfeier oder etwas Ähnliches. Und auch für das Weitere nahm er sich vor, weich zu bleiben und nichts Bedrohliches aufkommen zu lassen, weil Ausländer leicht sehr ängstlich werden konnten, wenn die Polizei auftauchte.

»Wissen Sie, ich untersuche, was Chinesen hier in Freiburg in ihrer Freizeit machen. Es gibt ja inzwischen eine ganze Menge Studenten hier …«

»Manchmal kommen sie auch hierher.« Der Wirt sprach sehr gut und flüssig Deutsch. »Unser Essen schmeckt ihnen. Vielleicht wohnen sie auch hier irgendwo in der Nähe. Meistens kommen sie in ganzen Gruppen.«

»Sind das Stammgäste?«

»Manche kommen öfters, manche seltener. Alle sind meine Gäste. Alle sollen sich wohlfühlen.«

»Kann man bei Ihnen auch spielen?«

»Sie meinen Skat? Domino? Tavla? Schach?«

»Ja, zum Beispiel.«

»Wir haben einen großen Garten. Heute kann man nicht draußen sitzen. Aber wenn schönes Wetter ist, sitzen dort manchmal Gäste und spielen. Auch hier drin. Nachmittags gerne. Abends ab etwa 19 Uhr wollen die Gäste essen, da sind viele Tische reserviert.«

»Und die Chinesen? Spielen die auch?«

»Ja, manchmal. Mah-jong. Dafür brauchen sie einen Tisch, wo sich vier Spieler gegenübersetzen können, darf nicht zu klein sein. So wie der da hinten in der Ecke. Chinesen bei uns sind höflich, fragen immer. Und ich sage dann, ab welcher Uhrzeit der Tisch reserviert ist zum Essen.«

»Kennen Sie die Leute denn? Würden Sie die wiedererkennen?«

»Einige schon, andere nicht. Die Chinesen sehen sehr ähnlich aus.«

Grabowski lachte auf, um die Situation locker zu halten. »Geht mir genauso. Ich kann mir diese Gesichter auch nicht merken. Alle zwischen 20 und 30 und meist mit den gleichen Frisuren …«

»Einer kommt häufiger, bringt oft fremde Leute mit, die noch nie hier waren. Einmal gab es auch Streit unter denen, da habe ich sie gebeten, das draußen vor der Tür zu erledigen.«

»Ist das schon länger her?«

»Das war Ende des Winters, vielleicht im März. Denn im April haben wir die Gartenmöbel schon draußen gehabt, weil es so warm war. Ich weiß nicht, worum es ging, habe kein Wort verstanden. Aber ich denke, um Geld. Da lagen jedoch nie Scheine auf dem Tisch, immer nur diese kleinen weißen Stäbchen. Aber die sollen auch Geld sein, Spielgeld eben, doch am Ende muss man wohl in Euro bezahlen. Das weiß ich nicht. Das interessiert mich auch nicht. Aber meine Gäste sollen keinen Streit haben. Das ist sehr wichtig für dieses Haus.«

»Sie haben völlig recht. Gäste kommen nicht gerne in ein Haus, in dem gestritten wird. Aber dieser Stammgast, den würden Sie wiedererkennen?«

»Natürlich. Jedoch seinen Namen weiß ich nicht.«

Auf einmal erschrak der Wirt, setzte sich gerade auf

und sagte: »Warum fragen Sie mich das alles? Sind Sie etwa …«, er stockte, »… von der Polizei?«

»Sie brauchen keine Angst zu haben, Sie haben nichts falsch gemacht. Es ist nur so, dass einem dieser Chinesen etwas zugestoßen ist, und das muss ich untersuchen. Ja, ich bin von der Kriminalpolizei. Wir suchen alle Orte auf, wo er gewesen sein könnte.«

»Was ist denn passiert?«

»Er wurde tot in seiner Wohnung gefunden. Aber er ist nicht an einer Krankheit gestorben.«

»Sondern?«

»Es muss ein anderer daran beteiligt gewesen sein.«

»Ich verstehe.«

Diese Worte standen eine längere Zeit im Raum, ohne dass jemand etwas sagte. Dann fing Grabowski wieder an: »Wann war er denn zuletzt hier? Können Sie sich erinnern?«

»Das muss schon einige Wochen her sein. Da waren sie in einer größeren Gruppe hier, aber das andere waren keine Asiaten. Jedenfalls haben sie meistens Englisch gesprochen und waren nur zum Essen hier. Daran kann ich mich gut erinnern.«

»Wie viele waren das?«

»Mindestens acht oder neun. Wir haben hier drüben zwei Tische zusammengerückt.«

»Ich möchte Ihnen ein Bild zeigen, ob wir den Gleichen meinen. Ist allerdings ein etwas blasses Passbild, nur haben wir nichts Geeigneteres.« Er zog eine vergrößerte Reproduktion heraus.

»Ja, genau, das ist er!«, rief der Wirt spontan aus.

»Das ist gut, dass Sie sich so genau erinnern. Darf ich Ihnen meine Karte dalassen, falls Ihnen noch etwas einfällt? Sie können mich jederzeit anrufen, die Nummer steht da drauf.«

Der Wirt wollte gerne noch mehr wissen, aber Grabowski sagte nur: »Es war eine blutige Sache« – was immer man darunter verstehen sollte. Dass dies die Fantasie des Wirtes beschäftigen würde, lag auf der Hand. Aber Täterwissen, das man im Interesse der Untersuchung nicht preisgeben durfte, war damit nicht ausgeplaudert.

DIENSTAG, 15. JULI 2014

HEINRICH-VON-STEPHAN-STRASSE

Weil immer wieder ein Hinweis auf Portugal vorgekommen war, hatte Grabowski beschlossen, ausgiebiger im Internet herumzuschnüffeln, was das bedeuten könnte. Wang Yuhai hatte ein Portugal-Visum in seinem Pass und es war sogar schon einmal erneuert worden. In seinem Adressbuch war ein chinesischer Name mit portugiesischer Telefonnummer verzeichnet. Es konnte sich dabei um die gleiche Person handeln, die einmal auch als Mah-jong-Spieler aufgefallen war. Vielleicht ein Freund, den Wang Yuhai gelegentlich in Portugal besucht hatte?

Aber »vielleicht« heißt immer, dass etwas noch nicht überprüft und als Spur abschließend bewertet worden ist. Denn ungewöhnlich war das schon. Von Peking aus vermutlich eine aufwendige Reise in ein doch eher kleines und unwichtiges Land. Eine USA-Reise war zum Beispiel nicht dokumentiert, obschon sie für einen Informatik-Studenten, der sich mit Robotik beschäftigte, durchaus nähergelegen hätte. Und sei es nur, um an einem Kongress teilzunehmen und bei dieser Gelegenheit sich dann im Dorado der Informatik, im Silicon Valley, umzusehen. Was jedoch konnte für einen Chinesen an Portugal so reizvoll sein?

Grabowski stieß schnell auf ein interessantes Stichwort: »Goldenes Visum«, an dem er sich einige Zeit festhakte. Es hieß tatsächlich so, ganz offiziell, wie er auf der Seite der Portugiesischen Ausländerbehörde SEF lesen konnte, die zu seinem Glück die entsprechenden Bestimmungen als »Golden Residence Permit« auch auf Englisch anbot. Man brauchte nur für mindestens fünf Jahre eine Kapitalinvestition von mehr als einer Million Euro in Portugal vorzunehmen oder zehn Arbeitsplätze zu schaffen oder eine Immobilie im Wert von mehr als 500.000 Euro zu erwerben und bekam dafür nach fünf Jahren sogar ein Daueraufenthaltsrecht mit Familienzusammenführung versprochen. Und das bei einem Mindestaufenthalt im Land von nur sieben Tagen im Jahr.

Nachdem Grabowski auch noch erfahren hatte, dass innerhalb eines Jahres über tausend Chinesen von dieser Regelung bereits Gebrauch gemacht hatten – meist über Immobilienerwerb –, konnte er sich ausrechnen, wie viel neues Kapital allein auf diese Weise in das verarmte Land hereingeströmt war. Als Kriminalist war er noch mehr fasziniert von dem Gedanken, dass dies natürlich auch bedeutete, sich den ungehinderten und unkontrollierten Zutritt zum gesamten Schengen-Raum zu erkaufen und in allen europäischen Ländern ohne Grenzkontrolle ungestört reisen zu können.

Schlaue Kerle sind das, dachte er, und es konnte ebenso für die portugiesischen Wirtschaftssanierer gelten wie für die chinesischen Reichen, die ohnehin ihr Geld im Ausland anlegen wollten. Er erfuhr auch, dass es bereits Probleme gab, weil die Immobilienpreise in

Lissabon und für die Hotelpaläste an der Küste schon 2013 um bis zu 50 Prozent gestiegen waren, wobei die kühl rechnenden Chinesen sich sogleich betrogen fühlten. Die Makler hingegen höhnten, es handle sich bei den Chinesen ohnehin um Schwarzgeld … Für Geldwäscherei waren dies verständlicherweise paradiesische Zustände. Wirklich hellhörig wurde er aber, als er in einem internen statistischen Bericht des »Serviço de Estrangeiros e Fronteiros« fand, dass bereits fünf Prozent der ausländischen Residenten in Portugal Chinesen seien, mehr als doppelt so viele wie Deutsche. Hier war ein Tor sperrangelweit geöffnet worden. Natürlich gab es längst schon chinesischsprachige Vermittlungsbüros, die bei der Antragstellung und Beschaffung solcher Visa halfen, zumal die portugiesische Bürokratie besonders undurchschaubar war, weil viele Ämter autonom agierten und nicht einmal einem Ministerium unterstellt waren.

Was dies im Falle Wang bedeutete, würde noch genauer ermittelt werden müssen. Immerhin besaß der ein solches Visum, und in zwei, drei Jahren hätte er ein Recht auf dauernden Aufenthalt. Selbstverständlich war im Pass nicht abgebildet, wie er das erworben hatte – jedenfalls aber durch einen Kapitaltransfer. Da er als Student zu jung war, dieses Geld selbst erworben zu haben, musste es aus seiner Familie stammen – mehr würde man dazu kaum erfahren, auch nicht, auf welchen Wegen es nach Portugal gelangt war. Ob es sich um legales Geld dieser Familie handelte, war eine überflüssige, weil unbeantwortbare Frage. Oder war es auch nur denkbar, dass es sich um seine Spielgewinne handelte, Ergebnis ausgiebiger Mah-jong-Runden?

Ob solcher Hintergrund freilich in einen Zusammenhang mit dem Tod von Wang gebracht werden konnte, dafür gab es bisher keinerlei Hinweise. Es müsste sich um irgendeine Form der Erpressung handeln, von wem auch immer begangen, und dies bei einem fest investierten Kapital, das kaum flüssig zu machen wäre, denn dem standen zu viele gesetzliche Vorschriften im Wege. Das hatte alles keine Logik, nicht einmal eine kriminelle (die ja manchmal auch bizarre Umwege gehen konnte). Und gerade deshalb würde man es im Hinterkopf behalten müssen.

MITTWOCH, 16. JULI 2015

HEINRICH-VON-STEPHAN-STRASSE

Die Besprechung war auf 15 Uhr angesetzt, aber Tritschler erschien erst mit zehnminütiger Verspätung – und allein. Man konnte schon an seinem Gesicht die Enttäuschung ablesen, bevor er verkündete: »Der Polizeichef und der Kripochef lassen sich entschuldigen. Beide hatten heute Morgen einen Auswärtstermin und gerade wurde angerufen, dass es unvorhergesehen länger dauert und sie nicht dazukommen können. Ich hab es auch erst im Moment erfahren. Ist natürlich ärgerlich, weil den Obersten der Fall wirklich interessiert.«

Huber grinste leise vor sich hin. Grabowski, dem es nicht entgangen war, fand das etwas ungerecht, denn das war sicher nicht nur Chefgehabe, sondern ernstliche Verhinderung. Zwar war der Chef ein »Studierter«, aber keiner von der abgehobenen Art, sondern in erster Linie verstand er sich als Polizeimensch und Kollege und stand zu seinen Leuten, bei denen er deshalb sehr beliebt war.

Tritschler fuhr fort: »Ich würde sagen, dass wir das jetzt alleine durchsprechen und schauen, wo es brennt. Der Chef wird sich von sich aus wieder melden.«

So verfuhren sie auch, wobei die meisten Untersuchungskomplexe recht schnell berichtet und abgehandelt waren. Etwas länger wurde nur über die Frage diskutiert, wie man mit den Kontakten Wangs zu Immobilien- und Wirtschaftskreisen umgehen sollte. Irgendwelche Verdächtigungen oder Beschuldigungen ließen sich daraus nicht ableiten. Man konnte deshalb auch nicht in eine Befragungsoffensive übergehen, gar offizielle Untersuchungen über solche beteiligten Firmen anstellen. Die Hausjuristen dieser Firmen würden sich jeden weiteren Einblick in Korrespondenzen und so fort verbitten und auch den Mitarbeitern von allen Auskünften abraten. Und erzwingen konnte man da nichts.

Das hieß aber nicht, dass auch stille Untersuchungen zu unterbleiben hatten – etwa über die im Adress- und Terminbuch verzeichneten Kontakte und ihre Hintergründe. So war Wang offenbar an der Vorbereitung eines Joint Venture für eine zu gründende Firma für Luftfilteranlagen beteiligt – keine Hausgerätefirma, sondern ein Projekt für die Emissionsbeseitigung von Industrieanlagen. Wenn man an die Smogbelastung im Großraum Peking dachte, über die immer wieder mit sehr eindrucksvollen Bildern berichtet wurde, dann war ein solches Projekt höchst plausibel und insofern unverdächtig. Dass Wang trotz seines Status als Postgraduate-Student sich als Wirtschaftsvermittler betätigte, war gewiss notierenswert, aber mehr auch nicht. Spezifische Hinweise ließen sich daraus nicht schlussfolgern. Aber jederzeit würde man auf dieses Material zurückgreifen können, wenn es sich als notwendig erwiese. Das hieß auch, dass die Auswertung aller Kontakte aus dem Smartphone mithilfe des Übersetzers Liang Shitang zu Ende geführt werden und zusammenfassend bewertet werden sollte. Auch die Industriekontakte sowie solche, die sich mit Finanzanlagen beschäftigten. Aber man werde es zunächst bei internen Recherchen belassen. Insgesamt war dieser Bereich jedoch sehr viel umfangreicher, als zunächst angenommen, und würde noch einige Arbeit machen.

Schließlich ging Grabowski auf die Portugal-Connection ein, die er zwar noch nicht abschließend beurteilen könne, an der er aber gerne weiterarbeiten würde. Er habe bisher wenig dazu gefunden, aber es sei klar, dass hier ein Einfallstor für Geldwäsche, mafiaähnliche Untergrundorganisationen und Infiltration in den europäischen Raum entstanden sei. Welche Kontakte Wang Yuhai dorthin hatte, sei noch nicht genau ermittelt, aber angesichts seiner Ermordung mit einer geradezu professionellen Spurenvernichtung könne man diesen Komplex keinesfalls ausklammern. Am liebsten wäre ihm natürlich, wenn er Einblick bekommen könne in die Liste der etwas über 1.000 Chinesen, die bisher das portugiesische »Goldene Visum« erhalten hätten, denn auf dieser ungemähten Wiese würde er allzu gerne weiden, da liege sicher einiges höchst Interessantes herum.

»Da hast du keine Chance«, warf Tritschler ein, »höchstens, wenn du einen einzelnen Namen – und nur mit sehr guter Begründung – abfragst, bekommst du bei wohlwollender Amtshilfe einen Positiv/Negativ-Bescheid, ob er auf der Liste auftaucht. Mehr aber nicht. Denn die portugiesischen Behörden gelten als sehr schwierig, das muss ich gleich dazusagen.«

»Ich wollte das nur einmal gesagt haben. Dass ich ohne sehr konkreten Anlass da nichts abfragen kann, ahne ich dunkel. Wir Kriminalisten haben ja manchmal unseren Riecher, in welchen Fischteich wir unser Netz halten sollten. Aber nicht jeder dieser Teiche ist uns zugänglich, oder anders gesagt, erlaubt. Ich halte mich ans Gesetz. Immer, wie du weißt.«

Huber grinste wieder vor sich hin, von Grabowski wohl bemerkt, der sich gleich zu ihm drehte und sagte: »Ehrlich. Was wir nicht dürfen, müssen wir uns verkneifen. Aber es kommt eben vor, dass wir klüger sind, als die Polizei erlaubt.«

Tritschler hatte die letzten Äußerungen Grabowskis mit Gleichmut hingenommen, er kannte diese etwas sarkastische Art. Aber jetzt war er plötzlich hellhörig geworden.

»Weißt du irgendetwas, was nicht mit vorschriftsmäßigen Mitteln zu deiner Kenntnis gekommen ist? Dann heraus mit der Sprache. Dann ist jetzt der richtige Ort, das zu besprechen.«

»Nein, ich weiß gar nichts, da hast du mich missverstanden. Ich wollte nur sagen: Ich bin mir sicher, dass auf einer solchen Liste einige Namen stehen, die bei genauer Beleuchtung uns höchlich interessieren könnten, bei denen wir sogar fündig würden mit einer Reihe von Straftaten. Ob auch in unserem Fall, das weiß ich noch nicht, möchte ich ja gerne herausfinden. Aber weil es alles Chinesen sind, stoßen wir auch schnell an unsere Grenzen und kommen nicht weiter. Selbst Liang Shitang kann uns da nicht helfen.«

Tritschler antwortete nun ganz ruhig: »Du weißt selbst, dass wir nur bei konkretem und begründetem Verdacht mit vollem Einsatz losschlagen dürfen. Ein noch so schweres Verbrechen darf aber nicht dazu führen, eine ganze Community wahllos zu kriminalisieren nach dem Motto: Irgendwas wird schon hängenbleiben.«

»Brauchst du mir nicht zu sagen. Ich habe nur geträumt, ganz zügellos geträumt. Und wir sind ja unter uns, da darf man auch einmal ohne Political Correctness ein bisschen Dampf plaudern.«

Huber hatte mit zunehmender Verblüffung zugehört. Ob Grabowski in Anwesenheit der Chefs wohl auch so unverblümt dahergeredet hätte? Wohl nicht. Denn es lief auf die skrupellosesten Formen der Rasterfahndung hinaus, wenn man bestimmte Gruppen so lange filterte, bis irgendetwas hängen blieb, das zuvor nie auch nur im Verdacht stand. Andererseits waren Visa dazu da, unliebsame Personen herauszusortieren und ihnen zu sagen: Euch wollen wir nicht im Land haben. Oder ging es bei Visumserteilung nicht so sehr um die Verweigerung der Einreise als nur um die genauere Kontrolle, wer hier einreiste? Er hatte darüber noch nie genauer nachgedacht. Jedenfalls würde er Grabowski später fragen, was er sich von der Liste mit den Gold-Visa für Chinesen im Falle Wang Yuhai verspräche. Etwas musste er sich dabei gedacht haben, nur willkürliche Träume waren das gewiss nicht.

Abends Konzert des SWR-Sinfonieorchesters mit Bruckners Achter. Grabowski lief zu Fuß vom Präsidium zum Konzerthaus, es waren keine zehn Minuten. Eigens umgezogen hatte er sich nicht, bei der herrschenden Hitze würde niemand mit Krawatte kommen, es genügte, ein Jackett dabeizuhaben. In Freiburg ging es nicht so formell zu – mit großer Garderobe zu prunken, war ohnehin unüblich, um nicht zu sagen, fast verpönt.

Elfi wartete schon neben einer der Bleistiftsäulen, die das große Vordach trugen. Sie hatte wie immer eine weiße Bluse zur dunklen Hose an, mit einem leichten Strickteil darüber. Nachdem sie sich zur Begrüßung umarmt hatten, sagte Elfi: »Wir müssen noch auf Graber warten. Ich habe eine Karte für ihn. Habe ich ihm zum Geburtstag geschenkt. Von allein würde er sich nie eine Karte besorgen, kommt er gar nicht auf die Idee, dabei weiß ich, wie gerne er ins Konzert geht. Bei seinem Single-Leben vertrocknet er noch …«

»Wann hat er denn … gehabt?«

»Ist schon drei Wochen her. Diese Konzerte sind immer so ausverkauft, da habe ich die Karte schon vor Längerem besorgt. Heute soll es im Anschluss oben im Foyer noch eine Diskussion mit dem Rundfunk-Intendanten geben wegen der geplanten Orchesterauflösung. Die Leute hier sind ziemlich entsetzt deswegen.«

»Ist ja auch völlig unverständlich. Das beste Rundfunkorchester einfach abzuschaffen, ein Orchester mit dieser Tradition und solcher Kompetenz für Neue

Musik … Das nennt man natürlich nicht so, sondern ›Zusammenlegung mit dem Stuttgarter Orchester‹. Ausgerechnet Stuttgart …«

Graber kam von der Bertholdstraße her geschlendert, breit grinsend, offenbar bestens gelaunt.

»Na, ihr? – Passt wirklich gut zusammen.« Elfi und Grabowski sahen sich, erstaunt über dieses Kompliment und doch auch zustimmend, an. Da hörte man schon das erste Klingelzeichen. Ohne Eile strömten die Menschen durch die weit geöffneten Eingangstüren den Treppen zu, Garderobe hatte kaum einer abzugeben.

»Treffen wir uns nachher im Foyer?«

Grabowski und Elfi saßen mit ihrem Abonnement oben im Seitenrang links, Graber hatte einen Platz in der 21. Reihe unten im Saal bekommen.

Grabowski brauchte einige Zeit, um sich in die Musik hineinzuhören. Anfangs schien sie ihm unübersichtlich zerklüftet, eine Gebirgslandschaft, in der man erst Höhe gewinnen muss, um zu sehen, wo man sich befindet. Erst wo es breit wird und feierlich, bei den großen Blöcken des vollen Orchesters, hatte er den Ausblick in die ganze monumentale Erhabenheit der Landschaft. Die Blechbläser, allein acht Hörner dabei, modellierten schroffe Felspartien, die aus dem filigran-steilen Gebirgswald der Holzbläser und Streicher herauswuchsen. Kaltes, unfreundliches Wetter dabei, trübes, wolkenverhangenes Licht, kein Glanz auf den Steinen, der Waldboden dunkel und feucht. Im Scherzo dann mehr Helle, aber hart und mit kaltem Wind. Erst im langsamen Satz, der eine Ausdehnung von fast 30 Minuten hatte, fühlte er sich völlig eingefangen. Eine Landschaft im Dämmerlicht, Wacholdersträucher, Ginster, einzelne dunkle Bäume. Bruckner selbst soll von den Wienern gesprochen haben, die in den Prater (oder Volkspark) ziehen und ihr Mitgebrachtes auspacken – das klingt sonderbar und kauzig, hat der Satz doch eher etwas von der Ankunft im Hades, allein gelassen in der Düsternis.

Schließlich im vierten Satz – auf der Höhe, weit über der Baumgrenze, aber immer gegen die blendende Sonne. Metallisch helles Licht. Das Gebirge gewaltig übereinandergeschichtet, massige Brocken und große Klötze mit klaren Kanten. Erst jetzt bekommt man den weiten Blick in das ganze Ausmaß, das man sonst nie übersieht. Es ist kein stolzer Siegerblick, eher beängstigend, selbst die Dur-Wendung der Schlusstakte kann die Erschütterung nicht aufheben.

Erschöpfte Stille, Erstarrung, niemand klatscht. Da und dort steht einer auf, dann mehr. Einige halten ein Schild hoch: ›DANKE!‹ Es ist eine Verbeugung, obwohl alle kerzengerade stehen, eine Verbeugung vor diesem Orchester – anlässlich seiner Beerdigung. Vielleicht hat der eine oder andere sogar eine Träne im Gesicht, aber er wird sie nicht wegwischen, soll sie eintrocknen und eine Weile noch auf der Haut zu spüren sein mit ihrer salzigen Würze.

Es ist, als würde mit einem Male jedem deutlich, was hier verloren geht. Dies war ein Abschied, ein großer und feierlicher Moment, auch wenn es noch viele Abschiede geben wird. (Feierlich. Nicht schnell.) Ab jetzt ist es unaufhaltsam, auch wenn es noch zwei Jahre dauern wird, bis die Kerze endgültig erlischt und nur noch ein kleines Rauchwölkchen, kaum sichtbar, entschwebt und sich auflöst im unendlichen Raum.

Sie sprachen nicht über die Musik. Jeder hatte sie gefühlt. Wortlos standen sie in der Schlange, um etwas zu trinken zu bekommen. Erst dann kam langsam Gemurmel auf. Man wartete auf den Auftritt des Intendanten, ob er irgendeine tröstliche Botschaft mitbringen werde, dass es doch noch eine Möglichkeit gebe, das Orchester in eine Stiftung zu überführen, wohlwollende Unterstützung dazu. Sie wollten sich das nicht entgehen lassen. Aber im Grunde wusste jeder, dass dieser Zug längst abgefahren war.

»Wir werden regiert von Leuten, die keine Verantwortung empfinden für diese Kultur, sie ist ja auch nicht wirklich populär.«

»Öffentlich-rechtliches Banausentum. So sind die Zustände. Dass jeder das mit einer Zwangsabgabe als Rundfunkbeitrag mitfinanzieren muss, ist sogar vom Verfassungsgericht abgesegnet. So weit sind wir schon gesunken.«

»Man sollte doch meinen, dass wenigstens unser Oberbürgermeister sich dafür einsetzt, aber der ist, gelinde gesagt, der Kultur auch nicht grün. Den Salomon hat man noch nie in einem dieser Konzerte gesehen oder in der Oper. Nur den Presseball lässt er nie aus, bis in den frühen Morgen. Auch an Fasnet setzt er sich als Obernarr die Katzenschwanzmütze auf und löffelt in der Ratssuppe, wenn es sie gibt. Nur darfst du nicht über ihn lästern, da wird er auf einmal empfindlich.«

»Aber er hat sich nun wirklich nicht starkgemacht für dieses Orchester, obwohl es seine Aufgabe gewesen wäre. Für Freiburg ist das ein enormer Schaden, auch ökonomisch. Oder darf man das etwa nicht sagen?«

Viele der Konzertbesucher waren geblieben und standen wartend im Foyer. Man bekam einiges zu hören von den Herumstehenden, durchaus wohlgesittet und höflich, aber entschieden und mit klarer Meinung. Doch sonst rührte sich nichts, kein Podium wurde aufgebaut, kein Raum frei gehalten. Dennoch hielten alle aus und geduldeten sich.

Grabowski wandte sich an Graber: »Ich war übrigens vor ein paar Tagen in St. Märgen bei Ihrem Freund.«

»Und? Hat er Ihnen helfen können? Er weiß ja unwahrscheinlich gut Bescheid.«

»Kann man so sagen. Er redet wie ein Wasserfall. Und kommt vom Hölzchen aufs Stöckchen. Dass er allerdings den Fall für mich löst, konnte ich natürlich nicht erwarten.«

»Klingt ein bisschen enttäuscht. Sind Sie mit ihm nicht klargekommen?«

»Doch, doch. Es war hochinteressant. Und er war überaus freundlich. Danke übrigens nochmals für die Vermittlung.« Dann schwieg Grabowski.

Nebenbei bemerkt, kam dann tatsächlich noch der Rundfunkintendant mit einem kleinen Gefolge, derweil einer ein kleines Handmikrofon bereithielt. An einem der schmalen Hochtische, wo man sonst seine Gläser abstellen konnte, postierten sie sich, während sich gleich ein Kreis um sie bildete, der dann respektvoll etwas zurückwich, sodass man diese Eisenmänner besser sehen konnte. Während des Konzerts hatte sich im Saal die kühl-frische Bergluft einer überaus modernen Interpretation verteilt, jetzt im Foyer schwoll die Hitze zunehmend an, als käme man in die Vorhölle. Nur der Intendant blieb stahlhart und eisig in seiner Beteuerung, wie viel Verständnis er für die Enttäuschten habe, – aber leider – sei nichts zu ändern. Immerhin hielt der erfahrene Finanz- und Verwaltungsjurist anderthalb Stunden unbeweglich aus und hörte sich, begleitet von heftigen Buhrufen, die Kritik an dieser Kulturvernichtung an, erst dann war der Eisklotz geschmolzen und er rauschte mit den bedenkenswerten Worten ab: »Alle Beteiligten sind sich einig, wir lügen und betrügen. Ich habe keine Lust mehr, in einer solchen Atmosphäre mit Ihnen weiter zu diskutieren.« Man mochte es ihm glauben. Wenn irgendeine Institution sich machtvoll in Eigeninteressen verselbstständigt hat, dann ist es der öffentlich-rechtliche Rundfunk.

Nach so viel Aushalten zog es Grabowski, Elfi und Graber noch zu einem Bier in *Karchers Weinstube*, einfach weil sie in der Nähe lag. Und ein Bier musste es sein wegen des Bedürfnisses nach großen, schnellen Schlucken. Der Hals musste wieder frei werden.

Im Laufe des späten Abends fand Graber dann noch Gelegenheit, Grabowski zu sagen: »Was Rudolph Schreiner angeht, kann ich mir vorstellen, dass Sie etwas zu kurz gekommen sind, deshalb noch einen wichtigen Rat: Je konkretere Fragen Sie ihm stellen, desto bessere und genauere Antworten bekommen Sie. Ich weiß, dass er manchmal etwas viel redet. Lassen Sie sich davon nicht entmutigen, falls Sie noch einmal mit ihm zusammentreffen wollen. Er kennt Leute, die die ganze chinesische Blogger-Szene verfolgen, auch die Oppositionellen, und wenn nötig, kann er auch recherchieren – wissen Sie, da ist er erst ganz in seinem Element, wenn er als China-Kenner herausgefordert wird. Aber nicht für einen allgemeinen Überblick, eine Tour d'horizon, sondern ganz zur Sache und im Detail. Sie haben ihn jetzt kennengelernt, nutzen Sie das aus, wenn Sie es für irgendetwas brauchen können. Den könnten Sie sogar nachts aus dem Bett klingeln, wenn es eilig und wichtig ist, und er wäre sofort parat. Das wollte ich Ihnen nur kurz noch sagen.«

4. TEIL

DONNERSTAG, 17. JULI 2014

HEINRICH-VON-STEPHAN-STRASSE

Der Postverteiler brachte ihm morgens einen großen dicken Umschlag vom LKA Stuttgart. Er enthielt ein »molekulargenetisches Gutachten zu mehreren vorgelegten Proben zum Fall Wang Yuhai«. Nach der abschließenden Zusammenfassung war »RFLP« nicht möglich, da keine frischen biologischen Substrate vorgelegt werden konnten. Über »PCR-VNTR« wurde mit »Short Tandem Repeats« (STR) aber eine Individualisierung der Proben vorgenommen, die zu drei verschiedenen Individuen gehörten, von denen eine der genannte Wang Yuhai, zwei weitere unbekannt waren. Der Abgleich mit »DAD« (DNA-Analyse-Datei) blieb in allen drei Fällen negativ.

Grabowski ging, ohne alles durchgelesen zu haben, gleich zu Huber: »Da sind DNA-Analysen vom LKA aus Stuttgart gekommen. Davon weiß ich gar nichts.«

Huber, nicht auf den Mund gefallen, antwortete: »… weil du erst später zu dem Fall gestoßen bist. Bei der Obduktion wurde das Material gleich weitergeleitet. Es stammt vom Fingernagel von Wang Yuhai. Der hat sich offenbar gewehrt und dabei seinen Mörder gekratzt. Ich habe da auch nicht mehr daran gedacht, denn noch haben wir niemanden, dem wir das zuordnen können – oder sind die in ihrer Datei etwa fündig geworden? Aber wenn wir so weit sind, wird das noch nützlich werden. Übrigens haben wir auch noch einige Haare auf dem Bett und auf dem Boden gefunden, die müssten auch ausgewertet worden sein.«

»Sehr umsichtig. Und wem haben wir das zu verdanken?«

»Die Rechtsmedizin hat den Abgleich vorgeschlagen und dann haben wir das in der Spurenkommission so besprochen.«

»War das etwa der Doktor Rosa? Der macht einen sehr brauchbaren Eindruck.«

»Kann sein. Ich habe nicht selbst mit ihm gesprochen.«

»Aber noch was anderes. Wir werden uns vielleicht etwas mehr mit Portugal beschäftigen müssen. Da gibt es diese Mobilfunknummer im Adressenverzeichnis, und Wang hatte auch ein Portugal-Visum. Da ist die Frage: Wie kommt man eigentlich von hier nach Portugal beziehungsweise umgekehrt? Gibt es Direktflüge? Oder muss man da den Nachtzug nach Lissabon nehmen? Kannst du darauf mal einen ersten Blick werfen? Nicht auf das dicke Buch, sondern ins Internet. Dein Übersetzer ist ja heute nicht da, wie ich sehe.«

»Shitang hat heute den letzten Tag von seinem Sprachkurs. Danach sind Ferien.«

»Fährt der etwa in Urlaub? Wir brauchen den noch.«

»Nein, nein, er nicht. Chinesen und Urlaub passt anscheinend ohnehin nicht zusammen. Wenigstens haben die nicht solche Gewohnheiten wie hier bei uns, mit drei Wochen am Strand liegen oder so …«

»Da bin ich aber froh.«

*

Auch Elfi hatte ihm geraten, noch einmal Kontakt mit dem Professor aufzunehmen: »Frag ihn all das, was du niemand anderen fragen kannst.«

Da gab es einiges mehr, was beim ersten Kontakt nicht zur Sprache gekommen war. Allerdings würde man das Gespräch enger und knapper führen müssen, sonst war daraus wenig Nutzen zu gewinnen. Grabowski griff gleich zum Telefon, wobei ihm rechtzeitig einfiel, dass er Schreiner nicht mit dem Titel anreden sollte. Solchen Eigenarten war leicht nachzukommen. Wenn es der Gesprächsführung diente … Der Redefluss Schreiners hielt sich diesmal in Grenzen, offenbar war er in Eile. Morgen, Freitag, sei er in Basel, aber samstagmorgens sei ihm alles recht, er sei da, eine genauere Uhrzeit müssten sie nicht ausmachen – wie immer es Grabowski sich einrichten könne.

SAMSTAG, 19. JULI 2014

ST. MÄRGEN – NOCHMAL EIN AUSFLUG

Obwohl es noch früher Vormittag war, heizte die Sonne schon kräftig ein. Ein über den Pyrenäen gelegenes Tief schaufelte an seiner Vorderfront sehr heiße Luft vom Mittelmeer her nach Baden und weiter in den Norden. Für diesen Tag waren in Freiburg mehr als 33 Grad angesagt. Grabowski war sehr froh, dass Professor Schreiner ihm vorgeschlagen hatte, morgens in St. Märgen vorbeizukommen. Das ließ sich nämlich gut mit einem anschließenden Waldausflug verbinden. Elfi würde so lange bei der Ohmenkapelle warten, denn mehr als ein Stündchen würde das Gespräch wohl nicht dauern.

Doch dann war es etwas anders gekommen, denn Schreiner wartete schon, aufgekratzt und schlaksig trotz seines Alters von Mitte 70, vor dem Haus mit einer besonderen Begrüßung:

»Endlich lerne ich Sie auch einmal kennen«, sagte er, zu Elfi gewandt. »Graber hat mir schon so oft von Ihnen erzählt, aber Sie waren nie dabei, wenn wir uns getroffen haben. Kommen Sie, wir setzen uns wieder hinters Haus auf die Terrasse. Ihr Mann kennt ja schon den Weg.« Flüchtig reichte er Grabowski die Hand. Als Elfi etwas sagen wollte, ging er mit seiner Suada gleich darüber hinweg: »Wir haben ja nichts Geheimnisvolles zu besprechen, da können Sie ruhig dabei sein, protokolliert wird auch nicht. Und ich nehme an, dass Sie ohnehin noch etwas loslaufen wollen bei diesem herrlichen Wetter. Wir machen es kurz, verspreche ich Ihnen, es sei denn, Ihr Mann hätte eine schrecklich lange Liste dabei. Aber die würde den kleinen Wang auch nicht wieder lebendig machen.«

Sie waren längst um das Haus herumgegangen. »Wie immer ein Mineralwasser?« Aber schon war er im Haus verschwunden. Elfi und Grabowski sahen sich an, als wollten sie sagen: »So ist er«, und lachten leise in sich hinein.

Das Gespräch war diesmal sehr viel konzentrierter und konkreter. Zunächst ging es um die politische Ausrichtung der Konfuzius-Institute, die zwar als Instrument der Kulturpolitik eingesetzt würden, oft in enger Verbindung mit hiesigen Universitäten als Partner. Man könne dort vor allem Sprachen lernen, aber auch Vorträge über Land, Leute, Sitten und Gebräuche hören. Aber nur als Propaganda für chinesische Politik könne man das nicht sehen, vieles sei sehr widersprüchlich. So könne zum Beispiel ein Dissident wie Liao Yiwu hier auftreten, hingegen sei in China schon die Nennung seines Namens völlig tabu. Das sei etwa so, als könnten ehemalige RAF-ler in ausländischen Goethe-Instituten Vorträge halten …

Grabowski schüttelte ungläubig den Kopf. Der Professor bekräftigte noch einmal: »Das wird hier bei uns alles nicht so streng überwacht, wie man das von anderen Ostblock-Staaten kennt. In China hingegen werden die Dissidenten gnadenlos verfolgt – dort sind sie eben gefährlich für das Regime, aber nicht hier.«

»Ich frage ja aus einem bestimmten Grund. Wir haben einen Übersetzer, der zum Konfuzius-Institut gehört. Kann ich mich auf dessen Verschwiegenheit verlassen, vor allem gegenüber der Botschaft in Berlin?«

»Generell schon. Aber im speziellen Fall weiß ich es natürlich nicht. Wie heißt er denn?«

»Das ist ein Herr Liang Shitang.«

Professor Schreiner prustete los: »Der große Poet? Wirklich? Der lebt in der Nähe von Freiburg, ja, ich erinnere mich.«

»Sie kennen ihn?«

»Seit Langem schon. Der war früher in Bochum als Sprachlehrer. Er ist tatsächlich ein begabter Lyriker. ›Shitang‹ heißt nämlich auf Deutsch ›Zuckerlyrik‹. ›Tang‹ kann aber noch vieles andere heißen: ›brennend heiß‹ zum Beispiel, kann aber auch ›Suppe‹ bedeuten, Nudelsuppe etwa.«

»Das ist echt komisch. Soll ich das als Buchstabensuppe verstehen?«

»Nicht schlecht. Das würde ihm sicher gefallen. Aber dann ist es noch eine Anspielung auf die Tang-Dynastie im 7. bis 9. Jahrhundert, ›shitang‹ bedeutet nämlich auch ›Lyrik aus der Tang-Zeit‹, die noch heute in China so bekannt ist wie bei uns Walter von der Vogelweide. Der Name ist also sehr anspielungsreich und halb ironisch. Den hat er sich selbst zugelegt, er hieß früher anders, fällt mir nur gerade nicht ein. Aber Liang ist sein echter Familienname.« (Kurze Pause des Nachsinnens.)»Ach, den müssen Sie herzlich von mir grüßen. Ein ganz unabhängiger Mann, dem können Sie hundertprozentig vertrauen. Irgendwo habe ich sogar noch Gedichte von ihm, habe selbst welche ins Deutsche übersetzt. Köstlich, dass Sie gerade an den geraten sind. Sehr kompetent, wirklich.«

Schließlich fragte Grabowski überleitend: »Elfi habe ich von unserem letzten Gespräch erzählt und von der großen Rolle, die die Familie in China spielt. Da fragte sie sofort: ›Was machen eigentlich die, die keine große Familie haben?‹ Das wollte ich direkt an Sie weitergeben.«

»Ja, das ist eine sehr gute Frage, sie lässt sich nur nicht so leicht beantworten. Ich würde sagen: Sie suchen sich einen Familienersatz. Chinesen neigen dazu, sich Zugehörigkeiten zu suchen, sich einem größeren Verband anzuschließen, einer Lehre, an der sie sich orientieren können, einer Schulrichtung, Gefolgschaften unterzuordnen … Früher gab es auch die Geheimgesellschaften, die in China eine große Tradition hatten. In Hongkong blüht das immer noch, vor allem als mafiaähnliche Gesellschaften, die sogenannten Triaden, wie sie genannt werden.«

Schreiner berichtete, was er davon gehört hatte, aber ausführlich hatte er sich damit nicht beschäftigt. Mit Chiang Kai-shek, dem Führer der Kuomintang und großem Gegenspieler Mao Zedongs, hatten sich die Triaden in den 30er-Jahren zum großen Teil verbündet, im kommunistischen China daher kaum eine Rolle gespielt.

Selbstverständlich wusste der Professor sogleich ein Buch von einem Engländer zu nennen, in dem man sich recht gut informieren könne: »The Dragon Syndicates« von Martin Booth, das könne man sogar als Taschenbuch finden.

»Nennt man das tatsächlich Drachen-Gesellschaften?«

»Ja. Und jetzt fällt mir gerade noch etwas ein. Haben Sie zufällig das Foto bei sich, das Sie mir neulich gezeigt haben? Das von Wang Yuhai?«

Grabowski zog es aus der Brieftasche und reichte es ihm. Schreiner betrachtete es lange und nachdenklich und schwieg dazu sogar. Dann machte er mit der rechten Hand wieder die kaum merkliche Andeutung einer Dirigiergeste, die er mehrfach wiederholte. Es konnte auch der Rhythmus einer Schreibbewegung sein, denn Daumen und Zeigefinger hielt er geschlossen.

Schließlich sagte er: »Ich bin mir nicht sicher, aber diese Messerspur auf dem Körper des Toten könnte aussehen wie ein verrutschtes doppeltes Kreuzzeichen, G-Dur, wie bei der Notenschrift, zwei Längsstriche, zwei Querstriche, vielleicht auch mehrfach angesetzt. Nun ja, es sind ja nur Oberflächenspuren, jemand hatte ein Messer in der Hand, und der kleine Wang hat sich gewehrt, erfolgreich gewehrt, denn das sind ja keine richtigen Stichverletzungen. Oder sehe ich das falsch?«

»Nein, nein. Gerade so könnte es gewesen sein.«

»Wenn ich es mir recht überlege, können diese Spuren auch ein ganz anderes Zeichen bedeuten, ein bisschen ungenau, aber Kampfspuren können schließlich keine Kalligrafie werden. Jedoch die Richtung der Striche legt das nahe. Es könnte nämlich das Zeichen für ›long‹ sein. Das ist der Drache, und damit ein Symbol oder Markenzeichen. Kann man auch eine Art Tätowierung nennen. Aber es ist nicht eindeutig. Zeigen Sie es doch Liang Shitang, dem sind solche Bilder vielleicht vertrauter. Es ist nur eine Assoziation von mir.«

»Was würde es denn bedeuten, wenn es tatsächlich ein Drachenzeichen wäre, also bewusst so auf den Körper geschrieben?«

»Es wäre wie ein Namenskürzel. Nicht für eine Person, sondern für eine Gesellschaft, die die Verantwortung übernimmt. Eine Art Tattoo oder Signatur, womit eine Zuordnung ausgedrückt wird. Aber das ist nicht mein Gebiet. Wissen Sie, die Triaden waren immer extreme Antikommunisten …«

Einen weiteren Komplex wollte Grabowski ansprechen, der ihm nicht recht verständlich war. Er betraf die »Goldenen Visa« und die Ausreise aus China. Es war doch sicher nicht ganz einfach, das Land zu verlassen, dazu musste man zuerst einmal einen Pass beantragen, den die meisten Chinesen gar nicht hatten. Konnte man denn so einfach über die Grenze? Und dann ausgerechnet nach Portugal, eines der ärmsten europäischen Länder? Was konnte das bedeuten?

»Ich verstehe schon, wie Sie das meinen«, sagte Schreiner, »dazu müssen Sie sich aber erst einmal von der Vorstellung verabschieden, China sei ein hermetisch abgeriegeltes Land. So wie die DDR es war, mit Republikflucht und diesem ganzen Unfug. Wer die DDR verlassen hat, war eine Art Verräter, der sich für immer von ›seinem‹ Land getrennt hat. Es war deshalb auch strafbar – und nicht zu knapp. Das ist in China ganz anders. Ein Chinese bleibt immer Chinese, auf der ganzen Welt. Und wer ins Ausland geht, vielleicht sogar für immer, ist eben ein Auslands-Chinese, gewissermaßen ein chinesischer Stützpunkt außerhalb des Reichs der Mitte. Viele kommen ja auch zurück, nach dem Studium etwa. Auch da sind die Chinesen sehr pragmatisch, keineswegs immer gleich ideologisch verengt eingestellt. Viele Leute in den Ministerien in Peking haben in Amerika studiert, vor allem die Fachleute für Wirtschaft, in Harvard zum Beispiel. Selbst wenn man eine andere Nationalität annimmt, bleibt man doch ein Chinese, und jeder wird es sofort sehen und spüren, es bleibt immer etwas von dieser gemeinsamen Kultur, dieser Art zu denken und im Leben zu stehen. Das ist in ihrem Gefühl kein Chauvinismus, sondern eher etwas wie Abstammungseigentümlichkeit. Rassismus kann man es auch nicht nennen, denn es ist eher so wie Geografie: Das Reich der Mitte ist der Mittelpunkt der Welt und diese Zugehörigkeit kann man nicht verlieren … Auch das ist Pragmatismus: Wenn ein ›Goldenes Visum‹ einen Vorteil bringt, dann sollte einen nichts davon abhalten …«

»Wang Yuhai hatte eines. Ist das nicht merkwürdig für jemanden, dessen Eltern einen hohen Regierungsposten innehaben?«

»Nein, warum? Man kann damit in ganz Europa problemlos reisen und außerdem ist es doch nicht verkehrt, hier Geld anzulegen, zum Beispiel in Immobilien. Das ist wohl besser, als auf die Immobilienblase in Shanghai hereinzufallen, die wird nämlich irgendwann platzen. Sie müssen das ganz nüchtern sehen. Dies ist ein Land, das sich langsam …, nein, sogar etwas zu schnell marktkapitalistischen Mechanismen öffnet, das also in seiner Weise an der Globalisierung teilnimmt. Sie werden sehen: Bald gibt es ganz normale chinesische Touristen im Schwarzwald mit all ihren Eigenarten – etwas gewöhnungsbedürftig, aber auch nicht schlimmer, als die Deutschen es auf Mallorca für die Spanier sind. Ballermann und Ähnliches eingeschlossen.«

»Möglicherweise. Aber im Augenblick ist das alles noch nicht normal. Und ich denke, bei den ›Goldenen Visa‹ wird viel Korruption, illegales Geld, Geldwäsche und Ähnliches eine Rolle spielen. Mich würde schon sehr interessieren, wer alles ein solches ›Goldenes Visum‹ hat. Schließlich hat Wang Yuhai auch Bekannte, die in Portugal leben, Chinesen, wohlgemerkt. So ganz traue ich dem Braten nicht. Das geht nicht mit rechten Dingen zu. Das würde ich gerne überprüfen. Nur komme ich nicht dran.«

»Ist das denn so geheim?«

»Wahrscheinlich nicht geheim, aber es unterliegt dem Datenschutz. Dabei will ich das gar nicht offiziell in die Untersuchungsakten einführen, nur einmal spickeln in dieser Liste, gewissermaßen als Ideengeber … Früher hätten die meisten dieser Leute im Telefonbuch von Lissabon gestanden, heute haben die nur noch Mobiltelefone und man findet sie nicht mehr. Bis jetzt sollen es etwa 1.100 Chinesen sein, die diese Vorrechte in Portugal genießen. Wer dabei ist, das würde mich schon sehr viel weiterbringen.«

Professor Schreiner legte seinen Kopf etwas schief und sah Grabowski aus dem Augenwinkel an, als würde er ihn abschätzen. Dann bezog er auch Elfi ein und pendelte mit seinem Blick. Dabei sagte er: »Es gibt sicher eine solche Liste, na klar. Und so schwierig kann es nicht sein, da dranzukommen. Natürlich nicht mit der Adresse ›Polizeipräsidium Freiburg‹, das geht gar nicht. Aber zum Beispiel an Graber gesendet, das müsste möglich sein.« Während er weitersprach, schien er viel zu überlegen. »Einfach per Fax. Ohne Anschreiben und Überschrift. Dazu muss keine große Glocke bimmeln, das macht nur Komplikationen. Das muss nur für ein paar Minuten in Lissabon in den richtigen Händen sein, dann kann es zurückgegeben werden in die gehörige Ablage oder den Verschluss. Zu so etwas braucht man nicht einmal eine Sekretärin als Mitwisserin. Aber eins ist klar: Sie können nur zum persönlichen Gebrauch damit etwas anfangen. Zum Abheften oder um in den Akten aufbewahrt zu werden, ist das ganz ungeeignet. Da würden Sie nur unangenehme Fragen bekommen und in Teufels Küche geraten.«

»Das ist mir völlig bewusst.« Grabowski schaute kurz zu Elfi, in seinem Blick war viel Unsicherheit, aber auch ein Anflug von triumphierendem Stolz. »Und Sie meinen, das wäre möglich …?«

»Ich habe sehr gute Kontakte von früher und könnte es probieren, ohne Garantie. In der Ausländerbehörde dort geht ohnehin im Moment alles drunter und drüber. Wissen Sie, das reicht sehr lange zurück, noch vor die Nelkenrevolution 1974, also vermutlich vor Ihre Zeit. Damals wurden viele von der linken Opposition Portugals, die sich in der ASP (Acção Socialista Portuguesa = Portugiesische Sozialistische Aktion) zusammengeschlossen haben, in Deutschland unterstützt, zum Beispiel von der Friedrich-Ebert-Stiftung, aber auch von der ›Sozialistischen Internationale‹ unter Willy Brandt. In Portugal gab es damals noch eine ziemlich harte Diktatur mit einer sehr gefährlichen Geheimpolizei, der ›PIDE‹. Viele haben im Gefängnis gesessen, am schlimmsten war das Foltergefängnis in Caxais, am Meer bei Lissabon gelegen. Da gibt es Leute, die heute noch dankbar sind für die Unterstützung, die sie bekommen haben, politisch, aber auch materiell.«

Schreiner schaute mit bedeutungsvollem Augenaufschlag auf und fuhr fort. »Und jetzt will ich Ihnen noch etwas von heute dazu sagen. Dieses PIDE-Gefängnis von Caxais ist als solches natürlich aufgelöst, die Gebäude existieren aber noch, gehören jetzt dem Militär. Und ausgerechnet dort kann man verbilligten und subventionierten Urlaub machen. Das Sozialwerk der Bundeswehr bietet das an, 33 Euro mit Frühstück und Halbpension im Doppelzimmer. Interessant, nicht wahr? Finden Sie alles im Internet.«

Das war wieder eine der Abschweifungen des Professors, die zugleich seine Faszination ausmachten. Es war nicht so, dass man dies alles wissen wollte, aber es war schwer, sich dem zu entziehen. Wer Netze auswirft, muss immer auch mit dem Beifang rechnen. Aber diesmal war es Schreiner selbst, der seinen Redefluss abrupt unterbrach und zu Elfi sagte: »Aber Sie sollten diesen wunderschönen Tag noch zu anderem ausnutzen und nicht nur bei mir herumsitzen. Laufen Sie los. Und wenn in den nächsten Tagen auf Ihrem Fax ein paar Blätter mit lauter chinesischen Namen eintrudeln, dann wissen Sie, was das ist. Zu reagieren brauchen Sie nicht. Ich sage auch Graber nichts davon. Trotzdem dürfen Sie ihn sehr herzlich grüßen.« Und schon stand er auf, um seine Gäste zu verabschieden.

*

Das Auto stellten sie beim Sportplatz ab und gingen an der Steinbacher Mühle einen schönen Waldweg hinunter ins tief eingeschnittene Tal der Wildgutach. Nach einer halben Stunde stießen sie auf die Brücke. Auf der anderen Seite dieses sehr romantischen Baches stiegen sie übers Mörderloch zum Balzer Herrgott auf. Das klingt etwas unheimlich, geht aber auf jene Zeit zurück, als Ludwig der XIV. im Badischen einfiel und seine Truppen an dieser sehr steilen Enge auf den Widerstand der Bauern stießen. Und oben im Wald ist dann die Christusfigur eines alten Kreuzes mit der Zeit so in einen Buchenstamm eingewachsen, dass man nur noch den Kopf herausragen sieht. Dieses Kreuz soll einmal einem Balthasar gehört haben, den die Mundart den »Balzer« nannte. Jetzt aber stand ein kleines Gerüst vor dem Bilddenkmal und man konnte deutlich sehen, dass am Saum des Einwuchses rund um den Kopf frisch herumgeschnitten worden war. Offenbar wurde der Baum an dieser Stelle saniert, damit ihn keine Fäulnis befallen konnte. Dem Naturwuchs dieses mythischen Buchenbaumes sollte ein pflegerischer Weg gewiesen werden.

Bis hierhin hatten sie meist geschwiegen. Der Weg war anstrengend gewesen, zunächst etwa 300 Höhenmeter tief ins Tal, dann wieder steil nach oben, höher noch, aber immer durch den schattigen Wald, der hier an der Südseite jedoch meist von warmen Sonnenstrahlen durchzogen war. Kaum waren irgendwo Wanderer zu sehen.

»Schreiner kennt diese ganze Gegend wahrscheinlich gar nicht«, sagte Grabowski.

»Wir hätten ihn eigentlich mitnehmen können. Sein Redestrom wäre schnell versiegt, schließlich wäre er sicher ins Schnaufen gekommen. Aber gefallen würde es ihm.«

»Schon. Aber für Graber wäre es noch wichtiger gewesen. Der müsste so dringend mal durchlüftet werden. Einerseits, weil er nur noch hinter seinen Akten hockt und überhaupt nicht mehr an die frische Luft kommt. Andererseits, damit ihm mal was anderes durch den Kopf geht als immer nur seine Kanzlei.«

»Hat er denn so viel Arbeit?«

»Das hält sich durchaus in Grenzen, könnte schlimmer sein. Immerhin kann er sich einigermaßen halten. Aber er ist oft so umständlich. Und geschäftstüchtiger müsste er auch sein. Ich bin ständig dahinterher, dass etwas hereinkommt. Er ist manchmal einfach zu gutmütig.«

»Aber gerade das macht ihn wiederum so sympathisch.«

Der Abstieg ging nun gemächlich zur Dreistegen-Mühle im Hexenloch, weiter oben an der Wilden Gutach gelegen. Im Sommer war dies ein beliebter Touristenhalt mit umfangreichem Andenkenladen und einer groß ausgebauten Vesperwirtschaft. Von Glashütte her kamen ein schmales Sträßchen und ein Bachlauf hinzu. Mit einem Male gab es viele Autos, die sich einen Parkplatz suchten. Diese tief eingeschnittenen Talsohlen, von hohen Felsen umstanden, waren so eng, dass an einigen Stellen in den Wintermonaten die Sonne zu flach schien, um bis auf den Grund zu kommen. Dunkle, kalte Löcher. Grabowski erinnerte sich an eine Galerie dicker Eiszapfen, die malerisch an der Mühlentraufe hingen. Jetzt lag die dunkle Holzwand in der sonnigen Mittagshitze.

Er und Elfi waren sich wortlos sicher, heute hier nicht einkehren zu wollen. Stattdessen folgten sie dem Glaserbach hinauf bis Glashütte und bogen dann rechts wieder in den kühlen Wald zu einem teilweise recht steilen Anstieg auf die Mooshöhe und weiter zum Steinbacher *Hirschen*.

Unterwegs sprachen sie über Portugal. An die Nelkenrevolution erinnerte sich Elfi noch ungefähr, auch von der PIDE hatte sie damals gehört. Es war die Zeit, als in Spanien noch die Franco-Diktatur herrschte und der baskische Anarchist Salvator Puig auf Befehl des greisen »Generalisimo« mit der Garotte hingerichtet wurde. Als junge Heranwachsende war Elfi von diesen Ereignissen so geschockt gewesen, dass sie sich mit Vehemenz der Linken Bewegung anschloss und jahrelang kaum eine »antiimperialistische« Demonstration ausließ. Obwohl sie Schreiner heute zum ersten Male gesehen hatte – durch Grabers Erzählungen war er ihr freilich bereits vertraut –, hatte er sofort ihre Sympathie gewonnen, die sie über seine Redseligkeit leicht hinwegsehen ließ. Schon deswegen, weil er offenbar zu den Menschen mit Gedächtnis gehörte. Deshalb fiel ihm ja auch sofort ein, um welchen Ort es sich handelte, an den die Bundeswehr ihre Angehörigen in die Ferien einlud. Die Bundeswehr hatte das Foltergefängnis selbstverständlich längst versiebt und war sich ihrer Grobheit, um nicht zu sagen, ihres Zynismus, nicht bewusst. Für solche Zusammenhänge war Elfi noch heute sehr empfindlich.

Als sie zu ihrem Auto zurückgekehrt waren, hatten sie einen Weg von fast 15 Kilometern hinter sich, meistens stramm durchgelaufen.

MONTAG, 21. JULI 2014

HEINRICH-VON-STEPHAN-STRASSE

Gestern Abend war das Tief aus Frankreich endlich angekommen, begleitet von einem kräftigen Gewitter. Zwar war es nun nicht mehr so heiß, dafür schwülwarm und ein andauernder Regen hatte eingesetzt, der gleichwohl die drückende Luft nicht reinigen konnte. Als Grabowski morgens in der Heinrich-von-Stephan-Straße eintraf, spürte er sofort eine Anspannung und Bedrückung, die nur auf ein neues und ganz aktuelles Ereignis zurückgehen konnte. Die Polizei mit allen ihren Gliederungen ist vieles Schreckliche gewohnt, schon deshalb, weil sie immer als Erste am Ort eines grauenvollen Unfalls, eines scheußlichen Todesfalles oder blutiger Taten erscheinen muss, und sie hat ihre eigene Art entwickelt, sich gegen die Übermacht entsetzlicher Bilder zu wehren, um ihrer Arbeit überhaupt nachgehen zu können. Und doch gibt es Vorgänge, die noch dem bestens Gepanzerten an die Nieren gehen.

So etwas musste sich zugetragen haben. Man fragt dann nicht gleich nach, sondern schont sich erst noch, bis es von alleine bekannt wird, schnell genug, weil es jeden, der davon weiß, dazu drängt, darüber zu reden. Schon um sich zu entlasten, den Druck etwas zu mindern. Im Flur begegnete er Tritschler, der ihm stumm, aber wissend zunickte. Grabowski spürte das sofort und sah ihn fragend an, worauf Tritschler noch einmal nickte und damit Gewissheit über einen Todesfall ausdrückte, der sicher kein Unfall war.

»Wo?«

»Am Mühlenbach.«

Grabowski versuchte sich zu erinnern, wo der Mühlenbach sein könnte. Tritschler sah diese Unsicherheit seinem Gesicht an und fügte von sich aus hinzu: »In Betzenhausen, da, wo die Kleingärten anfangen.«

Ein Kollege lief im Flur an ihnen vorbei, bedrückt, ohne zu grüßen.

»Komm mal rein«, sagte Tritschler und öffnete die Tür zu seinem Büro, die er ausnahmsweise wieder zustieß, nachdem sie eingetreten waren.

»Ein kleiner Junge!«

»Oooh!« Grabowski nahm sich einen Stuhl und setzte sich.

»Er wurde seit gestern Abend vermisst und gesucht, aber ganz woanders … Die Gegend um die Konradkirche ist mehr als drei Kilometer entfernt … Heute früh hat ihn ein Spaziergänger gefunden. Er lag im Bach …«

»Und es ist ganz sicher, dass es kein Unfall war?«

»Völlig. Er ist erdrosselt worden.«

»Oooh! Ein Sexual …«

»Nein, nein. Oder vielleicht doch? Ich weiß es nicht. Er hat wahrscheinlich die ganze Nacht im Regen und im Wasser gelegen. Ob die Spurenkommis…«

Das Telefon klingelte und Tritschler hörte wortlos einer Nachricht zu, bis er antwortete: »Ja, ich komme.« Zu Grabowski gewandt, sagte er: »Ich muss zum Chef. Erst einmal völlige Nachrichtensperre, bis wir Genaueres wissen.«

*

Mit dem Postverteiler wurde Grabowski ein Fax vorbeigebracht, das diesen Morgen bei der Zentrale eingetrudelt war. Es trug den Briefkopf von Professor Schreiner:

»Lieber Herr Grabowski, das muss ich jetzt aber zuerst loswerden, dass ich mindestens eine halbe Stunde nach der Faxnummer der Kripo Freiburg gefahndet habe. Wie geht man in solchen Fällen vor? Man greift zum Telefonbuch. Doch da kommt die Polizei nur als Notruf vor (den kenne ich zum Glück auswendig) – sodann mit neun Polizeiposten in den Stadtteilen, die aber nur stundenweise besetzt sind, und endlich noch mit dem Polizei-Sportverein … Hingegen Präsidium, Kriminalpolizei und alle weiteren Dienststellen, auch zum Beispiel Verkehrspolizei, gibt es gar nicht. Soll man überall da etwa möglichst nie anrufen oder vorbeikommen? Ich dachte dann (es war ja, wie gesagt, kein Notruf): Die Polizei gehört doch zum Land, könnte also unter Landesbehörden stehen – jedoch auch dort gibt es keine Polizei … Weiter im Internet. Da finden Sie viele veraltete Auftritte, nur keinen schnellen, übersichtlichen Zugriff auf die Polizeidienststellen. Endlich unter »Meine Stadt.de« (ein privates Branchenbuch!) kommt noch die beste Auskunft, diesmal immerhin mit Adresse, Telefon- und Faxnummer. Aber schon die Öffnungszeiten sind wieder taub. Da müssen Sie unbedingt mal einen medientauglichen Kommunikator dranlassen. Oder hat das etwa Methode? Das müssten Sie mir dann einmal erklären.

Zum Glück ist es hier statt eines Notfalles nur ein Gedicht von Liang Shitang, das ich Ihnen schicken wollte. Es ist schon älter, die Übersetzung von mir. Es geht im Hintergrund um politische Umwälzungen in China und reagiert darauf mit einer gewissen Gelassenheit und Unaufgeregtheit. Das Zitat der abgegriffenen Standardformel auf Parteichinesisch ist natürlich ironisch. Dass es bereits im Westen geschrieben wurde, können Sie an der Nennung des Namens Berlioz erkennen. Der Ton hat jedoch etwas von der lyrischen Tradition Chinas (und das habe ich versucht, auch in der Übersetzung wiederzugeben.).

Grüßen Sie bitte sehr herzlich Ihre prächtige Frau. Sie beide hatten hoffentlich noch einen schönen Ausflug bei dem herrlichen Wetter.

Beste Grüße – Rudolph Schreiner, der Ihnen gerne jederzeit zur Verfügung steht, wenn Sie ihn brauchen können.«

Auf einem gesonderten Blatt war dann das Gedicht beigefügt:

›Liang Shitang:

OKTOBER

Rote Blätter schlagen Rad,
Rostig Laub der Kirschbaum vor dem Haus.
Manche Vögel sind geblieben,
Pfeifen neue Lieder,
Als sei der Sommer noch nicht aus.

Kein Nebel zieht herauf,
kein Rabe frisst an meinem Weg.
Fröhlich mach ich meinen Lauf.

Und plötzlich hinter mir
Kommt Wind herauf von Ost,
Bald Sturm, Gezisch, Gebraus.

Doch jeder Bauer hier
Kennt dieses Wetter als beständig.
Wir sind noch weit vom ersten Frost
(»Die Lage ist ausgezeichnet«).

Es tanzt das Laub
Farbprächtig von den Bäumen,
Musik von Berlioz.
Ein Sonntagmorgen war's (mit Dir),
Und ich fang an zu träumen.‹

*

Bevor es in Vergessenheit geriet, wollte Grabowski der Buchempfehlung Schreiners über Drachen-Syndikate und Geheimgesellschaften im Internet nachspüren. »Antiquarisch erhältlich« hieß wohl, dass man den Titel im Zentralen Verzeichnis »ZVAB« finden könne. In der Tat, beim Antiquariat Ricarda Fischer in Berlin war das Buch für 4 Euro vorrätig, plus 2 Euro Versand. Nachdem er die Bestelldaten eingegeben und »Jetzt kaufen« angeklickt hatte, ging er zu Huber.

Huber gab sich ganz geschäftsmäßig und beflissen. Auch dies war eine Möglichkeit, etwas auszublenden, der Bedrängnis keinen Raum zu lassen. Was er schon wusste von dem Mord an dem kleinen Jungen, kam gar nicht erst zur Sprache. Jetzt nicht. Seine Arbeit war wie ein Bollwerk. Die Möglichkeiten, nach Portugal zu kommen (und umgekehrt in die hiesige Region), hatte er so flott ermittelt, als dürfe er seine eigene Urlaubsreise planen. Jedoch hatte er keinen Moment so gedacht, sondern voller Anspannung sich von nichts ablenken lassen. Grabowski war sehr erstaunt über so viel Beherrschung.

Die jungen Leute konnten viel schneller und umstandsloser recherchieren. Sie hatten eine viel praktischere und realistischere Fantasie, um es einmal so zu nennen. Selbstverständlich kamen für Entfernungen über 2.000 Kilometer nur Flugzeuge infrage, kein Chinese würde dies im Auto bewältigen. Und mit dem Zug müsste man heutzutage so oft umsteigen, dass dies mit Sicherheit zur Überforderung würde (vor allem, wenn die Reise ohne Aufsehen erfolgen sollte), abgesehen von den Sprachproblemen mit Deutsch, Französisch und Spanisch allein im Transitbereich.

In Portugal gab es nur drei mögliche Flughäfen: Faro am Algarve, Porto im Norden und vor allem Lissabon. Für die Region hier kam es darauf an, welchen Radius man ziehen wollte. Zürich, Frankfurt, Stuttgart waren eine äußere Grenze, der Euroflughafen Basel/Mulhouse/Freiburg das innere Verkehrszentrum. Der Baden-Airport in Karlsruhe und der in Straßburg waren jedoch auch zu bedenken. Huber hatte sämtliche potenziellen Flugdaten für den Monat Juni bereits ausgedruckt, und das waren eine ganze Menge, da die Feriensaison begann.

Erst jetzt konnte er damit anfangen, bei den Fluggesellschaften den Chinesen aus Portugal abzufragen. Sein Name war Liu Dongzhi, wie ihm der Übersetzer die chinesischen Zeichen ins lateinische Alphabet übertragen hatte. Die Strecke Basel–Lissabon flog nur EasyJet, in jede Richtung dreimal pro Tag. Es war die naheliegende Verbindung, wenn man an Freiburg dachte. Abzufragen waren beide Richtungen, zunächst einmal im Zeitraum zwischen 10. und 20. Juni. Da dies den Vormonat betraf, sollten die Daten noch leicht abrufbar sein, hoffte Huber. Bis abends könnte der Check up vorliegen.

*

Kurz darauf kam Liang Shitang ins Haus, Grabowski sah ihn zufällig auf dem Flur und bat ihn in sein Zimmer.

»Sie machen keinen Urlaub?«, fragte Grabowski, um sich behutsam in ein Gespräch hineinzutasten.

»Ich wohne in Wittnau. Das kennen Sie sicher. Das ist Natur, sehr schöne Aussicht, immer der schönste Urlaub, jeden Tag.« Liang kicherte wie immer.

»Sie sind sehr naturverbunden. Professor Schreiner hat mir von Ihnen erzählt. Ich soll Ihnen übrigens herzliche Grüße ausrichten.«

Wieder lächelte der Übersetzer verlegen und murmelte dazu sein »Danke!«.

»Er hat mir erzählt, dass Sie Lyriker sind.«

»Ich beschäftige mich mit der chinesischen Lyrik aus der Tang- und der Sung-Zeit.« Und dann fügte er nach einer Pause hinzu, nun gar nicht mehr lächelnd: »Das ist wie Goethe oder die Gedichte der Romantik … Das schönste deutsche Gedicht ist die ›Mondnacht‹ von Eichendorff …«

»Aber Sie selber schreiben auch Gedichte? Professor Schreiner hat mir eines gezeigt, das mir sehr gut gefallen hat.«

»Ich zittere ein wenig mit dem Pinsel auf dem Papier …«

»Sie schreiben immer noch mit dem Pinsel?«

»Sie wollen es genau wissen. Das ist Ihr Beruf. Ich denke im Kopf und, wenn es fertig ist, dann schreibe ich es auf. In mein Tablet oder den Computer, damit es gespeichert ist. Heute geht am Ende alles mit dem Computer. So bin ich auch mit China verbunden. Mit meiner Familie – geht alles über Computer. Oder mit den Bloggern oder die Diskussionen – alles mit dem Computer … Und die Nachrichten …«

»Das können Sie von hier aus alles verfolgen?«

»Kein Problem, ich muss nur anklicken.«

»Es soll ja so etwas wie ein chinesisches Facebook geben. Da können Sie also herumsuchen?«

»Es gibt eine Art Facebook, aber es sieht etwas anders aus. Keine peinlichen Fotos und so … Und natürlich sind da noch andere Suchmaschinen.«

»Können Sie denn für mich etwas recherchieren? Es gibt im Adressbuch von Wang Yuhai diesen Chinesen, der in Portugal wohnt. Sie wissen, wen ich meine?«

Statt einer Antwort kicherte Liang Shitang wieder. Es konnte alles und jedes bedeuten, aber es hätte nichts genutzt, nachzufragen. Am liebsten hätte Grabowski auch gekichert, es wäre ebenso vieldeutig gewesen. Also unterdrückte er es und fügte hinzu: »Sie wissen am besten, wie er sich richtig schreibt – damit Sie auch den Richtigen finden, können Sie bei Huber noch einmal in dieses Adressbuch schauen. Ich würde gerne erfahren, wie lange der schon in Portugal ist, wo er wohnt, was er arbeitet oder tut, und vor allem: was er früher in China gemacht hat, wo er dort herkommt und so weiter.«

»Ein kleines Dossier?«

»Nennen Sie es, wie Sie wollen. Alles, was Sie finden können.«

»Er hat eine Immobilienfirma in Portugal, das habe ich zusammen mit Huber schon recherchiert. Wir werden nachforschen und vielleicht noch mehr finden.«

Grabowski überlegte einen Moment, ob es angebracht sei, Liang Shitang zu bitten, auch auf Meldungen über die Familie Wang im chinesischen Internet zu achten. Schließlich war der Übersetzer kein Ermittler. Und schon gar kein Beamter mit all den Verantwortlichkeiten. Aber er war die einzige Chance, wenn auch etwas außerhalb des Reglements. Hatte nicht Professor Schreiner für ihn seine Hand ins Feuer gelegt, wie man das etwas drastisch nennt? Was sollte schon passieren? Schlimmstenfalls würde er Meldungen anschleppen, die man nicht umstandslos in die Akten einführen konnte. Das würde Grabowski dann auf seine Kappe nehmen müssen …

»Wenn Sie so herumsurfen, können Sie dann nicht auch ein Augenmerk auf die Familie Wang werfen? Ich weiß gar nichts Genaues, was das für Leute sind, ob die auch größere Firmen besitzen, was für eine Rolle die spielen. Das alles wäre mir als Hintergrund sehr wichtig, falls Sie da etwas erfahren können.«

Der Übersetzer kicherte wieder unergründlich und sagte dann: »Wang gibt es wie Fische im Meer, das ist so häufig wie Müller im Deutschen. Wer da wie verwandt ist, kann man kaum wissen. Wenn ich etwas finde, ist das Zufall. Aber ich weiß, was Sie meinen, und werde darauf achten.«

Schon prustete er wieder los, bevor er fortfuhr: »Über hohe Parteikader oder auch Regierungsleute steht nicht viel Persönliches im Internet. Das erlaubt die Zensur nicht. Wenn von den Bloggern etwas Persönliches oder Verächtliches trotz Zensur gesagt werden kann, dann ist das bereits ein Alarmsignal: Der Affe sitzt auf einem sehr rutschigen Ast, alle schauen zu ihm hin und plötzlich fällt das ›arme Tier‹ in den Teich …«

Jetzt musste auch Grabowski lachen – Liang Shitang ohnehin.

*

Gegen Abend kam noch Haebler vorbei, ein Kollege, den Grabowski wegen seiner ruhigen und umsichtigen Art sehr schätzte. Früher hatte er in der Kommission für Sexualdelikte gearbeitet, damals allgemein als »Sitte« verspottet – Haebler konnte diesen Begriff nicht leiden, denn als Sittenpolizei, gar als Moralapostel, mochte er sich nicht verstehen. Jetzt, seit der Polizeireform vom Anfang dieses Jahres, gehörte er zur gleichen Kriminalinspektion 1 wie Grabowski: »Kapital-, Sexual- und Amtsdelikte«, wie sie nun offiziell hieß.

Er musste einfach etwas loswerden über den Mord an dem kleinen Jungen. Den ganzen Tag über waren sie nicht nur mit den schrecklichen Einzelheiten konfrontiert worden, sondern auch noch mit äußerst aufgebrachten und erregten Menschen aus dem Umfeld, wo sie zugleich die ersten Befragungen durchführen mussten mit Leuten, die noch kaum ihre Sprache wiedergefunden hatten. Als der Junge um halb sieben am Sonntagabend von seinem Vater vom Spielplatz abgeholt werden sollte, war er nicht zu finden. Eine halbe Stunde zuvor wurde er noch mit seinem Ball gesehen. Das war kein abgelegener Platz, sondern so etwas wie der große Innenhof eines ganzen Quartiers, wo viele

Menschen wohnten, die sich fast alle kannten, wo der große Spielplatz war mit der Schaukel und anderen Geräten, aber auch mit Gebüsch, Bänken, Bolzplatz, an der Rückseite der Konradkirche gelegen, nicht einmal direkt an einer Straße.

Dieses plötzliche Verschwinden des Achtjährigen war so auffällig, dass noch am Abend eine Suchaktion mit Spürhunden und allem Drum und Dran eingeleitet wurde. Das war keine ganz ruhige Gegend mit zugezogenen Gardinen, sondern da spielte sich vieles so ab, dass es alle mitbekamen, zu diesem Hof hin, bei offenen Fenstern. Und da waren viele Kinder, und die Leute waren manchmal auch laut. Bei den Befragungen war von quietschenden Autoreifen die Rede, die einige wahrgenommen hatten, auch von einem Motorroller, andere berichteten von Schreien, die zu hören waren, aber ob das Kinder- oder Erwachsenenstimmen gewesen waren, wussten sie nicht zu sagen. Und so ungewöhnlich war das hier auch nicht. Die Eltern haben sich ja auch nach ihrem Kind den Hals herausgebrüllt, alle haben es gehört. Aber der Kleine war nicht zu finden.

Als dann am frühen Morgen die Polizei die entsetzliche Nachricht überbringen musste, dass und wie man den Jungen gefunden hatte, da gellten die Schreie der verzweifelten Mutter so laut über den Hof, dass das ganze Viertel wusste, was geschehen war, und die Menschen fassungslos und mit Schock zusammenliefen.

»Und in dieser Situation sollten wir mit den Ermittlungen beginnen. Zwischen diesen verstörten Leuten mussten wir Spuren sammeln, die Menge bitten, uns

Platz zu machen, mussten mit ihnen reden und konnten doch nicht erwarten, schon etwas Vernünftiges heraushören zu können. Doch – eines wurde sehr schnell klar: der Ball fehlte, mit dem der Junge die ganze Zeit davor noch gespielt hatte, ein neuer und schöner Ball mit einem Signet von der WM. Der ist in der Tat verschwunden, zusammen mit dem Knaben. Vielleicht wird das einmal ein ganz wichtiges Indiz, um den Mord aufzuklären …«

Haebler schwieg eine Weile. Dann sagte er: »Und zur gleichen Zeit waren die anderen Kollegen dort, wo die Leiche gefunden worden ist. Das musste doch auch alles aufgenommen werden. Dort war allerdings sonst kein Mensch, das ist ziemlich abgelegen. Und geregnet hat es auch noch.«

»Ist das denn auch der Tatort?«

»Das ist noch unklar. Wahrscheinlich nicht. Überhaupt ist das die große Frage: Wie kommt der Junge von da nach dort? Das sind nämlich ziemliche Entfernungen.« Schließlich fügte Haebler noch hinzu: »In Freiburg hat es das noch nie gegeben. Nicht dass ich wüsste.«

»Kann mich auch an keinen Fall erinnern. Das ist ja überhaupt äußerst selten.«

»Es gibt auch kaum ein Motiv für so eine Tat. Aber aufklären werden wir das. Keine Frage. Die ersten Tage sind nur sehr schwer, die Kollegen sind alle sehr mitgenommen.«

MITTWOCH, 23. JULI 2014

LEDERLEPLATZ

Als Elfi morgens ins Büro kam – noch vor Graber, der nie sehr pünktlich war –, fand sie ein Fax vor, das beinahe den ganzen Papiercontainer des Gerätes geleert hatte. Ein Anschreiben war nicht dabei, im Gegenteil, von der ersten Seite schien der Kopfbereich abgeschnitten oder zugedeckt worden zu sein, nur das Wort »Lista« war noch zu entziffern. Darunter waren drei Rubriken erkennbar: ›Apelido‹ – ›Primeiro nome‹ – ›Passaporte numero‹. Und dann folgten Namen, ausschließlich chinesische Namen, soweit erkennbar, jedoch in lateinischen Buchstaben, und Nummern dahinter, fast 60 Seiten lang.

»Jesses Maria!«, entfuhr es Elfi unwillkürlich, als sie diese Bescherung sah. Sie rief gleich bei Grabowski an, der auch inzwischen in seinem Büro angekommen sein musste, um ihn zu fragen, ob es genüge, wenn sie diesen Packen heute Abend mitbringe.

»Das klingt so, als wollest du zu mir kommen. Damit bin ich natürlich sehr einverstanden, ich würde sogar etwas kochen.«

»Drück dich doch nicht so verkürzt aus. Wenn ich das richtig verstehe, soll ich mittags auf dem Markt vorbeigehen und etwas einkaufen.«

»Genau. Es wäre zu unser beider Wohl und Vergnügen. Ich schaffe das nicht und für dich ist es nur um die Ecke.«

»Gut. Dann ist die Überraschung aber auf meiner Seite und du musst kochen, was ich mitbringe.«

*

Der Tag war extrem schwül gewesen. Zwar hatte die Sonne nur wenig geschienen, weil sie sich gegen den Dunst nicht durchsetzen konnte, und deshalb war es auch nicht richtig heiß geworden, aber die Luftfeuchtigkeit bescherte ein geradezu tropisches Klima. Elfi hatte den Fisch, den sie vom Stand des Forellenhofes Fath gekauft hatte, im Kühlschrank ihres Büros aufbewahrt. Bevor sie sich gegen 19 Uhr auf den Weg zum Lederleplatz machte, hatte sie ihn aber noch einmal mit Eiswürfeln belegt, um ihn frisch zu halten.

Fast gleichzeitig mit Grabowski kam sie an seiner Wohnung an, beide so klebrig und durchgeschwitzt, dass es nicht einmal zu einer flüchtigen Umarmung kam. Die Einkäufe waren schnell im Kühlschrank verstaut.

»Ich brauche erst einmal ein Wasser.«

»Ja, viel Wasser.«

Kaum hatten sie jeder ein Glas getrunken, als Grabowski sich schon auszog, um unter die Dusche zu gehen.

»Beeil dich, ich möchte auch.«

»Dann komm doch mit. Ich mach mich dünn.«

Unentschlossen und sehr langsam zog sich auch Elfi aus, während Grabowski schon unter dem lauwarmen

Wasserstrahl stand. Er winkte ihr lockend zu, stellte dann das Wasser kurz ab, um die Kabinentür zu öffnen. Skeptisch ließ sie sich hineinziehen in eine Enge, wo wirklich wenig Platz war, sich zu bewegen. Er zog sie an sich und stellte das Wasser wieder an, eine angenehm überschlagene Temperatur, nur wenig kälter als die Haut. Sie spürte sich bald freigespült und fühlte seinen Körper als solide, verlässliche Masse, nahm seine feste Muskulatur als etwas ihr Zugehöriges wahr, obschon er einen deutlichen Gegensatz zu ihrem eher zarten und schmächtigen Körper bildete, der aber durchaus auch seine Rundungen hatte. Grabowski legte beschützend seine Hand auf ihre Brust und spürte einen sich verhärtenden Nippel, dabei küsste er ihren Hals, dessen Kuhle ihn zu Wanderungen einlud.

Grabowski angelte sich das Duschgel, ließ einige Tropfen in seine und dann in ihre Hand fließen, und so seiften sie sich ein, vorsichtig, um nicht ständig an die Wand zu stoßen, und doch fand diese Vorsicht ein weiteres Ziel, sich gegenseitig abzutasten, zu berühren und zu befingern. Elfi nahm die augenfälligen Veränderungen nur mit den Händen wahr, durchaus mit erregter Neugierde, während er sich Öffnungen so scheu ertastete, als fände er sie zum ersten Mal. Je mehr der Schaum vom Wasser heruntergespült wurde, umso entschlossener griffen sie zu und schließlich in einem Anfall schierer Gier nahmen sie voneinander Besitz, an die Wand gestützt, mit entschiedenen Bewegungen auf engstem Raum, aber vom herabströmenden Wasser wie von unsichtbaren Ketten zusammengehalten. Es war ein lustvolles Gemache, anspornendes Pressen und Zwängen, hingebungsvolle Einheit. Dann ein plötzliches Aushalten in beglückter Reglosigkeit.

Nur mit dem Ellbogen stellte Grabowski das Wasser ab, aber er ließ sie nicht frei, wohin auch? Eng umschlungen ließen sie die Nässe an sich abtropfen, bis endlich die Unbequemlichkeit ihrer Lage sich so bemerkbar machte, dass Elfi die Kabinentür öffnete und heraussprang, um sich ein Handtuch zu greifen.

*

»Was hast du eigentlich vom Markt mitgebracht?«

»Ich war beim Fischstand vom Forellenhof in Umkirch. Da gab es Steinbeißer, und dazu habe ich noch vier Gambas. Und als Gemüse frische Erbsen vom Scherzer in Eichstetten und rote Paprika und Tomaten. Dann noch frischen Koriander, den magst du doch so. Jetzt mach etwas daraus.«

»Dann musst du die Erbsen pulen. Wie viel ist es denn?«

»Ein Pfund.«

»Na gut, das wird knapp reichen. Frische Erbsen, kurz gekocht und dann in Butter geschwenkt, sind ein Gedicht. Die aus der Dose sind dagegen höchstes ein Werbereim – etwa dieser Qualität: ›Oma sagt zu seiner Ulle: mach mir eine Paech-Brot-Stulle.‹ Nur lächerlich … – Da kommen dann kurz angebratene Gambas dazu, als Vorspeise. Ich bereite derweil eine Paprikasoße vor.«

Während sie die Erbsen aus den Hülsen drückte, schwitzte er ein paar Schalotten in Olivenöl an und gab dann klein geschnittene Paprika und Tomaten hinzu. Später kam zur Schärfe noch etwas Paprikapulver dazu und zwei, drei improvisierte Griffe aus dem Gewürzbord. Elfi sah ihm zu und bemerkte, dass Basilikum dabei war. Die Erbsen kamen nun in kochendes Wasser, damit sie ihre Farbe behielten, ferner wurde der Paprikasugo im Mixer püriert, während in einer kleinen Pfanne bereits die Gambas in Butter angebraten wurden.

Die Soße stellte Grabowski in einem kleinen Töpfchen warm, dann wurden die Steinbeißer-Knubbel gewaschen, abgetupft und mit Zwiebeln, die aber nur ihren Duft beimengen und nicht gegessen werden sollten, zwei Minuten von jeder Seite mit geschlossenem Deckel gesotten.

So war nach 15 Minuten ein Essen mit zwei Gängen fertig: erst die Gambas mit den gebutterten, leuchtend grünen Erbsen, die mit Koriander untermengt waren, dann der Fisch, der auf dem Suppenteller in der roten, etwas scharfen Soße schwamm. Köstlich – und beide kamen in eine Geschmackserregung, die sie wie ein aufheizender Wonneschauer überfiel.

Später, bei kühlem und leichtem, aber wunderbar elegantem Munzinger Weißburgunder von Clemens Lang überflog Grabowski den ellenlangen Fax-Ausdruck, den ihm Elfi mitgebracht hatte, mit den chinesischen Empfängern von »Goldenen Visa« aus Portugal. Ihn interessierte nur ein Name und es war schwer genug, nach ihm unter diesen fremden, verwirrenden

Silben zu fahnden. Die Liste war gewiss nicht geordnet, jedenfalls nicht nach dem Alphabet. Immer wieder musste er vergleichsweise auf den Zettel schauen, auf dem er den Namen notiert hatte. Doch dann hatte er ihn, die Nadel im Heuhaufen …

Und jetzt? Was war damit gewonnen? Gar nichts. Ein Bekannter oder Freund von Wang Yuhai – nicht einmal das konnte man genauer sagen, allenfalls stand er in seinem Adressbuch – hat genug Geld in Portugal investiert, um mit einem bevorrechtigten Status als Ausländer sich dort aufhalten zu können, und sei es nur, um dort regelmäßig Urlaub zu machen. Mehr war es nicht. Und deshalb war Grabowski auch nicht bereit, sich an diesem liebegetränkten Abend noch weiter damit zu beschäftigen. Alles zu seiner Zeit.

DONNERSTAG, 24. JULI 2014

HEINRICH-VON-STEPHAN-STRASSE

Liang Shitang kam meist erst in den späteren Vormittagsstunden ins Haus, dieses Mal brachte er Neuigkeiten aus China, die er über das Internet erfahren hatte. Die chinesische Politik wurde vielmals durch Kampagnen gesteuert, die von der kommunistischen Partei beschlossen wurden und so etwas wie temporäre Leitideen und Handlungsanweisungen darstellten. Die neueste Kampagne war vor zwei Tagen vom stellvertretenden Direktor und Parteisekretär des Ministeriums für öffentliche Sicherheit (MPS) verkündet worden und stand im Zusammenhang mit der Bekämpfung der Korruption. Sie nannte sich »Fuchsjagd« und hatte zum Ziel, die Veruntreuung von Staatsgeldern ins Ausland zu verhindern und bereits ins Ausland verschobene Gelder zurückzuholen.

Diese Erklärung begann mit dem Eingeständnis, dass zwischen 2000 und 2011 allein 18.000 Beamte festgenommen worden waren, die verschiedener Finanzverbrechen verdächtigt wurden. Speziell ging es hier aber um jene Beamte und Parteikader, die Gelder ins Ausland verschoben hatten und sich dann selbst auf die Flucht begaben. Bedauerlicherweise habe China aber nur mit

37 Staaten Auslieferungsverträge, die USA, Kanada und die meisten EU-Staaten seien leider nicht darunter.

Im Einzelnen wurde geschildert, dass manche Beamte bereits Familienangehörige in Übersee hatten und nun bei Familienbesuchen oder auf Dienstreisen selbst ins Ausland flohen oder medizinische Behandlungen oder Urlaub als Ausrede benutzten. Wer Frau und Kinder bereits im Ausland habe, sei als »nackter Beamter« (so nennt man das) besonders auffällig. In Guangdong (Kanton) habe man bereits über 1.000 solcher»nackter Beamten« gefunden, die nun degradiert würden. Sie sollen Frau und Kinder nach China zurückholen. Dadurch wolle man ihnen die Flucht verwehren und das korrupte Kapital am Verlassen des Landes hindern.

Die große Kampagne gegen die allgemeine Korruption war vom Parteichef Xi Jinping selbst verkündet worden. Die »Fuchsjagd« hingegen richtete sich speziell gegen die Veruntreuung ins schützende Ausland. Bemerkenswerterweise war von Füchsen die Rede, die auch in China als sehr schlau gelten, nicht von bösen oder übel beleumundeten Tieren. Das Dilemma bestand ja darin, dass es sich um vormals oder bislang hochangesehene Beamte und Kader handelte … Das Ringen um die Autorität der Partei … Und die Tochter des jetzigen Parteichefs studierte selbst in Harvard …

Zuletzt konnte Liang Shitang noch ergänzen, dass im Frühjahr in Portugal bereits zwei Chinesen, eine Frau und ein Mann, festgenommen worden waren, die von der Volksrepublik China mit internationalem Haftbefehl gesucht wurden. Der Mann, der sich eine Villa in Lissabons Nobelvorort Cascais gekauft hatte, stand wegen verschiedener Finanzdelikte auf der Fahndungsliste.

Alles sehr bemerkenswert und durchaus ein Hinweis darauf, dass Portugal unter den europäischen Ländern vielleicht das wichtigste Einfallstor für chinesische Neureiche geworden war, ob sie nun auf halbwegs legalem Wege zu Reichtum gekommen waren oder über Bestechung oder Veruntreuung. Grabowski gab aber zu bedenken, dass es zunächst nur um die Person dieses Liu Dongzhi ginge und seine Verbindung zu Wang Yuhai, nicht aber um die Herkunft seines Geldes.

Huber sagte: »Bisher wissen wir nur, dass er ein Hotel an der Atlantikküste von Portugal besitzt, in Ericeira. Wahrscheinlich hängt damit sein ›Goldenes Visum‹ zusammen. Und vorher war er Geschäftsführer einer großen Immobiliengesellschaft in China.«

Der Übersetzer kicherte wieder los und murmelte: »In Hangzhou am Westsee. Diese Firma heißt ›Liu Liu Real Estate Company‹, ein lustiger Name.«

Grabowski sah ihn fragend an: »Weil er auch Liu heißt? Das würde doch darauf hindeuten, dass ihm diese Firma wohl selbst gehört? Oder wie sehen Sie das?«

»Kann sein, muss nicht sein, Liu ist ein häufiger Name. Aber da ist etwas anderes: das erste Liu bei dem Firmennamen heißt ›sechs‹, das zweite ›Weidenbaum‹. Der ganze Betrieb heißt also ›Sechs-Weiden-Immobilien-Gesellschaft‹. Aber im Chinesischen ist die Weide auch eine Anspielung auf Prostitution. Vielleicht ist das ein Hinweis, dass das Geld daher kommt.«

»Woher kommen denn diese Informationen?«

»Alles von LinkedIn. So stellt er sich selbst dort vor.«

»Das mit den Weidenkätzchen habe ich verstanden, aber was bedeutet denn der Vorname Dongzhi?«

Wieder kicherte der Dolmetscher leise vor sich hin, bevor er sagte: »Das heißt Wintersonnenwende. Ein sehr schöner Name, wie aus einem Gedicht. Vielleicht war es eine eheliche Liebesnacht an diesem kalten Dezembertag, an die der Name erinnern sollte. Sie können auch im Internet selbst solche Sachen herausfinden, meist in Englisch. Geben Sie ›Yabla chinese‹ ein, das ist ein Übersetzungsportal, und Sie bekommen sofort zu jedem Wort die Übersetzung.«

Während Grabowski sich diese Einzelheiten von Liang Shitang erklären ließ, hatte Huber mehr oder weniger unbemerkt den Raum verlassen. Er brachte nur geringe Neugierde auf für chinesische Anspielungen. Grabowski jedoch war ganz vertieft in diese ihm völlig fremde Welt und ihre vieldeutige Sprache. In seiner ganzen Laufbahn hatte er noch nie mit Chinesen zu tun gehabt. Und er nutzte gerne die unbefangene Auskunftsfreudigkeit des Übersetzers aus, der offenbar auch im chinesischen Internet und mit der dortigen Twitterei und Zwitscherei bestens vertraut war.

»Einiges können Sie auch selbst im Internet finden. Die wichtigsten Artikel aus *Caijing* zum Beispiel – das ist eine kritische, aber sehr einflussreiche Zeitschrift zu Finanzen und Wirtschaft, in der aber auch über Korruptionsvorwürfe und Ähnliches berichtet wird – kann man gleich in englischer Übersetzung lesen. Da werden prominente Leute sogar mit Namen genannt, einige Monate später erfährt man dann, dass sie verhaftet wurden oder vor Gericht stehen. Die Leute von *Caijing* hören manchmal die Flöhe husten.« (Hihihi.) »Ein Ableger davon ist *Caixin*, das heißt so viel wie *Finance News*, davon gibt es auch eine Online-Ausgabe. Auch Blogs gibt es auf Englisch, zum Beispiel von Ernest Kao. Und überall sind Links und Verweise. Das ist alles sehr interessant.«

»Sie sagten vorhin, dass zwei Chinesen mit internationalem Haftbefehl in Portugal festgenommen worden seien. Das war also ein chinesischer Haftbefehl? Wie geht denn das?«

»Über Interpol. China ist seit bald 100 Jahren Mitglied von Interpol.«

»Das wusste ich nicht.«

»Auch das finden Sie im Internet. ›China‹ und ›Interpol‹ eingeben und schon sind Sie drin. Alles auf Englisch. Und die Liste der Chinesen, die über Interpol gesucht werden, können Sie dort anklicken. Alle mit Foto und Namen und Geburtsdatum. Die Anschuldigungen stehen auch dabei. Wollen Sie probieren …?«

Darauf ging Grabowski bereitwillig ein und fand mit drei Mausklicken eine »Wanted«-Datei mit etwa 200 Fotos und Kurzbeschreibungen. Die meisten Köpfe sahen wie die von Leuten aus, denen man nicht gerne allein begegnen würde. Harte und brutale Gesichter, aber Polizeifotos wirken meist abstoßend. Da man diese Datei alphabetisch aufschlagen konnte, rief er probehalber gleich einmal Liu auf. Der Name kam fast 30 Mal vor, meist wegen Bestechung, Betrug und Unterschlagung, aber Liu Dongzhi war nicht dabei.

»Um noch einmal auf diesen Liu zurückzukommen: In China war oder ist er Geschäftsführer einer Immobiliengesellschaft. Gehörte ihm diese Firma auch?«

»Das weiß ich nicht. Vielleicht. Oder er war oder ist zumindest daran beteiligt.«

»Dann kann man vermuten, dass das Hotel in Portugal eine Tochterfirma ist?«

»Das ist möglich.«

»Gibt es denn noch mehr über ihn im Internet? Im chinesischen Internet?«

»Ich suche für Sie.«

»Ich möchte erst einmal nur Hinweise und Stichworte haben. Und was davon genauer untersucht werden muss, werden wir dann sehen.«

»Ich verstehe. Aber das ist trotzdem viel Arbeit.«

»Kann ich mir denken. Sie sollen aber keine umfangreichen Übersetzungen liefern, sondern nur Tipps zu interessanten Einträgen. Nur notwendige, aber keine überflüssige Arbeit. Und dann gehen wir die Liste gemeinsam durch und besprechen das. Können Sie das für mich tun?«

Begleitet von einem kleinen »Hi, hi« sagte der Übersetzer: »Natürlich. Gerne.«

Dann jedoch druckste Grabowski etwas herum, weil er unsicher war, wie er Liang Shitang noch um einen weiteren Gefallen bitten konnte, der ihm sehr wichtig war, der aber zugleich eine ziemliche Zumutung darstellte. Natürlich wurde der Übersetzer für seine Arbeit bezahlt – nach geleisteten Arbeitsstunden. Das war so weit auch in Ordnung, aber Grabowski wollte ihn jetzt mit etwas konfrontieren, das nicht zu seinen eigentlichen Aufgaben gehörte und das er deshalb schlichtweg auch ablehnen konnte. Und doch kam es ihm gerade auf sein Urteil an, es war gewissermaßen ein Experiment, wie er unvorbereitet reagieren würde.

»Herr Liang, ich weiß, dass Sie ein empfindsamer Mensch sind, mehr den schönen Seiten des Lebens zugetan als den hässlichen und brutalen.« (Das war wohl ein etwas unbeholfenes Zugeständnis an den Dichter und zeigte eine allzu eingeschränkte Vorstellung von Lyrik, der es – wie aller Kunst – nicht so sehr um das vermeintlich Schöne geht, sondern um das ungeschminkt Wahrhaftige.) »Ich möchte Ihnen etwas zeigen, aber wenn Sie sagen wollen: ›Ich möchte das nicht sehen‹, hätte ich volles Verständnis. Also nur, wenn Sie einverstanden sind, möchte ich Ihnen Fotos des toten Wang Yuhai zeigen.«

Liang lächelte nun gar nicht mehr, sondern hatte die Augen weit aufgerissen und starrte Grabowski an. Schließlich sagte er: »Ich habe schon viele Tote gesehen. Manche waren sehr übel zugerichtet, als ›Volksverräter‹ misshandelt …« Dann verstummte er. War das nun Zustimmung zu Grabowskis Ansinnen oder Ausdruck des Unwillens? Grabowski wartete, aber es kam nichts mehr.

Er versuchte es noch einmal: »Sie müssen sich das wirklich nicht ansehen. Ich habe nur deshalb gefragt, weil ich sicher sein möchte, dass wir nichts übersehen haben.«

Wortlos streckte Liang die Hand aus. Grabowski musste nicht lange suchen, er wusste genau, in welcher der zahlreichen Mappen auf seinem Schreibtisch die Fotos lagen. Er schaute selbst noch einmal darauf, bevor er sie weiterreichte. Liang sah sich die drei Fotos scheinbar unbeeindruckt und wortlos an. Dann mit einem Male gab er ein unartikuliertes, langes, gutturales Geräusch von sich, in dem sich ebenso Erstaunen wie Abscheu zu mischen schienen, wobei er die Bilder etwas drehte und sie noch näher vor die Augen führte.

»Das war mit einem Messer? Der hat nicht zugestochen?«

Grabowski wollte nichts vorgeben und sagte deshalb nur: »Nein, nicht zugestochen.«

»Ein Drache.«

»Wie meinen Sie das?«

»Das ist das Zeichen für Drache – ›long‹. Das hat jemand mit einem Messer geschrieben.«

Grabowski wollte unbedingt mehr aus ihm herauslocken, musste ihn provozieren, alles preiszugeben, was ihm dazu einfiel. Auch wenn es nur Spekulationen wären – dem könnte man später nachgehen. Deshalb wandte er ein: »Mit einem Messer kann man doch nicht schreiben?«

»Doch. Wie mit dem Pinsel. Die Striche, wie man chinesische Zeichen schreibt, haben eine ganz bestimmte Richtung, meist von oben nach unten und von links nach rechts. Das ist ein Zeichen – wie man es in Bäume ritzen kann, lässt es sich auch auf die Haut schreiben. Es bedeutet eine Verurteilung. Ich habe erst vor Kurzem etwas Ähnliches gehört von der Xilong-Gesellschaft.«

»Wer ist denn die Xilong-Gesellschaft?«

»›Xilong‹ heißt ›westlicher Drache‹. Aber ich muss erst schauen, ob ich das wiederfinde. Es war im Zusammenhang mit der Xishan-Gesellschaft, daran erinnere ich mich noch – im Internet, chinesisches Internet …«

»Das klingt ja wie eine richtige Räuberpistole. Aber wenn das mit diesem Zeichen schon häufiger vorgekommen ist, dann ist das natürlich hochaktuell. Puh, da haben Sie eine Menge Arbeit vor sich. Versuchen Sie so schnell wie möglich, dies alles zu recherchieren. Familie Wang, diesen Liu in Portugal und dann den westlichen Drachen, der ist mir, vermute ich, am wichtigsten.«

Jetzt konnte Liang mit einem Male wieder kichern. »Ganz eilig, ich verstehe. Ich bringe es so schnell wie möglich, vielleicht gestern schon.« (Hihihi)

Jetzt musste auch Grabowski lachen, auch wenn es ganz anders klang. Heihei. In Gedanken war er allerdings schon weiter. Er musste unbedingt noch einmal bei der Gerichtsmedizin nachfragen, welche Richtung jeder einzelne Messerstrich auf dem Körper von Wang Yuhai genommen hatte, ob hier der Rhythmus und die richtige Folge der Schriftelemente nachzuweisen waren. Was Liang gesagt hatte, klang logisch. Beim lateinischen Alphabet würde man zum Beispiel beim D oder P auch nicht zuerst den Bauchbogen und danach den Längsstrich nach oben (statt nach unten!) schreiben, da gibt es schließlich eine allgemein eingeübte und unbewusst gewordene Schreibgewohnheit – und im Chinesischen offenbar auch.

*

Der Postverteiler hatte inzwischen ein kleines Päckchen auf den Schreibtisch gelegt, das Grabowski nun vorsichtig öffnete. Es enthielt das Buch über »The Dragon syndicates«, die Triaden, das er antiquarisch bestellt hatte, ein kleiner Schinken von 600 Seiten im roten Umschlag mit gelber Schrift, die Rechnung lag dabei. Er blätterte etwas herum, es war großzügig gedruckt im lockeren Satzbild, und, wie er dem Inhaltsverzeichnis entnahm, zum größeren Teil ein historischer Rückblick auf diese chinesischen Geheimgesellschaften. Eine interessante Lektüre für das Wochenende, dachte er. Ob das auch mit Kungfu und Kampfsportarten zu tun hatte? Oder mit den Mönchen vom Shao-Lin-Kloster? Er war ein blasser Laie und hatte sich früher nie für dergleichen interessiert, nicht einmal für die bekannten Filme mit Bruce Lee …

DIENSTAG, 29. JULI 2014

HEINRICH-VON-STEPHAN-STRASSE

Fast eine ganze Woche war mittlerweile vergangen, ohne dass man entscheidende Schritte weitergekommen wäre. Grabowski hatte inzwischen das Buch über die chinesischen Geheimgesellschaften gelesen, war aber im Stillen etwas enttäuscht. Auf die aktuelle Bedeutung dieser sogenannten Triaden wurde wenig eingegangen, ihre internationale Relevanz schon gar nicht. Im Übrigen schienen sich solche unterirdischen Pilzgeflechte nur in allzu liberal oder schwach organisierten Staaten ausbreiten zu können, nicht jedoch in autoritär regierten, wie es die Volksrepublik China zweifellos war – aber auch Singapur zum Beispiel. Hongkong hingegen schien ein Dorado für solche Organisationen zu sein, früher schon – in kolonialer Zeit, vielleicht jetzt noch immer wegen des besonderen politischen Status.

Aber war das nicht mit der Mafia ganz ähnlich? Bedurfte es nicht gewisser Freiräume, in denen die Ordnungskräfte versagten oder durch Korruption marode geworden waren, um eine wirksame verbrecherische Schattenmacht aufzubauen? Schutzgeld, Erpressung, Raub können sich nur durchsetzen, wenn die Strafverfolgung zusammenbricht. Dass Drogen, Glücksspiel, Prostitution und die Ausbeutung Illegaler nicht der einzige Nährboden solcher Verbrechersyndikate sind, sondern bald die Machtbezirke ausgedehnt werden auf alle Bereiche, in denen Umsatzbeteiligungen abgepresst werden können, versteht sich. Als Gegenleistung werden in zynischer Weise nützliche Schmiermittel bei allen Geschäften, auch im Transport- und Zollwesen, versprochen, sogar der Schutz vor unerklärlichen Todesfällen und sonstigen Bedrohungen und alle weiteren empfindlichen Schäden persönlicher oder finanzieller Art – die jedoch prompt eintreffen, aber nie aufgeklärt werden, wenn man diese Schutzgelder nicht zahlt.

Grundlegend Neues hatte Grabowski also nicht erfahren und doch war er überrascht über die Brutalität und Grausamkeit, den Hang zur abscheulichen Folter und Tortur, die es offenbar bei chinesischen Triaden gab. Demgegenüber handelte es sich bei den europäischen Mafiaorganisationen fast um honorige Gesellschaften, die ihre Gegner zwar auch nötigenfalls umbrachten, aber eher mit schnellem und sauberem Schuss und meist ohne Quälerei. Und noch etwas anderes war ihm aufgefallen, obschon die Beispiele fast alle aus älteren Zeiten stammten: chinesischen Triaden ging es offenbar nicht allein um Macht und Geld, sondern das Eigenleben dieser Bündnisse spielte eine sehr viel größere Rolle als bei der Mafia, also die Rituale der Ein- und Unterordnung, die geradezu soldatische Treue und lebenslängliche Unterwerfung, der Eindruck, einem besonderen Orden anzugehören, fast einem Adel, an den man für immer gebunden war – eine Auszeichnung, die jeden materiellen Vorteil vielfach überstieg.

*

»Treffer!«, rief Huber vielsagend aus, als Grabowski in sein Büro trat.

»Bist du beim Schiffeversenken?«, antwortete der gemütvoll.

»Das nicht, aber ich habe eine interessante Neuigkeit. Ein gewisser Liu Dongzhi ist am Samstag, dem 14. Juni, von Lissabon zum Euro-Airport Basel/Mulhouse/Freiburg geflogen, Abflug 16.45 Uhr und Ankunft um 20.25 Uhr. Derselbe ist am Montag, dem 16. Juni, um 21 Uhr zurückgeflogen, Ankunft in Lissabon um 22.50 Uhr. Alles jeweils Ortszeit, die ist in Lissabon nämlich um eine Stunde verschoben. Er war übrigens jeweils der Einzige mit chinesischem Namen an Bord. Und das ist genau das Wochenende, an dem der Mord geschah.«

Huber hatte wahrscheinlich Verblüffung, Erstaunen oder zumindest ein großes Lob für diese schnelle Recherche erwartet, aber Grabowski blinzelte ihn nur kurz an, grinste dann etwas und bemerkte kühl: »Hast du schon geprüft, ob da in Basel die Kunstmesse war? Die ist nämlich immer Mitte Juni.«

»Was soll das denn für eine Kunstmesse sein? Noch nie davon gehört.«

»Die ›Art Basel‹. Wichtigste Messe für Neue Kunst auf der ganzen Welt. Da stehen Kunstwerke für schätzungsweise einige Milliarden – du hast recht gehört: MILLIARDEN! – zum Verkauf und weltweit kommen die Sammler und Kunsthändler nach Basel. Versicherungstechnisch ein Monsterunternehmen und insofern natürlich auch kriminalpolizeilich höchst interessant. Soviel ich weiß, ist aber noch nie etwas Gravierendes passiert. Die Sicherheitsmaßnahmen kenne ich nicht. Ist nicht mein Gebiet. Die Kunst würde ich mir allerdings gerne anschauen, ich war dieses Jahr nur gerade in Urlaub.«

Huber war sehr erstaunt, auch enttäuscht. Das war wieder einmal pure Laune von Grabowski, ihn so sarkastisch im Regen stehen zu lassen, obschon er sich alle Mühe gegeben hatte, diese Überprüfung so schnell wie möglich vorzunehmen. Bei Easy-Jet ist das gar nicht so einfach, die haben für derartige Nebensachen nicht viel Zeit und da bedarf es schon einer gewissen Geschmeidigkeit, um mit solchen Anfragen durchzudringen. Bei Ryan Air hatte er auch nachgefragt, diesmal für die Strecke Porto – Karlsruhe, von denen lag allerdings noch keine Antwort vor. Aber dieses hier war doch ein großer Erfolg. Schließlich war das eine erste Spur in zeitlicher Nähe zur Tat, nachdem sie seit sechs Wochen nur im Nebel herumgestochert hatten. Kann der sich denn nicht einfach mal freuen?

»Dieser Liu ist der, der in Wangs Adressbuch steht«, versuchte Huber, noch etwas nachzulegen.

»Weiß ich doch. Aber wenn er nur zur ›Art Basel‹ gefahren ist …? Das müssen wir als Erstes überprüfen. Falls er einer dieser reichen Chinesen ist … Die mischen da inzwischen kräftig mit. Es ist außerdem nicht einmal so unwahrscheinlich. Denn er gehört zu denen, die das ›Goldene Visum‹ für Portugal erhalten haben. Jedenfalls steht er auf dieser Liste, die ich gestern bekommen habe. Demnach hat er in Portugal mit erheblichen Summen investiert, denn das ist die Bedingung.«

Nach einer Weile fügte Grabowski etwas ganz anderes hinzu: »Du willst doch am Freitag zu deinen alten Autos? Dann bis du ja erst Montag wieder greifbar. Ich fände es gut, wenn du vorher noch die Autovermietungen am Euro-Airport abklappern könntest, ob dieser Liu sich dort ein Auto gemietet hat und wenn, wie viele Kilometer er damit herumgefahren ist. Das bringt uns diesem Liu gleich sehr viel näher.«

Daher wehte also der Wind. Grabowski schien sauer zu sein, dass Huber zur »Schauinsland-Klassik-Rallye« gehen wollte, obschon er ihm ausdrücklich versprochen hatte, ihm dafür freizugeben. Für Oldtimer hatte Grabowski nun einmal kein Verständnis – musste er auch nicht haben. Ihm das aber in dieser Weise aufs Brot zu schmieren, fand Huber etwas unfair. Andererseits hätte Grabowski durchaus Möglichkeiten gehabt, ihm diesen Event zu vermiesen, und war doch offensichtlich bereit, an seinem Versprechen festzuhalten, sonst wäre er nicht von selbst darauf zurückgekommen. Das war immerhin anständig. Huber würde ihn nicht enttäuschen. Die Nachfrage bei den Autovermietern wollte er in jedem Fall vorher durchziehen, möglicherweise war das sogar telefonisch möglich, man musste es eben probieren.

Auf dem Gang traf Grabowski Tritschler, der ihm aufgeregt zurief: »Wir haben einen Ball, wahrscheinlich ist es der von dem kleinen Jungen. Sieht genauso aus – mit der Werbung von ›o2‹ und dem Logo zur WM.«

»Wo habt ihr den denn gefunden?«

»Der lag auf einem Flachdach an der Bugginger Straße.«

»Das ist aber südlich der Dreisam. Und der Fundort der Leiche war doch auf der nördlichen Seite?«

»Ja, deshalb konzentrieren wir uns jetzt auf einen Bolzplatz bei der Anne-Frank-Schule, das ist ganz in der Nähe vom Fundort. Wir müssen allerdings noch weitere Spuren finden. Daraus könnte dann der entscheidende Hinweis werden.«

»Habt ihr denn jemanden im Auge?«

»Das nicht. Aber die wichtigste Frage ist, wie der Junge von dem Quartier hinter der Konradkirche, wo er zu Hause war, zum Mühlbach gekommen ist. Das ist ein so weiter Weg, dass er zu jemandem ins Auto gestiegen sein muss, und das kann nur einer gewesen sein, den er kannte. Den Ball hatte er wohl noch bei sich. Man muss das einkreisen und damit ansetzen, ob ihn jemand gesehen hat. Beim Bolzplatz waren sicher Leute. Das war ja ein schöner, warmer Sonntagabend, der Regen kam erst in der Nacht.«

Grabowski schaute skeptisch aus, er konnte in all dem keine Logik erkennen, aber er wusste auch zu wenig, um das beurteilen zu können. Deshalb fragte er nur ganz vorsichtig: »Und der Ball ist jetzt bei der Kriminaltechnik?«

»Die sind fieberhaft dran. Heute Abend wissen wir mehr.«

*

Am frühen Nachmittag kam Huber wieder und sagte nonchalant: »Der ist ja ganz schön rumgekurvt. In zwei Tagen … Für eine Kunstmesse hätte der gar keine Zeit gehabt. Außerdem war die ›Art Basel‹ erst eine Woche später, vom 19. bis 22. Juni.«

»Moment mal, Kunstmesse ist also eine Niete … Ah, jetzt weiß ich, was du meinst. Der Leihwagen …«

»576 Kilometer. Die Faxbestätigung von der Firma ›Avis‹ kommt noch. Es war ein Peugeot 308, das ist die Kompaktklasse, Fünfsitzer mit Klimaanlage. Ich hätte mir einen anderen Wagen ausgesucht. Komplettschutz bei der Versicherung hatte er auch. Und bar bezahlt. Er wollte offenbar keine Spuren mit der Kreditkarte hinterlassen. Was solche Leute so denken …«

»War es schwierig?«

»Bei ›Avis‹ nicht. Die haben das gleich begriffen. Ich habe vorher noch zwei andere Autovermietungen abfragen müssen. Die eine wollte patzig werden, da habe ich denen gesagt, ihr könnt es einfach haben und braucht bloß in euren Unterlagen nachzuschauen, ob da ein Mietvertrag ist. Ihr könnt aber auch eine förmliche Anfrage bekommen, das macht dann richtig viel Arbeit mit Formular ausfüllen und vielen Einzelheiten, oder ich schicke sogar zwei Leute bei euch vorbei mit Durchsuchungserlaubnis, die dann das ganze Büro auf den Kopf stellen. Das ist zwar alles Quatsch, weiß ich auch, aber so werden sie natürlich weich. Ich mach das immer so. Zusatzarbeit hassen die wie die Pest, dafür gibt es nämlich kein Überstundengeld.«

»Ganz schön mutig. Wenn sich mal einer beschwert, kriegst du einen ziemlichen Rüffel.«

»Weiß ich. Den steck ich dann ein. Aber ich habe auch einige Stunden Arbeit gespart und dafür müsste mir der Landesrechnungshof noch dankbar sein.«

Das klang ein wenig pampig. Huber wollte offenbar, dass man ihm nicht so genau auf die Finger sehen sollte. Irgendwann würde er damit sicher hereinfallen, das musste er dann ausbaden. Grabowski wollte dazu nichts sagen – nicht jetzt. Denn ihn interessierte etwas ganz anderes.

Was bedeuteten eigentlich diese 576 Kilometer? Wo konnte dieser Chinese – Wie hieß er noch gleich? Ach ja, Liu! – in zwei Tagen so viel herumgefahren sein? Vom Airport nach Freiburg und zurück sind es etwa 140 Kilometer, falls er tatsächlich Wang Yuhai besucht haben sollte. Bleiben noch immer 430 Kilometer. Damit käme man bis nach Stuttgart und zurück. Wenn man vom Flughafen aus einen Radius zieht von etwa 280 Kilometern, dann hat man ungefähr einen Umkreis, der von Dijon über Genf oder Lausanne nach Chur und Liechtenstein führt, oder bis Lindau, Stuttgart, Heidelberg, Saarbrücken. Überall konnte er hingefahren sein.

»Such's Mäusle – das macht alles keinen Sinn.« Grabowski murmelte resigniert vor sich hin. So war nicht weiterzukommen. Huber, der heute etwas eigensinnig aufgelegt war, musste noch einen Kommentar hinzufügen, um das letzte Wort zu haben: »Aber auf dem Parkplatz hat er auch nicht seine Runden gedreht.«

Nein, sicher nicht. Danke für den Hinweis, dachte Grabowski und war schon einen Schritt weiter. Hatte Liu bei dieser vielen Fahrerei überhaupt noch Zeit, seinen angeblichen Freund Wang zu besuchen? Geschweige, mit ihm Mah-jong zu spielen? War er vielleicht in ganz anderen Geschäften unterwegs und gar nicht in Freiburg gewesen? Die Fährte Liu wurde immer unwahrscheinlicher. Jedenfalls gab es keine eindeutigen Spuren von ihm. Seine DNA war schließlich unbekannt und konnte auch nicht mit den am Tatort gefundenen Proben verglichen werden.

»… und raus bist du …«

Huber grinste, den Kinderreim kannte er noch gut genug. Ob es nur der Widerspruchsgeist war, weil man es ihm so schön auf die Zunge gelegt hatte, oder er tatsächlich einen fernen Lichtschein entdeckt zu haben glaubte, dem nachzuspüren sei – jedenfalls antwortete er mit dem Schalk: »Raus bist du noch lange nicht, sag mir erst …«

»Ja, was nun? Weiter weißt du auch nicht.« Grabowski wurde etwas gereizt.

»Das lassen wir jetzt mal so liegen. Im Moment fällt mir nichts ein. Ich will noch darüber nachdenken.«

»Das kannst du ja, wenn du am Wochenende deinen Oldtimern hinterherschaust. Die Frage ist, wie man in zwei Tagen fast 600 Kilometer hierzulande seine Runden dreht? Da bin ich mal gespannt.«

Die »Schauinsland-Klassik-Rallye« würde Huber sich wohl noch öfter vorhalten lassen müssen, da hatte er sich eine veritable Blöße gegeben, das musste er aushalten. Gar nicht erst ignorieren, dachte er, ärgerte sich aber insgeheim doch.

*

Ermutigt durch den Übersetzer, wollte Grabowski nun selber wissen, wie weit ihn das Internet treiben könne, wobei er sich einige ihm fremde Begriffe notiert hatte, die er als Ausgangspunkt nehmen wollte. Eine Xishan-Gesellschaft konnte er nicht finden, wohl stieß er jedoch unversehens auf einen Skandal in der Provinz Shanxi, der offenbar noch immer weitere Kreise zog und gar nicht zur Ruhe kommen wollte. Es schien, als sei so ziemlich jeder höhere Parteikader betroffen, wobei es um alle Formen von Bestechung, Unterschlagung, Betrug und Ähnliches ging, aber es waren auch einige höchst zweifelhafte Todesfälle dabei – Leute, die offenbar zu viel wussten. Schließlich sogar ein Sumpf mit Sexgeschichten um zwei Schwestern, die zugleich ein ganzes Industrieimperium aufgebaut hatten. Das Ganze war ein so abenteuerliches Sammelsurium von Affären, Eklats, Sensationen und Verbrechen, wie es sich der ausgebuffteste Regisseur von Krimi-Serien nicht genussvoller ausdenken konnte. Ein Artikel bei »Caixin online« war überschrieben: »Sisters in the Shadows of a Shanxi Graft Probe«, das dazugehörige Foto zeigte einen der höchsten Parteikader des Landes, der sofort abgesetzt worden war. Dies alles war aber nur die Spitze eines Eisberges, an dem weitere höchst prominente Politiker sich erkälteten, ihre Posten verloren, einige – wie Liu Tienan – sogar lebenslänglich in Haft kamen. Staats- und Parteichef Xi Jinping hatte sich mit seiner Anti- Korruptions-Kampagne die Provinz Shanxi wohl zuerst vorgeknöpft, weil er dort besonders viele persönliche Widersacher und Gegner vermuten konnte. Offenbar hatte er in ein ungewöhnlich großes Wespennest gestochen.

Für Grabowski waren die zahlreichen dort genannten Namen aus der chinesischen Politik und Wirtschaft alle völlig unbekannt. Einige, die höhere Funktionen zu haben schienen, gab er bei Wikipedia ein und wurde oft genug fündig. Schließlich landete er sogar bei dem »China Leadership Monitor« von Cheng Li, der offenbar sehr kenntnisreich über »Xi Jinpings Inner Circle« für die »Hoover Institution« schrieb. So geheimnisvoll war dieses China augenscheinlich nicht mehr, eine global mediatisierte Gesellschaft sorgte dafür.

Einen ganzen Wust von Zetteln hatte er vor sich liegen, beschrieben mit Namen, Verweisen, Stichworten und Pfeilen zu irgendwelchen Links, die ihm noch überprüfenswert schienen. Einerseits stocherte er im Nebel, andererseits hatte er das Gefühl, mehr und mehr zu verstehen, wie dieses Land sich reformierte und öffnete, dabei aber allzu oft die Kontrolle verlor und Kräfte freisetzte, die der Zauberlehrling mangels Erfahrung nicht mehr bändigen konnte. Über manches, was er las und über das die Medien ganz offen berichteten, konnte er nur den Kopf schütteln. Vor 40 Jahren noch ein streng kommunistisches Land ohne jede private Wirtschaft, gab es jetzt bereits fast so viele Milliardäre wie in Amerika. Das konnte nicht mit rechten Dingen zugehen, mit Gesetzen zum Wohle aller und des ganzen Landes schon gar nicht. Aber unzweifelhaft gab es in diesen 40 Jahren auch einen technischen und wirtschaftlichen Fortschritt größten Ausmaßes, selbst wenn er keineswegs angemessen verteilt war oder allen zugutekam. Was ihn am meisten überraschte, war, dass sich ein noch immer so autoritär regiertes Land zugleich in manchen Bereichen so zügellos entwickeln konnte.

Die Fragen, die er an Liang Shitang stellen wollte, wurden immer mehr. Wang Yuhai vergaß er dabei nicht. Er versuchte bei allem, zu verstehen, wo er diesen jungen Mann einordnen konnte, der einerseits einer privilegierten Schicht angehörte und offenbar neben seinem Studium mit seinen Kontakten zur Wirtschaft und zu Immobilienkreisen selbst unternehmerisch tätig werden wollte, aber eigentlich hier in Deutschland eher unbeobachtet und wenig provokativ aufgetreten war. Andererseits war er selbst ein Opfer geworden, hatte eine tödliche Aggression gegen sich heraufbeschworen. Bei wem nur? Die chinesische Gesellschaft schien viel größere Widersprüche auszuhalten, ohne gleich in Mord und Totschlag auszuarten. Jedenfalls hatte er nichts davon gehört. Und doch war er mehr und mehr überzeugt, dass diese Tat nur einen chinesischen Hintergrund haben konnte.

Es war schon Abend, aber er wollte immer noch weitermachen. Er konnte jetzt nicht einfach abbrechen, obwohl es kein Ziel gab, das er heute noch erreichen konnte. Jedoch steckte er mittendrin in dieser

Welt fremder Gerüche, die ihn ebenso faszinierten wie abstießen. Wäre er Schriftsteller, hätte er sich aus diesem Meer springender, schnaufender, sich stoßender, wabernder und gefräßiger Leiber nur einzelne herauszuangeln brauchen, um ihre Erlebnisse zu befragen und zu sezieren, um sie neu zusammengesetzt als abenteuerliche Erzählungen und schauerliche Geschichten von Neuem zu berichten. Aber er suchte nur nach einem vielleicht ganz kleinen, unscheinbaren Teil, das aber als Einziges in der Lage war, seine schon gefundenen Fragmente zu einem geschlossenen Ganzen zu fügen.

Er ging auf den Flur, um sich an dessen Ende aus dem Automaten einen Kaffee zu holen. Haebler stand gerade da und wartete, dass sein Becher sich füllte. Er sah müde und erschöpft aus. Mit resignierter Stimme sagte er: »Es war nichts, es ist nicht der Ball von dem Jungen.«

»Sicher?«

»Es hätte so gut gepasst und uns weitergeholfen. Aber der Ball lag schon zwei Tage länger auf dem Dach. Dafür gibt es Zeugen und außerdem ein Foto, das sicher datiert ist. Also alles auf Anfang.«

»Dennoch, ein solcher Fall wird immer gelöst, früher oder später ...«

»Das Blöde ist nur, dass wir heute Morgen eine Presseerklärung dazu herausgegeben haben, und jetzt können wir sie nicht mehr zurückziehen, weil der Redaktionsschluss schon vorbei ist. Es steht also morgen falsch in der Zeitung.«

»Ach Gott, das auch noch. Dumm gelaufen, wo die Leute jeden Tag auf positive Nachrichten nur so lauern.«

»Die 6.000 Euro, die die Staatsanwaltschaft zur Belohnung für Hinweise ausgelobt hat, sind jetzt von privater Seite um 4.000 erhöht worden. Es gibt immer noch Leute in der Stadt, die sich für etwas einsetzen. Aber ich muss sagen, wenn ich etwas wüsste, würde ich mich nicht dafür auch noch bezahlen lassen. Nicht bei so einem Fall …«

»Kann es denn wirklich kein Sexualdelikt gewesen sein?«

»Ich – mit meiner Erfahrung – kann nur sagen: Bisher gibt es nicht den geringsten Anhaltspunkt dafür. Höchst unwahrscheinlich.« Nach einer längeren Pause fügte er hinzu: »Gibt es denn bei dir was Neues?«

»Viel Arbeit, aber noch lange keinen Durchbruch. Am Ende kann ich vielleicht Chinesisch.«

»Oh je, das wäre nichts für mich. Um nichts in der Welt möcht ich tauschen.«

Schon im Weggehen rief Grabowski ihm noch zu: »Ich hoffe ja auch, dass wir früher fertig werden.«

DONNERSTAG, 31. JULI 2014

HEINRICH-VON-STEPHAN-STRASSE

Die letzten beiden Tage hatte Grabowski nur gesurft, solange er sich irgendwie auf dem Brett halten konnte. Es kam ihm vor, als habe er den ganzen mafrensischen Bezirk für sich alleine gehabt (obwohl mit den Augen meist nach China unterwegs), das Wasser sondiert, um eine der grünen Wellen zu erwischen, immer wieder den Ritt gewagt, oft genug nur im Weißwasser gebadet, insgesamt ein Abenteuer, bei dem er alles andere fast vergessen hatte. Selbst bei Elfi hatte er sich abgemeldet (immerhin) – er müsse »am Stück arbeiten«, könne nicht unterbrechen, müsse endlich einmal eine entscheidende Strecke weiterkommen …

Sogar das Trinken hatte er beinahe vergessen, obschon immer eine große 1,5-Liter-Flasche Wasser neben dem Bildschirm stand. Natürlich war es ein wildes Surfen, immer im nervösen Ausschau nach einer neuen lohnenden Wegmarkierung, immer im Sprung auf einen neuen Kamm. Und doch ging es so sportlich dabei nicht zu. In Wirklichkeit hatte er sich kaum bewegt, die Schulter schmerzte, die Füße waren angeschwollen und seine Augen waren wie Querrechtecke. Jetzt kam er sich eher wie ein Fischer vor, der sich zwei Tage lang mit einem Schleppnetz abgemüht hatte und nun den überaus gemischten Fang überprüfen sollte.

Liang Shitang war zum Glück erschienen und konnte ihm dabei helfen, vor allem, wo er mangels Kenntnissen nicht weitergekommen war. Grabowski sagten ja selbst die Namen von chinesischen Städten oder Regionen nichts, geschweige denn die von Personen. Was er in irgendwelchen Zusammenhängen an Namen notiert hatte, um sie weiterzuverfolgen, war ihm ebenso fremd, als seien es mexikanische Berge mit aztekischen Bezeichnungen. Seine Notizen waren ein wahres Radebrechen. Dabei hatte er nur in den zahlreichen englischen (und wenigen deutschen) Einträgen gelesen. Die chinesischen Zeichen der weiteren Einträge nahmen sich auf dem Bildschirm merkwürdig blutarm und ausgetrocknet aus, wie verdorrte Moose oder Flechten. Immerhin gab es sie in friedlicher Koexistenz, vor wenigen Jahren war das noch undenkbar.

Der Übersetzer hatte aber auch selbst inzwischen einiges recherchiert, zum Beispiel über die Eltern von Wang Yuhai. Der Vater stammte aus Datong, dem Kohleminenzentrum von Shanxi. Er hatte ein Studium in Petrochemie absolviert und war dann einige Jahre in Afrika tätig gewesen, wo er ein chinesisches Unternehmen leitete, das sich mit der Ausbeutung seltener Erden beschäftigte, die nach China weiterverschifft wurden. Später war er in Shanxi als hoher Kader im Bergbaubereich tätig gewesen, bevor er als stellvertretender Minister eines Rohstoffministeriums nach Beijing (Peking) geholt wurde. Da er erst Anfang 50 war, konnte er mit weiteren Karriereschritten rechnen.

»Professor Schreiner sprach von einem General Wang, mit dem er verwandt sei«, sagte Grabowski.

»Er meinte sicher den berühmten General Wang vom ›Langen Marsch‹. Das ist aber schon die nächsthöhere Generation. Jedenfalls ist unser Minister Wang ein Prinzling, also bereits der Sohn von einem Prinzen.«

»Nennt man das so? Das sind doch Adelsbezeichnungen?«

»Ja. Das ist doch nicht falsch. Hohe Abstammung.« (Hihi!)

»Und die Mutter von Yuhai?«

»Lin Shen. Stammt auch aus einer Kaderfamilie. Der Großvater hat die Jiupu-Eisenbahnlinie verteidigt. Eine berühmte Heldentat.«

»Sind die Eltern irgendwann einmal ins Gerede gekommen? Gibt es kritische Blogs, wo die genannt werden?«

»Ich habe überall gesucht, aber nichts gefunden. Minister Wang tritt nicht öffentlich auf. Auch nicht in der Partei.«

»Also ist er Parteimitglied?«

»Seit 1988.«

Nachdem sie viele weitere Punkte von Grabowskis Zetteln durchgesprochen hatten, sagte er: »Eines habe ich gar nicht gefunden, was Sie früher einmal erwähnt haben. Das ist die Xishan-Gesellschaft. Was soll ich mir denn darunter vorstellen? Ist das eine Triaden-Gesellschaft?«

Liang lachte, und seinem Hihihi war nicht zu entnehmen, was ihn so belustigte. Vielleicht war es auch nur eine gewisse Verlegenheit oder Unsicherheit. Denn was er hierzu beisteuern konnte, war wirklich erstaunlich.

Der Begriff »Xishan« war nichts anderes als eine Umdrehung der beiden Silben, die die Provinz Shanxi bezeichneten. Diese spielerische Verwandlung siedelte den Begriff in offiziellen Bereichen an, wenn auch in der Art eines deutlichen Gegenpols. Von dieser Gesellschaft selbst wusste man nicht viel und das Wenige ging auf einen chinesischen Journalisten (Luo Changping) zurück, der zu den seltenen investigativen Reportern gehörte. Er hatte immerhin geschrieben, dass ein Ticket dieser Gesellschaft eine wesentliche Abkürzung auf dem Weg zur Führung der politischen Macht in China bedeuten könne. Den politischen Stellenwert dieses Kreises konnte man nicht schärfer sichtbar machen.

Nach seinen Untersuchungen war diese Vereinigung spätestens 2007 gegründet worden und traf sich alle drei Monate, meist in den Bergen westlich von Beijing in einer höchst luxuriösen Umgebung. Mitarbeiter, Sekretäre oder Mätressen waren nicht zugelassen, Handys mussten ausgeschaltet bleiben, selbst Chauffeure wurden nicht geduldet, sodass man sich Shuttlediensten anvertrauen musste. Alles sehr geheimnisvoll. Es gab aber auch keine formelle Mitgliedschaft, man wurde eingeladen (sicher aber vorher streng geprüft), nichts Schriftliches, kaum Spuren. Also Klubatmosphäre und Geheimnistuerei. Wer freilich dazugehörte, das gab der Sache allerdings gleich eine viel gravierendere Bedeutung (obwohl keineswegs alle Teilnehmer bekannt geworden waren). Denn einerseits handelte es sich um die höchsten Parteikader der Provinz Shanxi, die teilweise zugleich hohe Parteiämter in Peking innehatten und deshalb als äußerst einflussreich gelten konnten, andererseits waren die wichtigsten und reichsten Unternehmer dieser Bergbauprovinz in diesem Klub vertreten, Millionäre, die mit Kohleminen, Verhüttung, Stahlproduktion, Schwerindustrie, aber auch mit Immobilien ihren rasanten und teilweise unerklärlichen Aufstieg genommen hatten. Diese Gruppierungen in dieser ungewöhnlichen Form zusammenzubringen, musste unweigerlich zu den schönsten Blüten und Früchten der Korruption führen.

Aufgefallen war diese Konstellation dem Journalisten vermutlich, als die Beschuldigungen gegen den chinesischen Eisenbahnminister aufkamen (2011) und zu einem alsbaldigen Prozess führten, der im Juli 2013 mit einer Todesstrafe auf Bewährung endete. Dieses erste große Verfahren gegen einen ranghohen Politiker, der mehr als acht Millionen Euro Bestechungsgeld angenommen hatte, fand überall auf der Welt große Beachtung; die Einzelheiten, die dabei zur Sprache kamen, nur noch mehr. (Nach dem, an was man sich in China inzwischen gewöhnen musste, sind acht Millionen allerdings »Peanuts«, wie man das in hiesigen Bankenkreisen nennt –vor zwei Jahren war's noch eine Sensation.)

Es ging vor allem um Bauprojekte und Aufträge im Zusammenhang mit dem neuen Hochgeschwindigkeitszug. Eine Spur führte dabei auch zu Ding Shumiao, einer

Frau, die höchst clever ein mächtiges Wirtschaftsimperium in Shanxi aufgebaut hatte. Der größte Deal ging um die Beteiligung an einer lukrativen Fabrik, die die Räder und Achsen für diesen Hightech-Zug herstellte und der Familie Ding zugeschanzt wurde (Frau Ding bekam dafür später einen Korruptionsprozess, wo es bereits um 325 Millionen US-Dollar ging, wofür sie »nur«20 Jahre Haft bekam.).

Diese Frau Ding gehörte (selbstverständlich, muss man fast sagen) zur Xishan-Gesellschaft. Und da diese Machenschaften in Shanxi nun einmal aufgedeckt wurden, konzentrierte man sich darauf, dort weiter fündig zu werden. Und so kam es, dass seit 2013 fast alle oberen Parteikader dieser Provinz ihren Korruptionsprozess bekamen (mit hohen Strafen), dazu noch einige hohe Parteileute in Peking, die damit in Verbindung standen, und darüber hinaus natürlich auch einige der Investmentchefs und Wirtschaftsmagnaten. Zum Teil wurde in diesem Zusammenhang die Xishan-Gesellschaft genannt, aber da es ja keine förmliche Mitgliedschaft gab, kam es hierzu auch nie zu einer Anklage. (Ob die Gesellschaft immer noch existiert und wer ihr jetzt noch angehört, ist unbekannt.)

Es war schon Nachmittag, als Huber kurz den Kopf zur Tür hereinsteckte. Mit einer gewissen Befriedigung nahm er wahr, wie sehr Grabowski und Liang Shitang in den Details chinesischer Kabalen und Winkelzüge verstrickt waren. Er verschwand gleich wieder und konnte sicher sein, jetzt nicht weiter gebraucht zu werden.

»Kann man ›Xishan‹ nun eine Triade nennen?«

(Hihihi!) »Ich würde sagen: ein Geheimklub. Die Triaden sind sehr streng organisiert.«

»Für mich sehr wichtig ist die Frage: Kann es sein, dass Wang – also der Vater von Yuhai – dazugehört? Er hat ja enge familiäre Verbindungen nach Shanxi, zur Partei ohnehin, zur Industrie vermutlich auch, wenigstens über sein Ministerium ... Er gehört also zu den wichtigsten Leuten dort.«

»Das weiß ich nicht. Das werden wir auch nie erfahren. Außer wenn es durch einen Prozess bekannt wird.« (Hi! – aber es klang mehr wie: Hu!)

»Halten Sie es für möglich?«

»Möglich ist alles. Ich kenne Minister Wang nicht.«

»Nun aber eine weitere wichtige Frage: Was ist die Xilong-Gesellschaft? Die haben Sie neulich auch erwähnt und ich habe dazu nichts gefunden.«

Liang Shitang erstarrte und gab einen dunklen Grunzlaut von sich. »Sie ist jedenfalls noch geheimnisvoller.«

»Ist das auch so ein Klub prominenter Leute?«

»Das weiß niemand. Kein einziger Name ist bekannt.«

»Und wo ist sie tätig?«

»Überall.«

»Das ist in der Tat sehr interessant. Dann vermute ich, dass sie sehr mächtig ist.«

»Ja, sehr mächtig.«

»Kombiniere, dass diese Gesellschaft sehr reich ist ...«

»Niemand weiß, wo sie ihr Geld angelegt hat.«

»Niemand weiß etwas. Aber Sie sind sicher, dass es diese Gesellschaft gibt?«

»Ja, ganz sicher.«

Liang war merkwürdig wortkarg geworden.

»Dann muss dies eine echte Geheimgesellschaft sein.« Mit sarkastischer Ironie fügte Grabowski hinzu: »Eine Geheimgesellschaft, wie sie im Buche steht. Mit unbekannten Oberen, nur der Chef – irgendein biederer Beamter – weiß, dass er der Oberste ist. Mit einer ganzen Armee von Gefolgsleuten im absoluten Gehorsam, unbeugsam, unerbittlich, unschlagbar. Das ist fantastisch.«

Der Übersetzer sagte lange nichts, dann stieß er hervor: »…wie ein Geist!«

Grabowski nahm das auf: »Wie ein Geist, real und unsichtbar. Ich habe vor Kurzem eine Geschichte gelesen. Da überfällt ein geiles Gespenst im Traum ein junges Mädchen. Wenn sie sich verschließt, wird sie vergewaltigt, wenn sie mitspielt, wird er ihr die Techniken der Liebesfreude beibringen – real und unsichtbar.«

»Oh, das kenne ich«, (hihi), »das ist ›Die Geschichte vom wilden Bambuswald‹. Das Mädchen wird später eine große und unwiderstehliche Frau.«

»Und was ist mit dem Xilong-Geist?«

»Ich untersuche das, es ist sehr schwer. Es hat etwas zu tun mit fenzang. Nächste Woche kann ich vielleicht etwas sagen. Ich werde mir Mühe geben.«

*

Es war kurz nach 16 Uhr, als Huber vor dem Konzerthaus eintraf. Es waren nur wenige Schritte vom Polizeipräsidium bis hierher. Auf der großen Freifläche zwischen dem Novotel und den Pfeilern der Straßenbahnbrücke, wo sonst höchstens ein paar Taxi-Nachrücker für den Bahnhof warteten, sollten sich die Teilnehmer zur »Schauinsland-Klassik-Rallye« zur Registrierung und technischen Abnahme einfinden. Dass dies der viel geeignetere Ort und Zeitpunkt zur Besichtigung der Oldtimer und zur Kontaktaufnahme mit den Fahrern war als am folgenden Tag auf dem Münsterplatz, wusste Huber noch vom letzten Jahr. Denn hier bekamen die Teilnehmer ihre Startnummern, mussten die Fahrzeugpapiere zeigen und für Abweichungen und Sonderausführungen die Betriebsgenehmigung vorlegen, was mit badischer (also pragmatischer) Gründlichkeit geprüft wurde. Selbstverständlich wurden alle Motorhauben geöffnet und auch die Einzelheiten der Armaturen vorgeführt – stolzer als bei jedem Pferdehändler der Blick ins Gebiss.

Man kannte sich, traf sich alljährlich und regelmäßig, und selbst die Fans, die sich vor dem Konzerthaus einfanden, stellten jedes Jahr die gleichen Fragen oder fachsimpelten mit den Besitzern dieser Schmuckstücke um stets die gleichen Details, Werkstattadressen und Ersatzteile. Ein Ford Thunderbird Cabriolet von 1961 war dabei, ein Triumph Dolomit Sprint, ein Jaguar SS 100 von 1939, von denen gerade einmal 300 gebaut worden waren, lauter hochgeschminkte und gewienerte Models, die backstage nervös auf den Catwalk warteten. Morgen ging es dann los mit Zeitkontrollen, Gleichmäßigkeitsprüfungen und Ähnlichem.

Huber zog es wie immer vor allem zu den beiden Jaguar E-Types, ein Cabrio Roadster von 1966 in knalligem Rot und ein Coupé von 1961, original in British Racing Green, die Innenausstattung beige in Vollleder. Nachdem er den Fahrer wie einen alten Bekannten begrüßt hatte, erfuhr er gleich von dessen Missgeschick, dass seine Frau, die normalerweise als Beifahrerin fungierte, ausgerechnet am ersten Tag der Rallye zu der Beerdigung einer Tante müsse, das sei unverzeihlich (das Fehlen bei der Rallye oder bei der Beisetzung?), aber er müsse es hinnehmen, ohne Sozius zu starten, nur diesen einen Tag. Abends käme sie dann mit dem Zug nach Freiburg. Huber strahlte ihn mit der größten Bereitwilligkeit an, aber der Fahrer verstand nichts, wollte nichts verstehen, bevor er nicht ausgiebig bemitleidet worden wäre. Doch Huber ließ sich nicht so schnell abschütteln …

*

Am späteren Abend flanierten Elfi und Grabowski auf dem Schlossbergfest. Die Wege des ganzen steilen Berges waren illuminiert, auf den diversen Plätzen und Anhöhen waren Festzelte mit Live-Musik verschiedener Bands aufgestellt, natürlich gab es zahlreiche gastronomische Bereiche, wo man Flammkuchen, Grillgerichte und Bratwürste essen konnte. Für alles und jeden war gesorgt, Getränke jeder Art wurden ausgeschenkt, sogar der Sekt ging nicht aus. Ein richtiges Volksfest in einer angenehm warmen Nacht, wo sich alles in heiter gelassener Stimmung vermischte, jeder zufrieden, keiner in unangenehmer Weise betrunken war und nirgendwo eine aggressive Stimmung aufkam. Man ließ sich treiben, wohin einen der Musikgeschmack zog oder die Essensdüfte verführten.

Elfi und Grabowski hatten auf der Höhe des Greifenegg-Schlösschens einen Flammkuchen gegessen. An den Bierbänken war man zusammengerückt, sodass sie noch ein Plätzchen fanden. Später waren sie bis zur Ludwigshöhe heraufgestiegen, wo man einen grandiosen Blick über die gesamte Stadt hatte, die im Restlicht des Himmels nach dem Sonnenuntergang und bei den auffunkelnden Lichtern der Stadtbeleuchtung nach und nach ihre Konturen verlor. Überall grüßte man Bekannte oder ließ sich auf ein kleines Schwätzchen ein, offenbar war die ganze Stadt hier unterwegs. Sogar Huber trafen sie noch mit einem Glas Rotwein in der Hand.

»Trollinger ist das aber nicht?«, flapste Grabowski.

»Ich hab mich längst an den Spätburgunder gewöhnt. Und jetzt gibt es auch guten Merlot, zum Beispiel Bischoffinger … Ich kann damit leben.«

»Elfi, jetzt endlich kann ich dich einmal mit meinem Kollegen Huber bekannt machen.«

»Schön, Sie kennenzulernen, wenn auch nur im Dunkeln. Ich höre so oft von Ihnen …« Sehen konnte man nur noch Umrisse und graue Gesichter. Sie gaben sich flüchtig die Hand.

Huber, nicht maulfaul, gab zurück: »Sie arbeiten bei dem Anwalt Graber? Ich weiß schon, der hat den Kontakt zu dem Professor vermittelt. Und früher auch schon einmal …«

»Ja, und Huber …«, schaltete sich Grabowski wieder ein, »… ist der, der für die Oldtimer zuständig ist. Leider warten wir noch immer auf den Fall, wo eine ganze Sammlung historischer Fahrzeuge auf einmal gestohlen wird. Da wäre er in seinem Element.«

»Da gibt es gar nichts zu spotten. Man braucht für alles Leute, die sich auskennen. Und übrigens, morgen … Ich bin Beifahrer in einem E-Type, was hältst du davon?«

»Ich weiß ja nicht, wie du das geschafft hast, aber zieh dir bloß eine große Mütze auf, dass du nicht gleich zu erkennen bist, sonst bekommst du reichlichen Ärger. Mit solchen Eskapaden ist man im Amt ziemlich humorlos.«

»Ich pass schon auf. Hab den ordentlich anbaggern müssen. Aber meine Ortskenntnis und dass ich natürlich sehr gut Karten lesen kann – das hat ihn schließlich überzeugt. Allein zu fahren und dann auch noch eine solche Strecke, übers Wiesental quer über den ganzen oberen Hotzenwald, Wehratal, Albtal und von Grafenhausen über Lenzkirch und den Thurner zurück nach Freiburg – das schafft der nie alleine …«

»Wie weit ist das denn?«

»Um die 200 Kilometer. Das ist *die* Gelegenheit in dem grünen Feger …«

Später standen Grabowski und Elfi am Kanonenplatz und sahen versonnen auf die Wiehre hinunter.

»Eigentlich kann einem Huber ja leidtun, er hat ein Hobby, für das er nie das nötige Geld verdienen wird.«

»Na und?«, antwortete Elfi ungerührt. »Jeder Briefmarkensammler träumt von der blauen Mauritius und wird sie nie bekommen. Ist das so schwer auszuhalten?«

»Da hast du recht. Immerhin sitzt Huber einen ganzen Nachmittag in diesem komischen Flitzer und ist glücklich für sein Leben. Da muss man ihm nichts neiden. Er hat gesucht und gefunden. Während ich morgen den ganzen Tag wieder im Internet schnüffle.«

»Und was suchst du?«

»Wenn ich das nur wüsste. Ich versuche zu verstehen, was in China gerade passiert. Irgendwie hängt mein Fall schließlich damit zusammen.«

»Irgendwie … Denkst du denn, dein Täter spaziert vor deinen Augen im Internet herum?«

»Natürlich nicht. Ich würde ihn gar nicht erkennen, weiß nicht einmal, wie er heißt. Aber zu denken, dass er hier unten in Freiburg unerkannt umherspaziert, fällt mir auch schwer. Ein Raubmord war es nicht, auch keine Tat im Affekt. Ich denke vor allem an einen langen Arm aus China, wie auch immer. Freilich war es ein kurzer Arm, der ihn erdrosselt hat, jemand, der in diesem Augenblick direkt neben ihm stand. Der hat Freiburg vermutlich längst verlassen, hatte vielleicht sonst hier gar nichts zu tun.«

FREITAG, 1. AUGUST 2014

HEINRICH-VON-STEPHAN-STRASSE

Das Frühstück hatten Grabowski und Elfi schweigend eingenommen, im Kaffee rührend und jeder in einen anderen Teil der Zeitung vertieft. Elfi amüsierte sich mit einem Bericht über eine neue Fraktion im Stadtrat, die es ablehnte, kostenlose Tickets für die Heimspiele des Freiburger SC zu bekommen. Andere Stadträte standen jetzt blamiert da. Was sollte man dazu denken?

Er hingegen hatte ein ausführliches Interview mit »seinem« Chef der Kriminalpolizei über den Mord an dem achtjährigen Jungen entdeckt, den er natürlich als Erstes las. Schwierig, wenn man noch keine Fahndungsergebnisse mitteilen konnte, nicht einmal einen Verdächtigen, obwohl alle darauf warteten. Aber der Oberste hatte auf die extrem hohe Motivation der Kripobeamten hingewiesen, auf die Emotionen dabei, aber auch die Arbeitsbelastung von bis zu 16 Stunden am Tag. Auf die Frage: »Wann geht Ihren Leuten die Puste aus?«, hatte er lapidar geantwortet: »Das frage ich mich manchmal auch.« Ein gutes Interview, das musste man erst einmal hinkriegen in Zeiten so großer Anspannung. Er war mit seinem Chef sehr zufrieden.

Kaum dass Grabowski in seinem Büro eingetroffen

war, steckte gleich Huber seinen Kopf herein. Grabowski fragte ihn erstaunt: »Ich dachte, du seiest heute unterwegs?«

»Erst mittags. Start ist um 13 Uhr. Außerdem ist es immer gut, wenn man sich kurz vorher noch auf der Dienststelle sehen lässt. Vor allem mit Neuigkeiten. Ich habe nämlich gerade vom Baden-Airport erfahren, dass am Samstag, 14. Juni, abends spät zwei Chinesen mit Ryan Air aus Porto angekommen sind und am Montag, 16. Juni, nachmittags wieder zurückgeflogen sind. Der eine heißt Cao Li, der andere Feng Sheng. Wer das ist und was die vorhatten? Keine Ahnung. Die können natürlich auch in der Spielbank in Baden-Baden gewesen sein.«

»Das lässt sich ja leicht nachprüfen, kannst du dir gleich am Montag vornehmen. Die können auch beim ›Europa-Park‹ in Rust gewesen sein. Da ist vieles möglich.«

»Geschäftsleute waren das eher nicht, sonst wären die nicht gerade für den Sonntag gekommen.«

»Bist du denn sicher, dass das zwei Männer waren und nicht etwa ein Paar? Aus den Namen können wir doch gar nichts erkennen?«

»Sie waren zumindest beide als ›Mister‹ gebucht. Geburtsdaten stehen nicht dabei. Also, mehr kann ich auch nicht sagen, wollte es dir nur gleich weitergeben.«

»Prima. Mal sehen, ob das etwas bringt.« (Nach einer kurzen Pause:) »Du bist dann erst einmal weg? Falls dein Pilot dich auch mal ans Steuer lässt: Fahr ihm bloß keine Schramme rein.«

»HA!HA!HA!« Es klang eher genervt als nach fröhlichem Gelächter.

*

Grabowski dachte lange nach. Zwei Chinesen also aus Portugal am Baden-Airport angekommen. Na und? Wie viele von den Milliarden Chinesen reisen gerade in Europa herum? In Deutschland? Aus welchen Gründen? Unendlich viele Möglichkeiten. Liu Dongzhi, der am gleichen Wochenende in Basel angekommen war, konnte immerhin als ein Bekannter Wang Yuhais identifiziert werden. Diese beiden jetzt hatten hingegen nichts als ihre chinesischen Namen. Aber genügte das, um hier eine Spur zu verfolgen? Und falls sie Freiburg als Ziel hatten – aber war das nicht eher unwahrscheinlich? – Warum kamen sie dann ausgerechnet über den Baden-Airport? Von Porto aus? Und von Lissabon immerhin ein paar Hundert Kilometer entfernt? Gewiss, Ryan-Air war unschlagbar billig, jedenfalls billiger als Easy-Jet. Doch wer nur für einen Sonntagsausflug von Portugal nach Baden fliegt, muss vermutlich aufs Geld nicht so genau schauen.

Die Namen waren notiert, selbstverständlich. Aber es musste noch irgendetwas dazukommen, bevor man Zeit und Spürsinn für diesen vagen Hinweis opfern würde. Den herumgeschlenzten 576 Kilometern von Liu Dongzhi nachzugehen, war sicherlich dringender. Wenngleich ihm noch nichts dazu eingefallen war.

Grabowski setzte sich an den Computer und startete das Internet. Vor ihm lag der Stapel mit Zetteln und

Notizen, die er sich in den letzten Tagen gemacht hatte. Das meiste war schon abgearbeitet. Ein paar Zufallsfunde waren dabei, aber sie waren für ihn vermutlich bedeutungslos. So wurde ein chinesischer Millionär schon seit zwei Monaten vermisst, zuletzt gesehen in Macao. Seine Konzernleitung teilte mit, der Vorstandschef sei »nicht mehr zu erreichen«, sein Handy abgeschaltet. Solche Meldungen kamen durchaus öfter vor. Sie konnten auch lauten: »XY nimmt in angemessener Form an Entscheidungsfindungen teil.« Echtes Parteichinesisch. Manchmal sollte das bedeuten, dass jemand den Behörden für eine Untersuchung zur Verfügung stehen müsse, meist in Korruptionsangelegenheiten. Also sich in einer Art Hausarrest oder Haft befände, jedenfalls streng abgeschottet. Oft konnte der Betreffende nach einigen Tagen wieder auftauchen, als sei nichts geschehen, er selbst würde sich dazu nicht äußern. Zwei Monate ohne ein Lebenszeichen war aber auch für chinesische Verhältnisse eine lange Zeit. Hierzulande würden schon nach einem Tag alle Alarmsirenen losheulen und eine riesige Polizeiaktion zur Suche gestartet, wenn ein Unternehmer auch nur lokaler Bekanntheit spurlos verschwunden wäre. Zum Beispiel ein Freiburger – gar nicht auszudenken …

Bevor er einen weiteren Suchbegriff eingab, fiel ihm Elfis etwas süffisante Bemerkung ein, ob er glaube, dass der Mörder vor seinen Augen im Internet herumspaziere. Sie meinte doch wohl: Je größer der Heuhaufen, desto unwahrscheinlicher, darin etwas zu finden. Aber was suchte er eigentlich? Doch kaum den Täter selbst, von dem er viel zu wenig wusste. Neue Spuren, die direkt zum Tatort oder zum Täter führen konnten, waren nicht zu erhoffen. Aber es gab einen alten Grundsatz für scheinbar aussichtslose Fälle: Um einen solchen Täter zu finden, musst du möglichst viel über das Opfer wissen …

Nur war das Problem, dass er von Wang Yuhai noch immer viel zu wenig wusste und nicht in seine Nähe kam. Es ging nach wie vor darum, etwas von seinem Lebensmilieu zu erfassen. Die privilegierte Familie, die Regierungsverantwortung und die Parteimitgliedschaft des Vaters waren zwar signifikant, aber damit war nicht weiterzukommen. Da versperrte eine intakte chinesische Mauer jeden Einblick. Aber was ist mit den Chinesen, die offenbar Geld anzulegen haben – woher auch immer es kommt – und sich deshalb für Immobilien im Ausland interessieren, so wie er? Oder Handelsgeschäfte betreiben, so wie er? Was hat es mit der chinesischen Spielsucht auf sich, wo es fast immer um Geld geht? Wie leben solche Chinesen im Ausland? Hierzulande kannte man Chinesen bestenfalls als Restaurantbesitzer, Köche und Kellner, die niemals auffielen. Aber um die ging es wirklich nicht.

Mitten in diese Überlegungen rief Elfi an, was sie sehr selten tat, weil sie nicht wissen konnte, in wessen Gegenwart Grabowskis Handy gerade klingelte und ihn damit in Verlegenheit brachte. Einfacher war es, wenn er sie in ungestörten Momenten anrief, denn Privatgespräche wurden nicht gerne gesehen.

»Passt es gerade?«

»Bestens. Ich sitze ganz allein vor dem Bildschirm.«

»Ich wollte dir nur sagen, dass ich mich morgen am Spätnachmittag mit meiner Freundin Beate verabredet habe. Oder hattest du etwas anderes vor?«

»Bis jetzt nicht.«

»Ich habe sie schon ewig nicht mehr gesehen, weil sie immer so viel Arbeit hat. Und jetzt klappt es endlich einmal. Ende nächster Woche fährt sie dann in Urlaub.«

»Viel wichtiger ist heute. Wie lange schaffst du denn?«

»Hier ist nicht mehr viel los. Warum ist das wichtiger?«

»Weil ich dann vielleicht noch eine Chance habe.«

»Bei mir hast du immer eine Chance, das weißt du doch. Außerdem weißt du sie meist auch ganz gut zu nutzen.«

»Stimmt. Gib mir trotzdem eine.«

»Mal sehen, wie gut du dich benimmst. Soll ich denn eine kleine Stärkung mitbringen?«

»Wir können auch zusammen einkaufen … Lass uns doch beim EDEKA-Markt treffen, etwa um halb sechs. Von dort aus können wir immer noch bei der Metzgerei Pum in der Lehener Straße vorbeigehen, wenn es uns gelüstet.«

Innerlich beschwingt, stocherte er weiter im Internet herum mit einem Wust von Suchbegriffen und Reizvokabeln, zu denen »Korruption«, »Unterschlagung«, »Geldverschiebung ins Ausland« und Ähnliches hinzukamen. Das führte dann zu zahlreichen Berichten über Gerichtsverfahren oder Untersuchungen vor der Zentralen Disziplinarkommission der Kommunistischen

Partei Chinas. Von Deutschland oder Portugal war da nie die Rede, oft aber von Kanada und den USA. Es ließ darauf schließen, dass es dorthin längere und bessere Kontakte gab, vielleicht auch größere Gruppen von Exilchinesen.

Die ausführlichsten Berichte betrafen spektakuläre Einzelfälle, die zugleich Schlaglichter warfen auf das wenig bekannte Ausmaß dieser spezifischen Kriminalität, die aber auch Muster an Querverbindungen freilegten, von denen vielleicht auch für den Freiburger Mordfall zu lernen war. Vor allem der Fall Lai Changxing mit seinen vielfältigen Verästelungen beanspruchte schon seit Tagen seine Aufmerksamkeit. Von ihm hieß es, er sei inzwischen der »bekannteste Hund« in China, es gebe niemanden, der von ihm noch nicht gehört habe. Teils sprach man mit Bewunderung und Mitgefühl von ihm, teils mit Abscheu und Genugtuung. Immer wieder war er auf ihn gestoßen, zuletzt in einem Artikel der *Beijing Review* von Anfang 2006 mit dem Titel »Fugitive Justice«. Einer gewissen Faszination konnte sich auch Grabowski nicht entziehen – bei allem ungläubigen Staunen.

DIE WAHRE GESCHICHTE VON LAI CHANGXING

Sie beginnt in einem kleinen Dorf, etwa 80 Kilometer nordöstlich von Amoy (=Xiamen). Die zerklüftete Küstengegend an der Straße von Taiwan ist ein bekanntes Piraten- und Schmugglergebiet und war früher durch große Armut bedrückt.

Lai, 1958 geboren, wuchs als Ältester von acht (!) Kindern eines Kleinstbauern auf. Das war eine Zeit, die geprägt war von den unglücklichen Experimenten des »Großen Sprunges nach vorn«(1959–1961) durch Mao Zedong, mit denen eine Kommandowirtschaft begann, die zugleich die Parteiherrschaft festigen sollte. Schlechte Erntejahre und der Bruch mit der Sowjetunion, von der keine Hilfe mehr zu erwarten war, verschärften die Probleme, die zu katastrophalen Hungerjahren führten mit vielen Millionen Toten.

Auch die Familie Lai war vom Hungertod bedroht, jedoch gelang es dem Vater, in einem als unfruchtbar geltenden Sumpfgelände einiges Gemüse illegal anzubauen und damit die Familie durchzubringen. Dass der älteste Sohn im Dorf den Spitznamen »Dicki« Lai bekam, sollte nicht zu falschen Schlüssen führen, es war wohl eher ironisch gemeint. Da man vor allem um das Überleben besorgt war, musste die Schulbildung hintanstehen. Lai hat nur drei Jahre die Schule besucht, seine Kenntnisse im Lesen und Schreiben des Chinesischen blieben für immer unzureichend.

Das war allerdings wohl nicht allein die Schuld der prekären Verhältnisse, sondern auch ein Mangel an Ehrgeiz. Feste Ziele ins Auge zu fassen und Stufe um Stufe nach Wegen zu suchen, um weiterzukommen, gar Karriere zu machen, hat Lai wohl nie gelernt. Aber schläfrig, faul oder tatenlos war er deswegen noch lange nicht.

Er verhielt sich eher wie ein rastloser, den ganzen Tag umtriebiger Hütchenspieler, der immer auf das Glück setzt, dabei aber keineswegs nur seinen eigenen Augen vertraut, sondern möglichst viele Umstehende einzubeziehen versucht und befragt, um seine eigenen Chancen zu erhöhen und die anderen zu ungewollten Mitspielern zu machen.

Als Heranwachsender in den wirren Zeiten der »Kulturrevolution« arbeitete er als Gelegenheitsarbeiter in der Landwirtschaft und für die Volksbefreiungsarmee. Sobald aber nach Maos Tod (1976) wirtschaftliche Privatinitiative möglich wurde, gründete er mit fünf Freunden eine kleine Autowerkstatt. Ein Jahr später war es schon eine kleine Textilfabrik, für die er auch als Verkäufer übers Land zog. In den 80er-Jahren gründete er eine Bekleidungsfabrik, die in kurzer Zeit die größte der Provinz Fujian wurde. Eine Druckerei, eine Schirmfabrik, Kartonagen kamen hinzu, ein Elektronik-Shop, ein Restaurant ... Eine ziemlich wahllose Ansammlung von Firmen und Unternehmen und wahrscheinlich bereits eine große Anzahl von »hilfreichen Freunden«. Für seine Familie wurde erst einmal die Wohnsituation verbessert. Dann begann er mit dem Import von TV-Geräten: Es wurde ein geschäftlicher Riesenerfolg.

1990 kamen Steuerbescheide, die er abwimmelte. Schließlich erschienen zwei Finanzbeamte – er wohnte noch immer auf dem Dorf, war aber gerade nicht zu Hause. Sie verlangten deshalb von seiner Schwester die Bezahlung der Steuerschulden, was sie zurückwies. Es kam zum Streit mit ihr, wobei seine Schwester so sehr verprügelt wurde, dass sie ins Krankenhaus eingeliefert werden musste.

Den anschließenden Prozess um diese Steuerschulden gewann Lai tatsächlich – wie das möglich wurde, ist nicht bekannt. Vermutlich hatte er bereits Bundesgenossen in den Ämtern.

Aber er fasste diese Auseinandersetzung als eine Warnung auf (das war sie ja wohl auch) und zog erst einmal nach – Hongkong, damals noch britische Kronkolonie, und stieg ins Immobiliengeschäft ein. Von Freunden ließ er sich adoptieren (!) und bekam damit Hongkonger Ausweise – eine kleine Rückversicherung, man weiß ja nie, wozu das noch einmal gut sein kann. Außerdem gründete er hier die »Xiamen Yuanhua Electronic Corportion Ltd.«, mit der er den Schmuggel von elektrischen Apparaten und von Zigaretten nach Fujian begann. 1994 siedelte er dann selbst nach Xiamen über, der Wirtschaftsmetropole der Provinz Fujian, und begann im großen Stil, die Yuanhua-Gruppe aufzubauen, ein Handels- und Immobilienimperium fantastischer Größenordnung, und als wichtiges Anhängsel daran einen Wellness-Klub ganz eigenen Gepräges von beachtlichen Dimensionen.

Lai handelte jetzt in großem Umfang vor allem mit Autos, Zigaretten und Speiseöl, eine Warenmischung, die rein zufällig entstanden war, sich aber als besonders einträglich erwies. Geschäftsgrundlage war die Einfuhr am Zoll vorbei, was nur dadurch möglich wurde, dass Lai sich mit dem Chef der Zollverwaltung verbündet hatte. Es war nichts anderes als heimlich geduldeteter oder sogar geförderter Schmuggel. Natürlich nicht ohne Gegengabe, versteht sich.

Vermutlich hatte Lai eine besondere Begabung: Er konnte in den Gesichtern seiner Gesprächspartner lesen. Er spürte, bei welchen Worten die Augen aufleuchteten, er konnte Genusswünsche erraten, er konnte geheimste Sehnsüchte wecken und – vor allem – er konnte in großzügigster und geradezu märchenhafter Weise all diese Träume erfüllen. Dabei ging er wohl nie so vor, dass er seine Geschäfte Zug um Zug verhandelte (»Wenn du mir dies gibst, gebe ich dir das.«), sondern indem er so etwas wie scheinbar zwanglose Bündnisse schuf, die aber unlösbar wurden durch das Gewicht der Verstrickung – und in der Folge gnadenlos bis zum Untergang. Viele Geschenke drängte er seinen Gegenübern so geschickt auf, dass sie zunächst gar nicht merkten, wie sie der Spinne ins Netz gegangen waren. Aber diese Geschenke waren nun einmal unwiderstehlich gut ausgesucht.

Hütchenspieler sind großzügig, weil sie wissen, dass sie immer gewinnen. Sie genießen den Gewinn, weil er ihnen ermöglicht, großzügig zu sein. Ihr Reichtum dient nicht dazu, möglichst große Machtpositionen zu erobern, denn das macht einsam. Reichtum kann dazu benutzt werden, noch mehr Freunde zu haben, zu denen man großzügig sein kann. (Solche abhängigen Freundschaften beschützen auch.) Und außerdem lassen sich mit Reichtum auch ein paar kindliche eigene Träume verwirklichen – mehr wollte er gar nicht. Er betonte immer wieder, dass er ja nur ein ungebildeter einfacher Mensch sei (und das stimmte ja auch).

Zwei Dinge hatte er jedoch aus den früheren unerfreulichen politischen Zuständen begriffen: dass es besser war, von niemandem abhängig zu sein, und dass es am besten war, wenn alle von ihm abhängig waren. Alle – das meinte sowohl die Partei als auch die Staatsorgane, und zwar von den höchsten Kadern und Stelleninhabern angefangen und dann weiter nach unten – wie es in autoritären Verhältnissen ja sein muss –, und überdies waren natürlich auch die Geschäftspartner gemeint. Das Rezept hieß, sie alle zu Kunden zu machen.

Dazu diente vor allem eine Staunen erregende Einrichtung, der »Chang An-Club«, der schon am Namen als Rotlichtbezirk erkennbar war. Dafür scheute er keine Kosten: Er ließ eigens ein siebenstöckiges Gebäude errichten, das berühmt gewordene »rote Haus« im Stadtbezirk Huli von Xiamen. Er ging wohl von sehr zahlreicher Kundschaft aus und sollte sich dabei nicht verrechnen.

Dieser Wellness-Tempel war vor allem nach den Bedürfnissen dieser Kunden zugeschnitten, nicht unbedingt nach eigenem Geschmack. Er selbst aß am liebsten Reisbällchen, konnte die riesigen Platten ausgefallenster Meerestiere in extravaganter Zubereitung, die er für seine Gäste auffahren ließ, nicht leiden. Er stammte eben aus kleinbäuerlichen Verhältnissen ... Aber abgesehen vom luxuriösen Essen gab es dort – und das war noch viel beeindruckender – auch Tanzvorführungen und Ausstattungsrevuen mit einer besonderen Nähe zu den Tänzerinnen. Sie mussten auch als Escort-Damen zur Verfügung stehen. Für die Gelage im kleineren Kreis standen entsprechende Gemächer und Personal bereit, für speziellere Wünsche auch Séparées (auf sieben Etagen). Seine Hostessen waren sorgfältig ausgewählt und mussten über eine hohe Bildung verfügen, ein abgeschlossenes Studium war erwünscht. Es waren im Grunde genommen studierte Prostituierte, denen er ein festes monatliches Salär von (umgerechnet) etwa 1.000 Dollar zahlte (geradezu fürstlich im damaligen China).

Als Typ war er weniger ein Playboy als ein Selfmade-Businessman, stets im Ausguck nach neuen Geschäftsideen. Einige Hotels hatte er bereits gebaut, als Nächstes war ein 88-stöckiges Hochhaus geplant. Dabei hatte er immer auch etwas Angeberhaftes und Großspuriges an sich, mit dem er sein Minderwertigkeitsgefühl überdecken wollte. Natürlich vergriff er sich oft dabei, aber wer hätte ihm Einhalt gebieten sollen? So fuhr er zum Beispiel (aber mangels geeigneter Straßen nur im Stadtverkehr von Xiamen) die gepanzerte Luxuslimousine (Mercedes Benz), die vordem Partei- und Staatschef Jiang Zemin gehört hatte. (Damit wollte er wohl der Partei eins auswischen …) Oder er ließ in verkleinertem Maßstab die »Verbotene Stadt« des alten Kaisertums in Peking nachbauen, mühsam kaschiert als Filmstudio, eher aber ein privates Spielzeug (mit sich in der Rolle des Kaisers?). Auch spielte er gerne Golf, aber nicht als Sport, sondern um Geld, und fuhr den Bällen gelegentlich auch mit seiner Limousine hinterher. Um ähnliche Eskapaden war er nie verlegen.

Geschäftlich kam noch einiges hinzu: eine neue Abfertigungshalle für den Flughafen von Xiamen, ein auswärts aufgekaufter Fußballverein, den er nach Xiamen verlegte und sogleich in die chinesische Superliga führte (dafür wurde er Ehrenbürger von Xiamen). All dies und noch einiges mehr ging etliche Jahre gut, genau genommen bis zum Sommer 1999. Da wurde ihm plötzlich zugeflüstert, dass gegen ihn eine Korruptions-Untersuchung begonnen werden solle. Innerhalb weniger Stunden verschwand er unbemerkt aus Xiamen. Er fuhr mit einem unauffälligen Auto die Küstenstraße entlang nach Hongkong, immerhin mehr als 700 Kilometer und für einen Mann seines Zuschnitts ein ungewöhnlicher Weg. Mit ihm seine Frau und drei Kinder. In Shenzhen mietete er dann ein Schnellboot und kam damit unbemerkt nach Hongkong, für ihn ein sicherer Hafen, wenn auch nicht auf Dauer.

Deshalb zog er weiter nach Vancouver/Kanada, wo es eine große chinesische Gemeinde gab. Wie viel Geld er insgesamt ins Ausland verlagert hatte, ist unbekannt, am Hungertuch musste er jedenfalls nicht nagen. Eine große Villa wurde bar bezahlt, die Kinder kamen in teure Schulen (worüber einige kanadische Eltern sehr verärgert waren, die ihre Sprösslinge nicht zusammen mit denen eines Mafioso erzogen wissen wollten), selbstverständlich gab es einen Chauffeur und ein gut gefülltes Bankkonto. In Kanada nahm er auch bald Kontakt zu den »Big Circle Boys« auf, einer mafiösen chinesischen Triade, die aus exilierten ehemaligen »Roten Garden« entstanden war.

Nach seiner Flucht begannen in Fujian derweil die Aufräumarbeiten der Polizei und der Gerichte wie auch der Disziplinarkommission der Partei, um das ganze Geflecht von Korruption, Unterschlagung, Bestechung und so fort, das Lai angerichtet hatte, zu entwirren und aufzuklären. Im Grunde war alles verfilzt, die ganze Stadt, Regierung, Verwaltung, Geschäftswelt, der Schaden unermesslich. Die Disziplinaruntersuchungen reichten bis nach Peking und führten zum Sturz vieler prominenter Kader. Letztlich wurden mehr als 1.000 Leute vor Gericht gestellt und zu teilweise höchsten Strafen verurteilt, 14 von ihnen sogar zur Todesstrafe, die in mindestens sieben Fällen sogar vollstreckt wurde.

Die chinesische Regierung stellte schon 2001 einen Auslieferungsantrag an Kanada, denn Lai war der dickste Fisch, den es jemals gegeben hatte, und man erhoffte sich von seinen Aussagen auch weitere Aufklärung. China versprach, dass Lai weder die Todesstrafe erhalten noch gefoltert werden würde – ohne diese Zusicherung war eine Auslieferung ohnehin chancenlos. Lai ließ sich von den besten Anwälten verteidigen, letztlich stellte er sich selbst als Opfer dar.

Während er in Vancouver unter Hausarrest stand und auf die Gerichtsentscheidung über seine Auslieferung wartete, war ihm das Ärgste, dass er abends nicht in das nächste Spielkasino um die Ecke gehen konnte (natürlich ein chinesisches), um sich dem zu widmen, was er immer am liebsten getan hatte: seine Jetons zu setzen und zu warten, wohin die Kugel rollte. Gelegentlich gelang es ihm dennoch.

Seine Frau Zeng Mingna hatte sich 2005 von ihm scheiden lassen und kehrte 2009 nach China zurück, die Bedingungen dazu hatte sie sorgfältig ausgehandelt. Sie blieb nicht nur straffrei, sondern erhielt eine große Wohnung zugesichert. Außerdem konnte sie für einige ihrer Geschwister, die ebenso in Lais Geschäfte verwickelt waren, Strafrabatt und Freilassung aus dem Gefängnis aushandeln.

Lais Auslieferungsverfahren mit allen Einsprüchen und neuerlichen Verhandlungen zogen sich hin bis in den Sommer 2011, als die kanadische Regierung entschied, dem Ersuchen Chinas stattzugeben. Lai wurde binnen drei Tagen nach China abgeschoben. Ein Jahr später wurde Lai vom Volksgerichtshof in Xiamen wegen Schmuggels und Bestechung zu einer lebenslänglichen Haftstrafe verurteilt und sein gesamtes (illegal erworbenes) Vermögen eingezogen.

Gemäß dem Urteil soll Lai in den 90er-Jahren Schmuggel im Wert von etwa 4,4 Milliarden US-Dollar betrieben sowie Bestechungen von über 60 Millionen US-Dollar vorgenommen haben.

Ob in diesem Gerichtsverfahren wirklich alles aufgeklärt und damit auch an die Öffentlichkeit gebracht worden ist, darf bezweifelt werden. Jedenfalls war dies der erste ganz große Korruptionsskandal in China und blieb in seinen Ausmaßen bisher wohl noch immer der größte.

SAMSTAG, 2. AUGUST 2014

VOM NETZ IN DIE WIRKLICHKEIT

Grabowski hatte sich dies alles mühsam zusammensuchen müssen. Zwar gab es einen englischsprachigen Wikipedia-Artikel, aber er enthielt nur wenige Grunddaten, alles Weitere musste er sich aus Querverweisen oder angegebenen Referenzen zusammensuchen. So spannend das war, konnte er kein Muster erkennen, das auf seinen Fall Wang auch nur ansatzweise übertragbar war. In der offenbar sehr großen chinesischen Gemeinde in Kanada waren in den letzten zehn Jahren zwar eine ganze Reihe von ungeklärten Todesfällen und sogar eindeutige Mordtaten vorgekommen, aber auch dabei ergaben sich keine brauchbaren Auffälligkeiten.

Bedeutsamer erwies sich ein anderer Prozess, bei dem der Direktor der Nationalen Energieverwaltung, Liu Tienan, wegen Bestechung zu einer lebenslänglichen Freiheitsstrafe und dem Ausschluss aus der Kommunistischen Partei Chinas verurteilt worden war. Immer wieder war er auf ihn gestoßen, zuletzt in einem Artikel der *Beijing Review* von Anfang 2006 mit dem Titel »Fugitive Justice«. Auch hierzu gab es zahlreiche Artikel, auch einen von Wikipedia. Bei seiner Behörde, die direkt dem Ministerpräsidenten unterstand, handelte es sich um ein Amt, das die verschiedenen Energie- und Rohstoffministerien zu koordinieren hatte. (Insofern war es auch eine vorgesetzte Behörde für den stellvertretenden Minister Wang, den Vater von Wang Yuhai.)

Dieser Fall hatte übrigens ebenso mit einem chinesischen Partner in Kanada zu tun, und – wie fast immer – spielte die Übertragung von illegalem Geld an Verwandte eine Rolle, hier war es der einzige Sohn. Nur Portugal kam bei all diesen skandalträchtigen Geschichten nicht vor. Warum eigentlich nicht? Wo doch immer mehr Chinesen dieses »Golden Visum« für Portugal und damit den Zugang zu ganz Europa zu erwerben suchten? Ging es hier denn zu wie bei der Taubenfütterung? Die Guten ins Töpfchen, die Schlechten ins Kröpfchen? Das saubere Geld nach Portugal, das schmutzige nach Kanada?

Natürlich hatte Grabowski fast jeden Tag den Vater von Wang Yuhai als Suchbegriff ins Internet gestellt, aber nie auch nur die Nennung seines Namens gefunden. Entweder war er zu unwichtig oder die chinesische Zensur ließ die Suche nach ihm nicht zu, warum auch immer (jedenfalls gab es nichts in den englisch-sprachigen Veröffentlichungen). Im Übrigen hatte er herausgefunden, dass es in China etwa 300 Vize-Minister gab, ein allzu herausgehobenes Amt war es demnach nicht.

Nachmittags fiel ihm ein, dass der Übersetzer etwas von »feng shang« gesagt hatte, wenn er es noch richtig im Ohr hatte. Mit »feng shang« oder so ähnlich habe die rätselhafte Geheimgesellschaft zu tun, über die er Andeutungen gemacht hatte. Grabowski war längst auf

»Yabla« gestoßen, den Übersetzerdienst im Internet, der auch für Chinesisch angeboten wurde. Man konnte chinesische Begriffe in gewöhnlichen Buchstaben eingeben und bekam nicht nur die englische Übersetzung, sondern auch gleich die chinesische Aussprache und Schriftzeichen. Richtig ausprobiert hatte er es bisher noch nicht, aber einen Versuch war es wert.

Das Ergebnis stürzte ihn in ziemliche Verwirrung, denn jetzt gab es auch noch Ausspracheakzente für verschiedene Tonhöhen, die entsprechend zu völlig unterschiedlichen Bedeutungen und Schriftzeichen führten. Außerdem kam bei ihm die Unsicherheit auf, ob der Übersetzer »fen« oder »feng« gesagt hatte und »shang«, »zhang«, »chang« oder gar »shan«, »zhan« oder »chan«. Alles dies ließ sich auch noch vielfältig kombinieren, sodass aus zwei Silben und vier Tonhöhen eine solche Fülle von Bedeutungen entstand, dass es ihm schleierhaft war, wie ein Chinese das Richtige verstehen konnte. Zumal die Chinesen keineswegs für eine überdeutliche Aussprache bekannt waren, sondern zum Nuscheln neigten, abgesehen von den zahlreichen Dialekteinflüssen.

Er gab es auf. Warum sollte er sich mit solchen Schwierigkeiten herumplagen, ohne die geringste Aussicht, damit weiterzukommen. Schluss für heute, die meisten Kollegen hatten sich längst ins Wochenende verabschiedet, soweit sie nicht etwas sehr Dringendes zu bearbeiten hatten oder zum Bereitschaftsdienst gehörten. Aber eines fiel ihm noch ein, ein Routinegedanke, und er führte ihn fast mechanisch aus: Die beiden chinesischen Namen, die ihm Huber für eine Ankunft am Baden-Airport genannt hatte, wollte er auf der Liste der chinesischen »Golden Visum«-Empfänger überprüfen. Ein etwas mühsames Geschäft, da die Liste in nicht nachvollziehbarer Weise geordnet war, doch auf Montag wollte er das nicht verschieben. Ohnehin hatte er nichts vor, da Elfi mit ihrer Freundin unterwegs war und sich erst am späteren Abend wieder melden würde.

Den ganzen dicken Stapel der Fax-Seiten musste er durchgehen – nun gut, wenn schon, dann mit einer konzentrierten Aufmerksamkeit auf nichts anderes als diese zweimal zwei Silben: Cao Li und Fen Sheng. Und tatsächlich, ziemlich am Ende, auf einer der letzten Seiten wurde er fündig und die beiden Namen standen sogar ganz nahe beieinander. Als wären diese Visa gemeinsam beantragt oder beschieden worden. Handelte es sich also doch um ein Paar? Oder waren es Geschäftspartner, die gemeinsam in Portugal investiert hatten?

Mit einem Male fiel Grabowski auf, dass Feng Sheng so ähnlich klang wie der Begriff, den ihm der Übersetzer hinterlassen hatte. Merkwürdiger Zufall. Doch würde er sich jetzt nicht herumquälen, was dies nun wieder besagen könnte. Damit würde er auf Liang Shitang warten – alles, was er selbst dazu untersuchen könnte, war ohnehin zu unprofessionell und deshalb verlorene Liebesmüh. Obschon ihn diese Nähe irritierte und nicht losließ. Hatte er falsch gehört? Es nagte an ihm. Andererseits gab es eine einfache methodische Überlegung, die ihm sagte, dass dies jetzt nicht zu klären war. Nicht ohne den Übersetzer ... Und doch erschienen ihm die beiden Namen interessant.

Richtig bewusst wurde es ihm eigentlich erst auf der Autobahn, dass er sich längst entschieden hatte, der Sache nachzugehen, jetzt gleich. Es hatte mit vagen Gedanken begonnen, dass er ja Zeit habe, ein wenig herumfahren und sich umschauen könne, schon lange nicht mehr nördlich von Freiburg gewesen sei, über Riegel selten hinauskomme. Malterdingen, ein wunderbarer Weinort, Kenzingen mit dem eigentümlich filigranen Kirchturm, von Kippenheim ganz zu schweigen, dem alten Landstädtchen mit der großen jüdischen Tradition, von der immerhin ein abgelegener, sehenswerter Friedhof zeugte. Er war nicht auf der Bundesstraße durch diese Orte gefahren, hatte nur an den Autobahnausfahrten die Schilder gelesen und seine Gedanken schweifen lassen.

Er fuhr unversehens zum Baden-Airport, aber erst hinter Achern machte er sich Gedanken, was er eigentlich dort wollte, wie er vorgehen sollte. Um 23 Uhr waren die beiden angekommen, sicher des Deutschen nicht mächtig, bestenfalls mit einigen Brocken Englisch, wo also würden sie übernachten? Um diese Zeit gab es nicht einmal mehr ein Mietauto. Vermutlich würden sie also ein Hotelzimmer vorbestellt haben, was auch immer sie am nächsten Morgen vorhatten, ein Hotelzimmer am Flughafen natürlich. Da gab es keine große Auswahl. Es sei denn, es handelte sich um Großkopferte, die – für zwei Nächte? – in einem der Baden-Badener Luxushotels gebucht hatten und sich am Airport abholen ließen – um eventuell die Spielbank zu besuchen? War das vielleicht das Ziel dieses Kurzurlaubes? Viele Alternativen gab es nicht. Man würde ja sehen …

Er war schon länger nicht mehr hier gewesen. Aber es hatte sich auch nicht viel verändert. Gegenüber dem bescheidenen Terminal, nur durch einen Parkplatz getrennt, lag das B&B Flughafenhotel, ein einfaches, aber zweckmäßiges Haus, schnörkellos und preiswert. Niemand war zu sehen, aber als er sich der Rezeption näherte, kam sofort aus dem Hintergrund ein Portier, der das Namensschild ›Ahmet‹ trug.

Grabowski fragte, ob er sich nach Gästen erkundigen dürfe, die am 14. Juni hier übernachtet hätten, vor sieben Wochen.

»Wir dürfen keine Auskünfte geben, tut mir leid.«

»Ach, entschuldigen Sie, ich habe mich nicht vorgestellt, Grabowski ist mein Name.« Und zugleich zog er seinen Dienstausweis aus der Tasche und hielt ihn Ahmet vor. Der sah sich sehr genau das Plastikkärtchen an, sah dann auf Grabowski und meinte: »Sie verstehen, Datenschutz. Ich habe da strenge Bestimmungen.«

»Selbstverständlich, das ist auch gut so«, sagte Grabowski, jetzt in einem sehr geschäftsmäßigen Ton. »Es geht um Samstag, den 14. Juni, bis Montag, den 16. Juni. Haben Sie die Unterlagen noch hier?«

»Da hatte ich selbst Dienst. Ich bin immer am Wochenende hier. Normalerweise geben wir die Belegungsbücher immer am Ende des nächsten Monats an die Zentrale, aber wegen der Feriensituation liegen sie zufällig noch hier, da haben Sie Glück. Um was geht es denn?«

»Vom 14. bis 16. Juni sollen zwei Chinesen bei Ihnen gewesen sein.«

»Zwei? Das waren drei, wenn ich mich richtig erinnere.«

Grabowski reagierte schnell und ohne Auffälligkeit: »Können auch drei gewesen sein. Haben die zusammen vorbestellt?«

Während Ahmet das großformatige Reservierungsbuch hervorholte, sagte er: »Ich erinnere mich genau, denn nur einer konnte Englisch. Der hat auch bezahlt. Das war ein Reparatur- oder Wartungsteam, die zum Daimler in Rastatt wollten. So etwas kommt öfters vor, allerdings nicht mit Chinesen. Na ja, war ein Wochenendjob. Sonst habe ich die aber nicht gesehen. Werden auf Arbeit gewesen sein.«

»Auf wen wurde denn die Rechnung ausgestellt?«

»Meist kommt die Reservierung direkt von Daimler, dann geht die Rechnung dorthin und wird überwiesen und die Gäste haben weiter gar nichts damit zu tun. Manchmal zahlen diese Wartungsleute selbst, dann wird die Rechnung auf den Namen dessen ausgestellt, der zahlt.«

»Bar oder Kreditkarte?«

»Das weiß ich nicht mehr, meist ist es Kreditkarte, wer zahlt denn noch bar? Da müsste ich die Rechnungen sehen, da habe ich aber keinen Zugriff mehr. Das ist alles bei der Zentrale. Ich kann hier nur die Namen der Gäste sehen, wie sie die Zimmer reserviert haben.«

»Darf ich mal sehen?«

Da war tatsächlich eine Reservierung für Liu Dongzhi mit drei Personen eingetragen: ein Doppel- und ein Einzelzimmer. Die beiden anderen Namen waren später von anderer Hand nachgetragen worden: Cao Li und Feng Sheng. Außerdem war noch Spätankunft nach 23 Uhr vermerkt.

»Adresse, Geburtsdatum und Passnummer werden nicht eingetragen?«

»Wozu? Steht nur auf dem Anmeldezettel und den sieht ohnehin keiner an.«

»Aber der geht doch an die Meldebehörden?«

»Na und? Prüft doch niemand, ob die Angaben richtig sind. Und die Zettel vom Wochenende gehen erst am Montag raus, da sind die Gäste längst weg. Ich finde das, ehrlich gesagt, ziemlichen Quatsch, heutzutage noch so etwas auszufüllen.

Aber wir müssen es und machen es, und es kostet nur unnütze Zeit.«

»Haben Sie denn eine Einschätzung, wie alt die waren?«

»Zwei waren noch recht jung, ich würde mal sagen, um die 30 höchstens, der ältere wird schon mindestens um die 60 gewesen sein, aber bei den Asiaten kann ich das immer schwer einschätzen. Damit habe ich keine Erfahrung.«

Grabowski tat so, als sei das alles nicht so wichtig. Er gab sich lässig, es sollte nicht wie eine offizielle Befragung wirken.

»Und Sie sind immer am Wochenende hier? Wann fängt das denn an?«

»Ich arbeite von Samstag 18 Uhr bis montagmittags. Bis Montagfrüh bin ich allein hier. Da ist nicht so viel los wie in der Woche.«

»Woher können Sie denn so gut Deutsch?«

»Ich bin Deutscher. Aber hallo! Hier geboren!«

»Entschuldigung, ich wollte Ihnen nicht zu nahe treten.«

»Dann sagen Sie mal, was ist mit denen? Irgendwas nicht in Ordnung? Sind die nicht koscher?«

Grabowski wollte den Ball unbedingt flach halten: »Ist nur eine Überprüfung. Konkret liegt nichts vor.«

Aber Ahmet ließ nicht locker: »Na, wenn Sie noch nach fast zwei Monaten darauf zurückkommen, wird schon irgendetwas dran sein.«

Das war so drängend gesagt, dass Grabowski es nicht ignorieren konnte und etwas lapidar antwortete: »Ich mach auch nur meinen Job. Es hat irgendeine Anfrage gegeben und ich muss das halt prüfen. Aber das scheint ja alles in Ordnung zu sein.« Er selbst war nicht sonderlich überzeugt von dem, was er da sagte, und ob Ahmet es war, konnte man auch bezweifeln.

MONTAG, 4. AUGUST 2014

HEINRICH-VON-STEPHAN-STRASSE

Als Grabowski morgens zu seinem Büro kam, traf er Huber auf dem Gang, der sich bereits einen Kaffee holte.

»Und? Wie war's?«, fragte er ihn.

»Geiles Teil«, war die Antwort.

Grabowski ließ sich nichts anmerken, aber das würde ihm ewig fremd bleiben. Trotzdem sagte er: »Musst du mir gleich mal erzählen. Ich hol mir nur auch schnell einen Kaffee.«

Was Huber tat und unternahm, interessierte ihn durchaus, aber seine Begeisterung konnte er nicht jederzeit teilen, zumal nicht die für alte oder schnelle Autos. Es lief doch immer darauf hinaus, dass Autos gebaut wurden, die mehr Leistung brachten, als ihre Fahrer beherrschten. »Ja, ausfahren (so hieß das dann) kannst du *den* natürlich nicht, solche Rennstrecken haben wir hier gar nicht.« Eben, das war es. Eine Technik, bei der Kraft und Nützlichkeit zur Übereinstimmung gebracht werden konnten, schien ihm sehr viel einleuchtender. Aber Hubers Augen leuchteten nun mal für etwas ziemlich Nutzloses, und er wollte dabei nicht der Spielverderber sein.

Tatsächlich hatte Huber den ganzen Freitag-Kurs der »Schauinsland-Klassik-Rallye« als Beifahrer miterleben können, selber ans Steuer durfte er freilich nicht. (Ein Fahrer eignet sich noch lange nicht als Beifahrer und er wird deshalb freiwillig auch nie das Lenkrad abgeben.) Huber hatte – die Karte auf dem Schoß und die Straße vor allem im Vibrationsgefühl von Beinen und Gesäß – den ganzen Weg dirigiert, nicht nur das Abbiegen, sondern auch Vorfahrten voraussagend, Kurvengelände anzeigend, auf Geschwindigkeitsregeln und andere Straßenschilder achtend. Von der Schwarzwald-Landschaft und dem Hotzenwald hatte er (bei idealem Wetter) wenig mitbekommen, für ihn war dies keine Vergnügungsfahrt, sondern er fühlte sich in der Mitverantwortung und hatte wichtige Aufgaben.

»Ich hatte gehofft, du könntest etwas nachdenken über die 576 Kilometer, die das Mietauto herumgekurvt ist«, sagte Grabowski.

Huber antwortete schlagfertig: »Hab ich, hab ich! Auf dieser Strecke war es jedenfalls nicht unterwegs.«

Gut pariert, dachte Grabowski.

Aber Huber fuhr fort: »Ein Fremder schafft das nicht in zwei Tagen, nicht mit den Berg- und Talfahrten und den Kurven und Überholverboten. Am Wochenende sind ja die ganzen Omas unterwegs und dann auch noch die Motorradfahrer. Unmöglich. Für mich ist ganz klar: Der muss vor allem Autobahn gefahren sein. Und zwar schnurstracks zu seinem Ziel. Der wollte nicht im Auto spazieren fahren – in einem Peugeot …! Dafür ist der doch nicht nach Basel gekommen. Und Chinesen fahren ja wie Anfänger, haben meist keine Erfahrung, höchstens mit Schlaglöchern.«

»Das weißt du?«

»Na ja.«

»Nicht schlecht«, sagte Grabowski, »dann kann ich ja auch mit meiner Story herausrücken. Ich habe nämlich ganz zufällig dieses Ziel gefunden. So weit war es bereits klar: Das Auto wurde am Basler Flughafen gemietet. Diese chinesischen Namen kann ich mir so schwer merken …«

»Liu hieß er, Liu Dongzhi …«

»Und dann hast du noch zwei andere Chinesen herausgefunden, die beim Baden-Airport angekommen sind. Irgendwie hat mich das nicht losgelassen, war komisch, ich hatte auch nichts Besonderes vor, weil Elfi bei ihrer Freundin war … Und dann bin ich einfach hingefahren, wollte nur mal herumschnüffeln, ohne Konkretes in der Hand zu haben. Ich dachte: Wer samstagabends spät an einem so abgelegenen Flughafen ankommt, muss ja irgendwo übernachten, wenn er nicht gerade von Freunden abgeholt wird. Und da haben wir die ganze Bescherung: Dieser Liu ist von Basel zum Baden-Airport gefahren, um sich dort mit den beiden anderen zu treffen, die er also sicher kannte. Die haben gemeinsam im Flughafen-Hotel übernachtet und Liu hat die Rechnung für alle drei bezahlt, das war also schon mal abgekartet. Außerdem haben die sich dort als Reparaturkolonne vom Daimler ausgegeben. Wahrscheinlich gelogen, wir werden das noch nachprüfen. Zumindest Liu hat doch nichts mit Maschinen zu tun?«

»Das ist oberfaul. Ich fahr nachher zum Daimler nach Rastatt. Das werden wir schnell haben.«

»Was ich mir die ganze Zeit überlege: Warum kommen die auf so verschiedenen Wegen von Portugal nach Baden, um sich dann per Mietauto zu treffen? Das ist irgendwie unpraktisch und unlogisch.«

»Der eine Flug war von Lissabon aus, der andere kam aus Porto. Vielleicht deshalb. Außerdem muss es ja noch ein anderes Ziel gegeben haben, denn das Auto ist schließlich noch viel mehr gefahren, entweder nur mit diesem Liu oder alle drei zusammen.«

Nur wenig später, nachdem Huber Grabowskis Büro verlassen hatte, kam der Übersetzer Liang Shitang, öffnete zaghaft die Tür und fragte: »Störe ich?«

»Nein, im Gegenteil, ich brauche Ihren Beistand. Sie haben sich doch mit diesem Liu beschäftigt …«

»… Geschäftsmann Liu Dongzhi, ja, ein wenig.«

»Ist er ein Spieler? Könnte er in Baden-Baden gewesen sein?«

»Möglich ist das immer. Ich weiß es nicht. Ich habe nichts davon gehört.«

»Spielen Sie? Roulette? Lotto?«

(Hihihihi!) »Fragen Sie wegen der schönen Zahlen vorige Woche? 9, 10, 11, 12, 13? Wundervoll.«

»Aber die 14 war nicht dabei.«

»Nein, viel schöner: die 37, eine Primzahl mit den Glückszahlen 3 und 7. Und diese Folge von fünf Zahlen, die mit 9 beginnt … Die Superzahl war 3. Das alles ist wirklich sehr harmonisch. Außergewöhnlich. Kallinomie, kann man sagen.«

»Haben Sie etwa gewonnen?«

(Hihi!) »Jedes Mal, wenn ich nicht spiele, gewinne ich meinen ganzen Einsatz. Nur wenn meine Zahlen einmal gezogen würden – aber das ist ganz unwahrscheinlich – hätte ich verloren.«(Hihihi!)

Das klang nach fernöstlicher Weisheit, vielleicht war das altchinesische Tradition der Enthaltsamkeit. Und zudem noch etwas dialektisch formuliert – alle Achtung, ein witziger Kopf.

»Herr Liang, haben Sie denn für mich etwas herausfinden können? Sie wollten …«

»Oh ja. Sie wollen etwas über ›Xilong‹ wissen. Das ist sehr schwer, weil darüber nicht viel geredet wird – im Internet. Ich glaube, viele haben Angst vor ›Xilong‹, weil dies eine sehr starke und mächtige Bande ist. Und sie ist sehr schwer zu erwischen, weil sie enorme Verbündete hat und sehr gut informiert ist.«

»Ist das denn eine politische Organisation?«

»Ja und nein. Es gibt vielleicht politische Interessen dabei – deshalb die heimliche Unterstützung. Aber es sind Banditen und Verbrecher, eine Geheimgesellschaft.«

»Das klingt sehr verworren. Wie kann denn so etwas entstehen? Und vor allem: Wer unterstützt Verbrecherbanden? Was meinen Sie denn mit Unterstützung?«

»Das sind viele Fragen auf einmal. Das Wichtigste ist: Die Xilong-Gesellschaft ist sehr gut informiert über Parteikader und ihre Geschäfte.«

»Was sollen das für Geschäfte sein?«

»›Luoti zuoguan‹ – das heißt: ›nackt als Beamter tätig sein‹ …«

»Hahaha! Jetzt muss *ich* aber lachen. Was sind denn nackte Beamte? Ich dachte immer, ihr seid so prüde?«

»Chinesische Sprache ist oft in Bildern. Wenn hohe Beamte Geld ins Ausland verfrachten wollen und dann die Familie schon einmal ins Ausland vorausschicken, damit die Kinder dort studieren, die Frau vielleicht zur medizinischen Behandlung …, dann bleiben sie allein zurück, nackt. Oft raffen sie nochmals Geld zusammen und verschwinden dann nach Kanada oder wo es sonst schön ist und keine Auslieferung droht. Ein ›nackter Beamter‹ ist einer, der bereits ohne Familie ist und kurz vor seiner Flucht – mit viel Geld. Leider ist dies sehr häufig und es wird viel darüber geredet.«

»Und ›Xilong‹ verhilft denen zur Flucht?«

»Nein!« (Hihi!) »Nein, nein! ›Xilong‹ erfährt nur davon, bevor eine Untersuchung beginnt oder die Disziplinarkommission ermittelt. Und dann muss der Beamte zahlen, ›fenzang‹ nennt man das, schmutzige Beute teilen, oder Anteile vom Bestechungsgeld oder Diebesgut herausrücken.«

»Also Schutzgeld, wie bei der Mafia?«

»Ein bisschen spezieller. Diese Beamten sind Diebe am chinesischen Staat und sollen einen Teil von diesem Diebesgut wieder herausrücken.«

»Aber an wen?«

»An ›Xilong‹.«

»Aber das sind doch selbst Diebe.«

»Sehr grausame Diebe.«

»Ich verstehe das nicht ganz. Wer ist ›Xilong‹?«

»Wollen Sie wirklich wissen?«

»Natürlich. Jetzt gleich, wenn Sie Zeit haben.«

Was Liang Shitang nun erzählte, war eine erstaunliche Geschichte. Sie handelte davon, dass es in der kommunistischen Partei Chinas schon immer zwei Linien gegeben habe, die sich wie feindliche Brüder gegenüberstanden. Das eine war die revisionistische Linie, die eine Partei nach Lenins Rezept bilden wollte, eine leninistisch-kommunistische Richtung, streng von oben nach unten organisiert, sehr autoritär. Die andere, die maoistische Linie, wollte eine eigenständige kommunistische Partei, die sich selbst zu korrigieren imstande war, vom einfachen Volk und seinen Bedürfnissen inspiriert. Ihre Hilfsmittel waren immer wieder neue Kampagnen zur Ermunterung, Regulierung und Erneuerung.

So rief Mao Zedong in einer Phase, als er an Einfluss zu verlieren drohte (1966), im Kampf gegen den Revisionismus die »Kulturrevolution« aus. Gleichzeitig mobilisierte er die Jugendorganisation der Partei, die sich »Hongweibing« (»Rote Garden«) nannte, in einer Kampagne zur Beseitigung der »vier Alten« – nämlich alter Ideen, alter Kultur, alter Bräuche und alter Gewohnheiten –, man könnte zusammenfassend auch sagen: Kampf gegen den alten Schlendrian. Nun banden sich die Schüler eine rote Armbinde um, gingen auf die Straße und radikalisierten sich mit ihren Forderungen. Es kam zu immer mehr Übergriffen, Zerstörungen, Brutalitäten mit Tausenden von Toten vor allem unter den Intellektuellen. Nach einem Jahr versuchte die Partei, die entfesselten Kräfte wieder zu bändigen, aber das war äußerst schwierig, es gelang erst ein ganzes Jahr später. Das Mittel war, die Jugendlichen weit weg aufs Land zu schicken (»nach unten an die Basis«, wie man das propagandistisch verbrämte, »um dem Volke zu dienen«), nur um sie loszuwerden. Tatsächlich wurden mindestens 15 Millionen Jugendliche (andere sprechen von bis zu 30 Millionen) unorganisiert aufs kaum entwickelte und sehr arme, ausgehungerte Land geschickt und dort sich selbst überlassen, mit ausdrücklichem Verbot der Rückkehr.

Erst nach dem Tod von Mao Zedong (1976) kehrten diese jungen Leute illegal nach und nach zurück, mussten erst einmal untertauchen, sich bei ihren Familien verstecken. Aber Partei und Staat wussten mit ihnen nichts anzufangen, ließen sie das deutlich spüren. Sie galten als die Linksextremen der Partei, waren jetzt unerwünscht. Eine Jugend, inzwischen nutzlos zehn Jahre älter geworden, unausgebildet, ohne Perspektive. Viele schlugen sich nach Hongkong durch, versuchten, ins Exil zu gehen, nach Kanada zum Beispiel. Eine große Zahl rutschte in die Kriminalität ab, was blieb auch anderes übrig? In Hongkong schlossen sich manche zu Triaden zusammen, selbst in Kanada organisierten sie sich als die sogenannten »Big Circle Boys«, eine Art Mafia. Später versuchten viele, wieder den Weg zurückzufinden in ihre chinesische Heimat.

»Sie haben mir jetzt zwar eindrucksvoll von der Geschichte der ›Roten Garden‹ erzählt, aber was hat das mit ›Xilong‹ zu tun? Eigentlich wollten Sie mir doch das Phänomen ›Xilong‹ erklären.«

»Oh ja, ich habe beinahe schon alles gesagt. In der Partei gibt es Leute, die sich ›mitschuldig‹ fühlen am Schicksal der ›Roten Garden‹, die sie gerne wieder zurückintegrieren würden. Sie versuchen, deren Kriminalität zu ›resozialisieren‹, indem sie diese Ehemaligen mit neuen Aufgaben versehen: In insgeheimer Unterstützung linker Parteilinien sollen sie die jetzige Korruptionskampagne verstärken, indem sie gegen die Untreuen und Bestechlichen vorgehen und sie bestrafen. Sie werden also von Parteileuten, denen die Korruption nicht konsequent genug bekämpft wird, mit Informationen über korrupte Beamte und Geldverschiebungen versehen. Und dann erpressen sie diese Leute und verlangen Anteil an der Beute. Wer nicht zahlt, bekommt ihre Wut und Brutalität zu spüren.«

»Und solche ehemaligen ›Roten Garden‹ nennen sich jetzt ›Xilong‹ – westliche Drachen?«

»Genau.«

»Betrogene werden zu Betrügern, Betrüger werden betrogen. Und alles im Dunkeln oder in einer Schattenwelt ohne Polizei und Gericht? Und wozu dieses ›Xilong‹-Zeichen?«

»Es ist eine öffentliche Signatur: ›Xilong‹ hat ihn getötet, weil er ›fenzang‹ verweigert hat. Das soll Angst machen. Wer von ›Xilong‹ bedroht wird, schweigt.«

»Und zahlt?«

»Wahrscheinlich. Was würden Sie tun? (Hihi!) Wenn Sie von den Räubern umstellt und bedroht werden?« (Hehe! – Es klang gar nicht lächerlich.) »Ich würde den gestohlenen Mantel teilen und dann geht jeder seiner Wege. Deshalb erfährt man so wenig darüber.«

»Sie meinen: Tue Gutes und rede darüber – tust du Schlechtes, dann schweige? Meine Version würde lauten – aber ich bin nur ein kleiner Kriminalbeamter: Worüber geschwiegen wird, darüber muss man sprechen.«

»Das habe ich schon einmal gehört. So ähnlich. (Hihi!)«

»Ehe ich es vergesse: ›Feng Sheng‹ hat also nichts mit ›fenzang‹ zu tun?«

»Nein, gar nichts. Ist ›Feng Sheng‹ ein Name?«

»Ja. ›Sheng‹ ist der Vorname und heißt ›vital‹ oder ›lebenssprühend‹. Der ganze Name heißt dann etwa: ›Quicklebendiger Feng‹.«

»Das ist ein gewöhnlicher Name?«

»Durchaus. Das klingt doch gut und schön.«

Grabowski murmelte vor sich hin: »So kann man's auch sehen.« Dann wechselte er das Thema.

»Sie wollten noch nach etwas anderem für mich im Netz suchen. Es geht um den Mann mit der Firma ›Sechs Weidenbäume‹.«

»Oh ja, nicht vergessen, Unternehmer Liu. Er musste in einem Gerichtsprozess in Shanghai aussagen, aber es wurde keine Anklage gegen ihn erhoben. Er hat Glück gehabt. Aber das ist schon einige Jahre her. Ich versuche etwas zu erfahren, aber es ist sehr schwer. Bald bin ich so weit.«

Alles ist sehr schwer bei diesem Übersetzer, dachte Grabowski, innerlich seufzend. Aber einen anderen hatte er nicht und schon gar keinen bereitwilligeren, der sogar für ihn im chinesischen Netz herumsuchte.

*

Am Nachmittag reichte ihm sein Kollege Tritschler eine Meldung herüber, dass nördlich von Lissabon in einem sehr abseits gelegenen Gelände eine männliche Leiche, wahrscheinlich asiatischer Herkunft, gefunden worden sei. Sie habe längere Zeit in der prallen Sonne gelegen und sei in einem Zustand, der eine Identifizierung sehr erschwere. Tritschler hatte es eilig gehabt und nur gemurmelt: »Weiß nicht, ob dich das interessiert, kam gerade …«

Grabowski dachte nur: Das ist der erste asiatische Tote in Portugal, vom dem ich höre. Obwohl das gar nicht sein kann. Aber offenbar haben wir Portugal nicht richtig auf dem Schirm. Das ist eine Region, die immer wegkippt. Bin ja selbst auch noch nie in Portugal gewesen. Diese Meldung gibt zwar nicht viel her, kann alles und jedes bedeuten. Tritschler war immerhin aufmerksam, da kann man ihm nichts vorwerfen …

Es blieben flüchtige Gedanken, denn Huber kam zurück und prustete gleich los: »Wie ich mir gedacht habe. Beim Daimler gibt es keine ausländischen Reparatur- oder Wartungsteams, schon gar nicht aus Portugal oder mit Chinesen. Die haben mich nur angeglotzt und gefragt: Was sollen denn das für Maschinen sein? Die kennen die Leute, die ins Haus kommen, alle persönlich. Aber ich habe mich bei der Gelegenheit noch umgesehen und bin schnell den Schlenker zum Airport gefahren und habe die Kilometer mal genau zusammengerechnet. Ich bin genau auf 568 gekommen. Ist das nicht seltsam?«

»Wie bist du denn an diese Zahl gelangt?«, fragte Grabowski erstaunt.

»Vom Euro-Flughafen Basel bis zum Baden-Airport sind es 174 Kilometer, von dort nach Freiburg genau bis zu den West-Arkaden sind es 110 Kilometer. Ich bin extra bis dorthin gefahren. Von da wieder zurück – zum Übernachten – und dann am Montag weiter nach Basel kommt man genau auf zweimalmal 284 Kilometer und das sind dann rechnerisch 568. Ein kleiner Umweg dazugerechnet für Parkplatzsuche und Tanken, etwa 8 Kilometer, dann bist du bei den 576, nach denen wir die ganze Zeit suchen. Kommt genau hin.«

Grabowski war sehr nachdenklich geworden, hatte die Hände hinter dem Kopf verschränkt und kippelte mit seinem Stuhl. Nach geraumer Weile sagte er: »Das würde bedeuten, die drei könnten gemeinsam am Sonntag zu Wang Yuhai gefahren sein, zumal er mindestens einen von den dreien kannte.« Nach einigem Nachdenken fuhr er fort: »Könnten! Bewiesen ist noch nichts. Und was ist mit Mah-jong?«

»Du immer mit deinem Mah-jong! Das könnten auch Mah-jong-Spieler gewesen sein, warum nicht? Bewiesen ist noch nichts. Aber hilft uns das denn weiter?«

»Immerhin haben wir auch Fingerabdrücke auf den Mah-jong-Steinen.«

»Aber wir wissen nicht, von wem die sind. Und von diesen dreien haben wir keine Abdrücke zum Vergleichen. Die sind ja längst wieder in Portugal.«

»Richtig, von denen haben wir keine. Und wie weiter?«

Grabowski sah auf Huber, der fast trotzig, jedenfalls energisch zurückblickte. Er versuchte, in Hubers Gesicht zu lesen. Seine Züge wurden nur entschlossener. Schließlich lachte der Ältere los: »... Du meinst, wir sollten nach Portugal fahren?«

»Warum nicht? Mindestens den Liu können wir mit links ausfindig machen, der hat dort sein Hotel, die Adresse ist bekannt ... Und einen Fingerabdruck könnten wir uns leicht verschaffen. Es gibt da ziemlich einfache Tricks.«

Letztlich hatte Grabowski einfaches Spiel, dem jüngeren Kollegen in seinem verständlichen Überschwang solche rechtlich unhaltbaren Übergriffe auszureden. Ein Privatdetektiv mochte sich auf solche Methoden stützen, um seine Mandanten zufriedenzustellen, einer am Ende gerichtsfesten Polizeiarbeit blieben sie verwehrt. Illegal beschaffte Beweismittel würden vor Gericht womöglich mit einem Verwertungsverbot belastet und die ganze kriminalistische Arbeit würde zu einer Niederlage vor Gericht führen. Schließlich triumphierte gerade der, dessen Untaten aufgeklärt und verurteilt werden sollten.

»Nein, nein! Wir wollen doch unsere Arbeit nicht leichtfertig aufs Spiel setzen, bloß weil wir ungeduldig werden. Jeder, der sich für Trabrennen interessiert, weiß: Kurz vorm Ziel darf das Pferdchen um Himmels willen nicht in den Galopp fallen, sonst wird es disqualifiziert. Da wie dort gilt eben mein alter Wahlspruch: Langsam geht schneller.«

Huber hätte am liebsten gegähnt, weil das wieder eine von Grabowskis Tiraden war, aber er war zu aufgeregt, denn er hielt es für eine Tatsache, dass die drei mit dem Auto nach Freiburg gefahren waren und Wang Yuhai getroffen hatten – ob nun mit Mah-jong oder nicht.

Um als Täter infrage zu kommen, musste es freilich einen Grund für den Mord geben, sei es ein plötzlicher Streit, sei es ein geplantes Verbrechen. Und für all dies gab es bis jetzt nichts Greifbares, keine Anhaltspunkte, nicht einmal Hypothesen. Über Triaden musste er jedoch dringend mit Grabowski reden. Der hatte sich schließlich inzwischen mit dieser speziellen chinesischen Form des Bandenwesens beschäftigt, sogar ein Buch dazu gelesen. Und Liang Shitang hatte auch schon geheimnisvolle Andeutungen dazu gemacht …

DIENSTAG, 5. AUGUST 2014

… mehr noch am nächsten Morgen und vollends, als der Übersetzer nun endlich den Bericht wiedergefunden hatte über einen Gerichtsprozess in Shanghai vor über zwei Jahren, bei dem auch der Name Liu Dongzhi gefallen war. Er hatte mehrere Zeitungen und Zeitschriften durchforstet, bis er schließlich in der Wochenzeitung *Nanfang Zhoumo* (»Wochenende im südlichen Gebiet«) den Artikel gefunden hatte. Es ging um den Tod eines hohen Parteifunktionärs aus »Shanxi«, der offenbar dabei war, Geld aus einem Industriekomplex, für den er verantwortlich war, zu unterschlagen und ins Ausland zu schaffen. Er verkaufte illegal Immobilien dieser Firma und dabei war auch der Name von Liu genannt worden. Das Geschäft kam aber nicht zustande, da Liu den geforderten Preis nicht zahlen wollte, und so wurden die Immobilien anderwärts verkauft. Kurz darauf wurde der Parteifunktionär ermordet aufgefunden, erdrosselt und mit merkwürdigen Verletzungen am Oberkörper. Man konnte Liu in diesem Falle nichts nachweisen und es kam zu keiner Anklage. Schließlich wurde der Mord als Suizid dargestellt (als ob man sich selbst erwürgen könnte). Da war vermutlich die Partei zur Schadensbegrenzung eingeschritten. Aber Liu wurde es wohl zu heiß, er ging kurz darauf nach Portugal.

»Und das war eindeutig dieser Liu?«

»Geschäftsführer Liu Dongzhi von der ›Liu Liu Real Estate Company‹ mit Sitz in Hangzhou am Westsee.«

»Das ist diese ›Sechs-Weiden-Immobilien-Gesellschaft‹?«

»Genau. Aber hier ging es um eine Tochtergesellschaft in Shanghai, die sich ›Shan Long Investment Corp.‹ nannte.«

»Die ›Liu Liu Real Estate‹ ist also eine Krake mit vielen Armen. Und dieser Gerichtsprozess hatte mit ›Xilong‹ zu tun?«

»Vor Gericht kam ›Xilong‹ natürlich nicht zur Sprache, das hätte die Partei nie zugelassen. Aber der tote Parteisekretär, alle Spuren an ihm, eindeutig …«

Grabowski schaute den Übersetzer streng an, aber das war mehr der Ausdruck von Konzentration und innerer Anspannung. Dann fragte er nach: »Und wie wurde der Mord ausgeführt?«

»In dem Zeitungsbericht steht, es war eine Strangulation. Das Opfer wurde hinter einem Gebüsch gefunden. Offenbar gab es auch Messerspuren.«

»Das ›Xilong‹-Zeichen?«

»Ja. Kennen Sie den Fall etwa? Haben Sie schon davon gehört?«

»Nein, natürlich nicht. Aber ich sehe da gewisse Ähnlichkeiten, deshalb frage ich ja.«

Liang sah Grabowski erst fragend, dann erstaunt an,

schließlich ließ er aus tiefer Kehle ein rollendes Brummen vernehmen, das wohl ausdrücken sollte, dass er verstanden hatte.

»Haben Sie denn noch etwas Zeit? Ich würde gerne meinen Kollegen Huber dazurufen, damit Sie ihm diese Geschichte von Liu auch noch einmal berichten. Falls er Nachfragen hat …«

»Gerne.«

»Ach, da fällt mir noch ein: Einer dieser Begleiter von Liu hieß … Moment, ich habe mir das aufgeschrieben, kann mir all diese Namen so schlecht merken … Hier steht es: Cao Li. Was heißt das denn, oder hat es keine Bedeutung?«

»›Cao‹ ist der Familienname und ›Li‹ heißt ›Birne‹.«

»Ist das nicht ein bisschen abschätzig? Bundeskanzler Kohl hat man gerne als Birne gezeichnet, aber das war als wenig schmeichelhafte Karikatur gemeint.«

»Birne ist eine sehr schöne Frucht, ausgezeichneter Geschmack, sehr saftig. Und Birnenbäume können sehr alt werden, haben immer wunderschöne Blüten. Aber das Wort ›Birne‹ klingt im Chinesischen genauso wie das Wort für ›sich trennen‹, ›jemanden verlassen‹. Man muss da sehr vorsichtig sein.«

»Eure Sprache … Ich würde das nie lernen.«

»Ist nicht so schwer. Aber Sie haben einen Übersetzer, der Ihnen alles sagen kann.«

Es dauerte geraume Zeit, bis Huber in Grabowskis Büro kam. Er hörte geduldig zu und schien die Tragweite von Liangs Bericht sofort erfasst zu haben. Er hatte nur eine Frage: »Gibt es einen Zusammenhang mit diesem Prozess um die Immobilien und der Flucht von Liu nach Portugal? Oder … Das Wort ›Flucht‹ ist vielleicht zu stark, sagen wir: Übersiedlung nach Portugal.«

Der Übersetzer fragte zurück: »Wenn Sie ›Zusammenhang‹ sagen, meinen Sie dann Ursache und Wirkung?« Dann erklärte er, ohne eine Antwort abzuwarten: »Ich weiß es nicht. Ich kann nur sagen: Er hatte Glück bei diesem Prozess, man konnte ihm nichts nachweisen, seine Beteiligung wurde nicht weiter untersucht. Aber gleich danach ging er nach Portugal.«

»Danke, das genügt mir.«

5. TEIL

FREITAG, 20. FEBRUAR 2015

EZS 7686 – PYRENÄEN

Viel war nicht zu sehen: Leichte Bewölkung vom Atlantik her, darunter die mit weißen Wasserfarben dick bemalten Berge des Trenngürtels der Iberischen Halbinsel vom übrigen Europa. Grabowski hatte längst aufgegeben, den Kopf mühsam vorzustrecken und durch das Bullauge, vorbei am Höhenruder der Flügel, in die eintönige Wolken- und Schneelandschaft zu spähen. Ohnehin war kaum Platz, sich zu rühren, am besten saß man steil aufgerichtet, die Knie im rechten Winkel, denn ausstrecken konnte man sich nicht. »EasyJet« hatte es fertiggebracht, durch neue Sitze den Raum des Airbus 319 auf 156 Sitzplätze auszunutzen (bei anderen Fluggesellschaften waren es nur 138). Dies fast drei Stunden auszuhalten, war zweifellos eine Zumutung.

Sein Sitznachbar Liang Shitang war schon gleich nach dem Abflug eingeschlafen und auch dann nicht aufgewacht, als die Stewardess ihm ein Getränk anbieten wollte. Das frühe Aufstehen war offenbar seine Sache nicht, schon um 6 Uhr hatte ihn Grabowski abgeholt, immerhin bei sich zu Hause in Wittnau, während Grabowski schon eine Stunde früher auf den Beinen war. Wenigstens hatten sie nach dem Einchecken in Basel noch Zeit für einen großen Milchkaffee mit einem Brioche gehabt – zu den erstaunlichen Schweizer Preisen, die nur ungläubiges Staunen erregen konnten. Portugal würde als Billigland dafür ein bisschen versöhnen.

Grabowski hatte die Augen geschlossen und dachte nach. Was auch immer ihn in Lissabon erwartete, er hatte sich fest vorgenommen, mit großer Zurückhaltung aufzutreten und alle vermutbaren portugiesischen Empfindlichkeiten zu umgehen, zumindest selbst nicht anzusprechen. Den Korruptionsskandal um die »Goldenen Visa«, der immerhin zu einer heftigen Regierungskrise geführt hatte, nicht zu erwähnen, würde allerdings schwerfallen. Zumindest würde er noch einmal fragen müssen, aufgrund welcher Investitionen Cao Li und Feng Sheng zu ihren Vorzugs-Visa gekommen waren. Nicht um Vorwürfe zu erheben – das stand ihm nicht zu –, sondern nur, um möglicherweise zu erfahren, wo man diese beiden suchen müsse, wie man ihrer habhaft werden könne.

Diese Anfrage hatte er nämlich schon Anfang September vorigen Jahres an die Lissaboner Polizei gestellt, aber dazu keine Antwort bekommen. Vielleicht, weil man sie noch gar nicht beantworten konnte. Natürlich hatte er nicht darauf verwiesen, dass er die Liste der chinesischen Empfänger der »Goldenen Visa« in Kopie besaß, vielmehr hatte er es so dargestellt, als habe sich der Hinweis aus einer Überprüfung bei einer Hotelanmeldung ergeben. Das klang ebenso harmlos wie plausibel, schließlich hatten die beiden am Baden-Airport übernachtet. Durchaus möglich, dass er mit dieser Anfrage einen weiteren Mosaikstein zu einem bereits bestehenden Verdacht bezüglich der Visavergabe hinzugefügt hatte.

Die portugiesische Polizei stand dabei ziemlich untadelig da, obwohl sie gegen staatliche Einrichtungen ermitteln musste. Sie hatte unter dem schönen Decknamen »Labyrinth« eine Sonderkommission gebildet, die gut vorbereitet mit 200 Beamten landesweit Durchsuchungen vorgenommen und offenbar erhebliches Material gefunden hatte. Dadurch wurde belegt, dass mithilfe hoher Regierungs- und Verwaltungsstellen diese privilegierten Einreisevisa mit Schmier- und Bestechungsgeldern regelrecht gekauft werden konnten. Vor allem für die chinesischen Interessenten waren sogar mehrere Vermittlungsbüros eingerichtet worden, um die Formalitäten zu erleichtern. Drei Viertel dieser »Goldenen Visa« wurden nämlich an Chinesen ausgegeben. Von den Schmiergeldern hatten korrupte Beamte profitiert – von den Investitionsgeldern, die diese Ausländer ins Land brachten, profitierte der portugiesische Staat. (Auf europäischer Ebene, also in Brüssel, wunderte man sich, wie Portugal seine prekäre Staatsverschuldung besser und schneller aufarbeiten konnte als etwa Spanien oder Italien – allein aus dem Verkauf dieser Visa kam in vier Jahren (2012 bis 2015) zumindest mehr als eine Milliarde Euro zusätzlich ins Land, für das arme Portugal viel Geld.)

Die konservative Regierungskoalition unter Ministerpräsident Pedro Passos Coelho war zwar in Bedrängnis gekommen, weil mindestens zwei Ministerien (Justiz und Umwelt) an diesen Betrügereien beteiligt waren, aber es gelang, einige ranghohe Verwaltungsbeamte dazu zu bringen, die Verantwortung zu übernehmen (insgesamt wurden sieben von ihnen festgenommen) – damit wurden dann die Minister und vor allem das fragile Regierungsbündnis gerettet. Auch der Direktor des Grenzschutzes befand sich unter den Verhafteten, auch er ein Spitzenbeamter. Das alles hatte sich schon vor drei Monaten abgespielt. In Brüssel hatte man nur mit einem gewissen Wohlwollen registriert, dass Portugal sich anscheinend aus eigener Kraft aus der Finanzkrise befreien konnte …

Mit etwas ungläubigem Staunen hatte Grabowski all dies in täglichen Berichten der Zeitungen verfolgt. Dann aber war seine ganze Aufmerksamkeit von etwas Weiterem beansprucht worden, das auch mit Portugal zu tun hatte und letztlich dazu führte, dass er jetzt im Flugzeug saß und in wenigen Stunden im »Palácio da Justiça« von Lissabon ein Verhör durchführen würde. Es betraf den Leichenfund Anfang August vorigen Jahres, zu dem ihm Kollege Tritschler die Meldung weitergegeben hatte. Offenbar eine männliche, vielleicht asiatische Person, die irgendwo abseits lange in der Sonne gelegen hatte und deren Identifizierung deshalb so schwierig war.

Auch hierzu hatte Grabowski seine Anfrage an die portugiesische Polizei gestellt, ob er eine Zusammenfassung des Fundberichtes und der Obduktionsergebnisse für einen Vergleichsfall bekommen könne – er werde berichten, wenn Auffälliges herauskäme. Es hatte zwar lange gedauert, aber Ende Oktober bekam er die Unterlagen, dazu eine Fotodokumentation von der schaurigen Art.

Der Fundort lag zwischen Coruche und Raposa, zwei Kleinstädten in einer sehr dünn besiedelten Gegend im Alentejo, nordöstlich von Lissabon. Es gibt in dieser Gegend eigentlich nur Korkeichen und Rebflächen und dazwischen mehr oder weniger ausgetrocknetes und verwildertes Gelände mit dürrem Gestrüpp. Wer verirrt sich schon hier in der riesigen offenen Landschaft? Etwa ein Asiate? Ein Chinese? Wie soll der denn hierherkommen? Und doch war dies nur etwa 50 Kilometer von der Hauptstadt entfernt. Grabowski hatte begonnen, sich für all diese Koordinaten zu interessieren, es war wenig genug, was dazu auffiel. Aber dieser Fall sofort. Denn – das hatte die Obduktion bestätigt, während die Fotos dazu nicht deutlich genug waren – der Tote war eindeutig stranguliert worden. Der Fundort war nicht der Tatort. Wahrscheinlich war der Leichnam durch das Strauchwerk gezogen worden, es gab genügend Kratzspuren am Körper, vor allem im Rückenbereich, aber auch am Erdboden waren noch Schleifspuren zu erkennen, da es im Sommer nicht geregnet hatte. Wahrscheinlich war der Tote bis in die Nähe mit einem Auto transportiert worden. Es gab dazu genug Fahrwege für die Traktoren der Landwirtschaft. Und wenig entfernt verlief die Schnellstraße IC10 nach Santarém am Tejo.

Lange hatte Grabowski über den Fotos gegrübelt, schließlich hatte er sich mit Doktor Rosa von der Rechtsmedizin getroffen, um seinen Verdacht bestätigt zu bekommen. Der war wie immer nur gleich vor seiner Mittagspause zu sprechen und etwas kurz angebunden, aber dennoch bereitwillig.

»Aufgrund eines Fotos kann ich natürlich kein sicheres Urteil abgeben. Ein Foto kann eine Stütze für den Bericht sein, aber das Urteil ist nur in natura et concreto möglich. Also, kein Gutachten mit diesen Bildern. Aber ich schaue sie mir gerne an und gebe Ihnen einen Hinweis auf weitere notwendige Untersuchungen. Bis wann brauchen Sie das?«

»Es ist nicht unser Fall, ich habe die Fotos nur zu Vergleichszwecken angefordert. Sie erinnern sich sicher an den Chinesen, Wang Yuhai. Und da gab es diese Messerritzungen. Ich möchte Sie nur fragen, ob Sie da Parallelen erkennen können, die näher zu untersuchen sich lohnen würde.«

»Den Fall habe ich noch sehr präsent.«

»Ich brauche vorläufig auch nichts Schriftliches. Ein mündlicher Hinweis würde mir schon sehr viel helfen.«

»Das klingt sehr erfreulich. Bis wann?«

»Mir ist es nicht eilig. Auf ein paar Tage kommt es nicht an. Rufen Sie einfach durch, wenn Sie etwas gefunden haben.«

Grabowski wusste immer milde Freundlichkeit zu verbreiten. Meistens kam er damit am schnellsten zu seinen Rückmeldungen.

So auch diesmal. Schon am nächsten Tag hatte Doktor Rosa zurückgerufen und geraten: »Gehen Sie der Sache unbedingt nach. Ich glaube schon aufgrund der Fotos unterscheiden zu können zwischen den Schürfungen im Rückenbereich, die als Schleifspuren deutbar sein können, und den Kerbungen im vorderen Oberkörper und im Bauchbereich. Die sehen nach einem gleichmäßig durchgezogenen Messerschnitt aus. Die Laufrichtung kann ich hier nicht erkennen, sie müsste aber im ausführlichen Obduktionsbericht vermerkt sein. Unter Umständen ist daran zu denken, dass es sich um rituelle Gravuren handeln könnte. Die Ähnlichkeit mit unserem Freiburger Fall scheint mir auf den ersten Blick so groß, dass man prüfen sollte, ob möglicherweise eine Übereinstimmung der Handschrift vorliegen könnte.«

Um einiges später war dann auch noch die Identität des Toten festgestellt worden. Es handelte sich um jenen vielfachen Millionär aus Ningbo, einer Industriestadt südlich von Shanghai, der bereits seit Anfang Juni 2014 vermisst wurde und zuletzt in Macao gesehen worden war. Nun ist Macao bis heute ein Spielerparadies mit hoher Attraktivität für alle Chinesen, ein Platz für Geldwäsche ohnehin, und als ehemalige Kolonie bestehen noch immer verschlungene Verbindungen in die frühere Hauptstadt Lissabon. Für jede Form des Wegtauchens also ein idealer Platz.

Die meisten näheren Umstände waren zunächst nicht bekannt, nur so viel, dass er mit einem falschen Pass und gefälschtem Visum nach Lissabon gekommen war. Warum er bei der Einreise nicht aufgefallen war, ob auch dies zu dem Bestechungsskandal gehörte, musste noch aufgeklärt werden.

Er hatte sich an der Küste im »Palácio Estoril« einquartiert, einem Luxus-Hotel gleich um die Ecke jener legendären Spielbank, die auch Ian Fleming als Vorbild für sein »Casino Royale« gedient hatte. Gleich im Voraus hatte er für 14 Tage in bar bezahlt – bei Europäern war dies eher ungewöhnlich, bei Asiaten kam so etwas vor. Seitens des Hotels war man nicht sonderlich beunruhigt, als er nach 14 Tagen einfach nicht auffindbar war. Man stellte fest, dass er nur mit verhältnismäßig kleinem Gepäck unterwegs war, zwei Anzüge, ein paar Hemden et cetera, alles westliche Marken wie BOSS oder »Pierre Cardin«, keine persönlichen Hinweise, offenbar wollte hier jemand spurenlos bleiben. Da dem Hotel kein Schaden entstanden war, hatte man die Sachen einfach in Verwahrung genommen und erst einmal abgewartet. Erst als der Tote gefunden worden war, hatte das Hotel sich bei der Polizei gemeldet. Jedenfalls hatte es länger gedauert, bis man wusste, wer er wirklich war, weil erst jetzt die Rückfragen in Shanghai und Macao einsetzen konnten.

Nun ja, Spielbank, dachte Grabowski, das muss ihm viel bedeutet haben. Aber was ist das für ein beschissenes Leben, wenn man so viel Geld hat, seine Tage nur noch einsam in einer Spielbank zu verbringen, sogar mit falschem Pass und kleinstem Köfferchen herumzupesen, keine Frau, keine Familie, und dann ermordet und irgendwo hinter ein Gebüsch geworfen zu werden wie auf eine Müllkippe. Vielleicht war er dabei, Geld ins Ausland zu verschieben – na und? Ist es das wert? Entweder war er zu doof für ein interessanteres Leben oder er drehte an einem ganz ausgebufften Ding, über das er dann allerdings auch gestolpert ist. Aber wie so ein Mensch tickt, konnte er sich beim besten Willen nicht vorstellen.

Er schaute auf seinen Sitznachbarn, der immer noch

in tiefen Schlaf getaucht war. Er hing etwas schief auf seinem Platz, den Mund leicht geöffnet, man hörte ein leises Röcheln, das jedoch vom Brummen der Motoren übertönt wurde. Wie gerne hätte er sich jetzt mit ihm unterhalten, auch über die chinesischen Reichen, die ihm so unbegreiflich waren. Aber er konnte ihn nicht allein deswegen wecken, ohnehin war es nur noch eine Dreiviertelstunde bis Lissabon, der Flieger war unmerklich längst in den Sinkflug übergegangen.

Wichtiger war es jetzt, sich innerlich auf die Ankunft vorzubereiten und noch einmal die Ausgangslage abzurufen. Denn Liang und er würden am Airport abgeholt und dann sicher den ganzen Tag mit Beschlag belegt werden. Wann das eigentliche Verhör angesetzt war, wusste er nicht, aber drumherum gäbe es sicher noch andere Besprechungen.

Nachdem der Gerichtsmediziner Doktor Rosa so dringend dafür plädiert hatte, die Morde an Wang Yuhai in Freiburg und dem Chinesen aus Ningbo auf relevante Gemeinsamkeiten in der Tatausführung zu untersuchen, hatten Grabowski und Huber lange mit Tritschler und später auch mit dem Chef der Kripo Freiburg beraten, wie man am besten vorgehen solle. Ein internationaler Haftbefehl oder ein Vorgehen über Interpol schied vorerst aus, weil die Beweiskette noch zu dünn war. Zwar gab es Indizien gegen Liu Dongzhi und die beiden anderen Chinesen, aber zum entscheidenden Hebel, nämlich dem DNA-Nachweis, fehlten die Gegenproben. Im portugiesischen Fall an dem Millionär aus Ningbo war von DNA im Obduktionsbericht ohnehin nicht die Rede gewesen, wahrscheinlich hatte man keine solchen Spuren gefunden. Die Anzeichen oder, mehr noch, geradezu Bekennerzeichen, dass es sich in beiden Fällen um gezielte Taten der Geheimgesellschaft »Xilong« handelte, schienen als solche zwar eindeutig, aber in den westlichen Ländern wusste man über diese neue Triade viel zu wenig und nur aus journalistischen Beiträgen im Internet. Polizeiliche Ermittlungsergebnisse mochte es in China vielleicht geben, aber Zusammenarbeit und Austausch der dortigen und der hiesigen Behörden steckten noch in den Anfängen, wenn überhaupt.

Den Fall vorläufig auf Eis zu legen und abzuwarten, schien niemandem angemessen. Ohne dass es auch nur einer ausgesprochen hätte, spielte dabei im Hintergrund wohl auch eine Rolle, keine weitere Erfolglosigkeit eingestehen zu wollen. Denn natürlich war es für die gesamte Kripo in Freiburg eine Belastung, dass man im Falle des ermordeten Achtjährigen noch immer keinen Täter präsentieren konnte, nicht einmal von einer erfolgversprechenden Spur die Rede war. Dabei handelte es sich wahrscheinlich nicht um die besonders ausgeprägte Intelligenz des Täters, der sämtliche Spuren so sorgfältig vermeiden konnte, sondern nur um eine einzige, allerdings heftige Regennacht, die alles weggewaschen hatte, was die Tat hätte aufklären können. Allerdings hatte nichts in diesem Sommer die Öffentlichkeit so sehr bewegt wie dieser ruchlose Mord, und sie erwartete dringend, diesen feigen Mörder an einem so sympathischen Jungen präsentiert zu bekommen.

Und so hatte man sich mit ungewissen Hoffnungen entschieden, wenigstens die Portugiesen mit dem Mordfall Wang Yuhai und den vorläufigen Ermittlungsergebnissen über den Aufenthalt der drei Chinesen am Tag der Tat in Freiburg bekannt zu machen. Der Hinweis auf »Xilong« jedoch wurde vorerst vermieden, weil man keine eigene Einschätzung dieser Triade bieten konnte. Alle allerdings noch vagen Auskünfte über Liu, zum Beispiel der Hinweis auf seinen Hotelbesitz in Ericeira, waren jedoch im Interesse schneller Ermittlungen beigefügt.

Was bei den portugiesischen Polizeibehörden heftige Aktivitäten ausgelöst hatte ... Vor allem, nachdem sich ein Zeuge gemeldet hatte, ein einfacher Landarbeiter, der ein Auto in der Nähe des Leichenfundes gesehen hatte, das ihm etwas zu extravagant und daher fremd für diese Gegend vorkam, ein silbergrauer Range Rover Hybrid. Nicht, dass dieses Auto sehr auffällig aussah, aber wer genauer hinsah und die Marke erkannte, wusste auch, dass dafür mindestens 130.000 hinzublättern waren – *Euro*! Und diese Gegend war so dünn besiedelt, dass jeder jeden (und auch sein Auto) kannte. Gewiss, es gab die Schnellstraße in der Nähe und einigen Durchgangsverkehr. Aber nicht auf einsamen Landwegen. Und deshalb hatte er sich die Nummer gemerkt, wenigstens einen Teil: 37 XJ, weil sie nämlich seine Glückszahlen enthielt.

Dieses Auto gehörte zu einem verhältnismäßig luxuriösen Hotel in Cascais und wurde unter anderem den Gästen für Ausflüge zur Verfügung gestellt. Eine vorläufige Durchsicht der Gästeliste hatte aber nichts Auffälliges ergeben. Doch einige Tage später war man eher durch Zufall darauf gestoßen, dass dieses Hotel einer chinesischen Investment-Gesellschaft gehörte, deren Vorstandschef – und da gingen nun plötzlich alle Warnlampen an – zufällig Liu Dongzhi war. Da saß also ein Vogel vor der Falle, nur durfte man ihn partout nicht erschrecken. Niemand von den Ermittlern ließ sich das Geringste anmerken.

Es war verhältnismäßig einfach, den Wagen einige Tage genau zu beobachten, bis er in einem absoluten Halteverbot stand und damit sofort abgeschleppt werden konnte (in Portugal bekanntlich sehr üblich!). Und natürlich wurde er unauffällig etwas durchleuchtet – ohne schlafende Hunde zu wecken … Irgendwelche Transportspuren, Verunreinigungen davon et cetera wurden zwar nicht gefunden, aber im Handschuhfach lag ein achtlos abgelegter kleiner Tankbeleg von der Schnellstraße bei Corucha für 48,7 Liter Superbenzin, ausgestellt am 18. Juni 2014, 15.43 Uhr – immerhin.

Vor 14 Tagen, Anfang Februar, war dann aus Lissabon die Mitteilung gekommen, dass Liu Dongzhi in Untersuchungshaft genommen worden sei wegen Verdachts der Mittäterschaft beim Mord an dem Chinesen aus Ningbo. Deshalb sei es möglich, zusätzlich für den Tatkomplex Deutschland (Fall Wang Yuhai) ein Verhör durch den ermittelnden Beamten aus Freiburg im »Palácio da Justiça« bei der »Instrução Criminal« in Gegenwart des portugiesischen Untersuchungsrichters durchzuführen. Die Details seien noch abzustimmen.

Grabowski hatte daraufhin nach längeren Gesprächen beim Chef – mit deutlicher Fürsprache durch Tritschler – durchgesetzt, dass ein solches Verhör mit einem Dolmetscher in chinesischer Sprache geführt werden müsse, und zwar ohne den Umweg über das Englische oder Portugiesische. Das bedeutete, dass der ohnehin in diesem Fall bereits tätige Übersetzer Liang Shitang nach Lissabon mitkommen musste. Außerdem sollte dringend um eine Video-Aufzeichnung gebeten werden. Schlussendlich war eine Dienstreise nach Lissabon für zwei Personen mit einer Übernachtung gebilligt worden.

Eben kam über Bordlautsprecher die Mitteilung, in Kürze werde man in Lissabon-Portela landen, die Sitze seien bitte aufrecht zu stellen und jeder habe darauf zu achten, angeschnallt zu bleiben, bis das Flugzeug zum Stehen komme und die Leuchtzeichen erloschen seien. Liang hatte auch davon nichts mitbekommen und schlief unbekümmert weiter. Erst als Grabowski ihn kräftig anstieß, riss er die Augen auf und schaute um sich. Durch das Bullauge schien die Sonne direkt in sein Gesicht, bevor der Strahl schnell weiterzog, weil das Flugzeug in Schräglage zu einer weitgezogenen Kurve ausholte.

FREITAG, 20. FEBRUAR 2015

LISSABON

Nachdem Grabowski und Liang unkontrolliert mit ihren kleinen Handköfferchen an den Grenzkontroll-Beamten vorbeigegangen waren und in die Ankunftshalle traten, kam gleich ein älterer graumelierter Mann auf sie zu und fragte nur leise: »Senhor Grabowski?« Als er verhaltene Zustimmung fand, begrüßte er sie mit einem überschwänglichen Redeschwall in perfektem Deutsch, wie sehr er sich freue, diese bedeutende Delegation aus dem hochgerühmten Freiburg hier willkommen heißen zu dürfen (dabei gab er auch Liang Shitang die Hand), und ein paar Redensarten mehr, wobei er auch seinen Namen nannte: Raúl Ribeira Freitas von der »polícia judiciária« … Bis Grabowski endlich die freundlichen Worte dankend erwidern konnte, Liang auch namentlich bekannt machte und seine Hoffnung auf weiterhin gute Zusammenarbeit ausdrückte.

Wer aber meinte, es ginge weiterhin so förmlich, um nicht zu sagen zeremoniell zu, wurde schnell eines Besseren belehrt, denn Freitas erwies sich als ein sehr spontaner und herzlicher Partner von liebenswürdiger Aufmerksamkeit. Er hatte gar nichts von dem, wie man sich gemeinhin einen Polizeibeamten vorstellt. (Aber gibt es diesen festgelegten Typus überhaupt, wenn man sich die Mühe macht, genauer hinzuschauen? Ist das nicht nur ein allzu bequemes Vorurteil?) Schon nahm er beide am Arm und lotste sie durch die Halle zum Ausgang.

»Sie haben sicher sehr früh aufstehen müssen und kein ordentliches Frühstück bekommen, lassen Sie uns doch zuerst in ein Caféhaus gehen. Es gibt dort auch ›pasteis‹ – ›doce ou carne‹. Ach, entschuldigen Sie, dass ich so durcheinanderrede, ich meine Kuchen oder Gebäck, süß oder salzig.«

»Sehr gerne«, antwortete Grabowski, »wenn wir so viel Zeit haben.«

»Selbstverständlich. Wir müssen uns doch erst ein bisschen austauschen.«

Freitas hatte sein Auto gleich vor der Ankunftshalle in der Kurzparkzone stehen, ein blauer Seat Ibiza, klein, aber wendig in dem wuseligen Verkehr, wie sich bald herausstellen sollte. Er redete und erklärte und hörte gar nicht mehr auf. Mit der Metro ginge es viel schneller, aber er könne doch seine Gäste nicht als Erstes in die U-Bahn schubsen, und Taxi verstoße nun einmal gegen die Dienstregeln, das sei vermutlich überall so. Das Verhör mit dem Chinesen sei erst nachmittags angesetzt und so hätten sie viel Zeit …

Liang räusperte sich und meinte: »Sehr gut. Für Sie (hihi!), Herr Kommissar Freitas, brauche ich ja nicht zu übersetzen und kann mir …«, er sah fragend auf Grabowski, »vielleicht ein wenig die Stadt ansehen?«

»Sie haben ganz recht, wenn Sie alleine losziehen wollen, aber das muss natürlich Kollege Grabowski entscheiden ... Wir brauchen Sie offiziell erst ab 15 Uhr.«

Nachdem auch Grabowski einverstanden war, fragte Freitas noch, ob Liang etwas Bestimmtes vorhabe, ob er ihn irgendwo absetzen solle. Und Liang erklärte, unbedingt in das Gulbenkian-Museum zu wollen, davon habe er schon so viel gehört.

»Das nenne ich guten Geschmack, Sie werden nicht enttäuscht sein. Es liegt übrigens genau an unserm Weg. Ich kann Sie bis vor den Eingang fahren.«

»Wunderbar. (Hihi.) Und holen Sie mich dort auch wieder ab?«

»Wenn Ihnen das nicht zu lang wird? Allerdings bekommen Sie viel zu sehen. Im Übrigen ist dort auch ein schöner Park. Es genügt, wenn Sie um viertel vor drei am Eingang stehen.«

*

Sie waren frühzeitig im »Campus da Justiça de Lisboa« angekommen in einer Gegend, die ursprünglich zur Weltausstellung gehört hatte. Moderne und elegante Büropaläste mit Schriftzügen von Weltkonzernen und dazwischen recht willkürlich die Gebäude der »Instrução Criminal«. Freitas hatte sie hierhergebracht und stellte sie nun dem Untersuchungsrichter und einigen anwesenden Kriminalkollegen vor.

Grabowski hatte schon mehrere Stunden mit Freitas in einer ruhigen Ecke der »Fabrica Coffee Roasters« gesessen, einem Lokal, wo man die verschiedensten Kaffeesorten ausprobieren, aber auch Kleinigkeiten essen konnte. Der sehr redefreudige Freitas hatte zuvor allerdings noch den »Elevador do Lavra« gezeigt, der gleich um die Ecke lag und eine Art Schrägaufzug (oder Bergtrambahn) in höher gelegene Stadtteile war, wo sich auch die Deutsche Botschaft und daneben das Goethe-Institut befanden. Ob Grabowski da kurz hinauffahren wolle, man habe dort eine schöne Aussicht und die Botschaft sei ein prächtiger alter Palast? Aber Grabowski hatte abgewinkt mit dem Argument, es sei noch viel zu besprechen – und das traf zweifellos zu. Denn er wollte zumindest die neuesten Ermittlungsergebnisse hören, insbesondere zu dem Mord an dem Millionär aus Ningbo. Und außerdem wollte er nach dem anstrengenden, weil so beengten Flug erst einmal zur Ruhe kommen.

Woher Freitas denn so vorzüglich Deutsch könne, er sei ganz beschämt, wenn er so etwas höre, denn fremde Sprachen – außer Englisch natürlich – seien seine Sache nicht. Der redselige Freitas erzählte daraufhin ausführlich, wie er – noch vor der Nelkenrevolution – sein Studium mit einem Stipendium der Friedrich-Ebert-Stiftung angefangen habe, Sozialwissenschaften in Frankfurt, später Jura, dann für die Regierung Soares gearbeitet habe und erst später zur Polizei gekommen sei. Er sei nun vor allem mit Fällen beschäftigt, bei denen deutsche Stellen tangiert würden, man könne schließlich nicht alle Akten erst einmal übersetzen. So sei auch die Anfrage zu Liu Dongzhi bei ihm gelandet. Er müsse zugeben, zunächst seien sie etwas hilflos gewesen wegen der geringen Spuren bei diesem Mordfall im Alentejo. Aber nach Grabowskis Hinweis auf Liu sei sehr viel ins Rollen gekommen.

Und dann hätte es ja auch noch die Überprüfung der sogenannten »Goldenen Visa« gegeben mit den ganzen kriminellen Machenschaften. Dabei habe sich herausgestellt, dass die beiden Chinesen, die über Porto zum Baden-Airport geflogen seien, nicht nur gefälschte Visa im Pass hatten, sondern darüber hinaus auch noch in die Prüfliste beim Grenzschutz hineingeschmuggelt worden seien. Wie das passieren konnte, müsse noch aufgeklärt werden. Leider seien sie längst wieder ausgereist und im Moment nicht zu greifen. In der Überlegung sei aber ein Auslieferungsbegehren bei der Volksrepublik China.

Auch Grabowski hatte zu berichten, und so verging die Zeit schneller als im Flugzeug, bis sie Liang Shitang am Museum auflesen konnten und dann hinaus zum ehemaligen Expo-Gelände im Nordosten der Stadt fahren mussten. Kurz bevor sie ankamen, war es Liang, der bemerkt hatte, dass sie gerade die Rua Mar da China kreuzten, was ihn zu einem deutlichen Hihihi! veranlasste.

Im richtigen Bereich des Gebäudes angekommen, wurden sie zunächst dem Untersuchungsrichter, Senhor Vasco Goncalves Morais, vorgestellt, wobei Freitas zu übersetzen hatte. Dann kamen Kollegen von Freitas hinzu, Small Talk und Höflichkeiten, wenig zur Sache. Aber man war natürlich neugierig auf den Kollegen aus Deutschland, der mit einem stummen Chinesen als Schatten herumlief (Liang), sich sonst aber sehr zurückhaltend und wortkarg zeigte. Von Freitas ließ er sich den Raum zeigen, wo das Verhör stattfinden sollte. Er hatte eine große, aber unauffällige Scheibe mit verspiegeltem Glas, durch die man aus einem Nebenraum das Geschehen beobachten konnte.

Grabowski bat darum, dass so wenige Personen wie möglich bei dem Verhör anwesend sein sollten. Was die Sicherheit angehe, bevorzuge er ein nicht so martialisches Auftreten, Fluchtgefahr bestehe doch wohl nicht. Der Untersuchungsrichter stimmte zu und sagte, er werde ohnehin im Nebenraum bleiben, denn er verstünde Deutsch nur ein wenig und Chinesisch gar nicht. Schließlich nahm Grabowski seinen Kollegen Freitas noch beiseite, gab ihm einen Beutel Mesmer-Tee (Grünen Tee) und sagte: »Können Sie irgendwo einen hohen Becher mit einer Untertasse als Deckel auftreiben und diesen Teebeutel aufbrühen. Ich habe ihn eigens mitgebracht.«

Freitas hob die Augenbraue und runzelte etwas verständnislos die Stirn, aber er hatte sich bei ihrer kurzen Bekanntschaft so gut mit Grabowski verstanden, dass er nichts weiter fragte und den Beutel stumm in Empfang nahm.

*

Grabowski und Liang hielten sich im Hintergrund des langgestreckten Raumes auf, als Liu von zwei Gefängniswärtern hereingeführt wurde, ein kleiner, etwas untersetzter Mann mit rundlichem Gesicht, aber energischer Mimik. Erst als ihm die Handschellen abgenommen worden waren und einer der beiden Wärter vor der

Tür Posten bezogen hatte, ging Grabowski auf ihn zu, sehr unbefangen, und streckte ihm die Hand hin. Der Chinese schien etwas erstaunt, schlug aber ein und ließ sich zu einem kleinen Tisch gegenüber dem Fenster führen, sodass er für die Videokamera gut ausgeleuchtet war. Grabowski stellte sich und Liang, der jetzt hinzugetreten war, vor und sagte, er könne leider kein Wort Portugiesisch und da man ohnehin übersetzen müsse, werde man das Gespräch auf Chinesisch führen, das sei Liu sicher auch viel angenehmer. An Liang gewandt, fügte er hinzu: »Übersetzen Sie bitte recht genau und fragen Sie lieber noch einmal nach, wenn Sie unsicher sind. Ich möchte eine möglichst freundliche Atmosphäre haben, keine Einschüchterungen. Das Wort ›Gespräch‹ ist mir lieber als ›Verhör‹.«

»Ich habe verstanden und werde mir Mühe geben. Das chinesische Wort für ›Verhör‹, ›shenxùn‹, heißt eigentlich: ›Nachricht überprüfen‹. Ist sehr milde.« Dann übersetzte er für Liu.

Hierauf setzten sie sich gegenüber, und Grabowski wandte sich an Liu: »Ich möchte mit Ihnen gerne über Wang Yuhai sprechen. Sie kannten ihn ja, waren vielleicht sogar mit ihm befreundet. Ihr Name stand auch in seinem Adressbuch.« Er unterbrach sich und äußerte in einem beflissenen Ton: »Ach, Sie möchten sicher einen Tee trinken.« Und ohne die Übersetzung abzuwarten, sagte er etwas lauter: »Kann jemand bitte für Herrn Liu einen heißen Tee bringen? Er müsste schon bereitstehen.« Dann winkte er Liang zu, dies alles wörtlich zu übersetzen.

Nun lachte Liu auf, und mit einem Male, als er seinen Mund öffnete und die Wangen verzog, sah man, dass er Metallzähne hatte, sie leuchteten im Sonnenlicht auf und schimmerten – das ganze Gebiss pures Gold. Grabowski erschrak, es hatte etwas Bedrohliches, und mit einem Male wirkte die kleine, gedrungene Figur noch robuster. Liu schien ein energisches Muskelpaket von einiger Härte zu sein.

Gewiss hatte Liu die Umständlichkeit der Übersetzung und die Abschweifung mit dem Tee genutzt, sich auf die Anwesenden einzustellen und sich blitzschnell Gedanken darüber zu machen, wie er antworten sollte. Sehr zögerlich begann er deshalb: »Wang Yuhai, ein guter Freund, ein sehr lieber Mensch. Und so begabt. Er hatte eine große Zukunft vor sich …«

Als Grabowski diese gemütvolle Rede auch auf Deutsch erfahren hatte, ging die Tür auf und ein Uniformierter brachte einen großen zugedeckten Becher herein, den er vor Liu hinstellte. Der fragte (immer in seiner Sprache, die Liang dann erst übersetzen musste, was jedes Mal eine Verzögerung bedeutete): »Für Sie, Herr Kommissar, nichts? Keinen Kaffee, keinen Tee? Auch kein Wasser?«

Grabowski lächelte. Offenbar war jene aufgelockerte Stimmung erreicht, die er sich gewünscht hatte, wenn er jetzt schon die Fürsorglichkeit seines Gegenübers erregte. Er sagte: »Nein, danke. Bei uns ist das nicht üblich. Wir sind das nicht gewohnt. Bei uns zulande wächst ja auch kein Tee.« (Eine Bemerkung, die an höheren Blödsinn grenzte, aber darauf kam es jetzt nicht an.)

Fast ohne Unterbrechung fügte er an: »Wie haben Sie eigentlich von seinem Tod erfahren?«

Der Chinese hatte sich in guter Kontrolle. Er hatte bei dieser Frage nicht einmal gezuckt, aber sie kam wohl doch überraschend, denn lange antwortete er nichts. Schließlich: »Aus der Zeitung.«

»Sie wissen nicht mehr, welche Zeitung das war?«

»Nein, das fällt mir im Moment nicht ein.«

»Nun, es stand nämlich nicht in der Zeitung. Nicht einmal bei uns. Und in chinesischen Zeitungen auch nicht.« Letzteres wusste Grabowski zwar keineswegs so genau, es war vielmehr eine vage Vermutung, aber es standen ja auch nicht Grabowskis Äußerungen auf dem Prüfstand, sondern die von Liu.

»Es ist schon so lange her, ich weiß es nicht mehr«, murmelte der.

»Sie haben ihn gut gekannt?«

»Ja. Wir haben uns öfter gesehen und auch zusammen Mah-jong gespielt. Er spielte sehr gerne.«

»Hatten Sie denn auch geschäftlich mit Wang zu tun?«

»Keine Geschäftsbeziehungen, nein.«

»Aber Sie haben doch sicher über Wirtschaftsfragen mit ihm diskutiert. Über Finanzanlagen und Ähnliches. Das interessierte ihn doch.«

»Oh ja, Finanzanlagen. Er wollte investieren, Immobilien, Firmen … Darüber haben wir viel gesprochen. Man muss sich in Europa gut auskennen. Es gibt auch viele Schwierigkeiten mit ›burocracia‹ und ›repartição de finanças‹ – diese Dinge.«

»Und Sie sind Geschäftsmann? Was machen Sie denn genauer beruflich?«

»Ich bin Investor. Hotels, Wohn- und Geschäftshäuser. Meine Firma verwaltet und managt Immobilien.«

»Es hat nie gemeinsame Geschäfte mit Wang Yuhai gegeben? Keine gemeinsamen Anlageobjekte?«

»Nein, nie. Er wollte nicht in Portugal investieren.«

»Und auch keine Geschäfte mit seinen Verwandten?«

»Nein, nie. Familie Wang ist eine sehr wichtige Familie. Aber ich habe nur Yuhai kennengelernt. Leider. Sehr schade.«

»Das kann ich mir denken, Sie wären vielleicht vielen interessanten Menschen begegnet. Aber nun ist Yuhai tot und da ist das nicht mehr möglich.«

»Ja. Mit Familie Wang hätte es sehr viele nützliche Verbindungen gegeben. Ich hätte gerne für sie gearbeitet und ihnen auch helfen können.«

»Aber Wang Yuhai wollte partout mit Ihnen keine Geschäfte machen. Ich nehme an, dass es darüber zum Streit gekommen ist.«

»Es gab keinen Streit.«

»Sogar das kann ich mir vorstellen, dass Sie es gar nicht erst zum Streit haben kommen lassen. Wie sind Sie eigentlich nach Portugal gekommen?«

»Ich war vorher in Hangzhou und dann in Shanghai, habe aber Schwierigkeiten mit staatlichen Stellen bekommen und bin deshalb nach Portugal gezogen. Ich investiere hier und möchte die portugiesische Staatsangehörigkeit erlangen. Das ist besser für mich. Und für Portugal ist meine Arbeit auch sehr nützlich.«

Das war natürlich alles Schmus und Grabowski wusste genau, dass er mit diesen Fragen nichts ausrichten konnte. Aber er hatte sich seine Umwege und kleinen Einkreisungen gut überlegt.

»Sie haben doch sicher einen Führerschein?«

Liu nahm einen Schluck von dem heißen Tee, legte dann den Deckel wieder auf den Becher. Er wollte sicher etwas Zeit gewinnen, um sich auf die überraschende Frage einzustellen.

»Na klar, den habe ich schon sehr lange. Ich bin schon als Jugendlicher aufs Land verschickt worden. Mit einem alten Kleinlaster, der immerzu liegen blieb, musste ich das Gemüse vom Dorf in die Kreisstadt fahren. Da lernt man Autos kennen.«

»Fahren Sie denn gerne Auto? Ich meine, selbst am Steuer?«

»Wenn nicht so viel Verkehr ist, keine Rushhour oder Stau. Sonst nehme ich lieber einen Chauffeur aus meiner Firma.«

»Aber Sie benutzen ein eigenes Auto?«

»Einen BMW, ja.«

»Und was ist mit dem Range Rover?«

Er ließ sich keine Überraschung anmerken. »Der gehört dem Hotel in Cascais. Ist für Gäste. Die wollen Ausflüge machen, am Meer entlang, oder zum Golfen, das geht nicht mit dem öffentlichen Autobus. Die können sich dieses Auto reservieren lassen, das ist Service, sehr wichtig.«

»Ach so, das geht mit Reservierung?«

»Das Auto ist sehr begehrt. Das müssen Sie bei der Rezeption anmelden.«

»Sie fahren also nie mit dem Rover.«

Liu lachte laut auf, wobei seine goldenen Zähne blitzten. »Nein, natürlich nicht. Wenn Sie einen BMW vor der Tür stehen haben, steigen Sie doch nicht in ein so kleines Auto. Der BMW ist viel bequemer.«

Grabowski murmelte vor sich hin: »Wie man's nimmt … Aber manchmal, wenn etwas zu transportieren ist und der Chauffeur gerade nicht da ist …« Dann nickte er Liang zu und gab zu verstehen, er solle das durchaus auch übersetzen.

»Sie waren nun einer der Letzten, die Wang Yuhai vor seinem Tod gesehen haben, was hatten Sie denn für einen Eindruck von ihm?« Die Frage war angesichts der Beschuldigungen, die Grabowski im Sinn hatte, allzu harmlos gestellt, aber er wollte gerne erreichen, dass Liu von sich aus ein bisschen plaudern würde. Der ließ sich auch freimütig darauf ein und schilderte eine fröhliche und ausgeglichene Stimmung an dem fraglichen Tag. Er habe nicht den Eindruck gehabt, dass Yuhai etwas belaste oder Ärger mache. Man habe sich in dessen Wohnung getroffen und Mah-jong gespielt. Wenn er es richtig in Erinnerung habe, sei es ein Sonntag gewesen, ein angenehm warmer, nicht so heißer, sonniger Tag. Zwei weitere Chinesen seien dabei gewesen, die er aber vorher nicht gekannt habe, die habe Yuhai eingeladen, denn Mah-jong könne man nur zu viert spielen.

Er (Liu) sei abends noch nach Straßburg gefahren, während die anderen zu dritt essen gehen wollten, in der Nähe habe es ein Lokal gegeben mit einem mongolischen Feuertopf (*Anm.: eine Art Fleisch-Fondue*). Aber darüber wisse er nichts, er sei ja nicht mehr dabei gewesen. Überhaupt sei das alles schon lange her. Bei dem Spiel, das habe er noch in Erinnerung, habe es keinen nennenswerten Sieger gegeben, das sei alles sehr ausgeglichen gewesen. Natürlich sei um Geld gespielt worden, das sei immer so, das gebe es unter Chinesen gar nicht anders.

Ja, er habe in Straßburg einen wichtigen Geschäftspartner. Das sei auch der eigentliche Anlass dieser Reise gewesen, den er dann mit einem Besuch bei Yuhai verbunden habe. Den Geschäftspartner, einen Chinesen, könne er nicht mit Namen nennen, ohne vorher mit ihm Rücksprache gehalten zu haben, der habe nicht gerne mit der Polizei zu tun, da müsse er erst fragen. Dann griff er wieder zu dem Teebecher.

Grabowski warf ein, es könne durchaus sein, dass er diesen Namen doch noch nennen müsse, darauf solle er sich schon einmal einstellen, im Moment sei das aber nebensächlich. Grabowski war sich einigermaßen sicher, dass es diesen Straßburger Geschäftspartner gar nicht gab, und er betrachtete seinen warnenden Einwurf eher als schwer verdauliches Schmorgemüse. Als Liu verärgert reagierte und »goushi« vor sich hin brummte, sah Grabowski aufmunternd zu Liang, er solle ihm auch das übersetzen. »Hundescheiße!«, murmelte der leise.

Grabowski sagte daraufhin beschwichtigend zu Liu: »Ich würde jetzt auch viel lieber irgendwo mit Ihnen chinesisch essen, als diese ganzen Fragen durchzusprechen. Sie kennen sicher die besten chinesischen Restaurants von ganz Lissabon und Umgebung. Ich würde Ihrem Urteil sofort vertrauen.«

Etwas besänftigt und dankbar für eine so ablenkende Bemerkung antwortete Liu: »In Lissabon kann ich nur eines empfehlen, das ist sogar viel besser als jenes im Casino von Estoril, was natürlich luxuriöser ist …«

»Und das wäre …?«

»Mr. Lu in der Nähe der Metro-Station Arroios. Aber Sie sollten immer auf die Empfehlungen von Lu vertrauen, wenn Sie bestellen. Und vorher anrufen, ob er selbst kocht.«

»Lassen Sie mich noch einmal auf das Wochenende in …«, Grabowski hielt kurz inne und überlegte, ob er Freiburg oder Straßburg sagen sollte, entschied sich aber schnell für Letzteres, »… Straßburg zurückkommen. Sie sind nach Basel geflogen?«

»Nicht zum ersten Mal. Von Lissabon aus ist das die schnellste Strecke. Ein sehr unkomplizierter Flughafen. Dort habe ich mir ein Auto gemietet.«

»Um nach Straßburg zu kommen?«

»Ich wollte auch Wang Yuhai treffen.«

Liu redete so jovial und offen daher, so sprudelnd und munter – es klang auch meist recht plausibel, abgesehen von kleineren Unstimmigkeiten oder Erinnerungslücken –, dass man meinen konnte, es ginge nur darum, ein paar Missverständnisse ausräumen. Dabei hatte man ihm sicher gesagt, dass er des Mordes an einem Chinesen aus Ningbo beschuldigt werde und er deshalb in Untersuchungshaft genommen worden war. Und jetzt von einem deutschen Kommissar zu Wang Yuhai befragt zu werden, konnte doch nur heißen, dass ihm auch dieser Mord angelastet wurde. Hatte er das nicht begriffen?

Aber er wirkte keineswegs nervös. Seine Selbstsicherheit war beachtlich. Höchste Zeit, ihm ein paar weitere und durchaus unangenehmere Fragen zu stellen.

»Offenbar sind Sie vom Flughafen in Mulhouse nicht nur nach Straßburg gefahren.«

»Nein, ich war auch bei Yuhai – diese kleine Stadt ...«

»Freiburg, richtig. Aber wo haben Sie denn übernachtet?«

»Kleines, billiges Hotel von einer Hotelkette, ich erinnere mich nicht mehr.«

»Aber Sie hatten das vorbestellt?«

»Das war übers Internet, irgendein Hotel-Reservierungs-System.«

»Es ist doch erstaunlich, dass ein vermögender Geschäftsmann wie Sie, der sogar in der Hotelbranche tätig ist, in einem so unbequemen und billigen Hotel absteigt.«

Liu ließ sich nicht aus der Ruhe bringen, lachte und bleckte sein Metallgebiss. »Ist nicht erstaunlich. Auf Reisen habe ich nicht so viel Zeit und brauche nur etwas für ein paar Stunden Schlaf. Und außerdem muss ich alles kennenlernen, auch einfache Häuser.«

»Und da saßen dann morgens beim Frühstück zufällig die beiden Chinesen, mit denen Sie bei Wang Yuhai Mah-jong gespielt haben?«

Noch einmal lachte Liu auf, etwas zu laut, nicht mehr ganz so unangestrengt, und er schlug sich dabei mit der kleinen, zusammengeballten Hand auf den Oberschenkel. »Haha, die beiden waren froh, mich zu treffen, weil sie kein Englisch konnten, nur Chinesisch, und sich nicht auskannten.«

»Aber dann haben Sie die doch sicher im Auto mitgenommen. Wie sollten die beiden, die sich nicht verständigen konnten, denn sonst zu Wang Yuhai kommen?«

Liu schaute mit etwas vergrößerten Augen auf, nun nicht mehr ganz so lustig, und dachte nach. Er hob den Deckel vom Teetopf und sah hinein, dann sagte er, ohne Grabowski anzublicken: »Ja, Sie haben recht, die beiden sind mit mir im Auto mitgefahren. Ich erinnere mich wieder.« Dabei grunzte er undeutlich vor sich hin.

Aber Grabowski hatte noch mehr spitze Pfeile in seinem Köcher, um Liu zu piesacken: »Wieso haben Sie sich denn als Reparaturteam für die Firma Daimler ausgegeben?«

»Das war doch nur ein Scherz. Das habe ich zu dem Portier gesagt. Die anderen beiden haben das gar nicht mitbekommen. Ich mache öfters solche Scherze, ist doch lustig.«

»Wussten Sie denn, dass die beiden Köche waren? Spezialitäten-Köche, die für ›chinesische Wochen‹ eines Restaurants nach Europa eingeladen worden waren?«

»Nie und nimmer waren das Köche. Diese Halunken waren höchstens umherziehende Mah-jong-Spieler. Wang Yuhai hat ja oft mit solchen etwas zweifelhaften Profis gespielt, er war ganz besessen von diesem Spiel. Woher wollen Sie denn wissen, dass das Köche waren? Haben Sie einmal gegessen, wo die gekocht haben? Haha! Das kann gar nicht sein, niemals.« Er hatte sich fast in Rage geredet. Und nach einer Pause fügte er aus seinen Metall-Zähnen gepresst noch hinzu: »Chi shi!«, sodass Grabowski, nachdem er die Übersetzung angehört hatte, bei Liang nachfragte: »Und das Letzte? Was bedeutet das?«

»Kann man nicht gut sagen im Deutschen.«

»Nur zu, ich vertrage viel.«

»Es bedeutet: Friss doch Scheiße!«

»Na gut«, sagte Grabowski beiläufig, »ich glaube, wir nähern uns dem Wesentlichen.«

»Jetzt fällt es mir wieder ein«, sagte Liu nun lebhaft, »ist mir ganz deutlich vor Augen nach der langen Zeit: Ich habe die beiden in dem Hotel kennengelernt und dann mit zu Yuhai genommen, weil sie sagten, dass sie gute Mahjong-Spieler seien. Ich wollte Yuhai eine kleine Freude machen mit einer Runde, weil er so versessen darauf war. Wo er lebte, wollte ja niemand mit ihm spielen ... Und ich habe die beiden im Auto wieder mitgenommen ins Hotel. Ich bin dann noch zu meinem Geschäftspartner nach Straßburg gefahren und abends zurückgeflogen.«

Grabowski ließ den nächsten kleinen Pfeil los, der an besonders empfindsamer Stelle traf: »Wahrscheinlich stimmt das alles, was Sie sagen – wenigstens ungefähr. Da ist nur noch ein kleiner Umstand. Wie können Sie mir denn erklären, dass die Hotelreservierung von Ihnen selbst gleich für drei Leute vorgenommen wurde? Sie waren also bereits miteinander verabredet. Und Sie haben diese Übernachtungen auch bezahlt.«

Diesmal sprang Liu von seinem Stuhl auf, schnellte hoch und ließ sich wieder fallen wie ein aufgeblasener Gummiball, wobei er »guizi« zischte ...

»Was sagt er?«, fragte Grabowski leise und Liang antwortete: »Ein Schimpfwort. Könnte man mit ›hinterlistiger Nichtsnutz‹ übersetzen, früher hat man das für Ausländer benutzt, etwa ›fremder Teufel‹.«

»Meinetwegen«, murmelte Grabowski vor sich hin.

»Ich habe noch ein paar Fragen mehr«, sagte Grabowski und Liu beruhigte sich insofern, als er nun ganz still dasaß und erstaunt, aber auch mit verblüffter Neugierde auf die Übersetzung wartete. »Woher kannten Sie die beiden? Moment, ich kann mir die Namen so schlecht merken … Ach ja, Cao Li und Feng Sheng?«

Liu schwieg mit offenem Mund.

»Na gut, wenn Sie dazu nichts sagen wollen, die nächste Frage: Zufällig sind die beiden auch aus Portugal angereist.« Liu rührte sich nicht. »Zufällig wohnten die beiden in einem sehr bescheidenen Hotel in Cascais, das Ihnen auch gehört. Wussten Sie das nicht?«

»Nein.«

»Sie mögen wohl Zufälle?« Liu löste sich etwas aus seiner Erstarrung und grinste. »Im Übrigen haben das meine portugiesischen Kollegen herausgefunden … Sie selbst sind von Lissabon aus nach Basel geflogen. Cascais und Ericeira, wo Sie Hotels haben, ist ja auch ganz in der Nähe von Lissabon. Aber vielleicht können Sie mir sagen, warum die beiden anderen, die Köche, von Porto aus geflogen sind, das ist 300 Kilometer nördlich von Lissabon. Wie kamen die überhaupt dahin? Mit einem Auto?«

»Bin ich die beiden Halunken? Die keine Köche sind? Da müssen Sie die schon selbst fragen.«

»Das werde ich auch tun, darauf können Sie sich verlassen.« (Liu zuckte kaum merklich.) »Sie haben das alles wahrscheinlich selbst organisiert, die Köche waren dazu gar nicht in der Lage. Schon wegen der fehlenden Sprachkenntnisse. Denn Sie haben auch die Übernachtung im Flughafenhotel des Baden-Airport angemeldet.« Diesmal zuckte Liu absichtlich mit der Schulter, ohne etwas zu sagen. »Zufällig den beiden die Reise organisiert, das Hotel gebucht und alles bezahlt ...« Der Chinese ließ das beherrscht an sich abtropfen.

»Ach, da ist noch so ein Zufall. Der Millionär aus Ningbo ist wohl am 17. Juni ermordet worden. Durch Strangulation mit einer Drahtschlinge. Davon haben Sie sicher gehört. Er hat zwar in keinem von Ihren Hotels gewohnt ...« Grabowski konnte keine Reaktion bei Liu beobachten. Er fuhr fort: »Das war der letzte Tag, bevor die beiden Köche nach Shanghai zurückflogen.« Dann wartete er.

So lange, bis Liu das Gefühl hatte, etwas sagen zu müssen. Stattdessen fragte der: »Meinen Sie, dass die beiden Halunken was damit zu tun haben könnten?«

»Ich meine gar nichts. Habe nur auf das Datum hingewiesen.«

»Aber Sie sprachen von Zufall.«

»Ach so. Der Zufall besteht darin, dass am nächsten Tag die Leiche mit einem Auto wegtransportiert wurde in eine ziemlich abgelegene Gegend. Und gerade von dort haben wir für den fraglichen Tag eine Tankquittung in Ihrem schönen Rover gefunden.«

»Wow! Weiß man denn, wer an diesem Tag das Auto bekommen hat?«

»Das wollte ich gerade Sie fragen.«

Grabowski wartete. Liu trank wieder einen Schluck Tee. Obwohl er eigentlich nicht mit einer Antwort rechnete, wartete Grabowski lange. Dann fragte er plötzlich:

»Mögen Sie eigentlich ›bacalhau‹?« (*Anm: getrockneter Stockfisch, eine portugiesische Spezialität*)

Mit einem Male lachte Liu wieder, als habe er den unangenehmen Teil endlich überstanden. »Nicht wirklich. Nein, gar nicht. Wir Chinesen essen nur ganz frische Fische. Die Schwanzflosse soll noch auf dem Teller zucken.«

»Ich fürchte, dass Sie noch einige Tausend Mal Stockfisch essen müssen, bis Sie wieder freikommen.«

Liu jaulte auf und presste dabei »qi si ba« heraus.

»Was meint er damit?«

Liang antwortete: »Sieben vier acht.«

»Was soll das heißen?«

»Das ist ein Wortspiel. Wird fast genauso ausgesprochen wie ›qi si ba‹, das ist eine üble Beschimpfung und bedeutet: Geh und stirb endlich!«

»Na, den Gefallen tue ich Ihnen nicht. Ich will Ihnen zu den beiden Köchen nämlich noch etwas sagen. Die sind nicht das erste Mal in Portugal. Und jedes Mal wurde das Visum für die Einreise damit beantragt, dass die beiden bei ›chinesischen Wochen‹ in der Küche als Spezialisten arbeiten würden. Immer wurde dabei ein Restaurant eines Ihrer Hotels genannt. Und diesmal standen sie sogar auf der Liste der Leute mit ›Goldenen Visa‹. Das ist zwar nie genehmigt worden, aber die Namen wurden auf die Liste geschmuggelt, mit der die Grenzbeamten die Visa gegenkontrollierten. Der

Visum-Stempel im Pass war natürlich eine Fälschung. Das gehört alles zu dem Bestechungsskandal, der vor drei Monaten aufgeflogen ist. Wahrscheinlich haben Sie für die beiden diese Visafälschungen bezahlt. Damit sie überall in Europa unbemerkt herumreisen konnten. Denn es waren Ihre Handlanger. Ohne Sie hätten die beiden es nie nach Europa geschafft, sie wären nicht einmal auf die Idee gekommen, konnten sich allein gar nicht zurechtfinden. *Sie* haben das alles eingefädelt.«

»Was reden Sie da?«, erregte sich jetzt Liu und sprang auf. »Das sind alles Lügen!«, stieß er hervor. Dann schrie er sogar los: »Noch nie sind diese Halunken in der Küche eines meiner Häuser gewesen. Keinen Schritt. Nicht einmal mit den Augen. Sie verdrehen alles und wollen mir etwas anhängen.«

Grabowski wurde es jetzt zu bunt. Er schlug mit der Faust auf den Tisch und brüllte noch lauter als Liu: »Schluss jetzt! Sit down! Sit down!« Und zugleich donnerte er mit dem Zeigefinger nach unten, bis Liu tatsächlich hinter seinem Stuhl zu stehen kam und sich halbwegs beruhigte.

Grabowski grummelte: »So setzen Sie sich doch!«

Als nach geraumer Zeit immer noch nichts passiert war und Liu immer noch hinter dem Stuhl stand – wahrscheinlich auch in einem ungünstigen Winkel für die Videokamera –, wiederholte Grabowski leise: »Setzen Sie sich, bitte!«

Es war eine Frage der Durchsetzung von Autorität, und Grabowski wartete einfach ganz unaufgeregt, bis

Liu sich tatsächlich wieder setzte und er selbst fortfahren konnte: »Ich glaube Ihnen durchaus, dass diese beiden keine Köche sind. Auch, dass Sie die nie in eine Ihrer Restaurantküchen lassen würden. Im Übrigen haben meine portugiesischen Kollegen in einigen Ihrer Restaurants bereits nachgefragt und Fotos vorgelegt: Da kannte sie niemand. Aber was besagt das schon? Es ist ja kein Vorwurf, Koch zu sein, im Gegenteil: größte Achtung vor diesen Künstlern. Es geht um etwas ganz anderes, und das wissen Sie: Wir werfen den beiden vor, Mordgesellen zu sein. Aber zu den Einzelheiten werden wir sie sicher bald selbst befragen können.«

Das war ein Stichwort, bei dem Liu wieder ganz wach und aufgeregt wurde. Zwar brüllte er nicht los, aber man sah ihm die Spannung an, und dann hielt es ihn nicht mehr, zu fragen: »Haben Sie die beiden …?«, und schon versagte ihm die Stimme.

Grabowski spürte die Wichtigkeit dieser Frage, blieb aber ganz ruhig und sah dabei Liu intensiv an. So viel Überlegenheit er dabei ausstrahlte, nutzte er die Augenblicke zu genauem Nachdenken. Schließlich antwortete er: »Das darf ich Ihnen nicht sagen, das können Sie nur von meinen portugiesischen Kollegen erfahren. Nur so viel: Wir arbeiten intensiv mit den chinesischen Behörden zusammen, die sich sehr für alles interessieren, was mit ›Xilong‹ zusammenhängt.«

Liu stöhnte laut auf: »Ich habe nichts mit ›Xilong‹ zu tun.«

»Demnach wissen Sie, was ›Xilong‹ ist? Haben Sie schon davon gehört?«

»Jeder hat schon davon gehört.«

»Sie kennen also auch das Drachenzeichen, das ›Xilong‹ stets als sichtbare Spur hinterlässt?«

»Ich habe davon gehört.«

»Gehört? Sie wissen sehr wohl, dass Wang Yuhai mit diesem Zeichen markiert worden ist. Und natürlich wissen Sie auch, dass der reiche Chinese aus Ningbo ebenfalls so entstellt worden ist. Und der Parteifunktionär in Shanghai? Ist auch mit diesem Zeichen versehen worden. Immer mit einem Messer in den Oberkörper geritzt. Das sind nur drei Fälle, in Wirklichkeit gibt es viel mehr. Aber in diesen drei Fällen waren immer Sie beteiligt. Sie selbst. Das können wir inzwischen beweisen. Alle drei Morde sind mit einer Schlinge geschehen, Strangulation. Und immer waren auch Ihre beiden Mordgesellen daran beteiligt. Auch schon in Shanghai, wie wir inzwischen erfahren haben.«

Liu saß mittlerweile ganz apathisch in sich gesunken auf seinem Stuhl und stierte ins Leere. Ob er zuhörte und mitbekam, was Grabowski ihm vorhielt, war nicht zu erkennen. Trotzdem wollte Grabowski zu Ende reden. Es würde in der Videoaufzeichnung zu sehen sein, als Wortprotokoll und in Übersetzung noch einmal dem Untersuchungsrichter und später auch dem Gericht vorgelegt werden, es würde der Leitfaden sein für das, was mit einzelnen Beweisstücken, die noch hinzugefügt werden mussten, zur Grundlage für den Gerichtsprozess und die abschließende Verurteilung werden würde.

»Ich kann Ihnen nur einen Rat geben – denken Sie

gründlich darüber nach –, legen Sie die Karten über ›Xilong‹ offen. Und zwar hier. Dass ›Xilong‹ ein Zeichen setzen wollte: Wer nicht zahlt, zahlt mit dem Leben – das ist offensichtlich. Aber wir wollen mehr wissen. Wer gehört dazu? Wie werden die Opfer ausgeforscht? Wer gibt Informationen an ›Xilong‹? Wo hat diese Geheimgesellschaft ihr Geld angelegt? Wer profitiert davon? Und viele Fragen mehr. Seien Sie kooperativ. Wenn Sie hier nicht reden, wird man Sie bald nach dem Urteil nach Shanghai abschieben. Die Zusammenarbeit mit den chinesischen Behörden wird immer enger. Was das bedeutet, können Sie sich ausrechnen. Zwar keine Todesstrafe, das wird man vorher wegverhandeln. Sie kennen sicher den Fall von Lai Changxing. Aber in chinesischen Gefängnissen würden Sie sich sehnlichst wenigstens gelegentlich ›bacalhau‹ wünschen, selbst wenn Sie sich noch so sehr davor ekeln. Lebenslänglich in China? Da wird man Sie schon zum Reden bringen. In Shanghai wird sich dann der Mann fürs Grobe um Sie kümmern.«

Nachdem Liang übersetzt hatte und Liu tief von unten rollend aufgestöhnt hatte, fragte Grabowski: »Wie haben Sie denn ›den Mann fürs Grobe‹ übersetzt?«

Liang erklärte: »›Mann für brutale Methoden‹. Ich habe das Wort ›canren‹ benutzt, das bedeutet: ›grausam‹ und ›wenn die Geduld zu Ende ist‹. Das ist ziemlich hartes Wort.«

Zu Liu gewandt, sagte Grabowski noch: »Wenn Sie meinen Rat hören wollen: Besser haben Sie es hier. Aber dafür wird auch einiges von Ihnen erwartet.«

Eigentlich war das Verhör zu Ende, nachdem Liang mit immer leiserer Stimme und doch gut vernehmbar die letzten Worte übersetzt hatte. Aber dann geschah etwas, das sich Grabowski gut überlegt hatte. Er ging um den Tisch herum, schlug Liu nicht fest, aber aufmunternd auf die Schulter und streckte ihm die Hand hin. Der sah langsam auf, noch fast abwesend, blieb aber sitzen, sah weit nach oben in das Gesicht von Grabowski, der nun noch hinzufügte: »Denken Sie an mich!«

Als Liang auch das übersetzt hatte, gab Liu Grabowski seine Hand, ausdruckslos und schlaff, und doch schien er sich bewusst zu sein, was er tat. Erst jetzt hatte Grabowski alles beisammen, was er erreichen wollte.

*

Natürlich gab es noch eine kurze Nachbesprechung, in der Grabowski von allen Seiten gratuliert worden war. Er sei sehr gut vorbereitet gewesen, man habe vieles bestätigt bekommen und Liu sei im Wesentlichen überführt, auch wenn einige Einzelheiten noch abgeklärt werden müssten. Grabowski nahm das alles mit Dank entgegen und sagte dann: »Anklage wegen zweifachen Mordes in Mittäterschaft mit den beiden anderen ist kein Problem, da kommen genügend Beweise zusammen. Im Grunde hat er schon alles bestätigt, auch wenn es noch kein unterschriebenes Geständnis ist. Aber wir sind noch weit weg vom Vollmond. Von ›Xilong‹ wissen wir noch kaum etwas. Wir kennen nicht die Struktur dieser Geheimgesellschaft, kennen nicht ihre Verbindungen, nicht die Wege ihrer Gelder. Und das alles wird erschwert, weil sie in der Hauptsache eine chinesische Triade ist und das meiste sich dort abspielt. Das ist wie mit der Mafia. Jahrzehntelang kannten wir nur ihre Macht, wussten aber kaum, wie sie funktioniert, und alles spielte sich im fernen Italien ab. Das hat sich seit einigen Jahren sehr geändert: Erstens gibt es Mafia auch bei uns, zweitens wissen wir mehr, und drittens gelingt es auch zunehmend, in ihre Strukturen einzudringen und ihre Glieder lahmzulegen. Aber hier stehen wir noch ganz am Anfang. Und deshalb ist es so wichtig, Liu nicht nur zügig vor Gericht zu stellen, sondern außerdem möglichst viel von ihm zu erfahren.«

Ein etwas jüngerer, schneidiger Kollege warf ein (Freitas musste alles übersetzen): »Stimmt schon. Aber das hätte ich nicht gemacht, einem Mörder die Hand zu geben …«

Es gab einiges Gemurmel, ob zustimmend oder ablehnend, konnte Grabowski nicht ausmachen. Als sich das Stimmengewirr wieder gelegt hatte, sagte er: »Wir wollen doch etwas von ihm, sogar als überführter Mörder. Wir wollen nämlich noch mehr aufklären als nur seinen Fall. Deshalb habe ich kein Problem, ihm die Hand zu geben. Sonst wäre ich kein Kriminaler geworden. Da muss man Leichengeruch aushalten können, auch wenn es etwas streng riecht.«

Solche etwas herben Sentenzen, zu denen Grabowski neigte, lösten ein neuerliches Gemeckere, aber ebenso auch lachende Beistimmung aus.

Schließlich sagte der Untersuchungsrichter: »Da muss ich Ihnen völlig zustimmen, über die Hintergründe, also ›Xilong‹, brauchen wir noch viel, viel mehr, ob das nun mit Liu zu tun hat oder nicht. Das Thema wird wiederkehren.«

Grabowski fügte noch an: »Ich bin ja auch nur durch Zufall darauf gestoßen. Hier, Herr Liang«, er deutete auf den Dolmetscher, »hat mich zuerst darauf aufmerksam gemacht und dann die Artikel aus chinesischen Zeitungen übers Internet zusammengesucht. Wie das im Einzelnen läuft, weiß ich auch noch nicht. Aber in unserm Fall habe ich den Eindruck, dass Liu nicht im Auftrag irgendwelcher geheimen Bosse gehandelt hat, sondern für sich selbst und aus eigenem Machtanspruch, dennoch und zugleich aber auch im Sinne eines gemeinsamen Dogmas dieser Triade. Ich habe nicht den Eindruck, dass er Gelder weitergeben muss, sondern dass er selbst sein eigener Chef ist. Und er hat sich seine Handlanger und Mordgesellen dazu selbst gesucht und entlohnt sie vermutlich auch selbst. Vielleicht macht das gerade die Gefährlichkeit dieser Gesellschaft aus, dass sie ein Zusammenschluss Gleichgesinnter ist, die eine gemeinsame Geschichte, aber kein despotisches Machtzentrum mit streng abgestufter Ordnung haben. Also keine Krake mit vielen Armen, sondern eher ein gefährlicher Schwarm von Piranhas. Wir werden sehen – das Thema wird uns noch lange beschäftigen.«

SAMSTAG, 21. FEBR. 2015

LEDERLEPLATZ

Als Grabowski kurz vor 19 Uhr in seiner Wohnung eintraf, wurde er bereits von Elfi erwartet, die ihn nicht gerade stürmisch begrüßte, aber nicht mangels liebevoll zugewandter Gefühle, sondern gebremst durch eine verschmierte Küchenschürze, die sie bei ihm ausgeliehen hatte, und fettige Finger. So beugte sie sich nur mit geschürzten Lippen vor, ließ ihn aber nicht näher als die Berührung eines Kusses an sich herankommen.

»Du kannst ja Gedanken lesen …!«, rief er aus.

»Deine durchaus.«

»… denn ich habe mordsmäßigen Hunger.«

»Wenn du einen Mord aufgeklärt hast, sollst du auch belohnt werden, wenigstens mit einem anständigen Essen. Denn ich kann auch kochen – wollte ich nur mal sagen«, erklärte sie.

»Stimmt, würde ich auch nie bestreiten. Nur ist Kochen ein Hobby von mir und deshalb meist meine Sache. Heute allerdings hätte ich mich nicht mehr in die Küche gestellt. Ich bin ziemlich ausgebrannt.«

Elfi hatte sich schon wieder den Töpfen auf dem Herd zugewandt, als sie fragte: »Hat es sich wenigstens gelohnt? Habt ihr ihn? Sitzt er hinter Schloss und Riegel?«

»Schon seit 14 Tagen. Wenn die Handschelle klickt, ist allerdings erst das Ende des ersten Aktes erreicht. Nichts als Vor-Lust. Aber damit sind die »Tatort«-Jäger und Actionfilmer meist schon zufrieden. Für uns beginnt dann die wichtigere Arbeit … Aber was gibt es eigentlich? Dem Geruch nach werde ich verwöhnt.«

»Erst Lammgeschnetzeltes in einer scharfen Curry-Rahmsoße mit Reis. Ich war beim Winterhalter am Stadttheater, der von der Oberen Metzgerei im Elztal. Im Basmati-Reis sind Rosinen, Thymian und geriebene Orangenschalen. Aber red ruhig weiter. Was ist der zweite Akt?«

»Die Klärung aller Details und die Untersuchung der Hintergründe. Jetzt kommt es darauf an, ob man die Tatbeteiligten nicht nur zu einem persönlichen Geständnis bringen kann, sondern auch zur Mitarbeit an einer umfassenderen Aufklärung. Wir machen das alles ja nicht nur, um zu strafen und zu rächen, sondern um weitere Taten zu verhindern, zu lernen und vorzubeugen. Das wäre doch etwas, wenn unsere Arbeit im Kern eine pädagogische wäre …«

Elfi richtete bereits die Teller an. »Das wäre dann wirklich das Gegenteil von ›Tatort‹. Zwar ein etwas blutleerer dritter Akt … Aber erzähl doch mal von Lissabon.«

Während des Essens berichtete er, dass er von der Stadt fast nichts gesehen habe, oder anders gesagt: nur Splitter, Einzelheiten, die sich zu keinem verständlichen Bild fügten. Aber er habe einen famosen Kollegen angetroffen, Raúl Ribeira Freitas, einen wirklich reizenden Kerl, der den chinesischen Übersetzer und ihn großzügig betreut hätte und nebenbei ein vorzügliches Deutsch spräche. Das habe alles sehr erleichtert. Und für den Chinesen habe er Liang Shitang dabeigehabt, der ein bestens eingeübter Dolmetscher sei … »Da kannst du einfach drauflosreden, brauchst keine Rücksicht zu nehmen, der kann das so unauffällig wie der automatische Knopf im Ohr. Wenn ich mir vorstelle, zwei Tage nur Englisch reden zu müssen, und dann diese peinlichen Löcher, wenn einem ein Wort nicht einfällt und man drumherum eiern muss … Das ist, glaube ich, einer der wenigen Bereiche, wo ich wirklich neidisch werden könnte – wenn ich solche selbstverständlichen Sprachkenntnisse erlebe.«

Sie hatten fertig gegessen und Elfi machte sich noch einmal am Herd zu schaffen für das Dessert: Apfelschnitze in Butter gebraten, später der Rest von der Orange dazu, mit Honig abgelöscht, sodass es eine feine Sauce gab, die zum Schluss mit einem Schuss Himbeergeist angereichert wurde. Grabowski aß mit größtem Behagen.

»Na ja. Ich bin froh, wieder hier zu sein, bei dir …«, fuhr er fort.

»Solches Seidengarn musst du für mich nicht spinnen, das glaube ich dir doch nicht.«

»Ehrlich. Ich meine das ernst.«

»Du warst doch nur zwei Tage weg, und die zweite Nacht bist du schon wieder hier.«

»Eine Nacht in dem Hotel genügte auch, es war ziemlich einfach, allerdings auch sehr billig. Und für eine

Nachtsause waren wir viel zu müde, obwohl der Kollege Freitas sicher mitgemacht hätte …«

Später machten sie es sich auf dem zugedeckten Bett mit einem Glas Wein gemütlich, als Elfi ihm noch eine Überraschung ankündigte: »Gerade heute ist in der FAZ ein ganzseitiger Artikel erschienen mit der Überschrift: ›Ein neuer Drache bedroht die chinesische Führung: Xilong‹. Ich habe ihn dir ausgeschnitten und mitgebracht.«

»Oh! Das ist wirklich etwas Neues. Lieb von dir, dass du mir den aufgehoben hast … Der muss aber noch eine Nacht lang warten, den lese ich erst morgen.«

Grabowski streckte erwartungsvoll seinen Arm nach Elfi aus.

ENDE